A MALDIÇÃO DE GRIMROSE

Copyright © 2024 Laura Pohl
Copyright desta edição © 2024 Editora Gutenberg

Título original: *The Wicked Remain*

Todos os direitos reservados pela Editora Gutenberg. Nenhuma parte desta publicação poderá ser reproduzida, seja por meios mecânicos, eletrônicos, seja via cópia xerográfica, sem a autorização prévia da Editora.

EDITORA RESPONSÁVEL
Flavia Lago

EDITORAS ASSISTENTES
Natália Chagas Máximo
Samira Vilela

PREPARAÇÃO DE TEXTO
Samira Vilela

REVISÃO
Flavia Lago
Samira Vilela

ILUSTRAÇÃO E PROJETO GRÁFICO DE CAPA
Ray Shappell

ADAPTAÇÃO DE CAPA
Alberto Bittencourt

DIAGRAMAÇÃO
Guilherme Fagundes

Dados Internacionais de Catalogação na Publicação (CIP)
Câmara Brasileira do Livro, SP, Brasil

Pohl, Laura
  A maldição de Grimrose / Laura Pohl ; tradução Solaine Chioro. -- 1. ed. -- São Paulo : Gutenberg, 2024. -- (As garotas de Grimrose ; v. 2)

  Título original: The Wicked Remain

  ISBN 978-85-8235-745-3

  1. Romance norte-americano I. Título. II. Série.

24-219976
CDD-813.5

Índices para catálogo sistemático:
1. Romances : Literatura norte-americana 813.5

Cibele Maria Dias - Bibliotecária - CRB-8/9427

A **GUTENBERG** É UMA EDITORA DO **GRUPO AUTÊNTICA**

São Paulo
Av. Paulista, 2.073 . Conjunto Nacional
Horsa I . Salas 404-406 . Bela Vista
01311-940 . São Paulo . SP
Tel.: (55 11) 3034 4468

Belo Horizonte
Rua Carlos Turner, 420
Silveira . 31140-520
Belo Horizonte . MG
Tel.: (55 31) 3465 4500

www.editoragutenberg.com.br
SAC: atendimentoleitor@grupoautentica.com.br

Este livro contém menção a suicídio, abuso parental físico e emocional, além de morte de pais. Há representações de ansiedade, TOC e cenas envolvendo violência e sangue.

*Para Solaine, a fada madrinha deste livro,
que me ajudou a enterrar vários cadáveres.* *

---

* Cadáveres fictícios. Só para deixar claro.

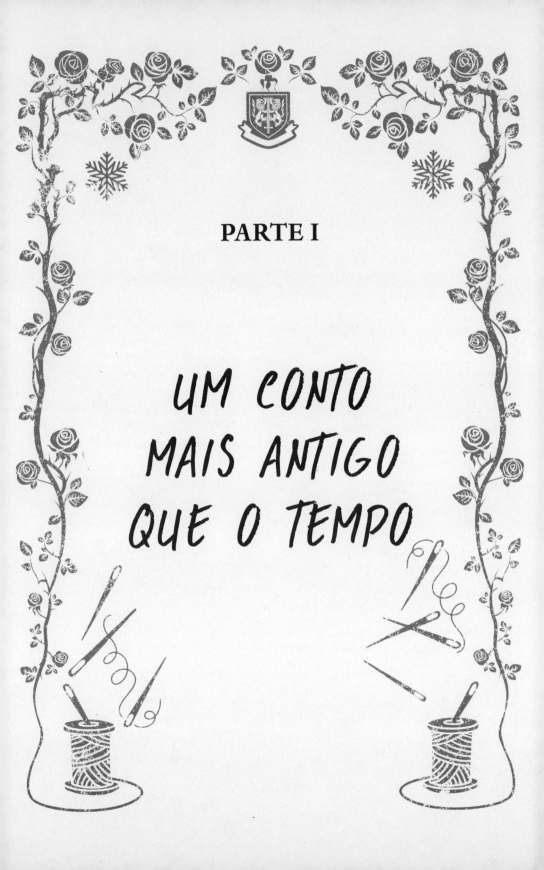

PARTE I

UM CONTO MAIS ANTIGO QUE O TEMPO

1
ELLA

A história começava com Ella.

A garota não tinha pensado nisso no ano anterior, quando pegou pela primeira vez o livro de contos de fadas, aquele que agora chamavam de Livro Preto, mas percebeu assim que explorou as páginas de seu semelhante, o Livro Branco.

A primeira história do livro era a dela própria, "Cinderela", em letras muito floreadas. Depois das últimas páginas havia um retrato em tinta dela mesma, Eleanor Ashworth, um pouco mais nova do que agora, quando o cabelo não havia sido cortado curto para não atrapalhar na faxina, quando tinha manchas escuras na bochecha, que podiam ser cinzas ou outra coisa, para quem a conhecia bem.

Ela não achava que ser a primeira era relevante. Aquela história não parecia lhe pertencer.

Ainda assim, quando abriu o Livro Branco, aquele que Penelope guardara, ela não pôde evitar uma obsessão com algo em particular: os dois livros eram quase exatamente iguais.

Exceto que o Livro Branco tinha os retratos.

E os finais felizes.

O Natal chegou e passou, depois o Ano Novo, e não houve um só dia em que Ella não pensou nos livros escondidos no quarto das amigas no castelo da Académie Grimrose. Encontrar o Livro Branco tinha mudado tudo.

Depois da morte de Ariane no começo do ano anterior, elas encontraram o Livro Preto entre os pertences da amiga. Parecia ser a chave para o mistério de sua morte. Ariane havia listado nomes de garotas que se relacionavam aos contos de fadas do livro e, por fim, Ella, Yuki, Nani e Rory descobriram que todas as pessoas listadas, inclusive elas, tinham seus destinos escritos naquelas páginas e estavam fadadas a finais infelizes, a não ser que encontrassem uma forma de quebrar a maldição.

Ainda assim, no primeiro dia de aula depois do recesso de Natal, a Académie Grimrose estava como sempre estivera. Não havia sensação de ameaça iminente, relógios badalando à meia-noite nem cercas-vivas de espinhos crescendo ao redor dos alunos. Nada fora do comum se fazia presente no que seria o último semestre escolar de Eleanor Ashworth, embora o comum já fosse extraordinário, considerando que ela estudava em um internato exclusivo dentro de um dos castelos mais magníficos da Europa.

Ella chegou ao salão de entrada ouvindo o tagarelar dos colegas de classe, com vários "bom te ver" direcionados a ela. Não havia evidências das mortes, no plural, ocorridas no ano anterior. O terreno externo da escola ainda estava coberto pela neve implacável que soterrava a floresta, as montanhas e as árvores com um branco ofuscante. Quando Ella se aproximou da janela, pôde ver a superfície intacta do lago.

A lembrança surgiu como um raio. Ella engoliu em seco, impedindo que as mãos tremessem e perdessem a compostura. O sangue, o vestido branco, a neve marcada pelos rastros delas. Os olhos de Yuki, escuros sob o luar.

E o afogamento. Ella sentiu o abraço sufocante da água no fundo da garganta, como se o lago pudesse tragá-la de volta se não tomasse cuidado, como se as águas escuras ainda tentassem reivindicá-la.

Alguém colocou as mãos sobre seus olhos e Ella se sobressaltou, o coração acelerado. Ela deu uma cotovelada na pessoa por instinto.

– Ai! – A voz familiar de Freddie ecoou pelo salão. – Desculpa!

Ella relaxou de imediato, respirando fundo. Estava na escola, e por enquanto, sem a presença de Penelope, ali era um lugar seguro.

Não havia ameaças iminentes, não havia mensagens escritas em embalagens de doce nem cadáveres esperando nos corredores.

Existia a maldição, mas Ella ainda não sabia como guardar isso em um compartimento conveniente. Encarou o sorriso reluzente de Freddie, que não tinha visto desde o baile. Havia dito a ele que não podia sair de casa, o que era verdade, mas também era mais do que isso: ela não queria ver Grimrose. Não queria se lembrar do que acontecera no último dia de aula antes do recesso.

– O que isso diz sobre nós? As primeiras palavras saídas da minha boca serem um pedido de desculpas? – perguntou Freddie, interpretando o silêncio dela como uma abertura para continuar falando. Ele se inclinou para um beijo, e o coração de Ella saltitou ao sentir o gosto da curva suave da boca dele contra a sua, algo saído de um sonho. – Enfim. Oi, linda.

Ella riu.

– Oi, homem desconhecido.

– Eu estava esperando por "lindo", talvez "atraente". Aceitaria até "agradável", mas não ia gostar muito.

– Vejo que andou lendo o dicionário de sinônimos no fim do ano.

– Afirmativo.

Ella riu e Freddie se inclinou para outro beijo, também sorrindo.

– Você me deu uma cotovelada bem forte, aliás – brincou Freddie. – Não sabia que eu estava namorando uma assassina treinada. Vou tomar cuidado para não assustar você no futuro.

Foi uma menção pequena, mas Ella hesitou, pensando no que acontecera com Penelope. Pode até ser que não tenha sido ela a cometer o ato, ou cravar a faca, mas ela também fizera sua parte. Penelope causara aquilo, e a pior parte era que, se dependesse de Ella, não mudaria coisa alguma. Se Yuki não tivesse posto um fim, talvez Ella o tivesse. Não confiava que não o faria, não depois de tudo o que fez para proteger todas elas.

Ella prometeu salvar a todas, mas já começara errado. Não tinha salvado Penelope.

Não *quisera* salvar Penelope, e agora essa decisão a assombraria por toda a eternidade.

– Você está bem? – perguntou Freddie, trazendo-a de volta à realidade, de volta aos risos no corredor, ao farfalhar das saias de uniforme, às conversas sobre as mansões de fim de ano e as estações de esqui e as viagens de férias para as ilhas e o começo do semestre.

Os estudantes seguiam como se outros alunos não estivessem desaparecidos. Como se já estivessem começando a se esquecer, porque a vida continua. Sempre continuava.

Isso era parte da maldição. Ou talvez fosse só a vida. Ella não sabia mais diferenciar uma da outra.

– Sim – mentiu Ella –, está tudo bem.

2
YUKI

A escuridão chegava, na maioria das vezes, quando Yuki estava dormindo.

Ficava à espreita agora que ela a deixara entrar, agora que seus espelhos e sua perfeição se estilhaçaram e todos os seus medos e desejos transbordaram. Yuki os mantivera dentro de si por tempo demais, com medo de onde poderiam levar. Com medo do que era capaz.

Agora ela sabia, e a escuridão não a deixava esquecer. Aparecia nas sombras, nos espelhos quebrados, mas principalmente em seus sonhos, nos lábios sorridentes de Penelope, manchados de sangue no último suspiro, enquanto Yuki a segurava com uma mão e, com a outra, a faca que a matara. De alguma forma, aquilo parecera absolutamente certo. Nos sonhos de Yuki, o sangue de Penelope era da mesma cor de seus lábios.

Você perguntou o que eu queria, Yuki lhe dissera. *Eu quero que você morra.*

Penelope sorrira antes de encarar o vazio. Penelope, cujo nome verdadeiro Yuki nem sabia. Ela havia substituído a verdadeira Penelope, tomara sua vida e seus pertences. Tomara tudo que a Penelope original tinha evitado e trouxera tudo para seu próprio conto de fadas. Exceto que essa história não teve um final feliz, não com Yuki selando o destino de todas elas.

O cadáver da verdadeira Penelope fora encontrado pela polícia perto da estação de trem, sem identificação. Quando os guardas chegaram para investigar Grimrose, a garota que fingia ser Penelope partira havia muito tempo. Todos na escola presumiram que ela fugira ao ouvir as notícias, desaparecendo no meio da noite sem deixar rastros, exatamente como havia aparecido.

Quando o sangue de Penelope foi derramado na noite do baile, Yuki sentiu que era justo, porque Penelope tinha matado Ari, tinha matado outras pessoas, tinha ameaçado Ella e, principalmente, porque Penelope acreditara que estava no mesmo nível que Yuki.

Yuki podia sentir o poder fluindo em suas veias. Tinha medo disso, medo de perder o controle e expor sua verdadeira versão, mas era tarde demais para temer – o sentimento havia se dissipado, assim como as tramas e as manipulações de Penelope, assim como a ilusão que Yuki nutria ao tentar ser perfeita. Ela não era.

Yuki tinha matado alguém, e não se arrependia.

Sabia que não deveria voltar para o lago, mas aquela escuridão parecia chamá-la. Elas prometeram ficar longe dali, e com as festas de fim de ano, Grimrose ficara vazia, já que a maioria dos alunos voltara para suas famílias. Ella havia ficado presa dentro de casa, Rory voltara para o próprio castelo. No quarto delas em Grimrose, só estavam Yuki e a garota nova, Nani. Yuki não tinha passado tanto tempo com Nani, embora ela indiscutivelmente fosse parte do grupo agora: ela sabia todos os segredos e compartilhava a mesma história.

Em vez de cumprir sua promessa, Yuki havia caminhado em volta do lago. Ela perdoara Ari pelo que a amiga tinha dito, e a dor se desfez um pouco, se atenuou. Yuki observava qualquer rachadura no gelo, qualquer voz que pudesse voltar para assombrá-la, mas o lago estava sempre vazio, espectral.

Eu venci, ela disse a si mesma, encarando a camada grossa de gelo que cobria a água. *Não tenho mais medo.*

E ainda assim, vencer era vazio. Não significava nada, porque mesmo com Penelope morta e sem poder intimidá-las, Yuki sabia que a ameaça ia muito além dela. Penelope tinha matado pessoas em nome de outro alguém para ganhar *alguma coisa*. Yuki precisava descobrir o que era.

Tudo que Yuki e suas amigas haviam ganhado era o Livro Branco e ainda mais perguntas. Ela não podia mais negar a existência da maldição, não quando tudo apontava para isso: o ritual, a aparição repentina de sua magia, as coisas que Penelope tinha dito, insinuando uma força misteriosa por trás de tudo, um responsável pelos acontecimentos. Os assassinatos de Penelope haviam acelerado o funcionamento da maldição, mas Yuki sabia que não poderia fugir para sempre.

– Não está com frio aqui fora? – Uma voz soou atrás dela. Yuki virou a cabeça bruscamente, sacudindo o cabelo preto enquanto a madrasta se aproximava, aninhada em um casaco preto com gola de pelo, as mãos enfiadas nos bolsos de veludo. – Está congelando.

Na verdade, Yuki nem estava sentindo.

– Estou bem.

Reyna parou junto da enteada, e Yuki sabia que deveria subir para o quarto. As aulas iam começar de novo – outro semestre, seu último em Grimrose. A garota deveria fazer alguma coisa depois de se formar, escolher qual vida levaria. No entanto, Yuki não sabia, porque todas as suas escolhas acabavam decepcionando as pessoas mais próximas. Estava cansada das expectativas e dos legados. Não queria mais carregar esses fardos.

– A vista é linda aqui embaixo – disse Reyna, parada o mais próxima de Yuki que ousava, mas a distância estava sempre ali. – Vou sentir falta disso.

Yuki se virou bruscamente.

– Você está indo embora?

– Bem, *você* vai para a faculdade – pontuou Reyna, com serenidade. – Tenho certeza de que vamos descobrir nosso próximo destino quando fizer sua escolha.

Yuki sentiu os grandes olhos castanhos da madrasta examinando seu rosto. Ela não se permitiu se esconder, vacilar ou desviar o olhar. Seu coração batia um pouco mais rápido, a escuridão chamando, sabendo que ela estava se contendo. Sabendo que, mesmo cedendo àquela força, Yuki não havia se exposto de verdade para ninguém.

Ninguém sabia a vastidão disso ainda. Ninguém sabia que ela estava por um triz de liberar tudo.

– Você não devia ir embora só por minha causa – Yuki conseguiu dizer. – Eu tenho 18 anos agora. Não precisa tomar conta de mim.

– Eu sei – respondeu Reyna –, mas é a primeira vez que te vejo crescida assim. É difícil me acostumar.

A madrasta balançou a cabeça, encarando o lago, e Yuki franziu a testa. Reyna estava ficando nostálgica. No dia do baile, ela também parecia triste.

Mesmo que Reyna não percebesse, Yuki sabia que, mais cedo ou mais tarde, tudo teria um fim. Ela e as amigas precisavam quebrar a maldição, ainda que não soubessem como.

Tudo que Yuki tinha eram suas mãos, sua vontade e sua escuridão. Isso teria que bastar.

3
NANI

Era a primeira vez que Nani passava o Natal longe de Tūtū. Ela sempre ficava com a avó no Havaí – era menos quente do que no verão e só um pouco mais seco do que o normal. As duas decoravam a palmeira do jardim da frente em vez de comprar uma árvore da barca de árvores, e Tūtū fazia porco kālua e haupia suficientes para durar a semana inteira. Elas se sentavam juntas no quintal para comer e observar as luzes, escutando a música distante da vizinhança. Quando era pequena, Nani se lembrava da mãe sentada com elas e do pai tentando, ocasionalmente, ajudar Tūtū com o porco, sendo sempre enxotado por ela com um cabo de vassoura.

O Natal na Suíça era como nos filmes, coberto por um manto branco e tão frio que Nani não conseguia parar de tremer, mesmo pegando todos os casacos de Rory emprestados. A neve continuava caindo, e Nani nem ousara sair nos jardins. Ficara do lado de dentro, olhando pelas janelas embaçadas, esperando as aulas voltarem.

Svenja partira um dia depois do baile. Nani só a vira brevemente após o beijo, e depois disso, ficara ocupada demais com as meninas e com a correria do último dia de aula. Svenja havia lhe deixado uma mensagem dizendo que passaria as festas em casa e que elas podiam conversar quando voltasse. O coração de Nani parecia falhar toda vez que ela relia o bilhete, tentando se distrair de assuntos mais urgentes, como o fato de que, aparentemente, elas estavam mesmo amaldiçoadas.

Nani ainda tinha dificuldade de entender isso, mesmo tendo os dois volumes em mãos: o Livro Preto de Ariane, com os finais infelizes – que ela havia decorado no ano anterior –, e o Livro Branco de Penelope, com os finais felizes e os retratos a tinta. Os livros eram um espelho um do outro.

Ela vira os retratos no Livro Branco, mas, tendo a biblioteca só para si, analisou novamente as páginas, atentando-se a cada detalhe que poderia decorar. Mefistófeles sentou-se na frente dela, a cauda balançando de um lado para o outro como se estivesse apenas esperando um momento de fraqueza para atacar. Nani sabia que não era coincidência o fato de que a maioria das garotas no livro eram alunas de Grimrose. Talvez o castelo estivesse amaldiçoado, mas os retratos também mostravam garotas que nunca haviam pisado ali, que pareciam jovens demais para serem alunas. Era como se o Livro se renovasse com novas meninas quando os contos das outras garotas se concluíam. Será que o livro podia prever o futuro? Será que essas garotas iam para Grimrose para encontrar seus destinos terríveis? Ou eram levadas para a escola por *estarem* no livro?

Como sempre, Nani tinha perguntas demais.

Ariane, em posse apenas do Livro Preto, não poderia ter sabido a verdade por inteiro. Ela só havia visto as coincidências estranhas e os finais desafortunados: Chapeuzinho Vermelho engolida pelo lobo, Bela Adormecida lançada em uma pira, as irmãs de Cinderela tendo os olhos esfolados e bicados por pássaros até sangrar. Macabro, cruel, brutal.

O Livro Branco mostrava um lado diferente da história. Nani sabia que os finais não tinham mudado de verdade, mesmo com Penelope apressando alguns deles para conseguir para si o Livro Preto de Ariane. Mesmo matando alguns alunos, isso não mudava onde as histórias terminariam. Não mudava o fato de elas estarem condenadas desde o começo.

Como o Livro Preto, o Livro Branco não podia ser destruído. Nani fez os mesmos experimentos só para garantir: tentou queimá-lo,

18

arrancar as páginas, afundar na banheira, mas não importava o que fizesse, não havia sinal de destruição. Nada parecia se alterar.

Os contos eram familiares, mas Nani não fazia ideia do motivo de eles terem sido escolhidos para serem contados de novo e de novo. Era um ciclo, isso estava claro – os retratos das meninas que tinham morrido recentemente, como Ari, estavam esmaecendo, enquanto os retratos novos e vívidos, em tinta bem preta, mostravam meninas mais jovens, que não deviam ter mais do que 5 anos.

Nani encarou o próprio retrato: sem óculos, pouco parecido com ela. As bochechas estavam mais redondas, e ela tinha um livro embaixo do braço – sempre a rata de biblioteca. O título "A bela e a fera" aparecia em uma caligrafia ampla e sinuosa no começo da história. Ela vira os contos das outras garotas, mas, quando virou a página e se deparou com o retrato de Svenja, fechou o livro com força.

Nani não descobriu muito além de que os dois volumes estavam conectados e que Penelope precisava de ambos para se livrar da barganha obscura que tinha feito.

– O que eu não estou vendo ainda? – ela perguntou em voz alta, e os olhos amarelos de Mefistófeles a encararam, o rabo dele balançando contra a almofada.

O gato não tinha respostas. Nani não sabia por que esperava por uma. E, ainda que tivesse, ela não sabia se ia querer pagar o preço disso, que provavelmente seria sua alma.

– Eu passo duas semanas longe e você começa a falar com gatos. – Uma voz soou da entrada da biblioteca. – Deveria me preocupar?

Nani se sobressaltou, juntando os livros bruscamente e enfiando-os na bolsa.

Svenja não parecia ter descansado muito durante as férias de fim de ano. Estava mais magra do que antes, as escápulas mais ressaltadas, a pele marrom-clara mais cinzenta, o cabelo castanho escuro e liso passando dos ombros. Ainda assim, lá estava o brilho cativante em seus olhos castanhos enquanto observava Nani da porta, a quase dois metros de distância. Uma distância ridícula, considerando que, da última vez que elas tinham se visto, Nani puxara Svenja com vontade para um beijo, os lábios se pressionando juntos, as batidas de seus corações ecoando o ritmo da música no salão.

Agora, no silêncio da escola, Nani não sabia o que dizer. Palavras eram traiçoeiras, podiam definir ou arruinar as coisas. Um beijo era um gesto, e fora o bastante no momento, mas não era o suficiente.

– Não sabia que você tinha voltado – disse Nani, com a voz rouca.

Svenja arqueou uma sobrancelha, serena.

– Da última vez que conferi, eu ainda estudava aqui na escola.

– Sim – disse Nani –, você estuda.

Nani nunca quis ser uma dessas garotas que perdem a cabeça por algum garoto, que não falam sobre nada além de seu *crush*. Agora ela percebia como fora arrogante por se imaginar *melhor* do que elas. Merecia ser punida por acreditar que era tão diferente, porque, no fim, ela não era.

Nani se afundara nos livros de contos de fadas para evitar se afundar *nessa* questão.

– Bem, a gente devia conversar – disse Svenja.

– Sim – concordou Nani, odiando o som de sua voz e o jeito como as bochechas esquentaram.

Svenja sorriu, parecendo divertir-se em observar a garota envergonhada.

– Quer se apressar? – perguntou Svenja. – Não quero me atrasar para o jantar.

Nani lançou um olhar exasperado para Svenja.

– Eu só pensei que isso seria mais fácil.

Svenja estreitou os olhos.

– Está terminando comigo?

– O quê?! – exclamou Nani. – Não, estou tentando convidar você para sair comigo!

– Eu saio com você. Não precisa implorar.

Nani abriu a boca, fechou, depois abriu de novo. Não tinha certeza se Svenja estava mesmo concordando ou apenas tirando sarro dela. Conhecendo a garota, podia facilmente ser as duas coisas.

Svenja venceu a distância entre elas e colocou a mão sob o queixo de Nani, forçando-a a erguer o olhar.

20

– Não me diga que você preparou um discurso.

– Não – respondeu Nani –, mas agora também estou considerando fingir que não ia dizer nada.

– Eu tenho algo melhor do que um discurso.

Então, a boca de Svenja encostou na dela outra vez, e Nani se deu conta de que não havia imaginado o beijo no baile de inverno, e que nem mesmo a imaginação poderia se comparar à sensação real. As mãos de Svenja a mantinham no lugar, e Nani segurou a cintura dela, as costas pressionadas contra a cadeira enquanto seu rosto se inclinava, o calor aumentando em suas veias e sua barriga. Mesmo o mais singelo movimento da língua de Svenja dentro de sua boca fazia seu corpo inteiro estremecer.

Quando Svenja se afastou, Nani estava sorrindo feito boba, os cachos jogados para tudo que é lado, os óculos levemente tortos, o rosto queimando. Ela sabia que ali, na biblioteca, havia milhares de outras coisas nas quais deveria estar pensando: a graduação em seis meses, a maldição e até seu pai, que ainda estava desaparecido. Contudo, os únicos pensamentos que pareciam preencher o cérebro de Nani eram "garotas são gostosas, beijar é bom".

Svenja se abaixou até sentar no colo de Nani, e suas mãos acariciaram o pescoço da garota, seu quadril, sua clavícula. No auge do inverno, Nani finalmente parou de sentir frio.

Quando o beijo acabou, estavam ambas sem fôlego. As mãos de Nani tremiam de medo, de excitação. Ela queria mais, embora temesse pedir por não acreditar que aquilo podia ser real.

– Não sei se isso foi melhor do que meu discurso – Nani conseguiu dizer, por fim.

– Nani Eszes – suspirou Svenja, inclinando-se para beijá-la outra vez –, você ainda me mata.

4
ELLA

Ella sobrevivera às aulas da manhã como se fosse apenas uma aluna comum, vivendo uma vida comum, sem perceber nada de estranho acontecendo dentro das paredes de Grimrose. Em casa, praticamente não tivera tempo para pensar: quando não estava limpando os estábulos, estava tirando a neve da calçada, mantendo o jardim arrumado, cozinhando, lavando, consertando e arrumando, com a voz de Sharon sempre ecoando ao fundo. Ella havia se esquecido de quem era e de como era sua vida na escola. Isso sempre acontecia durante as festas de fim de ano, porque Ella não era a mesma em casa. Não lhe restava tempo para ser coisa alguma.

Ajudara, um pouco. Mantivera sua mente longe das amigas, longe da escola, longe da maldição. No entanto, voltar para Grimrose significava que não poderia mais ignorar os fatos. Ela precisaria manter a promessa que fez ao abrir o Livro Branco e se deparar com o próprio retrato.

Ella mexia sem parar nos brincos, duas pequenas estrelas presas nos lóbulos, girando-os de novo e de novo até sentir o metal deixando sua pele em carne viva. Devia ter imaginado que seria assim. O primeiro dia de aula era sempre o mais difícil. Devia ter tomado o dobro da dose habitual de medicação, porque não tinha a menor chance de sobreviver com a ansiedade perturbando e desacelerando os segundos.

Ella avistou as irmãs postiças na fila da cantina e teve um *déjà-vu* do ano anterior, quando Ari não estava mais na mesa de almoço. Ao olhar para o lugar onde costumavam se sentar, Ari de fato não estava lá, mas Nani estava. A garota ergueu a cabeça quando Ella se sentou, segurando o garfo com uma mão e, com a outra, apoiando o livro de mistério que estava lendo.

— Feliz Ano-Novo — disse Nani.

— Nem acredito que já estamos no meio de janeiro — comentou Ella.

— Pois é — concordou a novata, de boca cheia. — O tempo voa quando se tenta descobrir como quebrar uma maldição possivelmente bem antiga usando mágica, que ninguém nem sabia que era real até o mês passado.

O tom sarcástico fez Ella sorrir, contente por estar de volta em um ambiente relativamente familiar.

Durante o inverno, a cantina oferecia sopas, e Ella tomou um pouco da sua. O sabor de cebolas adocicadas encheu-lhe a boca. Não havia percebido o quanto estava faminta.

Os olhos de Nani se estreitaram.

— Odeio quando as pessoas dizem coisas desse tipo, mas… parece que você não tem comido muito.

— Eu estou bem — Ella murmurou, torcendo para que as roupas de inverno, como o grande suéter que usava por cima do uniforme, o blazer e todo o resto, escondessem o quanto emagrecera durante o fim de ano. — Não é nada. Então, o que Grimrose serviu na ceia de Natal?

— Peru e umas outras coisas que eu não conhecia. A sra. Blumstein usou uma touca de Papai Noel. Foi a pior coisa que eu já vi.

Mesmo enquanto contava isso, a garota não parecia mal-humorada. Seu jeito era um pouco difícil, mas Ella sempre apreciou honestidade, e até a preocupação de Nani, por mais direta que fosse, parecia bom sinal.

— Você parece feliz — disse Ella, notando como Nani estava mais segura do que no semestre anterior. — Aconteceu alguma coisa?

Nani se engasgou com a salada, a pele marrom corando.

– Como você faz isso?

– Isso o quê?

– Você faz com a Rory o tempo inteiro – respondeu Nani, os olhos semicerrados encarando a garota através das lentes redondas. – Como se conseguisse adivinhar quando…

Ella pestanejou inocentemente.

– Quando o quê?

– Ok, Ella, eu e Svenja estamos namorando.

Ella abriu um sorriso enorme. Ela notara as trocas de olhares entre Nani e Svenja durante todo o semestre. Nani podia achar que escondia bem, mas Ella conseguia ler a sinceridade em seu rosto.

– Fico feliz por vocês terem se resolvido. Sei que você e Rory jogam no mesmo time, mas estou contente por, no fim, você não ter seguido o mesmo caminho que ela.

– Nem ouse comparar! Nunca fiquei em negação que nem ela.

Ella sorriu, ignorando os protestos estrondosos de seu estômago enquanto engolia a comida. Olhou em volta até encontrar o cabelo escuro de Yuki no meio da multidão. A amiga era um palmo mais alta do que qualquer garota da escola e era pálida como a neve no telhado do castelo.

– Oi – disse Yuki, finalmente se aproximando para sentar.

Ella observou enquanto a melhor amiga comia, tentando captar qualquer sinal de inquietação. O olhar de Ella voltava sempre para o lago, e ela se perguntou se o mesmo acontecia com Yuki. Porém, as mãos da amiga estavam firmes. As mãos de Yuki não fraquejavam.

E assim, de alguma forma, Ella relaxou. Se Yuki estava bem, então Ella também estaria. Era assim que o mundo funcionava.

Ao encarar o lugar vazio ao seu lado, porém, Ella franziu a testa.

– Cadê a Rory?

– Ela não tinha aula de latim com você no primeiro período? – perguntou Yuki.

– Sim, mas imaginei que ela tivesse dormido demais – respondeu Ella, sentindo que algo estava errado, a ansiedade aumentando. – Você não encontrou com ela hoje?

– Eu saí do quarto muito cedo – disse Yuki. – Nem reparei se ela tinha chegado.

– Talvez os horários dela tenham mudado esse semestre – sugeriu Nani, seu olhar indo de uma à outra.

– Quer dizer que ela não chegou ontem à noite? – insistiu Ella, a voz ficando mais aguda. – Nem no sábado?

Nani balançou a cabeça.

– Não, o lado dela do quarto está surpreendentemente limpo. Se tivesse chegado, eu diria que pelo menos a pilha de roupas estaria de volta no lugar.

– Ou seja, no chão – completou Yuki. – Então ela não voltou mesmo?

Ella se levantou imediatamente. O coração estava acelerado, e mesmo sabendo que não podia ter acontecido nada tão horrível, mesmo sabendo que o mundo não permitiria algo assim tão cedo, não conseguia se impedir de pensar no pior, sentindo sua mente formigar e chegando a conclusões devastadoras.

Ella chegou ao quarto primeiro, seguida por Yuki e Nani. Quando abriram a porta, as mãos de Ella tremiam e sua respiração estava descompassada. A cama de Yuki estava organizada como sempre, a de Nani tinha uma pilha de livros abertos, mas a de Rory ainda estava meticulosamente feita.

Não havia sinal algum de Rory Derosiers.

– Então – disse Nani, enfim –, onde ela se meteu?

5
RORY

Rory deveria ter voltado para Grimrose há uma semana. Deveria estar na escola, e não importava o quanto odiasse aulas, ela deveria estar *lá*, e não *ali*, presa entre as paredes do castelo.

Presa entre as paredes da *porra* do castelo, e *propositalmente* encarcerada ali.

Quando a porta se abriu, Rory quase deu um pulo ao ver Éveline entrando. Seu quarto ali era quatro vezes maior do que em Grimrose: ela tinha um closet pessoal, um banheiro particular com uma banheira *king size*, uma cama onde facilmente cabiam cinco pessoas, uma varanda com vista panorâmica dos jardins e tudo mais que alguém poderia querer.

Tudo exceto um celular, um computador ou qualquer coisa que pudesse usar para conversar com as amigas. Rory chegou ao ponto de considerar capturar um dos pombos que vagavam pelo telhado e treiná-lo para mandar uma mensagem.

Éveline se aproximou e Rory não se deu ao trabalho de sair da cama, ainda de pijamas.

— Saudações, sequestradora — disse Rory, por fim.

Éveline revirou os olhos e abriu as cortinas, para o completo horror de Rory, que teve os olhos azuis ofuscados pela luz do sol.

— Bom dia, Aurore.

– Só se for para você – balbuciou a garota. Em seguida, conferiu a porta. Éveline tinha entrado, mas a porta já tinha sido fechada, e havia um guarda a postos para o caso de Rory decidir fugir.

De novo.

A primeira vez foi pela porta principal, quando conseguiu juntar dez guardas em seu encalço, correndo mais rápido que todos eles, até que seu joelho direito cedeu e, então, seu corpo inteiro colapsou.

A segunda foi pela varanda, quando rasgou três vestidos Chanel e os amarrou como uma corda para chegar ao jardim. (Coco Chanel era uma nazista, então já foi tarde!) Rory conseguiu chegar até os portões internos daquela vez, mas Éveline a arrastou de volta.

Na terceira, ela fingiu ter uma crise de dor. O médico foi chamado, mandou os outros buscarem suplementos e ela passou pelo velho otário assim que ele virou de costas. Na verdade, a dor não havia sido invenção, mas ela estava acostumada àquela altura e sabia como gerenciar.

Então, os guardas foram trocados. A segurança foi redobrada. Não havia câmeras no quarto de Rory, mas não fazia diferença: todos estavam de olho nela. Receberam ordens rigorosas de não a perderem de vista, de não a deixarem sair sob nenhuma circunstância. Nem mesmo presídios eram tão vigiados quanto o quarto de Rory naquela propriedade campestre.

– Como está se sentindo hoje? – perguntou Éveline, inclinando-se sobre a escrivaninha antiga de Rory, que nunca era usada.

– Eu gostaria de sair para correr um pouco – disse Rory.

– Sabe que isso ainda não é permitido.

– Eu também gostaria de voltar para a escola – continuou a garota, o rosto inteiro se contorcendo por ter sido obrigada a colocar essas palavras para fora. – Você não sabe como é doloroso pra mim dizer isso.

– Na verdade, trago boas notícias – disse Éveline, e Rory sentou-se imediatamente, passando os dedos pelo cabelo ruivo e curto. Seus pais não haviam feito nenhum comentário a respeito da mudança, já que para fazê-lo eles teriam que olhar para a filha por mais de cinco minutos, e isso era pedir demais. Pelo menos ela tinha ajeitado o corte, raspando as laterais e deixando ondas ruivas apenas na franja e um pouco na parte de cima. A cabeleireira viera da capital praguejado baixinho o tempo inteiro por causa disso.

– Já entramos em contato com Grimrose e você poderá fazer suas provas daqui. A sra. Blumstein gentilmente se ofereceu para enviar o conteúdo que você perdeu.

– E você contou para ela o motivo de eu ter perdido? – perguntou Rory, embora não soubesse por que ainda se dava ao trabalho.

Ela voltara para casa no Natal e, no dia seguinte, os pais a enviaram para outra propriedade, da qual ela não tinha permissão para sair desde então. Rory não sabia se era por causa do torneio de esgrima, ou por ter mostrado o dedo do meio para Éveline na última vez, ou porque seus pais finalmente se atualizaram sobre as mortes que vinham acontecendo em Grimrose. Eles apenas decidiram, para a segurança da filha, que ela não poderia sair de casa.

Rory adoraria dizer que estava surpresa, mas seus pais eram europeus brancos de meia-idade, então eram as pessoas mais previsíveis do mundo. Ainda assim, ela não conseguia evitar pensar na própria idiotice. Se pelo menos ela tivesse se inscrito no torneio sem avisá-los, se não tivesse voltado para casa, se, se, se.

A vida de Rory era uma sequência enorme de "se", e ela os colecionava como os hematomas no corpo causados pela esgrima.

– Só faltam seis meses de aula – disse Éveline, simplesmente. – Não fará muita diferença.

– Faria toda a diferença do mundo – disparou Rory. – Você e meus pais são os únicos que não conseguem ver isso.

– Está segura aqui, Aurore – falou Éveline. – Depois de tudo que tem acontecido, e com o seu aniversário de 18 anos chegando, precisará ter mais responsabilidades.

– Não posso fazer isso se estiver trancada aqui – rebateu Rory, e não havia como rebater esse argumento.

Era enfurecedor que aquela fosse a única solução oferecida por eles. Se Rory estava em perigo, o melhor a se fazer era mandá-la para longe, mantê-la isolada, fora do alcance de todos que se importavam com ela.

Os pais queriam que a filha defendesse os valores da família, que os representasse adequadamente. Ainda assim, ao longo de toda sua vida, Rory não passara mais de uma semana com eles porque estava sempre sendo mandada para longe, sempre precisando fingir ser quem não era. Ela tinha parado de tentar agradá-los. Não podia deixar de viver sua vida só porque eles queriam.

Só que é claro que podiam impedi-la. Eles podiam mantê-la presa em sua própria casa.

— Assim que soubermos que você se adaptou, podemos começar a debater novos assuntos — disse Éveline, distraída, organizando os papéis na mesa de Rory.

O celular de Éveline apitou e ela olhou a notificação antes de colocá-lo sobre a mesa.

Rory viu a oportunidade. Não receberia um sinal mais claro do que aquele.

Ela levantou da cama, bocejando.

— Tá bom, e se eu tiver me adaptado? Você poderia devolver meu celular.

— Estamos trocando o sistema de comunicação do palácio. Você não pode ter nenhum dispositivo até termos conferido todos os protocolos.

— E aí a comunicação vai ser monitorada — resmungou Rory, chegando um pouco mais perto do celular de Éveline, sentando a bunda bem em cima dele.

Éveline nem se deu ao trabalho de argumentar contra o que sabia ser verdade.

— Aurore… — Ela começou a dizer, mas Rory balançou a cabeça.
— Rory. Não estou fazendo isso para te magoar. Estamos fazendo o que é melhor para você. O que é melhor para todo mundo.

Éveline estendeu a mão para tirar uma mecha teimosa do cabelo de Rory da frente do rosto, como uma mãe amorosa e preocupada.

Exceto que Éveline não era sua mãe. A mãe de Rory não estava ali porque havia delegado todos os deveres maternos para outra pessoa, mesmo depois de Rory mudar de escolas e trocar de nomes. E, no fim, isso não mudara nada.

– Vá embora – ordenou Rory.

– Eu...

– Saia daqui! – Rory gritou, e o berro reverberou pelas paredes gigantescas de sua prisão, ecoando entre as obras de arte de renomados pintores holandeses, as roupas de alta-costura e as joias personalizadas, entre outras riquezas que ela não se importava em nomear ou possuir.

Éveline puxou a mão de volta, recuando, e então endireitou os ombros.

– Volto depois com seu almoço e seu medicamento. Conversaremos quando estiver se sentindo melhor.

A porta se abriu e Rory viu as mãos do guarda fechando-as assim que Éveline saiu do quarto. Depois, ouviu o estalo da fechadura sendo trancada.

O celular de Éveline ainda estava na mesa, embaixo de onde Rory estava sentada. Ela mal podia acreditar na sorte que teve.

Não podia perder tempo.

Só podia mandar uma mensagem, já que nunca se dera ao trabalho de decorar números de telefone. Era extremamente constrangedor que só houvesse um que ela soubesse de cor. Ella nunca a deixaria esquecer disso. Rory odiava não poder fazer isso sozinha.

Porém, não tinha outra escolha.

Ela digitou o número e mandou a mensagem. Em seguida, apagou todas as evidências do histórico do aparelho. Para ser ainda mais eficaz, jogou o celular o mais forte que conseguiu no chão e então esperou o seu resgate.

6
NANI

Rory não voltou na primeira semana de aula, e as meninas também não conseguiram encontrar uma forma de falar com ela. O celular da amiga caía direto na caixa postal. As mensagens eram enviadas, mas as marcas de confirmação de leitura nunca apareciam.

A última coisa que souberam foi que Rory estava em casa com os pais – pelo menos isso era tudo que Nani sabia, porque Yuki e Ella sempre eram evasivas quando questionadas sobre a família de Rory. Nani poderia se dar ao trabalho de pesquisar mais, mas, naquela escola, todos tinham famílias importantes, e ela se recusava a desperdiçar seu tempo com qualquer problema de gente rica, ainda mais quando tinham outras prioridades.

Essas coisas, no entanto, eram surpreendentemente fáceis de esquecer, já que Svenja tomava conta de cada minuto livre da vida de Nani. Não que ela achasse essa mudança ruim, até porque não queria pensar nem um pouco sobre a maldição ou a própria família. Ao mesmo tempo, tinha a sensação crescente, como se espinhos estivessem fincando seu coração, de que estava abandonando seu pai, mesmo ele tendo dado a ela a aventura que prometera.

Ela não conseguia evitar. Tinha comparado a vida das amigas com os contos e foi fácil ver como se encaixavam. Yuki, a garota mais bonita do colégio, e sua madrasta igualmente deslumbrante combinavam bem com "Branca de Neve". Ella, além de ter irmás postiças, trabalhava sem parar em casa, o que tornava sua história óbvia. E seja lá quem fosse a família de Rory, sempre tentavam esconder a filha como um segredo, como se a vida dela estivesse em risco constante devido aos perigos que desconhecidos poderiam causar a ela.

Só que Nani era só uma garota mandada para um lugar distante, e seu conto não significava nada para ela. Tinha encontrado um segredo dentro do castelo, não um monstro. Ela não fazia ideia de como podia se encaixar em uma história.

Svenja tornava fácil esquecer que o castelo era uma prisão com paredes elegantes. As mãos das duas se tocavam nos corredores depois das aulas, elas espreitavam em passagens escuras ou cabines de banheiro vazias para trocar beijos que faziam o corpo de Nani formigar, e ainda havia a adrenalina oculta, que nunca cessava, quando elas se escondiam sem estar realmente tentando se esconder.

Svenja acompanhara Nani até o quarto naquela noite, e a garota sentira o coração palpitar de emoção a cada passo, porque Svenja não pedia nada além do que estavam fazendo naquele momento.

As duas pararam juntas à porta do quarto de Nani, as mãos de Svenja permanecendo na cintura dela. Nani olhou em volta e se certificou de que não havia mais ninguém no corredor. Elas se entreolharam, a respiração de Svenja suave contra a bochecha de Nani enquanto a beijava. Era como na primeira vez: os dedos dos pés de Nani formigavam enquanto a respiração delas se misturava, e os minutos passavam como se fossem apenas segundos.

– Preciso ir – disse Nani, o sorriso permanecendo no rosto mesmo depois que o beijo acabou.

Svenja suspirou e inclinou a cabeça contra o ombro dela, envolvendo-a em um abraço. Nani sentia os braços de Svenja apertados em volta da sua cintura, a bochecha roçando contra o pescoço dela. Cada parte de Nani parecia eletrocutar-se ao tocá-la. Svenja cheirou seu pescoço, beijando-o de leve, e Nani prendeu a respiração.

– Tenho dever de casa – ela falou só por falar, porque a mão de Svenja agora estava em sua nuca, e metade de seu corpo estava prensado contra a parede. – E se alguma professora achar a gente...

Svenja abriu um sorrisinho malicioso.

– Eu aguento um "senhorita Niytrai, o que significa isso?" para ter mais uns minutinhos com você.

– Existe uma coisa chamada detenção, Svenja.

– E daí? Vamos acabar as duas na mesma sala.

Nani ajeitou os óculos tortos, sentindo o rosto queimar.

– Você vai me ver amanhá.

Ela beijou Svenja de novo e entrou rápido no quarto, fechando a porta com o coração atordoado.

– Ah, que maravilha – disse Yuki, sem tirar os olhos da lição de química, que estava fazendo deitada de bruços na cama. – Achei que você não fosse entrar nunca.

O constrangimento de Nani aumentou, e ela sentiu sua pulsação acelerar.

– Não sabia que estava escutando.

– Não tenho escolha – respondeu Yuki, os lábios levemente enrugados de desgosto. – Vocês falam absurdamente alto.

Sentindo o rosto queimar ainda mais, Nani foi até a cama e pegou suas coisas para poder se esconder no chuveiro.

– Você é sempre assim? – ela questionou.

– Assim como? – quis saber Yuki, erguendo uma única sobrancelha preta em seu rosto impassível. – Agradável?

Nani bufou, rindo, e Yuki esboçou um sorriso, algo que ela ainda não aprendera a transformar em um sorriso completo. Nani vinha observando Yuki de longe, com cautela. Sua língua era tão afiada quanto sua astúcia, mas quase nunca parecia haver um prazer real por trás daquelas atitudes.

Só que agora existiam esses momentos em que isso cintilava, como se até então Yuki tivesse se mantido distante, contida, e agora estava livre.

– Eu ia dizer babaca – respondeu Nani.

33

Dessa vez o sorriso de Yuki foi real, exibindo os dentes brancos. Nani sentiu algo sinistro, o tipo de alerta presente nas histórias que tanto gostava de ler. Ela reprimiu um calafrio.

Nani entendia Ella, entendia Rory. Elas eram simples, com seus corações abertos como um livro, prontos para serem lidos. Já Yuki parecia um livro da seção proibida da biblioteca, escrito em uma língua morta, cujo alfabeto Nani não sabia nem por onde começar a decifrar.

Ainda assim, Yuki era sua amiga. Não era?

– Alguma novidade sobre a Rory? – ela perguntou, mudando de assunto.

Yuki balançou a cabeça, deixando a lição de lado e sentando na cama.

– Ainda não. Ella enviou uma carta.

– Tipo, uma carta de verdade? Pelo correio? Como um homem das cavernas?

Yuki bufou baixinho.

– A carta voltou sem ser aberta.

– Isso não é um bom sinal.

– Nada é um bom sinal – respondeu Yuki, e pela primeira vez desde a noite do baile, ela pareceu cansada.

A memória de Nani geralmente era confiável, mas aquela noite ainda era um borrão. Não podia acreditar que beijara Svenja na mesma noite em que Penelope havia sido assassinada. Não podia acreditar que tudo tinha culminado no mesmo ponto, que mudara sua vida para sempre.

Às vezes, Nani achava que tudo aquilo foi fruto de sua imaginação.

Porém, Yuki estava ali, e Penelope estava morta, e Yuki parecia… mais como ela mesma, ainda que Nani não soubesse como ela realmente era antes. Mal sabia como começar a desvendar aquela garota com quem dividia o quarto.

Felizmente, alguém bateu na porta antes que Yuki percebesse que Nani estava a encarando, e ela deu um pulo para atender. Abriu a porta esperando ver Svenja outra vez, mas, em vez disso, viu uma garota que não conhecia, mas que não tinha como confundir. Sua pele era de um marrom escuro e seus olhos, igualmente escuros. Os cachos pretos estavam presos em uma única trança embutida, e os músculos bem-definidos eram visíveis por baixo da camisa do uniforme.

– Desculpa aparecer assim – disse a garota.

Nani não disse nada e Yuki ergueu a cabeça, espiando a porta.

– Vocês provavelmente nem sabem quem eu sou, mas...

– Pippa – Nani e Yuki responderam em uníssono.

A garota pestanejou, lançando um olhar para dentro do quarto.

– É... Ok, legal. Queria perguntar se vocês têm notícias da Rory. Hum, sei que não vamos ter aula de esgrima até o instrutor voltar, mas vocês sabem como a Rory é, ela acabaria esquecendo. E eu não encontrei com ela na sala de treinamento quando fui procurar. Na verdade, não encontrei com Rory a semana inteira.

A preocupação era nítida no rosto de Pippa: as sobrancelhas espessas estavam franzidas de um jeito elegante, os lábios grossos suavemente entreabertos. De repente, Nani compreendeu a atração que Rory tentava negar desesperadamente.

– Nós... também não tivemos notícias dela – Nani respondeu, finalmente recuperando a fala.

– Vocês acham que aconteceu alguma coisa? – perguntou Pippa. – Ela teria contado, certo? Ela literalmente nunca cala a boca. Enfim. Não contem pra ela que eu falei isso. – A garota riu sem jeito, e Nani teve certeza de que ela estaria corando se não tivesse a pele escura. – Tudo que recebi foi uma mensagem.

Yuki levantou-se de imediato e foi até a porta, encarando Pippa por cima do ombro de Nani.

– Uma mensagem?

A garota assentiu, encarando Yuki de volta. Pippa era um pouco mais alta do que Nani e, consequentemente, um pouco mais alta do que Rory, mas não chegava nem perto de ser alta como Yuki.

– Não foi do celular dela, mas ela assinou a mensagem.

– O que ela falou? – Nani perguntou.

– Que ela está bem – respondeu a garota, e Nani e Yuki se entreolharam.

– Só isso? – pressionou Yuki.

– Ela também disse oi e pediu que eu agradecesse a Ella pela recomendação de um livro – disse Pippa, a voz carregada de incerteza. – Isso significa alguma coisa? Eu não consegui responder para o número, fui bloqueada sei lá por que motivo.

– Ai, Deus – murmurou Yuki, fechando os olhos.

– Isso é ruim? – Pippa perguntou, alarmada.

– Sim – respondeu Nani, compreendendo de imediato. – Acho que precisamos ir buscar a Rory.

7
ELLA

Ella não sabia como tinham ido parar, as três, além de Pippa como motorista, em uma pequena parada de beira de estrada na fronteira da Suíça com a Alemanha, rezando para que o GPS de Yuki voltasse a funcionar, no fim de semana seguinte depois de receberem a mensagem de Rory.

– Na verdade, eu sei sim – Ella disparou, irritada, erguendo o olhar para o céu. – Estamos perdidas.

– Não estamos perdidas – retrucou Nani. – Foi só um erro de cálculo. Até porque não dá para se perder na Europa, são só três horas de carro de um país até o outro. Seria como se perder numa piscina de criança.

Pippa saiu da cabana com quatro chocolates quentes. Elas só haviam parado para pedir informação, mas Ella ficou contente com a bebida. Pippa parecia tranquila, ainda que Ella e as meninas tivessem dado pouco tempo para ela considerar o plano e não tivessem esperado a confirmação de Pippa antes de colocá-lo em prática.

Ella roubara a chave do carro da madrasta. Sharon pensou que estavam perdidas em algum lugar e decidiu viajar de trem naquele fim de semana, levando as filhas. O problema era que Ella não sabia dirigir – na Europa, tecnicamente é preciso ter 18 anos para isso –, nem Yuki, e Nani só andava de bicicleta em Honolulu. Então, Pippa era a única que podia levá-las.

– Tivemos sorte com o GPS? – perguntou Pippa.

– Não – murmurou Ella, sentindo o frio subir pelos dedos dos pés, tentando se esquentar com o chocolate quente. – Quer dizer, tecnicamente a gente sabe onde é, e nos disseram que essa é a estrada certa.

Pippa ergueu uma sobrancelha.

– Consegui encontrar – disse Yuki, com a voz grave, suas palavras saindo no ritmo de sua respiração, que evaporava no ar. – Eu disse que não estávamos perdidas.

– Ótimo, me dê as instruções – pediu Pippa. – Falta muito?

– Mais ou menos uma hora – respondeu Yuki, guardando o celular de volta no bolso. – Só precisamos seguir a pequena estrada contornando a montanha.

As garotas voltaram para o carro e Ella sentiu-se grata pelo calor lá de dentro. O veículo era relativamente novo – Sharon comprara apenas dois anos antes – e os assentos estavam impecáveis. Ella ficou observando os detalhes, tomando nota até das menores partes, conferindo o medidor de combustível, as lanternas, os retrovisores. Torceu para que a madrasta não reparasse na quilometragem, mas, caso o fizesse, estava pronta para inventar uma mentira, ou pior, para encarar as consequências.

Pippa dirigia com uma tranquilidade que Ella invejava, ainda que nunca tivesse se interessado em aprender a dirigir, porque com certeza seria mais uma coisa para deixá-la nervosa. Todos os pequenos rituais, como conferir faróis e retrovisores, facilmente a fariam entrar em um *loop* do seu TOC. Era assim que sua mente funcionava, e ela tinha aprendido a evitar isso.

Mesmo quando começou a nevar, Pippa parecia relaxada. Também estava atenta, claro, seus olhos nunca saindo da estrada enquanto o carro seguia pelo caminho tortuoso das montanhas. A Alemanha e a Suíça eram muito diferentes da Inglaterra. Ali, as estradas sinuosas das montanhas passavam por florestas e cidades que pareciam intocadas desde o século XII. Às vezes, Ella via um fiapo de fumaça entre as árvores em cima da montanha, como se saísse da cabana de uma bruxa.

Pensar nisso a fez sentir arrepios.

– Como você aprendeu a dirigir? – Ella indagou de repente, tentando afastar os pensamentos intrusivos.

– Eu? – perguntou Pippa, encarando-a pelo retrovisor. Ella e Nani estavam sentadas no banco de trás, enquanto Yuki estava no assento do carona, com a cabeça recostada na janela. – Meu pai me ensinou nas férias de verão do ano passado. Ele estava cansado de sempre ser o motorista nas festas.

Pippa não puxava nenhum assunto em especial, mas parecia confortável em meio ao grupo.

Quando Yuki contou para Ella sobre a mensagem de Rory depois de falarem com Pippa, Ella compreendeu o significado. Foi algo que Ari inventara no ano que todas elas se conheceram. Ari brincou que, se Rory algum dia dissesse que estava lendo um livro, seria um pedido secreto por ajuda. Todo mundo que conhecia Rory de verdade sabia que ela jamais leria um livro se não fosse obrigada.

Pippa continuou dirigindo em silêncio por quase uma hora, mas a neve foi ficando mais intensa, os flocos caindo com mais frequência, a visibilidade diminuindo. Se continuasse por mais tempo, elas teriam que parar. Pippa se remexeu no assento de motorista, os dedos apertando o volante com mais força.

– A neve está piorando – comentou Nani.

– Sim – concordou Yuki.

– Não consegue dar um jeito de parar? – perguntou Nani.

Yuki lançou um olhar seco pelo retrovisor.

– Você conhece um feitiço que faz parar de nevar? – perguntou Pippa, erguendo as sobrancelhas. – Se sim, a hora é agora.

Ella deu um cutucão em Nani, que revirou os olhos. Yuki não se deu ao trabalho de responder.

– Como vamos saber se chegamos? – perguntou Pippa, olhando de soslaio para Yuki. – Vocês disseram que não tinham o endereço exato.

– Vamos saber quando chegarmos – disse Yuki, simplesmente, e Ella quis bater na cabeça da amiga. Estava sendo irritante de propósito.

– Mas como? – insistiu Pippa.

Assim que terminou a pergunta, o carro fez uma curva na estrada e, de repente, estava bem ali para todas verem: um palácio surgia dos campos mais abaixo, além das florestas e das montanhas. Havia um portão de ferro na entrada, e as árvores ao redor estavam quase sem folhagem por causa do inverno. Apenas os pinheiros continuavam verdes, mas a vista não era menos magnífica. A fachada erguia-se elegante, com mais de quarenta janelas. A princípio, poderia ser confundida com a entrada de uma casa absurdamente grande, mas Ella sabia exatamente o que via.

– Ali – disse Yuki.

Pippa abriu a boca, mas rapidamente a fechou outra vez. O palácio ficava maior à medida que se aproximavam, e Ella se deu conta de que precisariam entrar para buscar Rory. Tinham feito aquela viagem toda sem pensarem duas vezes, sem sequer questionarem se deveriam, só porque a amiga mandara uma mensagem. Elas não hesitaram em nenhum momento.

Pippa não parou o carro, embora ninguém tenha avisado a ela o que esperar quando chegassem ao seu destino. As meninas pediram apenas para que Pippa confiasse nelas, e ela confiou.

Pippa confiava em *Rory*, Ella percebeu.

– Temos um plano? – Pippa perguntou, sua voz tranquila.

Ella olhou para as amigas.

– Sim – respondeu Yuki. – Vamos fazer o seguinte…

8
YUKI

O plano não era bom, mas Yuki não conseguira pensar em mais nada. Não era uma mestra do crime. Não sabia invadir palácios com sistemas de segurança de ponta. Não sabia como distrair os guardas para que Rory pudesse sair.

No entanto, ela era uma adolescente entediada. Uma adolescente entediada com poderes mágicos.

– A entrada principal está aberta – disse Ella, observando a propriedade de onde estavam, com o carro estacionado o mais perto que ousaram. – Será que está aberto para visitação?

Yuki balançou a cabeça. Se Rory estava ali, significava que o resto do palácio estaria fechado; seus pais não colocariam a segurança da filha em risco. Aquela era a propriedade do campo, menor e menos impressionante, de acordo com Rory, mesmo tendo mais de quarenta cômodos.

– Precisamos descobrir onde fica o quarto de Rory – disse Nani.

– Provavelmente não fica de frente para o portão – respondeu Yuki, analisado o palácio. Ela se deu conta de que estavam perto o bastante para serem vistas e virou-se para Pippa: – Leve o carro para os fundos do palácio quando dermos o sinal. Rory provavelmente vai tentar fugir quando perceber que viemos buscá-la. Encontre-a e saia da propriedade.

Pippa pestanejou, parecendo incerta pela primeira vez.

– Vocês têm certeza do que estão fazendo?

Yuki não tinha, mas não admitiria em voz alta. Sentia a neve ao seu redor, seu poder agitando-se como eletricidade por sua corrente sanguínea.

– Vá se esconder – ordenou Yuki, e Pippa obedeceu, correndo para trás das árvores, as roupas brancas camuflando-se na neve.

Yuki respirou fundo.

– Deixa eu ver se entendi – disse Nani, empurrando os óculos pelo nariz, as lentes um pouco embaçadas pelo frio. – Quantas leis internacionais estamos prestes a violar aqui?

– Algumas – respondeu Ella. – Mas, se tudo der certo, seremos perdoadas.

Nani estalou a língua nos dentes.

– E se não der?

Yuki e Ella trocaram olhares, mas Yuki ficou feliz de não vê-la hesitar.

– Ok, beleza – disse Nani. – Que bom que tivemos essa conversa.

– Eles estão vindo – disse Ella, e as três ficaram imediatamente em silêncio.

Dois seguranças vinham na direção delas, saindo do portão para a estrada. Yuki tinha certeza de que a guarda do palácio era bem mais robusta, mas aquele lugar era remoto o suficiente para não precisar de tantos seguranças. Não queriam chamar atenção.

Yuki colocou a mão na frente do carro e, assim que seus dedos tocaram o metal, ele ficou frio, o gelo congelante se espalhando pelas partes do veículo.

Ella pareceu preocupada.

– Tem certeza de que vamos conseguir dar partida no carro depois?

– Vamos ter que conseguir – respondeu Yuki.

Ela tirou a mão do capô assim que os dois homens se aproximaram, parecendo menos desconfiados ao se depararem com três adolescentes aparentemente bem perdidas. O poder de Yuki continuava a pulsar em seu sangue, um ritmo confortável ao qual ela aprendera a prestar atenção. Não desapareceu como antes, queimando em uma única explosão de sentimentos; em vez disso, estava firme, constante. Agora que Yuki aprendera a aceitá-lo, agora que entendera o que significava, ele estava sempre presente, como uma camada sob sua própria máscara, pronto para despertar.

– Olá – o primeiro segurança a se aproximar cumprimentou em francês. Os dois estavam com uniformes apropriados para o trabalho externo. – Podemos ajudar?

– Oi, desculpa – Ella respondeu em inglês, exagerando terrivelmente um sotaque dos Estados Unidos que fez Yuki grunhir internamente. – Nosso carro acabou de quebrar. Acho que foi todo esse gelo... O motor simplesmente congelou, tipo, *totalmente* do nada.

– Qual é a cidade mais próxima daqui? – perguntou Nani. – Eu nem sei onde a gente está.

Yuki sacudiu o celular no alto, como se tentasse encontrar sinal. Os seguranças deram um passo para a frente e olharam o carro, a camada fina de gelo cobrindo o capô.

– Nossa, vocês se meteram em uma tempestade e tanto – disse o segundo segurança, um homem barbudo, com sotaque carregado, mas pronunciando as palavras direito.

– Conseguimos fugir dela, mas o carro não – disse Nani, calmamente. – Vocês têm um telefone que possamos usar? Estou com o número do seguro aqui.

Os seguranças se entreolharam rapidamente e Yuki esperou, sentindo os músculos tensos, os pés afundando na neve.

– Acho que conseguimos fazer o carro pegar no tranco – respondeu um dos homens. – Vocês podem esperar lá dentro enquanto resolvemos isso.

– Ah, obrigadaaaaaa! – disse Ella, abrindo um sorriso enorme, e Yuki deu um chute nela. – Sério, está tão frio! Não sabia que a gente podia se perder desse jeito. Não tem literalmente *ninguém* por aqui.

Yuki chutou Ella de novo e a amiga tossiu. Nani lançou um olhar impaciente para as duas.

– Não vamos demorar muito – disse o primeiro segurança, examinando o carro. – Deve estar pronto em meia hora. Sigam-nos, senhoritas.

❧ 43 ❧

Meia hora seria todo o tempo que teriam. Yuki seguiu as meninas e os seguranças, até que, quando todos estavam um pouco mais à frente, ela parou.

– Merda. Esqueci os remédios no carro.

– De novo? – perguntou Nani, com o rosto sereno.

Yuki revirou os olhos.

– Eu já alcanço vocês.

Com os seguranças ainda de costas para ela, Yuki voltou correndo, os dedos já fazendo sua mágica. Podia sentir a frieza da neve, podia alcançá-la, o que significava que também podia desfazê-la. Yuki tocou o carro e o gelo derreteu na hora, como se nunca tivesse estado ali.

Em seguida, seu olhar encontrou o de Pippa na floresta. Yuki assentiu de leve e correu para se juntar às meninas outra vez. Agora, tudo que Pippa precisava fazer era dirigir para os fundos do palácio; elas cuidariam do resto. Com sorte, Rory perceberia o que estavam fazendo.

Ella e Nani desempenhavam seus papéis conversando com os seguranças, reclamando do tempo e falando efusivamente como sentiam muito por incomodá-los. Enquanto isso, Yuki esquadrinhava a floresta, as montanhas, o palácio. Havia mais guardas ali, ela sabia disso. Estavam patrulhando o perímetro. Havia mais câmeras, mais equipes. Havia bem mais coisas naquele palácio do que estavam à vista, e o mesmo poderia ser dito sobre Yuki.

Ela sentia a escuridão pulsar entre seus dedos, implorando para ser liberada de novo, para ser desejada, para ser livre.

As garotas foram conduzidas pela porta dos fundos, o calor do castelo as recepcionando. O pequeno recinto dava para uma cozinha, e Nani ficou nas pontas dos pés para ver lá dentro, os olhos espiando com curiosidade.

– Esperem aqui – disse um dos seguranças.

Eles saíram por outra porta, deixando as garotas desacompanhadas, mas sem acesso ao interior do palácio. Havia um jarro de água em uma mesa ao lado, e Ella foi até lá para pegar um copo.

Yuki mandou mensagem para Pippa e recebeu a confirmação de que ela estava se direcionando para os fundos. As garotas não sabiam quanto tempo os seguranças demorariam, mas tudo o que precisavam fazer era mantê-los ocupados e não deixar que voltassem para o carro.

— A gente vai falar sobre isso? — perguntou Nani, recostando-se casualmente na mesa.

— Sobre o quê? — perguntou Ella.

— Sobre a Rory ser da realeza — disse Nani.

Ella cuspiu a água que estava tomando.

— Como é?

— Posso até ser gay, mas eu sei fazer matemática básica — respondeu Nani, sarcástica. — Eu sei que a Rory é cheia de dinheiro e de segredos. Sei que não estamos mais na Suíça. Ou na Alemanha, ou na França.

— Certo. Estamos bem no meio — disse Ella. — Completamente outro país.

— Meu Deus — Nani suspirou. — Quantos reinos. A Europa é tão idiota.

— Típica coisa que uma estadunidense diria — pontuou Ella.

Nani ergueu o dedo do meio para a amiga.

— Eu sou havaiana.

— Além do mais, isso nem é exatamente um reino — continuou Ella. — É um principado.

— Qual a diferença?

— Nenhuma — respondeu Yuki. — É só um sinônimo para monarquia.

— Ótimo. E como é a pena de morte aqui? Acredito que ninguém vai nos liberar só com uma advertência depois de sequestrarmos a princesa.

— Hoje é seu dia de sorte — disse Yuki, com um pequeno sorriso, olhando pela porta. — Se vai cometer crimes, é melhor que sejam grandiosos.

Nani suspirou e cruzou os braços, enquanto Yuki continuou sorrindo. Seu coração batia forte no peito, maravilhado por terem chegado tão longe. O plano só precisava ser simples para funcionar, tão simples que nem tiveram que se esforçar de verdade.

E então, os seguranças apareceram outra vez, mais rápido do que elas haviam imaginado, com cabos de transferência em mãos.

– Vai ser rapidinho – disse um deles, sorrindo para Yuki, e o sorriso dela murchou. – Vocês podem ficar aqui dentro, no quentinho. Já voltamos, meninas.

– Espera! – exclamou Nani, antes que eles pudessem se virar para sair.

As meninas sabiam que Pippa já estava conduzindo o carro para os fundos do palácio. Yuki dissera que elas distrairiam os seguranças. Então agora Yuki tinha que pensar em algo grande.

– Não precisam da chave? – perguntou Nani.

– Bem, sim – respondeu um dos guardas. – Está com vocês, certo?

Os dois voltaram-se para Yuki, que ficou sem resposta.

– É melhor eu ir com vocês – Yuki disse, por fim, tentando manter a voz impassível, mesmo com as batidas cada vez mais fortes de seu coração.

Os homens pareceram hesitar, e Yuki percebeu que estavam se perguntando se as três eram mais do que apenas garotas perdidas com um carro quebrado no meio de uma tempestade de neve.

Agora que falara com os seguranças, o sangue de Yuki parecia pulsar mais forte nas veias. No começo, pensou que precisaria treinar aquela coisa viva dentro dela, controlar e domar seu poder, mas ele não fora feito para ser domado. Funcionava em conjunto com o coração de Yuki, com seus sentimentos, e não havia como impedi-lo.

Ela não precisava de treinamento. Os treinos eram para aqueles que não conheciam o próprio coração.

Para Yuki, aquilo se tornara parte de seu coração desde o momento em que o aceitara. Em que percebera que não deixaria nada atrapalhar o que ela desejava. Ela poderia ter qualquer coisa no mundo; bastava acreditar.

E Yuki *acreditava*.

– Aqui – disse ela, entregando sua chave para os seguranças, torcendo para que não percebessem que não era a chave do carro. – Só tomem cuidado. Parece que a tempestade está voltando.

46

Os seguranças se viraram e Nani gesticulou freneticamente, como se Yuki estivesse prestes a arruinar o plano inteiro, como se não soubesse o que estava fazendo.

Só que Yuki sabia do que era capaz. Ela poderia invocar a escuridão. Poderia invocar a tempestade.

– Yuki, o que você... – Ella sussurrou.

Quando Yuki se virou para a amiga, ela sabia que parte de si já estava tomada pelo poder.

Ella fechou a boca, travando a mandíbula. Ainda havia palavras não ditas entre as duas, mas, mesmo sabendo o que Yuki estava prestes a fazer, Ella não a impediu. Não deu um passo em frente.

Yuki virou-se novamente para a porta, e então liberou seu poder.

9
RORY

A tempestade de neve começou do nada.
 Em um instante, estava tudo em silêncio, e então Rory ouviu um barulho estrondoso, como se as nuvens tivessem sido partidas à força. O palácio pareceu sacudir como em um terremoto, os candelabros de cristal tinindo. Ela ouviu o burburinho dos seguranças do lado de fora e correu até a varanda para conferir o que estava acontecendo.

A neve cobria tudo. Rory não conseguiu ver os jardins, as árvores ou as montanhas que estavam ali um minuto antes. Agora, tudo era neve, frio e gelo, a paisagem completamente tomada por uma tempestade de origem desconhecida.

Exceto que, de alguma forma, Rory sabia o que era aquilo. Já tinha sentido essa magia antes, na noite do ritual e na noite do baile de inverno. O ataque era elétrico, doce e violento ao mesmo tempo, o que deixava seu cérebro zonzo. E em meio à tempestade congelante, ela sentiu o perfume de Yuki, com notas de noz-moscada e amendoeiras em flor, combinadas até o aroma se tornar quase ácido.

As amigas estavam ali. Tinham vindo buscá-la.

O vento sacudia as portas da sacada, e Rory gritou quando se chocaram contra o quarto, a tempestade forçando entrada. Ela não conseguia ver nem um metro diante do nariz; tudo estava nebuloso e branco. As cortinas começaram a balançar e arrancaram um dos antigos pratos de porcelana da parede. Ele estilhaçou, e a porta do quarto se escancarou de imediato.

– Vossa Alteza! – exclamou um guarda. – Está tudo bem?

– N-não consigo fechar a porta – gaguejou Rory. A tempestade parecia cada vez mais violenta.

Dois guardas correram até a varanda e forçaram a porta. Rory aproveitou para pegar um lenço na penteadeira e, quando o vento soprou outra vez, ela soltou o tecido.

– Meu lenço!

Os guardas, sobrecarregados pela tempestade repentina, viram o lenço rosa voar porta afora. Correram atrás dele imediatamente, saindo para a varanda, e a sorte sorriu para Rory. Sem hesitar, ela juntou toda sua força e fechou as portas da varanda, trancando os dois homens do lado de fora.

A tempestade não duraria muito mais, e provavelmente quebraria todas as janelas se continuasse. Rory pegou a bolsa e juntou algumas de suas coisas. Nada naquele quarto parecia realmente seu. Ela se apressou para o corredor antes que os guardas conseguissem sair da varanda, jogando a bolsa por cima do ombro.

Não havia janelas no corredor, mas Rory ainda podia ouvir a tempestade – uma fúria estrondosa, com neve colidindo contra o teto e as paredes do palácio. Ela não olhou para trás. Enquanto corria, procurava pelos guardas, que deveriam estar ocupados fechando janelas e portas, garantindo que nada valioso se quebrasse. De todas as coisas no palácio, Rory era a mais bem-guardada, então seria a última na lista de conferência.

Ela não podia fugir pela porta da frente, onde os guardas estavam a postos; era arriscado demais. Porém, talvez fosse possível passar pela biblioteca do primeiro andar, aquela cheia de livros que ninguém lia. Seus ancestrais haviam enfiado os livros nas paredes sem nunca se importar em conferir os títulos. Rory desejou ser mais inteligente do que realmente era, melhor do que realmente era, para poder ler pelo menos um deles.

O palácio estava gélido. A tempestade ainda era ensurdecedora. A garota desceu três andares, apressando-se por escadas e corredores cheios de retratos familiares, antiguidades roubadas ou permutadas com países aos quais esses objetos não pertenciam e antigos vasos de porcelana dados como presente por outros reinos. Rory estava quase chegando na biblioteca quando viu uma sombra no corredor.

Um guarda.

Ela estava tão perto. Ia sair dali, encontrar as amigas, e então todas voltariam para a escola, onde Rory poderia se preocupar com coisas que, na verdade, não queria, mas ao menos estaria no lugar certo, e não ali. Não naquela prisão.

Da escada, ela examinou o andar e viu um dos atiçadores de fogo dourados perto da lareira. A grande vantagem era que o trabalho dos seguranças era basicamente fazer o oposto de atacá-la. Em silêncio, com os músculos fortalecidos pela adrenalina, ela pegou o atiçador, apertou-o bem forte e se esgueirou em direção ao vulto parado entre ela e a saída.

Rory atacou, mas a pessoa foi mais rápida do que qualquer um dos seguranças. O golpe foi impedido no meio do movimento. O vulto estava parado, com uma postura graciosa e maravilhosa, com os braços a postos, segurando uma maldita espada que parecia ter sido tirada da parede do palácio. Rory soltou o atiçador, que retiniu no chão.

– É... é você.

Pippa Braxton sorriu para Rory, os olhos castanhos cheios de carinho. Rory não conseguiu dizer nada por um momento. Esqueceu-se da tempestade lá fora. Esqueceu-se do palácio. Esqueceu-se de tudo, exceto de Pippa, bem à sua frente.

E então Rory percebeu que Pippa não fazia ideia de quem ela era de verdade. Aquele pensamento a atingiu mais forte do que a tempestade, e Rory se deu conta de que precisavam sair dali, e rápido. Pippa não tinha permissão para adentrar o castelo. Rory não sabia o que aconteceria se a garota realmente compreendesse onde estava.

– Você precisava de ajuda – disse Pippa –, então eu vim.

Rory fez uma careta, seu coração acelerado pelo nervosismo. Ela olhou para trás para conferir se tinha alguém vindo.

– Eu não precisava ser resgatada.

– Não é o que parece. – Pippa gesticulou para o atiçador no chão, e Rory odiou o que aquilo parecia.

Ir até o palácio só podia ter sido ideia de Ella, mas por que levar Pippa junto? Rory mataria Ella e jogaria seu corpo no lago.

De imediato, arrependeu-se de pensar nisso, lembrando-se de um corpo bem real que elas haviam deixado no fundo do lago no fim do ano anterior.

– Não é hora de discutir – disse Rory, indo em direção à biblioteca e gesticulando para que Pippa a seguisse. – Como vocês chegaram aqui?

– De carro. Está esperando lá fora – disse Pippa.

– Quem é que está dirigindo?

– Eu – respondeu Pippa. – Ei, acho que a gente não pode sair por…

– Vem – disse Rory, e sem pensar, segurou a mão de Pippa.

Durante todo o percurso, Rory pensou na sensação da mão de Pippa: o jeito que os dedos dela eram menores do que os de Rory, mais roliços, ainda que Pippa fosse mais alta. Sua pele era macia, e mesmo que a palma da mão de Rory estivesse suada, Pippa não a soltou. Rory as conduziu pela biblioteca até uma passagem que levava diretamente aos aposentos inferiores do palácio, que davam para a porta externa.

A tempestade lá fora, que ecoava nos ouvidos de Rory, não era nada comparada às batidas de seu coração.

– Qual é o plano? – ela perguntou para Pippa.

– Depois de pegar você, preciso levar o carro lá para a frente para pegar as meninas – respondeu ela. – Usamos ele como desculpa para parar aqui, dissemos aos seguranças que ele quebrou.

Pippa deixou que essas últimas palavras pairassem no ar, como se esperasse que Rory explicasse a presença de seguranças, mas ela não o fez. Rory sabia o preço de seu segredo. Sabia o preço que Pippa pagaria se também soubesse, e não queria jogar esse fardo sobre ela. Na verdade, não era questão de querer: Rory não *permitiria* que Pippa sofresse por isso.

O segredo de Rory a prendia à sua família, àquela propriedade, àquele país, a coisas que faziam parte dela mesmo antes de nascer.

Rory pertencia àquele segredo mais do que qualquer coisa já pertencera a ela.

Qualquer coisa exceto, talvez, Pippa.

Rory encontrou a porta que dava para o lado de fora e a abriu. Não conseguia ver nada além da neve, que ainda caía. Pippa parecia preocupada enquanto avaliava a tempestade, e Rory não conseguiu decifrar o que ela sentia de verdade, nem por que decidira ir até lá. Tinha mandado mensagem para Pippa porque era o único número que sabia de cor, o único que digitou centenas de vezes em seu celular. Estava gravado em suas pálpebras. Poderia recitá-lo dormindo, inconsciente, seus lábios balbuciando os números que a conduziriam até o outro lado, até Pippa.

– A saída é por aqui – disse Rory, com a voz calma.

A tempestade rugia, mas a garota não prestava atenção; só conseguia olhar para Pippa. Ela fez uma lista de todas as coisas que queria dizer, mas manteve a lista em segredo e os lábios bem fechados, porque não podia abrir a boca.

– Ok – disse Pippa.

Ela saiu para a tempestade primeiro, mas não sou soltou a mão de Rory.

10
ELLA

O vento bateu contra o palácio até estilhaçar as janelas. Da entrada dos fundos, Ella ouviu a comoção lá de dentro como se estivesse há quilômetros de distância. Os seguranças e os funcionários gritavam e berravam instruções da cozinha e de todos os cômodos. A tempestade era indomável, violenta, fria, e neve girava no ar. Yuki estava do lado de fora com os braços abertos e os olhos fechados. Era ela a causa de tudo aquilo.

Ella e Nani estavam paradas na porta, hesitantes, esperando.

– Está na hora – disse Nani, olhando o celular.

Yuki manteve os olhos fechados, e a tempestade pareceu piorar.

– Pippa mandou um "ok" – Nani falou mais alto. – Yuki, você está me ouvindo?

Nani tentou ir até Yuki, mas a força da tempestade quase a arremessou de volta para dentro.

– Yuki? – Ella chamou da porta.

Sabia que deveria estar com medo, aterrorizada, mas a tempestade continuava e, no fim, era apenas Yuki.

– Precisamos ir! – Nani gritou para Ella.

A tempestade era sobrenatural, a sensação era arrebatadora.

– Yuki, vamos! – Ella gritou, mas a amiga não respondeu.

O coração de Ella se contorceu da mesma forma que se contorcera no baile de inverno, e ela reprimiu aquela lembrança. Também havia sentido o perigo naquela noite, mas pensara que a causa era apenas Penelope, e não a garota que estava diante dela.

Não a sua melhor amiga.

Passou-se um tempo sem resposta. Então, Yuki abriu os olhos. Estavam completamente brancos.

Ella não conseguia ver coisa alguma além da enorme devastação provocada pela magia da amiga.

– Yuki! – gritou ela.

O longo cabelo preto da garota voava para trás, açoitando o ar como relâmpagos. Tudo ao seu redor parecia estático.

– Não temos tempo pra isso – disse Nani, mas assim que se aproximou de Yuki, o vento a atirou novamente contra a parede.

Nani caiu com um grito de dor, e Ella correu até a amiga. Ela segurava o braço, mas fora isso parecia bem.

O vento seguia forte. A tempestade parecia ser a única coisa acontecendo no universo. Os pés de Yuki se ergueram sutilmente do chão, os braços estendidos ao ar. Seus olhos e sua pele estavam brancos como a neve, seu cabelo intenso e preto, sua boca vermelha, sempre vermelha.

Houve um trovão, e o céu se partiu sob o peso de magia pura. Yuki não se mexeu, não reagiu. Ella sentiu o coração subir até a boca, batendo mais e mais depressa. Não precisava entender toda a extensão da magia de Yuki para saber das consequências.

– Vai – disse Ella, virando-se para Nani –, encontre a outra porta.

Nani a olhou como se ela tivesse perdido a cabeça.

– Vai – Ella repetiu, e sua voz estava calma enquanto encarava Yuki.

– Ella… – A voz de Nani carregava um alerta.

Ella sabia que Yuki não a machucaria. Não havia como impedir a tempestade, a magia, a força violenta da natureza, e qualquer um que fosse estúpido o bastante para tentar, morreria tentando.

Só que Ella não era qualquer um.

Enquanto Nani se afastava, Ella encolheu os ombros e virou-se de novo para Yuki. Não reconhecia mais a amiga naquele casulo de poder que a envolvia. Era como encarar o oceano imaginando que fosse apenas uma poça, e Ella não tinha alternativa senão se afogar.

Com as mãos fechadas em punho e o cabelo loiro fino sacudindo sob a tempestade, ela deu um passo à frente. O vento dificultava a caminhada, a respiração. A cada passo, Ella se sentia afundando na neve, o frio crescendo dentro de seus ossos, fazendo-a congelar por dentro.

– Yuki! – Ella chamou, mas sua voz parecia não alcançar a amiga, mesmo não estando tão longe. – Yuki, pare!

Ella deu mais um passo à frente, e outro, e nenhuma das barreiras de Yuki a atingiu. Ficava cada vez mais difícil chegar até a amiga, que estava no centro da tempestade, o epicentro de tudo. Sem conseguir ver nada, Ella cobriu os olhos para que não congelassem, mesmo com o vento tentando levantar tudo ao seu redor.

– Yuki! – ela gritou de novo. – Você precisa parar!

A tempestade ficava mais violenta, e Ella sentia seu corpo enrijecer a cada segundo. Não conseguia mais sentir as pernas, mas continuou andando, os ossos frágeis e os membros adormecidos, até se aproximar mais de Yuki, até o vento se tornar insuportável.

A tempestade a atravessou sem misericórdia, desoladora, mas Ella ainda não estava perto o bastante. Se ficasse onde estava por mais um segundo, não seria capaz de aguentar. Mais um segundo e tudo estaria acabado.

Ella cambaleou e se jogou em cima de Yuki, passando os braços com força pela cintura da melhor amiga.

– Por favor, pare – sussurrou Ella, sua voz abafada contra o peito de Yuki. – Por favor.

E então, de repente, o mundo em volta delas se calou.

Ella, ainda petrificada, segurava Yuki em um abraço firme, as lágrimas e o medo congelados em seu rosto. Yuki piscou e seus olhos ganharam cor novamente, contrastando com as bochechas brancas.

Ali, tudo recaíra em um silêncio sepulcral.

Yuki saiu do abraço de Ella, estremecendo suavemente ao ver a amiga. Ella abriu os braços e piscou para soltar as lágrimas cristalizadas em suas bochechas. O rosto de Yuki cintilava como se sua pele

55

fosse feita de neve, e ela franziu a testa, olhando primeiro para Ella, depois para a devastação que havia infligido.

Árvores tinham sido arrancadas. Janelas tinham sido quebradas. O teto de uma das alas do castelo tinha caído. Tudo estava imóvel, em completo silêncio, exceto pela respiração ofegante das duas garotas.

Yuki olhou profundamente nos olhos de Ella, que não deixou seu medo transparecer.

– Vamos – ela disse a Yuki. – Precisamos ir para casa.

11
NANI

Nani não fez perguntas quando Yuki e Ella entraram no carro e sentaram-se no banco de trás. A tempestade havia congelado no ar, e pequenos fragmentos de gelo pairaram estagnados, desafiando a gravidade, antes de despedaçarem no chão de uma vez. Nani continuou sem dizer nada quando Pippa acelerou pela estrada congelada e Rory colocou a cabeça para fora do porta-malas, contando piadas como se não houvesse nada de errado.

E então, quando a noite caiu e elas estavam de volta ao castelo de Grimrose, Nani fechou os olhos e fingiu que tudo estava bem, mas seus sonhos não a deixariam esquecer o que tinha visto. A aparência de Yuki, os olhos brancos, o cabelo quase no pé, a forma como flutuava no ar, feito uma deusa antiga, transformando tudo ao seu redor em fogo e gelo. Nani acordou no meio da noite, suando, e se não acreditava em magia até agora, não tinha como voltar atrás. Se Yuki era capaz daquilo, Nani não queria descobrir a extensão do poder de quem quer que estivessem enfrentando com a maldição. Tudo que sabia era que esse alguém foi capaz de lançar feitiços para manter mais de cem garotas como prisioneiras.

Rory, é claro, era a única que estava bem – ela não tinha visto Yuki usar os poderes. Quando seus pais ligaram para Grimrose, um dia depois do resgate, Rory atendeu como se nada tivesse acontecido, desafiando-os a forçá-la a voltar. Porém, seus pais não podiam fazer nada sem causar um estardalhaço, e a escola garantiu que a garota estava bem. Então, três dias depois, Rory recebeu o notebook e o celular de volta, e o grupo não foi punido por sua pequena viagem.

Ella e Yuki não mencionaram o que tinha acontecido de propósito, e Nani se viu de volta à sua rotina de aulas e estudos, passando um tempo com as amigas e beijando Svenja. Embora estivesse confortável com Ella, Yuki e Rory, parecia que todas estavam evitando alguns assuntos em particular quando deveriam estar fazendo de tudo para esclarecer a bagunça em que se encontravam.

Quando fevereiro chegou, com os jardins lá fora ainda cobertos por uma neve que não abrandava, Nani percebeu que não poderia ignorar a maldição para sempre. Elas tinham passado o mês anterior como se estivessem envoltas por uma névoa sonolenta, esperando que algo as despertasse. No entanto, Nani sabia que nada aconteceria se não procurassem por respostas. Então, no fim da primeira semana de fevereiro, ela jogou o livro Branco e o Preto sobre a cama, assustando Rory.

– Nós não vamos sair desse quarto até termos algumas respostas – decretou Nani.

Rory piscou, aturdida, afastando a franja da frente dos olhos. Seu cabelo crescera e já não parecia ter sido cortado em casa, com uma tesoura cega, durante um surto – exatamente o que tinha acontecido. Nani achou que o novo corte combinava com o rosto da amiga, além de condizer mais com a personalidade dela do que com a princesa que os outros tentavam obrigá-la a ser.

Nani não conseguia compreender esse tipo de obrigação. Mesmo em casa, com Tūtū, suas únicas responsabilidades eram estudar muito e fazer sua parte das tarefas domésticas. Sabia que um dia seu pai tinha prometido uma aventura para ela. Mas nunca conhecera o tipo de fardo que Rory carregava. Os deveres de Nani eram com sua família, não com um país.

– Por que eu? – perguntou Rory. – Fala pra Yuki voltar já pra cá. Aposto que ela está se escondendo na biblioteca. Ela é quem manja desse negócio de leitura e essas coisas.

– Toda vez que você se chamar de burra, eu vou te bater com esse livro – avisou Nani.

– Por que seu discurso motivacional é tão agressivo?

– Porque é eficiente – respondeu ela, entregando o Livro Preto para Rory. A amiga o colocou no colo, forçando a lombada, e Nani se conteve para não fazer uma careta. – Precisamos encontrar alguma coisa que deixamos passar. Pistas que não vimos. Qualquer coisa.

– Já olhamos pra isso umas quatro bilhões de vezes – reclamou Rory, entediada, folheando as páginas enquanto mexia em todos os brincos da orelha direita. – A Ari não encontrou nada.

– Ariane sabia que havia algo estranho, mas não sabia que a maldição era real. A gente sabe.

– E que diferença isso faz? Eu não consigo… – Rory foi interrompida quando o Livro Branco atingiu sua cabeça. – Ai! Que porra foi essa, Nani?!

– Eu avisei – respondeu a garota, calmamente. – Você vai sentar aí, ler, olhar as figuras ou sei lá, até termos pelo menos algo novo para pensar.

Rory resmungou baixinho, mas aparentemente entendera que a amiga falava sério. Nani sabia que *Rory* era inteligente o bastante para isso: foi ela quem encontrou, na bolsa de Ari, a pista que as conduziu até Penelope, afinal de contas.

Nani começou a folhear o Livro Branco que havia sido de Penelope enquanto Rory virava as páginas do Livro Preto. Estavam sentadas uma de frente para a outra na cama, com os joelhos se tocando. O quarto estava mais quente do que o lado de fora, e Nani sentiu-se confortável. Sempre amara ler porque era uma atividade que podia fazer sozinha, e era estranho ver que também podia fazer isso acompanhada, sem comprometer em nada a experiência.

Enquanto folheava as páginas, Rory suspirava alto de vez em quando e esfregava os olhos.

– E se não encontrarmos nada? – questionou ela, aparentemente distraída, mas Nani sentiu o peso da pergunta.

– Precisamos encontrar – Nani respondeu.

Rory olhou para a cama de Nani, onde Ariane costumava dormir. A cama onde Rory costumava ficar com a melhor amiga antes, mas não mais. Mesmo tendo se passado só seis meses, pareciam eras.

– Sinto saudades dela – balbuciou Rory, voltando o olhar para Nani. – Você nunca disse porque decidiu nos ajudar.

– Preciso de outro motivo além de esse claramente ser o único assunto interessante na escola inteira?

– Ah, então você achou a gente *interessante*.

– Rory, cala a boca.

Rory abriu um sorriso convencido para ela, seus olhos azuis brilhando. Nani ficou feliz por não ser a única que considerava aquelas garotas suas amigas; elas também a consideravam assim. Foi uma sensação estranha que fez seu coração ficar quentinho, e então ela se sentiu estúpida por sequer pensar nisso.

– É sério – disse Rory, baixando a voz. – Pode me falar.

Nani hesitou. Depois de todo aquele tempo, ela ainda não tinha dito uma palavra sobre seus motivos para estar ali. Era algo que vinha mantendo em segredo, que ainda não tinha encontrado as palavras certas para contar. Era quase como se estivesse com medo de ser dispensada, como se sua história não pudesse ser uma prioridade para elas. Como se Nani não fosse tão importante quanto as outras.

– Meu pai está desaparecido – ela disse, por fim.

Os olhos de Rory se esbugalharam em surpresa.

– O quê? Desde quando?

– Não sei – respondeu Nani. – Lembra quando vocês me perguntaram como vim parar aqui? Meu pai era chefe de segurança de Grimrose, trabalhou aqui por dois anos. E aí, quando enfim me enviou as passagens para vir para cá, ele desapareceu. Reyna disse que ele nem constava mais na folha de pagamento. – Nani engoliu em seco. – Foi embora antes de eu chegar. Sejamos sinceras: eu claramente não tenho dinheiro para sequer respirar dentro deste castelo, e depois que meu pai conseguiu uma vaga pra mim, nunca mais tive notícias dele.

Nani sentiu a garganta ficar seca e mordeu o lábio para impedir que as lágrimas caíssem, para se impedir de dizer em voz alta o que vinha suspeitando havia bastante tempo.

O pai desaparecera por causa dela. Se ela não fosse parte da maldição, nada teria acontecido. Ele estaria seguro.

– Sinto muito – disse Rory. – Que merda, eu não fazia ideia.

Nani voltou o olhar para o livro, virando as páginas distraidamente e parando no retrato ao final de um conto.

– Achei que era só uma coincidência, mas nada aqui pode ser coincidência. Não quando essa é basicamente a minha história.

Bela tinha trocado de lugar com o pai por um erro dele, mas Nani não fazia ideia de onde seu pai poderia estar.

– Não é culpa sua – disse Rory, com sinceridade. Nani nunca a vira tão séria antes. – Não é tão literal assim.

– Você não sabe.

– Sei que dói ouvir isso, mas você *também* não sabe – respondeu Rory, arrogante. – Presenciamos umas merdas esquisitas, é verdade, mas não é para interpretar literalmente. É uma... metáfora.

Rory a cutucou, e Nani sentiu um conforto inundando seu peito.

– Essa palavra é das difíceis. Cuidado, viu?

Dessa vez foi Rory quem bateu na amiga com o livro. Então, sua expressão ficou séria de novo.

– Nós vamos encontrar seu pai. Você vai poder ver ele outra vez.

– Você não pode prometer isso.

– Me aguarde – disse Rory. – Além do mais, foi Ella quem disse. Vamos salvar todas as garotas, e isso inclui você.

Nani olhou para Rory, observando aqueles olhos azuis, brilhantes e sérios, sua aparência confiante que nunca vacilava, a expressão corajosa que sempre carregava. Desejou poder ser um pouco mais assim, mesmo achando que era idiotice na maior parte do tempo.

– Como pode ter certeza? – perguntou ela.

– Eu adoraria ver quem acha que é capaz de se colocar no caminho de Ella Ashworth – Rory respondeu. – Até mesmo uma maldição antiga.

Nani sorriu, e então olhou para a página que havia aberto. À primeira vista, o retrato se parecia com todos os outros: tinha a mesma moldura de videira em volta do rosto da mulher e de seu cabelo cacheado escuro, que caía pelos ombros, e seus olhos encaravam intensamente os de Nani. No entanto, o rosto era magro e elegante, e havia suaves rugas em volta dos olhos, marcas da idade que as outras não tinham.

Porque todos os outros retratos eram de garotas jovens. Todos menos um.

– Rory – chamou Nani. – Rory, olha isso.

A garota levantou o rosto e encarou a página.

– O que foi? Não estou vendo nada, só uma velha.

– Exato – disse Nani. – Ela é velha. Ela não deveria ser velha.

Todas as garotas morriam jovens, antes de seus contos se completarem, antes de terem o final feliz. Ainda assim, lá estava aquela mulher.

Ali havia, enfim, uma pista.

12

RORY

— Liron Heyman — disse Nani, jogando o iPad que Rory havia lhe emprestado sobre a mesa do refeitório. Rory conseguiu segurar seu copo de suco bem a tempo.

A tela mostrava um velho artigo de jornal.

— Perdão, quem? — perguntou Yuki, franzindo a testa ao ver a foto e a data da notícia.

— A mulher no livro — respondeu Nani, sem paciência, sentando-se de frente para Rory. Seu cabelo estava preso em um rabo de cavalo frouxo atrás da cabeça, e ela ajeitou a armação dourada dos óculos. — A que sobreviveu.

Rory encarou o iPad e Ella se inclinou para a frente. As quatro estavam no refeitório, sentadas na mesa de sempre para almoçarem. Rory afastou o cabelo ruivo lustroso dos olhos e encarou mais uma vez a fotografia que acompanhava a notícia. Reconhecia vagamente aquelas feições, embora a garota na foto parecesse bem mais jovem do que a do livro, provavelmente mais próxima da idade que elas tinham no momento.

— Como encontrou isso? — perguntou Ella, parecendo levemente vidrada, enquanto esticava o pescoço para ler a página.

— Passei tempo demais na internet — respondeu Nani. — E ouvi alguns podcasts de crimes reais.

Rory leu a notícia: Liron Heyman, única sobrevivente de uma tragédia familiar no começo dos anos 1990. Suas onze irmãs mais velhas e seu pai foram encontrados mortos em casa. A polícia encontrou a filha mais nova ainda respirando e conseguiu salvá-la. A investigação taxou as mortes como um possível assassinato seguido de suicídio por parte do pai, que teria morrido sem perceber que a filha mais nova ainda estava viva.

O estômago de Rory se revirou com aquelas palavras, a tragédia tornando-se familiar dentro dela. Supôs que isso era por ter lidado com a morte de Ari e com as outras que vieram depois. Ela mal tinha visto o corpo de Penelope, mas lembrava-se da faca presa no peito da garota; parecia que bastava arrancá-la dali para que Penelope voltasse a respirar.

Rory olhou para Yuki, mas não disse nada. Sabia que o que tinha acontecido com Penelope estava no passado, que não era possível ter evitado aquilo. Contudo, algo havia mudado, porque o mundo inteiro tinha mudado.

– Isso é horrível – murmurou Ella, encarando a tela e balançando a cabeça.

– Isso aconteceu há uns trinta anos – disse Yuki. – É tão antigo quanto as mortes registradas nos arquivos.

– Sim – falou Nani, batucando os dedos na mesa do refeitório. – Demorei um tempo para encontrar, mas imaginei que o número de irmãs seria o mesmo. Encontrei a história, e então encontrei o nome dela.

Rory tinha lido o conto "As doze princesas bailarinas" com Nani. Lembrava-se de já ter assistido a uma versão dessa história em um filme da Barbie, em uma noite em que sua dor a despertara, o corpo inteiro gritando, e a única coisa que podia fazer para se manter distraída era assistir à televisão, os movimentos de dança mal feitos da animação, as irmãs que se amavam e permaneciam juntas não importava o que acontecesse. Rory sempre quis ter uma irmã, porque pelo menos assim seu fardo seria compartilhado. Pelo menos assim ela não seria a única esperança de seus pais.

– O que vamos fazer agora? – perguntou Ella. – Será que devemos falar com essa mulher? Será que ela sabe que é parte da maldição?

– Provavelmente não – respondeu Yuki. – A não ser que tenha visto os livros, mas por que ela teria feito isso?

– Até onde sabemos, ela pode ter visto – disse Nani. – Não sabemos de onde vieram esses livros, ou onde estiveram antes de irem parar nas mãos de Ariane e Penelope. O problema é que Penelope não nos contou nada, então não sabemos *nada*.

Por um momento, Rory não ousou respirar, olhando para Yuki de esguelha.

– Não importa – Ella interrompeu antes que Nani reclamasse sobre a falta de pistas, algo que Rory já tinha ouvido milhões de vezes. – Não sabemos nem o que significavam as divagações dela. Penelope estava assustada, as coisas que ela disse não faziam sentido. É inútil perder tempo com isso agora.

– Sim – concordou Yuki, seus olhos escuros encontrando os de Ella. – Ella está certa.

– Pelo menos Penelope tinha alguma pista – resmungou Nani. – Ela sabia dos livros. Como ela sabia que existem dois e que são conectados?

– Podemos não perder tempo com especulações? – sugeriu Yuki, estreitando os olhos.

– É nossa responsabilidade – respondeu Rory.

Yuki bufou, impaciente.

– Interessante justo *você* mencionar essa palavra.

Rory rapidamente voltou a atenção para a amiga.

– O que você quer dizer com isso, hein?

Yuki sequer piscou.

– Dentre todas as pessoas, você mandou mensagem para Pippa ir te buscar. Precisamos fazer tudo aquilo para ir te resgatar, e levamos junto alguém que não fazia ideia de onde estava se metendo.

– Eu também não sabia – Nani resmungou baixinho, e Yuki a fuzilou com o olhar.

Rory sentiu seu sangue ferver. Não era culpa sua que os pais achassem melhor prendê-la em vez de mandarem-na de volta

65

para a escola. Não era culpa sua estar presa em um posto no qual nascera, um posto que nem queria ocupar. Ela odiava precisar pedir ajuda.

Odiava.

– Não é culpa minha – respondeu Rory.

– Nada nunca é culpa sua – Yuki retrucou. – Mas se quiser falar sobre responsabilidade, talvez deva tentar assumir as suas primeiro.

– Você sabe que eu não posso – disse Rory, sentindo seus músculos tensionarem de um jeito que ela não gostava, sentindo-se magoada por palavras das quais não podia se defender. Yuki *sabia* de tudo isso. – Não posso deixar que mais ninguém saiba.

– Bem, então continue mentindo para Pippa sobre quem você realmente é. Tenho certeza de que vai dar tudo certo.

– Acha que *você* pode me dar conselhos sobre isso? – perguntou Rory, e Yuki apertou o garfo com força, ficando tensa como ela nunca tinha visto antes. Só então Rory percebeu que o garfo estava coberto por uma camada de gelo.

– Já chega – disse Ella, calmamente.

Ella não elevou o tom nem desviou o olhar do prato, mas tanto Yuki quanto Rory pararam imediatamente ao ouvir sua voz, como se um feitiço fosse desfeito.

– Não precisamos brigar por isso – Ella continuou, como se não houvesse tensão no ar. – Temos problemas maiores para lidar. É nisso que devemos focar, não no relacionamento de Rory e Pippa.

– Não tenho um relacionamento – disparou Rory.

– Rory, todas nós sabemos o que você sente pela Pippa.

– Eu não… – A garota balbuciou. – Não é assim. Nós treinamos juntas. A gente luta, e aí…

– Você sonha em dar um beijo apaixonado nela contra uma parede? – perguntou Ella, e Nani riu baixinho.

– Não! – protestou Rory, corando intensamente. De fato, tinha visualizado precisamente essa cena muitas vezes ao fechar os olhos depois dos treinos.

Ella sorriu e tomou um gole da água com uma expressão convencida.

– Tire esse sorrisinho do rosto ou eu mesma arranco ele daí – ameaçou Rory, o rosto ainda queimando.

– Podemos voltar a falar *disso* aqui? – interveio Nani, apontando para o iPad diante delas.

– Sim! – respondeu Rory, virando-se para Nani mais do que contente por terem encontrado um novo assunto, ainda tentando ignorar a pontada de verdade que as palavras pesadas de Yuki carregavam. – Então, o que vamos fazer?

– Acho que devemos conversar com Liron e perguntar como ela sobreviveu – respondeu Nani. – É a única pista que temos.

Rory olhou para as outras garotas em volta da mesa e, com relutância, Yuki assentiu.

– Certo – disse Rory. – Onde ela mora?

– Em Salzburgo – respondeu Nani. – Não é tão longe daqui.

As coincidências se acumulavam. Rory nunca acreditara nisso, mas agora toda a sua vida parecia ditada por coincidências. Estava começando a duvidar se algum dia havia escolhido algo por conta própria.

13
ELLA

As garotas tiveram que esperar por um fim de semana em que Sharon e as irmãs postiças de Ella viajassem para que a jovem conseguisse escapulir pela janela. Março havia acabado de começar quando finalmente aconteceu. Yuki comprou as passagens de trem, lidando com toda a transação em alemão com seu sotaque quase perfeito. Demorou um tempo para elas descobrirem o endereço exato, mas aparentemente Liron morava em cima da loja de roupas da qual era dona.

Ella nunca tinha estado em Salzburgo. A única viagem que fizera desde que chegara em Grimrose foi para Paris, e somente porque a escola organizou. Agora, estava sentada no trem, com Yuki à sua frente, usando fones de ouvido. Ella continuou trabalhando em seu crochê não apenas para ter o que fazer com as mãos, mas também para se impedir de encarar Yuki e imaginar quando ela explodiria de novo, se ela controlava seus poderes ou se a *magia* a controlava.

No entanto, se Ella questionasse Yuki, se contasse que ainda pensava no corpo de Penelope embaixo do lago, isso significaria que ela não confiava na amiga. Ella acreditava que Yuki tinha feito o que era preciso para protegê-las. Ella *precisava* acreditar nisso.

Enquanto grupo, elas pareciam estar indo para lugares completamente diferentes. Nani estava sentada ao lado de Ella, usando um vestido floral com flores brancas e vermelhas, legging de lã e um longo cardigã branco que a amiga tricotara para ela. Metade de seu cabelo estava preso em um rabo de cavalo, e seu nariz estava enfiado em um livro que comprara na estação de trem (ela já estava na página 100).

Rory, sentada de frente para Nani, usava coturnos, jeans preto rasgado, um boné preto virado para trás e um suéter cor-de-rosa com os dizeres MULHERES ME QUEREM, PEIXES ME TEMEM. Ella não fazia ideia do que isso significava. Ao seu lado, Yuki parecia uma garota prodígio a caminho de um seminário na universidade, com meias três-quartos, uma saia de cintura alta e um casaco de tweed vermelho com apliques de tecido nos cotovelos. Ella usava um suéter largo de arco-íris, um macacão de brim quentinho e um tênis de corrida rosa bebê e azul que Rory tinha lhe dado de presente, mas que pareciam grandes demais no seu pé.

Ella passara muito tempo pensando sobre amizade para conseguir nomear seus sentimentos. Entendera a diferença entre amar um amigo e amar alguém romanticamente, assim como o fato de que só conseguia achar alguém atraente depois de passar um tempo conhecendo melhor a pessoa, pavimentando o caminho até seu coração.

Pelas aparências, as quatro eram diferentes demais para *serem* amigas – elas tinham opiniões diferentes e nem todas gostavam das mesmas atividades. Ainda assim, lá estavam elas, juntas. Ella ouvira, mais de uma vez, adultos dizerem que amizades de colégio só aconteciam porque as pessoas eram forçadas a passar um tempo juntas, mas, quando seguiam em frente, era normal se afastarem e encontrarem pessoas mais parecidas.

Ella não acreditava que isso era exatamente verdade. Não havia uma definição precisa de amizade, exceto pela escolha de querer passar um tempo juntas e de se preocupar umas com as outras.

Rory virou-se para encarar Ella, provavelmente sentindo-se observada.

– O que foi?

Ella balançou a cabeça, afastando suas divagações.

– Estava só me perguntando se a Liron vai querer falar com a gente.

– Ela não tem motivos para não falar – disse Nani, atenta à conversa mesmo com os olhos colados no livro. – A não ser que alguém tenha descoberto antes de nós que Grimrose é amaldiçoada, o que eu duvido.

– Real – disse Rory.

O que não significava que não havia pessoas curiosas sobre os mistérios de Grimrose. Era um castelo, afinal, com cem anos de história e muitas passagens secretas.

– Os únicos que poderiam se interessar por isso são as pessoas daquele grupo de estudos – ponderou Ella. – Vocês sabem, aquele pessoal que passa mais tempo na biblioteca do que a gente, que só conversam em latim.

– Metade desses idiotas são da minha equipe de esgrima – resmungou Rory. – As coisas não precisam estar numa língua morta para serem misteriosas, sabe? Eles ficam dizendo *academia pra cá, hermenêutica pra lá…*

– Estou surpresa por você sequer saber como se pronuncia essa palavra – comentou Yuki.

– E a maldição poderia cair na cabeça deles e ninguém ia ver nada – continuou Rory, ignorando Yuki por completo –, eles estariam ocupados demais, obcecados demais em saber quem tirou a melhor nota na droga do trabalho de filosofia.

– Você só está reclamando porque não teve tempo de copiar o meu – disse Nani, sem tirar os olhos do livro.

Rory mostrou o dedo do meio para ela.

– Yuki podia facilmente se enturmar com eles. – Rory cutucou a amiga com o cotovelo. – Já está vestida para o papel.

Yuki pareceu se divertir.

– Ah, eles me convidaram.

– O quê? – exclamou Ella, entortando a cabeça. Era a primeira vez que ouvia essa história. – E o que você disse?

– Que tenho formas melhores de desperdiçar meu tempo – Yuki respondeu brutalmente, e todas elas desataram a gargalhar.

As quatro enfim desceram em Salzburgo, com suas ruas pavimentadas por pedras, sua igreja com torres altas e o rio que cortava a cidade ao meio. Encontraram a loja de roupas com facilidade. Estava aberta, mas elas hesitaram na entrada. Rory foi primeiro, seguida pelas outras. Um sino tilintou, anunciando a chegada do grupo. À primeira vista, a loja parecia vazia, mas então uma mulher apareceu de trás do balcão.

Comparados ao retrato, seus cachos eram mais lustrosos e suas rugas, mais evidentes ao redor dos olhos. Ella sabia que a mulher devia ter 40 e muitos anos. Suas bochechas eram encovadas, e seu traço mais marcante eram os olhos fundos. Ela os estreitou, analisando as roupas das meninas, provavelmente imaginando que eram turistas.

– Sinto muito – Liron disse em inglês, mas com um forte sotaque alemão. – Estamos fechando daqui a pouco.

– Na verdade, não somos clientes – disse Yuki. – Você é Liron Heyman?

Algo dançou pelos olhos da mulher, que assentiu timidamente.

– Sim, mas não sei como posso ajudá-las.

– Só queremos conversar – disse Ella.

Os olhos de Liron se estreitaram ainda mais, e sua expressão ficou tensa.

– É a respeito do que aconteceu com a sua família – explicou Nani.

Ella viu a mudança em Liron. A mulher endireitou a postura, parecendo mais desafiadora.

– Não vou falar com vocês. Saiam imediatamente.

– Por favor, srta. Heyman – disse Ella, tentando manter a voz calma. Aquela era a única chance que teriam. – Sabemos o que aconteceu e achamos que você pode nos ajudar. O que aconteceu com você...

– Não é da conta de vocês – completou Liron, indo até a porta e escancarando-a mais.

Sua postura era inflexível. As garotas estavam congeladas, sem saber o que fazer, até que Ella deu um passo à frente.

– Nós viemos de Grimrose – disse a garota, torcendo para que aquilo significasse alguma coisa.

Liron pestanejou, e Ella viu que a mulher quase não conseguiu conter o choque. Foi aí que Yuki assumiu o controle: ela se aproximou e colocou a mão no batente de metal da porta, que estalou sob a força do frio, e Liron o soltou. Yuki então formou uma bola de neve com a mão, seus dedos curvados como garras, o aroma de magia no ar. Liron ficou de boca aberta enquanto encarava as garotas.

– Não desperdiçaremos seu tempo – disse Yuki. – Isso é importante.

– Não quero ser parte disso – retrucou Liron.

– Você não tem escolha – disse Nani, tirando o Livro Branco da bolsa e mostrando a Liron seu retrato. – Você já é parte dessa história.

❋ ❋ ❋

Todas entraram na pequena sala de estar de Liron. Ella sentou-se em uma cadeira e Yuki ficou de pé logo atrás, com o braço apoiado no espaldar e a mão repousando de forma protetora acima da cabeça da amiga. Ella olhou em volta e percebeu que não havia nenhuma fotografia sobre a prateleira de cornija ou nas paredes, nem vasos decorando o espaço. Tudo o que havia era uma manta de crochê cobrindo o sofá.

Enquanto servia o chá, Liron manteve os olhos fixos em Yuki. Ella ainda sentia a eletricidade da magia, mesmo depois que Yuki cessou em usá-la. Nani estava sentada na namoradeira com o Livro Branco no colo, alisando as bordas. Ao seu lado estava Rory, a única pessoa no recinto que não parecia nervosa. Típico.

Liron sentou-se de frente para Nani e Rory, seus dedos batucando gentilmente na xícara de chá.

– Não sei o que posso dizer a vocês que já não tenha saído no jornal naquela época. Não é um assunto do qual gosto de falar. Já se passaram trinta anos e eu dispensei todas as pessoas que tentaram me entrevistar a respeito disso.

– Não somos pessoas aleatórias – disse Rory. – Nós te mostramos seu retrato. E também estamos no livro.

Liron se remexeu no assento.

– Eu gostaria de uma explicação para tudo isso.

Ella sentiu o olhar das amigas voltarem em sua direção, porque era sempre ela quem falava. Embora não soubessem o quanto podiam de fato compartilhar, Liron já vira do que Yuki era capaz e tomara um susto com o próprio retrato no livro, e não havia explicação para qualquer uma dessas coisas a não ser magia.

— O que você sabe sobre Grimrose? – perguntou Ella.

— Uma pessoa mencionou esse nome para mim antes – disse Liron. – Alguém que veio me ver.

— Ariane? – disparou Rory, arregalando os olhos azuis. – Mais ou menos um ano atrás? Cabelo ruivo, voz bonita?

— Não – respondeu Liron. – Foi há mais tempo, quase vinte anos atrás.

Ella olhou para Yuki, mas o rosto da amiga permaneceu impávido.

— Era uma garota... – Liron começou a dizer, encarando Yuki e fazendo uma pausa longa demais. – ...estranha, é como eu a descreveria. Ela disse que frequentava uma escola na Suíça, a Académie Grimrose. Eu nunca tinha ouvido falar. Ela perguntou como eu sobrevivi, assim como vocês estão perguntando agora.

— Quem era ela? – questionou Nani, quase com rispidez.

— Ela não disse o nome – respondeu Liron –, mas me lembro porque foi a menina mais linda que já vi.

Liron encarou Yuki novamente, e então Ella compreendeu.

Yuki não era qualquer garota. Era alguém que Liron, de alguma forma, reconheceu. Alguém de um ciclo passado.

— Como ela era? – perguntou Ella, quase com medo de ouvir a resposta.

— Tinha cabelos negros – disse Liron –, a pele branca, pálida.

— E lábios vermelhos como sangue – murmurou Ella.

Liron assentiu. Ella não ousou olhar para Yuki. Um calafrio percorreu sua espinha.

— Há retratos de muitas garotas no livro – Ella começou a explicar, lentamente. – A vida de cada uma delas corresponde a um conto de fadas.

Liron franziu a testa.

73

– Um conto de fadas? Como em… *Schneewittchen*?

– Exatamente – respondeu Yuki, e Ella reconheceu o título de "Branca de Neve" em alemão.

– Acreditamos que o livro esteja ligado a uma… maldição – continuou Ella, sua voz um pouco hesitante agora. – Uma maldição que nos faz reviver os contos de fadas, mas sem chegar aos finais verdadeiros.

– Os finais verdadeiros seriam…? – perguntou Liron.

– Os felizes – respondeu Rory.

As garotas ficaram em silêncio enquanto Liron olhava de uma para outra. Ella percebeu a dificuldade da mulher em acreditar. Não podia culpá-la; para qualquer pessoa, aquilo pareceria loucura. Só que Ella reconheceu aquela hesitação, como se Liron soubesse que tudo o que havia acontecido em sua vida não pudesse ser normal. Precisava haver outra explicação para o que acontecera com ela.

– E eu estou nesse livro? – perguntou Liron. – Qual é o meu conto?

– "As doze princesas bailarinas" – respondeu Nani.

– *Die zertanzten Schuhe* – Yuki apressou-se em traduzir.

Uma expressão de compreensão tomou o rosto de Liron, e ela encarou Nani.

– Posso ver?

A garota entregou o livro aberto no conto das doze princesas. Liron relutou em ler, mas virou as páginas. Quando chegou ao fim, seu rosto ficou pálido, e ela fechou o livro com violência.

– Não quero mais ler isso – irritou-se a mulher. – Por que querem minha ajuda?

– Todas as outras garotas no livro estão mortas – respondeu Ella. – No final de cada conto, acontece uma morte. Só que você é diferente. Você é a única no livro que é mais velha do que nós.

– Qual é o segredo? O que você fez? – perguntou Rory.

Liron virou-se bruscamente para ela.

– Não entendo o que quer dizer.

– Você sobreviveu, as outras morreram. Deve ter acontecido algo diferente.

Liron encarou cada uma delas, seus olhos mais uma vez demorando-se sobre Yuki. Ella virou-se para a amiga e os olhares das duas se encontraram. A expressão de Yuki ficou mais suave, e Ella sorriu antes de voltar-se para Liron.

— Eu nunca tinha visto esse livro antes — disse Liron. — A tal garota de Grimrose queria saber o mesmo que vocês, mas eu não pude contar para ela.

— O que aconteceu? — perguntou Nani. — Qual é a sua história?

Liron desviou o olhar por um momento, e Ella imaginou como devia ser doloroso reviver aquelas lembranças. Suas próprias histórias mal haviam começado e já eram repletas de luto.

— Eu era a mais nova de doze filhas — começou Liron. — Minha mãe morreu quando eu era pequena, nos deixando apenas aos cuidados do meu pai. Ele era muito... controlador. Minha irmã mais velha tinha só oito anos a mais do que eu. Meu pai costumava nos trancar dentro de casa para nos impedir de sair, com a desculpa de que assim nós não o faríamos passar por constrangimentos.

Liron desviou o olhar outra vez, mas nenhuma das garotas se mexeu. Todas permaneceram estáticas, esperando o que viria a seguir.

— Então, minhas irmãs começaram a fugir de casa durante a noite — ela continuou. — Meu pai nos trancava, mas nosso quarto era o maior da casa. Dormíamos todas juntas e escapulíamos pelo porão.

— Você também? — Nani perguntou.

Liron assentiu.

— Eu tinha 15 anos quando aconteceu. Minha irmã mais velha tinha um namorado que meu pai não aprovava. Nenhuma de nós havia contado a ele sobre isso, mas ela e minhas outras irmãs tinham fugido tantas vezes que se tornaram descuidadas. Meu pai começou a suspeitar que havia algo errado, até que um dia ele nos pegou.

— E então? — Rory perguntou.

— E então ele envenenou todo mundo — respondeu Liron, encarando-a — e logo depois se matou. Eu tive sorte de sobreviver. Foi só isso: sorte.

Ella respirou fundo.

– Você deve ter feito algo diferente. Você não morreu. Seu rosto não foi substituído por um rosto novo no livro.

– O que acham que acontece quando não seguimos a história até o fim? – perguntou Liron, com a voz áspera.

– Um final feliz.

A mulher fechou os olhos, e Ella viu quando um luto terrível e implacável tomou conta de sua expressão.

– Eu não tive um final feliz – disse Liron. – Vocês não entendem? Posso ter sobrevivido a essa tal maldição, ou seja lá o que acham que seja, mas não foi um final feliz. Minha vida não é feliz. Perdi onze irmãs, passei trinta anos lembrando o rosto de cada uma delas, vendo-as em meus sonhos. Chamam isso de felicidade?

Ella sentiu lágrimas brotando no canto dos olhos.

– Mas você sobreviveu – disse Nani, começando a ficar irritada. – Todas as outras garotas amaldiçoadas morreram.

– Sobreviver não é o mesmo que viver. Se eu tivesse morrido, teria sido a mesma coisa. Não vejo diferença. A tragédia permanece.

Ella tentou manter a compostura, mas cada palavra parecia uma martelada. O que não contara a ninguém, a coisa que só ela tinha percebido, era que seu tempo estava quase acabando.

Em seis meses, seu aniversário chegaria e ela estaria livre de Sharon e das irmãs postiças. Em seis meses, teria sua liberdade. Em seis meses, teria seu final feliz.

Porém, em seis meses, se não conseguisse quebrar a maldição, ela teria um final ruim.

Não era assim para Yuki, Rory ou Nani. Elas não tinham um prazo. A maldição pairava sobre suas cabeças, mas apenas Ella havia passado os últimos cinco anos esperando pelo dia em que seria livre, em que todo seu sofrimento terminaria.

Agora que estava perto, porém, não parecia uma libertação. Parecia uma contagem regressiva de uma bomba.

– Desculpe por termos incomodado – disse Ella, engasgando-se com as palavras. – Obrigada pela ajuda.

A garota se levantou e correu para fora antes que alguma outra coisa despedaçasse o que restava de sua esperança.

76

14
YUKI

Rory e Nani correram atrás de Ella, embora Nani tenha encarado Yuki por um segundo demorado antes de ir. Yuki ficou para trás e permaneceu calma, com uma tranquilidade fria nos ossos. E então, ela se virou para Liron.

– Você está mentindo – disse a garota, simplesmente, mudando para o alemão.

Sentia-se tão confortável falando em alemão quanto em inglês. Ambas as línguas soavam ásperas em sua língua, ambas faltavam nuance.

– Como é? – Os ombros de Liron ficaram tensos, sua atenção mudando bruscamente da porta para Yuki.

– Você está mentindo – Yuki repetiu. – Alguma coisa aconteceu. Algo que você acredita ser o motivo de ter sido poupada.

Yuki observara fixamente enquanto Liron contava sua história, seus olhos nunca se desviando da mulher. Os pequenos gestos que fazia, os dedos trêmulos na xícara de chá. O jeito que ela fechara o livro depressa demais ao chegar no final, quando suas irmãs morriam.

– Você é diferente das outras garotas – disse Liron.

Yuki deu de ombros.

– Sua magia – a mulher prosseguiu –, as outras também têm isso?

A garota fez que não com a cabeça.

– Então isso torna você especial. Isso torna sua história diferente.

– Talvez. Não sabemos ao certo.

– E ainda assim, você fala com facilidade sobre a maldição – seguiu Liron.

Yuki sabia que as meninas estavam esperando por ela do lado de fora, especulando se ela conseguiria obter mais informações. Quase conseguia ouvir a voz de Ella perguntando se elas deveriam voltar para buscá-la.

Yuki não havia conversado com Ella sobre a tempestade, não havia conversado sobre como seu poder partira o mundo em dois. Sobre como Yuki o sentira correndo por suas veias, pronto para ceifar, pronto para fazer tudo desabar.

A questão de tal poder era que, mesmo sendo gelo, tudo o que fazia era queimar o que estava em seu caminho, o que Yuki construíra para ela mesma durante todos esses anos. Ela gostou do poder de se destruir. A essa altura, Yuki queimara pontes grandes demais para que as chamas não a alcançassem, e se quisesse continuar evitando o incêndio, precisava continuar fugindo. Assim, o fogo não a consumiria quando se virasse para olhar o que deixou para trás.

Tudo o que ela podia fazer era queimar, e queimar intensamente, até não restar mais nada no caminho para a salvação.

– Eu também estou no livro – respondeu Yuki. – A magia não me ajuda a quebrar a maldição.

– Mas talvez te ajude a escapar.

Yuki se mexeu de leve em seu lugar. Deveria ir lá para fora, dar as costas àquela mulher. Contudo, algo nela parecia uma lembrança deslocada, alguma coisa que Yuki já vira.

Liron descrevera uma garota igual a Yuki, ou pelo menos exatamente igual às garotas que Yuki via refletidas no espelho: outra versão sua que chegara perto de escapar, mas morrera para que Yuki pudesse nascer em seu lugar.

– O que aconteceu no dia que sua família morreu? – perguntou Yuki.

Liron suspirou, encolhendo os ombros.

– A resposta que tenho não é boa. Não quis contar para as suas amigas, elas parecem boas meninas. Vocês podem buscar uma forma de escapar, mas isso não é um conto de fadas. Eu não sabia dessa tal maldição, e não fez diferença nenhuma. Não foi fácil. Não foi bonito.

Yuki sentiu o sangue esvair de seu rosto. Tinha certeza do que a mulher diria antes mesmo da primeira palavra.

– Você as matou – murmurou Yuki. – Não foi seu pai. Foi você.

O olhar de Liron não demonstrava arrependimento. Ela encarou Yuki e não recuou.

– Sim. Eu amava minhas irmãs, mas elas acreditavam demais em uma salvação. Sarah, minha irmã mais velha, ficava falando sobre como seu namorado nos tiraria dali, o que não era verdade. Não podia ser, porque éramos prisioneiras, proibidas de viver de verdade, e se um dia escapássemos, meu pai mataria todas nós.

Liron mordeu as bochechas por dentro, e Yuki continuou ouvindo a história.

– E então Sarah teve uma ideia – continuou a mulher. – Ela marcou com o namorado para ele nos ajudar a escapar, mas meu pai descobriu. Ele mandou o garoto fugir e nunca olhar para trás, senão o mataria. E sabe o que o garoto fez?

– Ele não voltou – respondeu Yuki.

Liron riu, mas era um riso vazio, com todos os dentes e nenhuma misericórdia à mostra. De repente, Yuki percebeu o que reconhecera em Liron. Ela tinha o mesmo tipo de determinação de Penelope, a mesma disposição para fazer algo terrível só para conseguir o que queria.

– Foi aí que eu percebi o que eu acabaria me tornando – disse Liron, encarando Yuki. – Por toda a minha vida, eu esperaria alguém de fora vir me resgatar. Seria como minhas irmãs, inertes e inocentes, à espera de algo. Eu as matei para não me transformar nelas. Eu recusei meu final.

Liron se levantou. Suas mãos estavam firmes ao recolher as xícaras, seus ombros rígidos. Yuki tinha certeza de que era a primeira vez que a mulher confessava seu crime. Imaginou se Liron reconhecera em Yuki o mesmo que Yuki reconhecera nela. Aquela avidez. Aquele desejo. A recusa de partir em silêncio e a prontidão de tomar o que é seu. Custasse o que custasse.

– Quer um conselho para escapar da maldição? – sibilou a mulher. – Devore seu coração. Pegue qualquer bondade ou gentileza que resta em você e engula com vontade. É o único jeito de sobreviver.

Yuki assentiu. Sentia os ossos responderem a esse chamado, ansiosos para esquecerem daqueles sentimentos. Para encontrarem o próprio objetivo de quebrar a maldição e serem livres. Ela não estava presa às mesmas regras que as outras. Não mais.

Yuki não perdera o controle da tempestade. Sabia exatamente o que estava fazendo.

Ella a trouxera de volta porque Yuki permitiu. Porque no fim, se não pudesse salvar Ella, nada faria sentido. Se não pudesse salvar Ella, a única coisa boa em sua vida, a pessoa que tanto amava quanto invejava, que se emaranhou e entalhou em seu coração desde o dia em que se conheceram, então não importava quanto poder ela tinha. Não importava o que ela queria, porque não serviria para nada.

Yuki se virou para ir embora.

– Obrigada pelo conselho.

Liron deu uma última olhada na garota e ergueu o queixo em desafio.

– Aquelas meninas não têm o que é preciso, mas você tem. Você é como eu. Você vai sobreviver.

Yuki assentiu outra vez, e então saiu pela porta.

15
NANI

Quando Yuki finalmente se juntou às meninas do lado de fora, Ella já tinha se acalmado. Nani perguntou por que Ella havia fugido da sala, mas a garota disse apenas que ficou ansiosa e precisava de ar puro. Nani não acreditou, mas não a pressionou mais.

— Por que demorou tanto? — Rory reclamou para Yuki.

— Por nada — respondeu a garota, friamente. Ela correu os olhos pelas três, analisando-as. — Eu só queria fazer mais algumas perguntas.

— Liron contou mais alguma coisa? — perguntou Nani.

— Ela foi bem evasiva — comentou Rory.

— Ela tem seus motivos — respondeu Yuki. — É um assunto delicado.

— Que merda — resmungou Rory. — Essa viagem não serviu pra nada. Liron não sabia da maldição e as respostas que deu foram inúteis.

— Vamos encontrar alguma coisa — disse Ella. — Isso ainda não acabou.

Enquanto as garotas partiam para pegar o trem de volta à Grimrose, Nani percebeu que Yuki não respondera sua pergunta.

❦ ❦ ❦

Com a única pista se revelando um beco sem saída, Nani não quis voltar aos livros. A única coisa que havia encontrado não as levou a lugar algum, embora ela soubesse que não deveria ter criado muitas expectativas.

Também tinha outra coisa incomodando Nani. Liron havia dito que outra garota de Grimrose a procurara, anos atrás, para perguntar como ela tinha sobrevivido. Isso significava que outras pessoas haviam tentado investigar a maldição antes.

Quando elas finalmente chegaram ao castelo, Nani não quis ser a pessoa a levantar o assunto da maldição de novo. Em vez disso, ela foi para o quarto de Svenja.

A porta já estava aberta e estava tudo escuro. O quarto de Svenja tinha uma vista diferente do de Nani e das meninas: enquanto o delas dava para os jardins, o de Svenja dava para os telhados de Constanz. Svenja estava de costas para a porta, com o cabelo preso em um rabo de cavalo, vasculhando algo em sua mesa.

– Oi – disse Nani. – Está fazendo a lição de casa no fim de semana? Que aluna exemplar.

A garota deu um pulo e se virou, e só então Nani se deu conta de que não era Svenja, e sim sua prima Odilia. Seus olhos eram mais escuros, mas a semelhança era grande o bastante para causar um arrepio em Nani. Odilia também a reconheceu, e antes que Nani pudesse dizer algo, a garota saiu correndo do quarto.

Nani, perplexa, ouviu a porta do banheiro se abrir. Dessa vez era Svenja de fato, enrolada na toalha e envolta por uma nuvem de vapor. Nani ainda estava petrificada perto da porta.

– Oi, deixei a porta aberta quando recebi sua mensagem sobre ter chegado. O que aconteceu? – Svenja perguntou, percebendo a expressão de Nani.

– Sua prima. Estava aqui agorinha. Pensei que... – Nani balançou a cabeça e esfregou os olhos cansados. – Deixa pra lá. Por que ela estava aqui?

– Como é que eu vou saber? – Svenja respondeu com indiferença. – Ela não contou pra *mim*.

Nani olhou para a porta de novo, ainda se xingando por ter confundido as duas. Foi um erro simples, estúpido. Não aconteceria outra vez.

Ela tinha visto o retrato de Svenja no Livro Branco, no conto "Lago do Cisne". Até onde sabia, a versão original não tinha um final feliz – a heroína era transformada e o príncipe dançava com a garota errada, condenando-a a continuar amaldiçoada e a uma morte trágica enquanto a vilã tomava seu lugar.

Se quisesse que Svenja sobrevivesse à maldição, Nani não podia se dar ao luxo de cometer esse erro outra vez.

Svenja a encarou e franziu a testa.

– Você está bem? Tenho certeza de que Odilia só veio pegar uma escova de cabelo ou algo do tipo. Eu roubei umas maquiagens dela semana passada, então ela deve estar se vingando.

Não adiantava falar com Svenja sobre o assunto; Nani sabia que sua preocupação seria descartada. Mesmo reclamando de Odilia, Svenja sempre achou a prima inofensiva, ainda que irritante.

Nani fechou a porta e encarou Svenja, lembrando-se de que a garota estava apenas de toalha. Ela desviou o olhar, incapaz de esconder o calor que subiu por suas bochechas.

– Ah, por favor, não me diga que ficou constrangida – disse Svenja. – Sou eu que estou sem roupa.

– Talvez você deva vestir alguma.

– Talvez você deva tirar a sua – provocou Svenja.

– Eu vou embora.

Svenja suspirou, jogando as mãos para o alto em derrota. A toalha escorregou um pouco, e Nani quis tanto olhar quanto sair do quarto, suas bochechas ainda queimando. A garota foi ao banheiro e voltou alguns minutos depois, inteiramente vestida e com o cabelo ainda pingando, a água deixando sua camiseta branca transparente.

– Eu sou sua namorada, sabia? – disse Svenja, empurrando de leve o ombro de Nani. – Você tem permissão para olhar.

– Svenja, você vai me fazer morrer de vergonha.

– Nani, você já é crescidinha, sabe como são os relacionamentos.

O problema era que Nani sabia, mas não queria pensar a respeito. Era desconcertante admitir que todo seu conhecimento sobre relacionamentos vinha dos livros. Ela sempre soube que era lésbica na teoria, mas não tinha nenhuma prática. E embora os beijos de Svenja fossem arrebatadores e a deixassem tonta, Nani percebeu que eles não eram a única causa *disso*. Não era apenas algo físico.

Ela sentiu sua barriga se revirar. Estava guardando muitos segredos de Svenja, e não eram só sobre a maldição.

Svenja sentou-se na cama e acenou para que ela a acompanhasse. Nani se aconchegou no peito da garota e, embora fosse mais alta, sentiu-se protegida naquele abraço e não ficou consciente sobre o próprio corpo. Bem, ela pensava sobre seu corpo, sobre o calor que sentia toda vez que beijava Svenja, mas nunca se preocupou com sua aparência ou seu tamanho. Estava pensando era no que seu corpo podia fazer. Ela ainda não sabia decifrar o que seu ele queria.

Além disso, tinha a maldição a se considerar. Svenja era parte do conto de Nani? Nani era parte do conto de Svenja?

As palavras que Svenja dissera no ano anterior, durante a briga das duas, ecoaram novamente na mente de Nani: *Não me transforme em um monstro que não sou.*

Nani sempre gostou dos monstros, dos vilões e dos personagens moralmente ambíguos das histórias, mas não estava pronta para revelar essa parte do próprio conto. A verdade era que ela não queria mais problemas, mas se as coisas com Svenja fossem além, se ela se entregasse de verdade àquele sentimento, isso definitivamente seria um problema.

16
ELLA

No fim de março, o clima do inverno abrandou e deu lugar ao primeiro sopro da primavera. As plantas começavam a florescer timidamente, e a desolação que cobrira Grimrose por tanto tempo foi banida do reino. No entanto, Ella não pôde apreciar a chegada de sua estação favorita porque estava riscando os dias no calendário, temendo cada X vermelho.

A visita a Liron havia sido frustrante, mas Ella não conseguia parar de pensar na forma como a mulher olhara para Yuki, na forma como descrevera a outra garota de Grimrose que fora à sua casa. Fosse quem fosse a garota, certamente sabia da maldição. Deve ter ligado os fatos na época, depois que Liron sobreviveu ao seu fim trágico.

Ella voltou às suas anotações, às coisas que vinha se perguntando sobre o último semestre. Conhecia o Livro Preto e o Livro Branco de cor, podia recitá-los dormindo. Sabia o nome de cada garota que tinha frequentado a escola. Podia contar os retratos, ver os rostos ao folhear as páginas mentalmente. No entanto, em vez da contagem acalmá-la, como os números costumavam fazer, o efeito era o oposto.

Tudo que Ella tinha agora era o alerta de Penelope: *Vocês não têm chance contra essas pessoas*. Não sabia o que isso queria dizer, e toda vez que tentava se lembrar de mais detalhes daquela noite, só via a faca, o sangue e suas unhas sujas de terra.

Todos os dias, ela observava Yuki em busca de sinais, mas a amiga nunca vacilava. Era a Yuki de sempre. Ela tinha que confiar na melhor amiga. Havia momentos, porém, em que algo mais parecia estar prestes a surgir. Algo desconhecido. Algo perigoso.

Ella não conseguia dar nome ao medo; se o fizesse, significaria que perdera a fé em Yuki. Ella Ashworth nunca perdia fé em suas amigas.

— Vou quebrar essa maldição — ela murmurou baixinho, relendo suas anotações. — Eu prometi. Ella Ashworth nunca decepciona suas amigas.

Foi então que ouviu uma batida à sua porta, no sótão de casa, e escondeu os papéis sob um pesado livro de química.

— Ella? — Uma voz hesitante perguntou enquanto a porta era aberta. O quarto de Ella não podia ser trancado por dentro.

Silla surgiu na entrada, uma versão menos confiante de sua gêmea Stacie.

— Desculpa, sei que está tarde.

— Não fui dormir ainda — disse Ella, mas não ousou erguer a voz. — Sharon precisa de algo?

— Ela não — respondeu a garota. — Eu estourei os botões do meu blazer do uniforme. Queria saber se…

Sua voz foi morrendo enquanto ela baixava os olhos. Ella estendeu a mão e, com um passo hesitante, Silla entrou, entregando-lhe o blazer azul-pervinca. O lindo brasão de Grimrose estava bordado no bolso esquerdo, um A e um G entrelaçados. Silla continuou de pé enquanto Ella analisava o blazer.

— Você pode se sentar, sabia? — murmurou Ella, gesticulando para a cama.

Silla sentou-se quase de imediato, mas não parecia contente.

Ella pegou seu kit de costura — não o bom, que mantinha escondido debaixo da cama junto da antiga máquina de costura de sua mãe, mas o comum, que usava para consertar as coisas de casa — e, por um momento, foi transportada para os dias depois do

86

baile, quando passou três noites inteiras refazendo o vestido branco de Yuki para substituir aquele que fora manchado de sangue no lago. Ella furara o dedão ao terminar a costura e deixado uma única gota de sangue cair no tule branco quando estava quase terminando. Em uma crise de pânico, a garota rasgou tudo e começou do zero, com medo de que a mancha vermelha fosse um lembrete. O vestido era branco e precisava continuar imaculadamente branco, como a neve, o mesmo tom da pele de Yuki.

Ella piscou e afastou aqueles pensamentos, pegando linha e agulha para consertar o blazer. Quando olhou para Silla, percebeu que a garota a observava. As duas quase nunca conversavam – Silla sempre fora a sombra de Stacie, e para o bem ou para o mal, e era atrás da irmã que costumava ficar.

– Você não vai contar pra mamãe, né? – A voz de Silla era quase um sussurro.

– Contar o quê? – perguntou Ella.

– Sobre isso. Eu estava só experimentando, não quis arrancar os botões. Mas você sabe o que ela vai dizer, que os botões não estourariam se eu estivesse em forma.

A raiva borbulhou na garganta de Ella.

– Não vou contar nada.

Silla se remexeu no lugar, parecendo não confiar totalmente, enquanto Ella fazia seu trabalho. Sharon pairava sobre as filhas, pronta para despedaçá-las a qualquer mudança em seus corpos. O único elogio que Ella recebera da madrasta foi por ser magra, o que só era uma realidade porque a garota quase nunca tinha permissão para comer uma refeição completa fora da escola.

Enquanto costurava, Ella via Silla examinando o quarto monótono. Seu uniforme estava pendurado na cadeira, seus livros e cadernos sobre a mesa. Pela pequena janela, era possível ver a torre mais alta do castelo de Grimrose. Toda manhã, ao acordar, essa era a primeira visão de Ella: sua liberdade e, agora, sua maldição.

– Você acha que as coisas serão diferentes por aqui quando formos embora? – Silla perguntou tão baixinho que Ella quase pensou ter imaginado.

87

Por um instante, Ella desviou os olhos do botão e a agulha deslizou de seus dedos.

– Sei que você vai embora – continuou Silla, sem olhar para Ella. Encarava o castelo, os olhos castanhos fixos em um ponto no horizonte. – Meu Deus, todas nós queremos sair daqui. Stacie tem todos aqueles planos. A gente conversou sobre isso, mas… nunca incluímos você.

Ella não se magoou com a declaração. A última coisa que esperava era que as gêmeas a incluíssem em seus planos, não depois de as três terem passado os últimos cinco anos se evitando diligentemente, colocando-se meticulosamente em lugares diferentes em suas vidas, cuidadosamente ignorando a mágoa no coração umas das outras.

– E quais são seus planos? – perguntou Ella.

– Os planos são da Stacie – corrigiu Silla. – Eu só vou junto.

Ella arrematou o último ponto com graciosidade, prendendo o fim da linha dentro do blazer. Devolveu-o à irmã postiça, que o pegou com cuidado, mordendo o lábio inferior. Enquanto Silla se levantava para sair, Ella virou a cadeira de rodinhas para encará-la.

– Você não deseja ter algo só seu?

A garota deu de ombros.

– Quem sabe? Talvez, quando quebrarmos esse ciclo, eu encontre alguma coisa. Talvez até encontre algo em que possa ser boa.

– Você é boa em cavalgar – disse Ella.

Silla sorriu com sinceridade.

– Sim, mas não boa o suficiente.

– Isso é o que Sharon diz.

Silla suspirou. Ella nunca tinha reparado em como a garota era diferente da irmã. Stacie sempre foi a gêmea mais bonita, com o cabelo lustroso, as sobrancelhas arqueadas, as maçãs do rosto elegantes. Silla tinha bochechas arredondadas e uma boca maior, e estava sempre colocando o cabelo liso e sem graça atrás das orelhas.

– Talvez, quando eu for embora, vai haver um dia que não ouvirei a voz dela na minha cabeça antes da minha. – A garota conferiu o blazer. – Obrigada, Ella.

Silla saiu e fechou a porta, deixando Ella sozinha.

Ella reprimiu um suspiro. Já tinha muito com que se preocupar, mas havia algo no jeito que Silla chamou a vida delas de *ciclo*. Uma ideia surgiu e seu coração bateu mais forte, a cabeça flutuando enquanto ligava os fatos.

Todas as mortes de contos de fadas que aconteceram antes seguiram a mesma *história*. As histórias sempre se repetiam, com as garotas presas na mesma posição. Elas sempre estiveram fadadas a viver do mesmo jeito, a morrer do mesmo jeito, a repetir o ciclo.

Quantas vezes Ella já vivera isso? Quantas vezes passara a vida em um lugar que odiava sua própria existência, onde precisava trabalhar todo santo dia para poder comer, onde passava cada segundo sonhando com o dia em que iria embora? Sua existência inteira se resumia a isso? Essa era a única vida que podia ter? Trabalhar até suas mãos sangrarem, até sua mente gritar para que parasse, para que não percebesse a extensão da prisão na qual estava confinada?

Mais uma vez, Ella pensou em Ari afundando no lago. Seu retrato em breve desapareceria do livro, as beiradas esmaeceriam e um novo rosto surgiria no lugar, parecido com o anterior, mas não seria a mesma Ari. Ella pesquisara em jornais e registros históricos sobre outras garotas que tinham se afogado, e lá estavam elas – quarenta anos antes, sessenta anos antes. Garotas que haviam sido envenenadas, que foram dormir e nunca acordaram. Enquanto pesquisava, Ella evitou olhar as fotos, porque não queria ver nenhuma semelhança entre aquelas meninas e suas amigas.

Também nunca pesquisou a própria história naqueles velhos registros, porque sua história era tão parecida com a de incontáveis garotas pelo mundo – não só daquelas destinadas a reviver o conto "Cinderela", mas também das que eram prisioneiras em suas próprias casas, mantidas em cativeiro na escuridão até o dia que desaparecessem. Ninguém as notava, e ninguém se lembraria de seus nomes.

Havia milhares de outras pequenas Cinderelas por aí, mas apenas Ella foi nomeada assim.

De punhos fechados, a garota sentiu o ódio invadir seu coração. Ódio por sua mãe ter morrido, por seu pai tê-la deixado naquela situação. Ódio pela injustiça a que fora submetida, por tudo que lhe era exigido todo santo dia, por tudo que lhe foi tirado sem seu consentimento.

Ella enxugou as lágrimas. Tinha feito uma promessa. E tinha intenção de cumpri-la.

17
RORY

Durante quase todo o inverno, o salão de esgrima ficou fechado, aguardando o retorno do instrutor. Desde que voltara a Grimrose, Rory ansiou pela reabertura a cada instante. Sabia que outras coisas mereciam sua atenção – a droga da maldição, por exemplo –, mas queria voltar para a única coisa que sabia fazer.

Apesar de todas as coisas que haviam dado errado para Rory no ano anterior – uma melhor amiga morta, a maldição, o cárcere privado imposto pelos pais, a doença crônica que parecia fazer seu corpo lutar contra ela –, havia algo que sempre esteve certo: os treinos de sexta-feira à tarde. Assim, quando o instrutor finalmente voltou e o salão de esgrima foi reaberto, Rory praticamente se lançou lá para dentro como se tivesse pulado de uma catapulta.

Porém, ela não tinha pensado no que aconteceria quando visse Pippa de novo. Quando chegou, a garota já estava lá, vestida com o short azul-escuro e a camiseta branca do uniforme de treino, o cabelo trançado, a pele escura radiante. Pippa também pareceu surpresa ao ver Rory ali, largando a bolsa sobre o banco.

– Oi – disse ela. – Não achei que você viria.

– Hoje é sexta – respondeu Rory.

– Sim, mas você sabe, a gente não conversa desde… – A voz dela sumiu. – Eu estava torcendo pra você vir.

Rory olhou para o chão, constrangida. Em um gesto automático, tentou prender o cabelo, mas ela não tinha mais o cabelo longo. Em vez disso, bagunçou os fios para cima e abriu um meio sorriso.

Rory se sentia mal por, depois de tudo que haviam enfrentado juntas no palácio, não ter conversado com Pippa a respeito do que aconteceu. Bem, ela sabia por que não quisera ir conversar. Pippa já tinha se envolvido bastante, e Rory não podia se dar ao luxo de deixar que ela soubesse demais.

Ainda assim, também não conseguia resistir em se afundar ainda mais.

— Eu nunca agradeci você por ter ido me buscar com as meninas – disse Rory, as palavras saindo apressadas e acaloradas.

Pippa a encarou.

— E eu nunca perguntei a você por que mandou aquela mensagem pra mim.

— O único número de celular que sei de cor é o seu.

O olhar das duas se encontrou, e fez-se um silêncio constrangedor. Rory desviou o rosto rapidamente, sentindo as bochechas queimarem. Não podia voltar para onde havia começado, para o caminho que ela sabia exatamente aonde levaria.

Era uma armadilha, e ela estava se deixando cair. Talvez fosse isso que fizesse dela uma boa armadilha.

— Fiquei feliz em ajudar – Pippa finalmente disse, jogando a trança nas costas.

As duas se encararam outra vez. Rory queria dizer alguma coisa, mas não tinha certeza do quê.

— Então, vamos fazer isso ou não? – perguntou Pippa, e Rory ficou feliz quando a garota se moveu para pegar as espadas de treino, entregando uma para ela. Quando a mão quente de Pippa roçou na sua, Rory mordeu o interior da bochecha com tanta força que quase tirou sangue.

Pippa caminhou até o meio da pista e se virou para Rory, erguendo a espada como se fosse uma extensão perfeita de seu braço, abrindo um meio sorriso. Dessa vez, Rory estava pronta, com os músculos posicionados.

— *En garde*! – exclamou Pippa, atacando de imediato.

Rory defendeu o primeiro golpe, girando o pulso para jogar a oponente para trás e se virando para alcançá-la do outro lado. Estava com saudade do que seu corpo era capaz de fazer quando estava no controle, quando nada a restringia.

Simples assim, elas estavam de volta, e já não existia mais a tensão do ano anterior – pelo menos não da mesma forma, com a raiva à flor da pele e o conflito inerente. Eram apenas Rory e Pippa movendo-se energeticamente ao redor uma da outra, girando os corpos, colidindo as espadas, tentando empurrar a outra do caminho, formando arcos no ar.

O salão estava silencioso, exceto pelo barulho dos passos das duas, do som das espadas se chocando, do ar sendo cortado com golpes rápidos, dos grunhidos quando voltavam às suas posições.

– Gostei do seu cabelo – Pippa falou, e Rory quase tropeçou.

Ela estreitou os olhos para a oponente e apertou a espada com mais força, sentindo os músculos contraírem. Não perderia o equilíbrio por uma coisa tão pequena.

– Não falei antes, mas você parece... – Pippa abriu um sorrisinho. – Bem.

Rory sacudiu a cabeça para afastar a franja dos olhos, torcendo para que suas bochechas não estivessem tão coradas quanto sentia que estavam. Odiava ter a pele branca como mármore, que corava com o menor dos elogios.

– Cortei na noite do baile – disse ela, defendendo-se de um golpe. – Foi uma pena a gente não ter se encontrado lá. Yuki passou a noite toda vomitando no banheiro, então só fiquei na festa uns cinco minutos.

– A gente não teria se encontrado, de qualquer forma. Eu não fui ao baile.

Rory deu um golpe forte e o braço de Pippa voou para trás, mas ela não soltou a espada.

– Como assim? Todo mundo foi ao baile.

– Eu, não.

– Por que não? – perguntou Rory. Mesmo achando bailes uma coisa idiota, algo no fato de Pippa não ter ido a deixou indignada.

Pippa deveria poder ir em todos os lugares, mesmo quando ninguém merecia sua companhia.

A garota deu de ombros.

– Eu só não gosto muito de bailes.

– Bem, pela minha experiência, eu diria que concordo – disse Rory. – Mas estamos no colégio, o objetivo dessa festa é ser brega. E ser brega torna tudo bem melhor.

Pippa resmungou algo baixinho, e Rory não entendeu.

– O que foi?

– Eu não danço – repetiu Pippa, e o olhar das duas se encontrou no movimento seguinte.

No último segundo, Rory girou para um golpe, mas Pippa foi tão rápida quanto ela e a empurrou antes que se aproximasse demais.

– É contra sua religião ou sei lá?

Pippa riu.

– Rory, às vezes eu acho que você faz isso de propósito.

Rory ergueu uma sobrancelha.

– Faço o quê?

Pippa abriu a boca, passou a língua pelos dentes e balançou a cabeça.

– Me irritar.

– Sinceramente, não é nada pessoal – respondeu Rory, apreciando a forma como Pippa sorrira ao final da frase, a forma como ainda buscavam a fraqueza uma da outra. – Todo mundo me diz isso.

– Eu deveria ficar feliz por não ser especial? – Pippa inclinou a cabeça, e Rory se preparou para quando ela vacilasse em sua posição.

Dessa vez, Rory não caiu na finta da adversária. Em vez disso, disparou um ataque, e Pippa precisou pular para trás para rebater o golpe.

– Mas você é especial – disse Rory. – Eu não conversaria sobre dança com nenhuma outra pessoa.

Pippa riu baixinho.

– Tudo bem. É que eu não sei dançar.

– Duvido.

– Sempre foquei mais na esgrima do que em qualquer outra coisa – explicou ela, posicionando-se para o próximo contra-ataque. – Por falar nisso, você vai lutar ou só ficar de conversinha? Meio que estou com saudade de uma batalha de verdade.

– Ah, você quer brigar de verdade? – disse Rory. – Então toma essa verdade.

Pippa estava preparada, mas não para a força que Rory aplicou. Ela desviou do primeiro golpe, mas a posição dos pés estava desalinhada, as pernas um pouco mais abertas do que deveriam, e Rory sabia que não podia perder tempo. O segundo golpe veio com força total, mas só fez com que Pippa recuasse e perdesse o equilíbrio. Quando Rory avançou pela terceira vez, girando a espada no último instante para cobrir um ângulo que a rival não seria capaz de defender, Pippa caiu com tudo no chão, sua espada retinindo no piso, mas não sem antes puxar Rory para cair junto com ela.

Agora, o rosto de Rory estava a centímetros do de Pippa. Ela encarou a testa coberta de suor da rival, e depois, xingando-se por isso, ousou olhar os lábios entreabertos de Pippa, ousou sentir a respiração ofegante.

As duas permaneceram assim por mais tempo do que deveriam. Então, em um impulso, Rory se levantou e espanou a roupa, sentindo o rosto corar, os pulmões ansiarem por ar, o corpo fisgar de dor, anunciando a chegada de uma crise.

– Acho que você seria uma ótima dançarina – disse Rory, por fim, e estendeu a mão para Pippa.

– Por quê? – perguntou a garota, ainda deitada, ofegante.

Elas deram as mãos e seus dedos se apertaram pelo que pareceu somente um segundo, mas foi o suficiente para uma onda de eletricidade percorrer o corpo de Rory.

– Dançar é como lutar – respondeu ela. – E você é uma boa lutadora.

18
YUKI

Yuki passou o mês inteiro revirando as palavras de Liron em seu coração, ciente da verdade que continham. Ela se perguntava se deveria simplesmente contar para as outras meninas, mas sabia que seria inútil; Liron não lhe dera uma resposta, apenas oferecera uma saída.

Devore seu coração.

Yuki não podia se preocupar com esse tipo de raciocínio, não quando ainda sentia a agitação crescente de seu poder dentro de si, quando sabia o que era capaz de fazer. Yuki era diferente não só por ser quem era, mas por causa de seus poderes. Ela não podia salvar apenas a si mesma.

Podia?

Sentada diante de Reyna para o almoço de sábado das duas, Yuki ainda pensava na maldição, em como suas amigas se recusavam a reconhecer que, cedo ou tarde, precisariam cavar mais fundo em busca de respostas, e afastar aquela sensação de impotência. Ou talvez Yuki fosse a única que se sentia assim. Ella não parecia indefesa com Freddie ao seu lado. Yuki observava as interações das amigas com atenção, mesmo quando não tinha paciência – o relacionamento de Nani e Svenja, a forma como Rory agia perto de Pippa e, acima de tudo e de todos, como observava Ella. Ella nunca parecia ansiosa ao lado de Freddie. Talvez ele causasse esse efeito, e Yuki sentiu inveja disso.

Yuki não queria sentir ciúme. Ella merecia coisas boas, merecia alguém que a amasse. A chegada de Freddie não mudara a amizade das duas; mesmo assim, uma parte de Yuki ainda se sentia traída. Tudo que Penelope dissera sobre Yuki ecoava seus medos mais profundos. Ela odiava não saber se Penelope a compreendera de verdade ou se apenas a manipulara aquele tempo todo para conseguir o que queria.

Só que essa estratégia não havia funcionado tão bem. Penelope ameaçara a pessoa errada e fizera uma aposta errada. E a lâmina de Yuki era tão impiedosa quanto seu coração.

– O que foi? – Reyna perguntou do outro lado da mesa. – Você está excepcionalmente quieta.

Yuki ergueu os olhos para uma das fotos na prateleira da madrasta, na qual ela, seu pai e Reyna apareciam lado a lado. Provavelmente aquela era a única foto em que seu pai sorria. Ela sentiu uma pontada no coração.

– Como você soube? – perguntou Yuki, voltando-se para Reyna. – Como soube que meu pai era seu amor verdadeiro?

Reyna a encarou, piscando diversas vezes, e então explodiu em uma gargalhada. O som a fez parecer mais jovem, e Yuki se lembrou que a madrasta era pouco menos de vinte anos mais velha do que ela. As rugas quase imperceptíveis em volta dos olhos desapareceram, e sua risada sincera ecoou pelo cômodo até ela ficar sem fôlego.

– Não existe isso de amor verdadeiro, Yuki – disse Reyna, o sorriso enorme ainda estampado no rosto, os olhos gentis e pacientes. – Amor verdadeiro sugere que todos os outros amores são falsos e que não se pode amar mais de uma pessoa por vez. Amor não é algo que se mede ou se balanceia em uma equação. Nunca acreditei nessa ideia de amor verdadeiro. E, sendo sincera, acho que seu pai também não.

Yuki não entendia. Reyna parecia ser a última pessoa no mundo com quem seu pai se casaria. Ele havia se casado com a mãe de Yuki, ela nasceu e os três formavam a imagem perfeita de uma família tradicional. Reyna, por outro lado, era uma estrangeira, muito diferente da mãe de Yuki tanto em aparência quanto em conduta.

– Então por quê? – questionou a garota. Ela já se perguntara isso antes, mas nunca quis bisbilhotar. – O que aconteceu?

Reyna alcançou a taça e tomou um gole de vinho.

– Quando nos conhecemos, eu o achei interessante. Ele era inteligente, perspicaz e se importava com meus sentimentos, o que sempre apreciei. Mas eu não tinha certeza de que gostaria de me casar com ele.

– Por quê?

A madrasta deu de ombros.

– Para mim, é mais complicado do que buscar um relacionamento. Eu gostava dele, mas esse sentimento romântico e apaixonado... é esquivo para mim, essa é a melhor maneira de descrever. Eu expliquei isso ao seu pai. Ele disse que não se importava, contanto que eu gostasse dele. E eu gostava.

Yuki abriu a boca e, estranhamente, sentiu como se encarasse sua imagem no espelho. Nunca havia considerado que Reyna poderia ser *como ela*. Sempre imaginara a madrasta e seu pai vivendo uma louca e épica história de amor, que algo os arrebatara, mas que terminara cedo demais quando ele partiu.

– Então por que aceitou? – perguntou ela, incapaz de se conter. – Se não se sentia da mesma forma, por que se casou com ele?

– Por sua causa.

Yuki piscou, espantada.

– O quê?

– Essa era a condição do seu pai – explicou Reyna. – Se fosse para se casar outra vez, ele queria que fosse com alguém que pudesse tomar conta de você, assim como ele fez. Seu pai queria garantir que você não se sentisse sozinha.

O olhar de Yuki voltou-se depressa para a fotografia do pai. Sentiu a dor ecoar, porque não havia adiantado – ela ainda estava sozinha.

Só que Reyna se sentia da mesma forma. Ela parecia saber como era a sensação. Seu casamento fora por conveniência, baseado mais em admiração do que em amor, e Yuki percebeu que havia encarado a imagem pela perspectiva errada a vida inteira.

– Eu sempre quis ser mãe – continuou Reyna, ainda encarando a garota do outro lado da mesa. – Eu não tive mãe, e todos me diziam que eu era uma criança muito especial. Eu não me sentia especial. Todas as outras garotas tinham mãe, e eu, não.

– Não sabia que você também era órfã.

– Pois é. Sempre esperei encontrar um amor que me arrebatasse, que me fizesse ir às alturas, mas isso nunca aconteceu.

Reyna parou por um instante, como se procurasse as palavras certas. Yuki compreendia. Também passara anos tentando, mas nunca encontrara as palavras exatas para descrever a intensidade de tudo o que sentia, mesmo quando o mundo lhe dizia que esses sentimentos não eram o suficiente. Que eles não importavam. Por muito tempo, Yuki acreditou que fosse uma pessoa frígida, uma estátua, alguém incapaz de demostrar seus sentimentos de maneira adequada.

Só que não queria dizer que Yuki não sentia coisa alguma; pelo contrário, ela sentia demais, muita coisa de uma vez, e era aterrorizante.

– O amor de uma mãe é incondicional – disse Reyna. – É a coisa mais poderosa do mundo, e eu achava que, se criasse alguém, eu entenderia. Receberia de volta uma pequena parte do amor que eu desse. Conheceria a sensação de um amor tão avassalador.

Yuki sentiu um nó na garganta e engoliu em seco. Seu coração batia no ritmo de sempre, mas ela não sentia frio. Embora gostasse de Reyna, a mulher sempre parecera tão distante.

E então ela percebeu que isso também era culpa sua. Sempre mantinha todos a certa distância, não confiava em ninguém, não deixava que ninguém se aproximasse, achando que lhe dariam as costas assim que percebessem que sua perfeição era apenas uma farsa. Que assim que vissem a verdadeira Yuki, a Yuki que carregava a escuridão dentro de si, seus ossos corroídos pela crueldade e pela perversão, acabariam deixando-a para trás.

– Não acho que tenho sido uma boa mãe para você, Yuki.

– Ainda não estou morta – sussurrou a garota.

– Eu sei – Reyna disse baixinho. – Ser sua mãe não é tão fácil quanto achei que seria, mas fico feliz por você ter me dado a chance de tentar.

Reyna podia ter escolhido uma vida diferente. Ela não precisava ter se casado com o pai de Yuki, assim como não precisava ter ficado depois que ele se foi. Ainda assim, ela ficou. Mesmo distante, com uma mesa que as separava, Yuki percebeu que Reyna sempre estivera ao seu lado. Sempre que precisava ouvir algo, sempre que tinha algo a dizer, Reyna estava lá.

E, naquele momento, Yuki se sentiu um pouco menos sozinha.

A garota achou que deveria dizer alguma coisa, que deveria ser verdadeira pelo menos uma vez, porque estava com medo. Não importava o que o futuro reservava, nem a maldição que a perturbava. Yuki cometera erros, sabia quem ela era, mas isso ainda não parecia o bastante, porque muito em breve tudo mudaria.

Ela deveria estar aproveitando seu último ano em Grimrose, mas todos estavam ocupados demais com as próprias questões – seus pares românticos, a maldição. Yuki sentia que todos haviam seguido em frente, mas ela ainda estava presa no mesmo lugar. E ficaria para sempre ali.

Todos iriam abandoná-la.

Antes que Yuki conseguisse falar qualquer palavra, o telefone de Reyna tocou. A madrasta se sobressaltou e murmurou um pedido de desculpas. Quando atendeu, sua expressão ficou preocupada, o rosto pálido, os olhos castanhos entristecidos, a cabeça balançando de um lado para o outro.

Quando finalmente desligou o telefone, ela olhou para Yuki, analisando-a.

– O que aconteceu? – perguntou a garota, embora soubesse, de alguma forma, o que Reyna diria antes mesmo de ser anunciado em voz alta.

Yuki sabia que isso aconteceria desde o momento em que elas fizeram o que fizeram.

– O gelo derreteu – respondeu Reyna. – Encontraram um corpo flutuando no lago.

Cedo ou tarde, a maldição as alcançaria.

O tempo havia chegado ao fim.

PARTE II

TRAGA-ME O CORAÇÃO DELA

19
ELLA

Demorou apenas três dias para o corpo no lago ser identificado como o de Penelope.

Ou melhor, como o da garota que se passara por Penelope. Os noticiários voltaram a divulgar a história – *Garota que fingiu ser Penelope Barone por dois anos finalmente é encontrada* – e os demais detalhes foram esclarecidos. Aquela garota morta estava com todos os documentos de Penelope e certamente fora a responsável pela morte da verdadeira Penelope, para começo de conversa.

Durante dois anos, a falsa Penelope contornara as diversas dificuldades de sua farsa – como o fato de não voltar para casa nas férias – com a típica desculpa de meninas ricas de estar chateada por ser mandada para um lugar que não queria ir. As notícias mostravam fotos da Penelope de verdade, não daquela apagada no fundo do lago. Ella quase sentiu pena ao vê-las, porque, com a mentira descoberta, era como se a garota que viveu em Grimrose nos últimos anos nunca tivesse sido real.

Grimrose estava, é claro, respondendo a um inquérito. Ella ouviu o burburinho dos investigadores chegando. A garota repassou a história que tinha inventado para o que fizera naquela noite de novo e de novo, repetindo-a como um mantra. Suas impressões digitais haviam sumido no lago. A Penelope falsa não estava usando nada além do vestido do baile – as garotas haviam pegado sua bolsa. No entanto, não importava o quanto escondessem evidências, nada mudaria o ferimento de faca no coração de Penelope.

Nada poderia identificá-las como responsáveis. Ninguém as vira no lago, estava frio demais naquela noite para qualquer pessoa estar passando por ali. As meninas poderiam confirmar o álibi umas das outras. Nani havia sido vista com Svenja no salão do baile. O lago estava coberto de gelo.

Elas ficariam bem. Precisavam ficar.

A fofoca correu desenfreada pela escola. Havia cochichos por todos os corredores. O boato era de que a Penelope falsa estivera por trás dos ataques do ano anterior – era a única explicação. Micaeli devia ter descoberto a verdade, e Penelope a matou primeiro. Os palpites eram certeiros o bastante para deixar Ella preocupada. Seus olhos estavam emoldurados por olheiras, e ela tinha prendido o cabelo loiro e liso em um rabo de cavalo pequenininho, finalizado com várias presilhas de cores diferentes. A garota parecia estar desmoronando.

– Você precisa descansar – Freddie lhe disse no fim do dia. – Parece cansada, El.

A preocupação do garoto era sincera, e Ella ficou contente por ele se preocupar, mas isso não a fez se sentir melhor.

– Eu tenho insônia, é só isso.

Freddie a encarou sem parecer acreditar.

– Vamos, eu te levo para casa.

– Não dá – respondeu Ella. – Tenho trabalho em grupo.

Assim que Ella disse isso, Yuki apareceu no corredor como se aproveitasse a deixa. Estava com a mesma aparência de sempre: uma beleza etérea, o cabelo preto lustroso, a pele luminosa. Ela não parecia nadinha ansiosa.

– De qual matéria? – Freddie franziu a testa. – Eu esqueci de algum trabalho? Meu Deus, por que eu sou assim?

– De História – Yuki interrompeu, brusca. – Vamos, Ella. Não temos muito tempo.

Ella abriu um sorriso de desculpas para Freddie, ficando na ponta dos pés para dar um beijo de despedida. Os lábios dele encontraram os dela e a garota fechou os olhos, aproveitando a sensação quente e segura que Freddie sempre lhe trazia. Quando ela abriu os olhos, Yuki estava com cara de quem preferia ser jogada da torre mais alta cinquenta vezes seguidas a ver os dois se beijando de novo.

– Desculpa – disse Freddie.

– Pelo quê? – Yuki perguntou com frieza, o rosto impassível.

– Sei que é um saco ficar de vela – respondeu ele, bem-humorado.

– Não estou de vela.

– Não quero que sinta que estou roubando Ella de você – brincou Freddie, e algo sombrio lampejou nos olhos de Yuki.

– Você não poderia – Yuki rebateu com rispidez, olhando para a amiga.

Houve um tempo em que Yuki conseguia manter o mundo afastado, mas, agora, Ella conseguia ler sua expressão como um livro aberto. A morte de Penelope mudara isso. Yuki costumava ser reservada, mesmo com Ella, que tinha ouvido e tentado fazer a amiga desabrochar como uma rosa frágil que precisava de incentivo para florescer.

Exceto que a rosa não havia desabrochado em flor. Ela simplesmente desenvolveu espinhos.

– Muito engraçado, pessoal – disse Ella, tentando manter o clima leve. – Não precisamos exaltar os ânimos.

– Não quero morrer dormindo, ha-ha – disse Freddie.

Yuki abriu um sorriso divertido, curvando as pontas dos lábios, e o coração de Ella parou por um instante.

– Ah, eu nem sonharia com isso.

Ella agarrou o braço da amiga, puxando-a antes que ela entregasse mais alguma coisa. Yuki acenou educadamente, mas com uma expressão desafiadora e mordaz.

– Não precisa ser grosseira – murmurou Ella enquanto as duas se afastavam. – Você não gosta dele?

– Não tenho nada contra.

– Não é o mesmo que gostar.

– Ele é seu namorado, você é quem tem que gostar dele.

– Não seja infantil.

105

– Não é pessoal – disse Yuki. – Pode perguntar para Nani como me sinto a respeito de Svenja.

Ella suspirou, resignada, mas ficou contente por ter uma conversa normal com a amiga. As duas chegaram ao ponto de encontro de sempre na biblioteca; Mefistófeles já estava acomodado em seu lugar favorito, no parapeito da janela. Parecia maior que o normal, com os pelos arrepiados, os olhos amarelos brilhando.

Nani não perdeu tempo.

– O que eles sabem?

Yuki respirou fundo antes de sentar-se em seu lugar de costume.

– Só o básico: sabem que é Penelope e que ela foi assassinada. Não sabem quando isso aconteceu.

– Alguma chance de deixarem isso pra lá? – perguntou Nani, levantando-se e andando de um lado para o outro na sala. Seus cachos estavam presos por um laço azul-pervinca, da mesma cor do uniforme, e os óculos escorregavam pelo nariz.

– As outras mortes foram consideradas acidentes – respondeu Yuki, parecendo quase entediada.

– Não vão encontrar nada – disse Ella, com a voz firme. Já tinha pensado nisso, mas repetiu para se assegurar: – Eles não vão encontrar nada.

– Tem certeza? – perguntou Nani.

– Absoluta – respondeu Ella, encarando Yuki.

Yuki não a olhou de volta.

– Vocês não acham estranho falar de assassinato como se a gente estivesse decidindo o que vamos almoçar? – perguntou Rory, abaixando o espelho depois de espremer uma espinha no queixo.

– Rory, por favor – disse Ella, sentindo o princípio de uma dor de cabeça. – Você pelo menos se lembra da história que combinamos?

– Claro que sim – respondeu Rory, irritada. – Yuki vomitou, todas voltamos para o quarto, ninguém viu nada.

– Então é só não fazermos nada – concluiu Ella, determinada. – Se fizerem perguntas, nós respondemos seguindo o combinado. Só nós sabemos o que aconteceu de verdade naquela noite.

106

Quando o olhar de Ella encontrou o de Nani, ela rapidamente desviou, como se aqueles pontos castanho-escuros estivessem prestes a atravessá-la, e então se contorceu.

Ella não queria falar sobre o que tinha acontecido. Estava no passado. Havia terminado.

– Tudo bem – disse Nani, por fim. – Ainda precisamos entender o que isso significa pra gente.

– Significa que só descobriram um cadáver – afirmou Ella.

– Estou falando da maldição – Nani explicou. – Penelope fez o que fez por um motivo: ela sabia que havia dois livros. Como diabos ela sabia? O que ela te falou?

Ella franziu a testa de leve, revirando a memória em busca de respostas. Porém, quando fechava os olhos, tudo o que se lembrava era de limpar o corpo de Penelope e de suas mãos vermelhas de sangue.

– Ela disse que não deveria ter encontrado o livro – respondeu Yuki. – E que todas nós morreríamos de qualquer forma. Ela sabia sobre a maldição e como os contos terminavam.

– Isso significa que ela ligou os pontos sozinha ou que alguém a informou? – refletiu Nani.

Ella abriu os olhos de novo.

– Penelope disse que o livro era a garantia dela, a sua saída. Contanto que as pessoas estivessem morrendo, ela poderia ficar aqui. Ela… estava divagando. Disse ter feito uma barganha para continuar viva.

Nani continuava a caminhar pela sala, incansável.

– Que tipo de barganha?

– O que isso importa? – perguntou Rory. – Estamos com os livros agora.

– Sim, mas são coincidências demais. Assim como vocês, também não quero pensar nisso. – Nani suspirou, finalmente puxando uma cadeira para sentar. A garota massageou as têmporas. – Eu sei que não temos muitas respostas. Na verdade, não temos resposta nenhuma, cacete. O que é ótimo, porque tenho uma folha em branco aqui que podemos encher com nossas sugestões. Mas precisamos começar de algum lugar. Não é o ideal, porém, talvez, o fato de o corpo de Penelope ter aparecido movimente as coisas de novo. Talvez nos leve adiante.

Ela só conseguia desejar que o corpo tivesse ficado afundado por mais tempo, assim não teria que pensar no que acontecera naquela noite. Sentia a impotência de Nani do outro lado da mesa. A garota queria respostas, mas querer respostas já havia lhes custado tudo.

Ela encarou Yuki outra vez, lembrando-se da noite do ritual, de como elas tinham ido longe demais, de como Yuki havia saído dali uma pessoa completamente diferente.

Bem, diferente não. Talvez ela só estivera escondendo quem realmente era aquele tempo todo.

– Sempre temos a opção de fazer uma barganha com o gato – disse Rory, tentando animá-las. Ela estreitou os olhos na direção de Mefistófeles, que miou com indiferença. – O Príncipe do Inferno possui todas as respostas. Alguém tem uma alma sobrando?

De repente, Nani se levantou.

– Rory, você é um gênio!

A garota piscou, surpresa.

– Caramba. A gente tá tão ferrada assim?

– Cala a boca – Nani a interrompeu. – Pensem comigo: se Penelope precisou fazer uma barganha para se manter viva, a outra pessoa estava na vantagem. Quem quer que seja essa pessoa, ela sabe da maldição. E não é só isso. Penelope também devia garantir que as mortes continuassem acontecendo, certo?

Nani encarou Ella, esperando por uma confirmação. A garota assentiu lentamente.

– Quem não quer quebrar a maldição é alguém que se beneficia dela – continuou Nani. – Alguém que deseja que ela continue.

– A pessoa que lançou a maldição – concluiu Yuki. – Mas Penelope estava tentando fugir disso.

– Bem, quando se chantageia alguém, só existem duas opções. Você continua recebendo pelo acordo, a não ser que a outra pessoa se canse e acabe com você.

– Tô ficando preocupada com o rumo dessa conversa – confessou Rory.

– Penelope queria o livro – continuou Nani. – O livro é a chave! E, agora que o corpo de Penelope foi encontrado, quem quer que tenha feito o acordo com ela sabe que ela não está mais no páreo. Que ela não está com os livros.

– Eu tô tão confusa – suspirou Rory.

Ella sabia que quem tinha feito o acordo com Penelope perceberia que outra pessoa estava em posse dos livros. O perigo estava chegando até elas. De novo.

– Então não há nada que possamos fazer – disse Ella, levantando-se e alisando a saia. – Temos que deixar isso para trás e focar no que ainda podemos descobrir sobre o livro e a maldição.

– Não podemos apenas ignorar isso – argumentou Yuki, encarando Ella do outro lado da mesa. A garota a encarou de volta, implorando para que Yuki não dissesse nada, para que não confessasse. Nenhuma das duas se moveu. – Foi isso que nos trouxe até aqui.

– Não fale assim – sussurrou Ella, sabendo o que Yuki diria a seguir. Sabia porque estava dando seu máximo para ignorar aquilo, para evitar, para trancar a informação em sua mente e nunca mais pensar a respeito.

Por favor, pensou Ella, *por favor, não diga*.

– Não podemos fingir que isso não tem a ver conosco – continuou Yuki. – Não podemos fingir que não é culpa nossa.

– Por que não? – Ella perguntou bruscamente, implorando para que Yuki não falasse em voz alta, porque isso significaria ter que admitir que tudo fora real. – Por que não?

Não, Yuki. Não faça isso.

– Porque *eu* matei a Penelope!

20
YUKI

As palavras saíram em um impulso, fazendo Yuki se lembrar da última vez que explodira. Agora, porém, ela não subira o tom de voz, não perdera o controle, porque não precisava mais estar no controle. Ela era livre, calma, e havia matado uma garota porque queria que ela morresse.

Ella continuava encarando-a do outro lado da mesa. A luz da janela detrás formava um mosaico em suas íris cor de mel.

– Eu sei – Ella finalmente disse baixinho, sem desviar o olhar de Yuki. – Eu estava lá.

Houve um silêncio depois dessa afirmação. Rory e Nani desviaram o olhar para qualquer coisa que não fosse as duas garotas se encarando, uma de cada lado da mesa. Yuki não as culpava; no fim, não foi escolha delas. Não foram elas que tomaram as decisões: foram Ella e Yuki. Mas, agora, as consequências recaíam sobre todas.

O corpo de Penelope aparecera, e os pecados delas estavam expostos como um livro aberto.

– Isso não muda nada – continuou Ella, respirando fundo. – Fizemos o que foi preciso. Penelope não matou apenas nossa amiga, mas outras pessoas da escola também. Ela não era inocente.

Se ela não era inocente, Yuki também não era. Suas ações haviam sido tão deliberadas quanto as de Penelope.

– Mas ela estava sendo manipulada – Nani pontuou. – O que teria acontecido se Penelope tivesse conseguido os livros? Isso teria dado a ela poder sobre as pessoas que lançaram a maldição? E essas pessoas estariam dispostas a destruir sua vida caso ela não ajudasse no plano?

– Mas as mortes acontecem de todo jeito – interveio Rory, frustrada.

– Liron não morreu – afirmou Nani. – E ela não quebrou a maldição.

– Ela também não conseguiu um final feliz – argumentou Ella.

Yuki se manteve em silêncio. Se contasse para elas a escolha de Liron, isso as destruiria; o corpo de Penelope não fizera isso, mas a próxima coisa poderia.

Seria Yuki quem precisaria aguentar até o fim, ciente do preço de sobreviver à maldição sem realmente quebrá-la. Um último recurso.

– Então o que mais podemos fazer? – perguntou Rory, exasperada, jogando as mãos para o alto. – Não sabemos quem estava manipulando Penelope, e a não ser que a gente consiga falar com os fantasmas de todas as garotas que já morreram aqui, não vamos chegar a lugar nenhum.

Yuki estreitou os olhos na direção de Rory. Suas visões espelhadas eram menos frequentes agora, mas ela havia vislumbrado diferentes versões de si mesma e não conseguia parar de pensar na descrição que Liron fizera da outra garota de Grimrose que fora procurar por ela: pele branca, cabelo preto, lábios vermelhos.

Yuki não entendia o que aquilo significava de verdade.

– Não precisamos de fantasmas – disse Nani. – Temos os livros.

– Como assim? – perguntou Ella, franzindo a testa.

Yuki rapidamente entendeu o que Nani queria dizer.

– Vamos usar os retratos nos livros – ela explicou –, como fizemos com Liron. A história dela estava terminada, mas a maioria das outras não está.

– Precisamente – disse Nani, abrindo um sorriso para Yuki. – Olhem só, nós podemos fazer isso. Ariane só tinha informações suficientes para adivinhar quem era quem, mas nós temos os dois livros e conhecemos as alunas da escola. Sabemos como as histórias podem dar errado. Se prestarmos bastante atenção nessas meninas, vamos saber quando o fim de uma delas estiver chegando.

— Como isso vai nos ajudar a quebrar a maldição? — perguntou Rory.

O sorriso de Nani se tornou pesaroso.

— Não sei se vai ajudar, mas, se o livro mudar, descobriremos algo novo.

— Podemos dividir as alunas em grupos — sugeriu Ella, assentindo —, assim saberemos pelo menos em que ponto da história cada uma está. E, se mais alguém tentar interferir, vamos saber quem é o culpado.

❀ ❀ ❀

Ella esperou Nani e Rory descerem as escadas para puxar Yuki de volta à biblioteca. Elas tinham pegado os livros e dividido as garotas amaldiçoadas entre as quatro, tudo para terem algo novo para fazer, seja lá o que fosse.

O toque de Ella era quente em seu braço, mas Yuki rapidamente o afastou.

— Você está bem, né? — perguntou Ella, com a voz mais moderada.

— Sim, por quê?

A garota analisou o rosto de Yuki.

— Só estou preocupada.

— Não precisa se preocupar comigo — Yuki respondeu levianamente. — Você sabe disso.

— Esses últimos meses têm sido difíceis — disse Ella, esticando o braço para acariciar atrás das orelhas de Mefistófeles. O gato diabólico ronronou, contente. — Algumas coisas mudaram.

— E outras não — rebateu Yuki. — Sei que você também não quer falar sobre isso.

Ella desviou o olhar, piscando rapidamente e parecendo magoada. Yuki sabia que atacara um ponto fraco. Ella não queria falar sobre aquilo, mas também não queria fingir que não havia nada acontecendo com Yuki. No entanto, o que estava acontecendo com Yuki estava intrinsecamente ligado ao assassinato que ela cometera.

Yuki observou os traços familiares da melhor amiga. No passado, teria terminado aquela conversa ali, para ser gentil e para tentar ser mais como Ella. Porém, Yuki não era mais aquela mesma garota. Se Ella agia com bondade, fazia isso sem esforço, e não importava o quanto Yuki tentasse, nunca conseguiria ser como ela.

Então ela simplesmente não tentaria.

— Temos tudo sob controle. — A voz de Yuki ficou mais firme. — Não foi isso que você disse?

Ella hesitou novamente. Yuki quase podia ver a mente da amiga trabalhando, tentando encontrar uma forma de abordá-la sem assustá-la.

— Você sabe que vou estar aqui se precisar — disse Ella, e havia algo em sua voz: um eco daquele momento em que a nevasca as cercara, quando Yuki liberou os poderes para testar os limites de sua força. Para saber se conseguiria sequer retornar.

— Obrigada — disse Yuki —, mas não vou precisar.

— Todo mundo precisa — rebateu Ella.

— Não faça isso — disparou Yuki. — Pare de tentar me fazer falar, porque você não vai gostar do que vai ouvir.

Os lábios de Ella formaram uma linha fina, os olhos estavam firmes.

— Por que não?

— Porque eu não sou você! — exclamou Yuki. — Porque a resposta que você quer não é a que eu tenho. Eu não sou assim.

— Não quero que você seja outra pessoa — disse Ella, com gentileza, esticando o braço outra vez. Yuki recuou intencionalmente.

— Será? — perguntou Yuki, exasperada. — Porque essa sou eu: a garota que matou Penelope. Você entende isso?

Eu mataria por você, pensou Yuki, *e matei*.

Colocado dessa forma, parecia um sacrifício deliberado e cuidadoso, mas Yuki não achava que matar Penelope fora qualquer uma dessas coisas. Ela não se sacrificara, apenas se libertara. Apenas se tornara quem deveria ser.

Yuki não era perfeita, e nunca seria. Ela era gelo e frieza e escuridão, era ríspida e apavorada e solitária, e tinha um desejo tão devastador dentro de si para ser aceita, para ser amada, para ser acolhida por quem era.

Yuki não era melhor do que Penelope. Elas eram iguais. E se Yuki se aceitasse dessa forma, todas as suas amigas lhe dariam as costas.

Ella pegou a mão da amiga e a apertou. Os toques estavam se tornando mais frequentes. Yuki crescera sem nada disso, e costumava se sobressaltar quando acontecia. Porém, a mão de Ella se encaixava na dela e era a única certeza que Yuki ainda tinha, mesmo estando desesperada para que sua amiga a enxergasse de verdade.

Ella não ia gostar do que veria, e Yuki vivia aterrorizada pelo dia em que isso finalmente aconteceria.

– Eu entendo – disse Ella. – Vai ficar tudo bem.

Ella não era uma boa mentirosa.

21
NANI

Nani não deu chance para as amigas escolherem Svenja; o rosto da garota no Livro Branco era problema dela, porque Svenja era sua namorada. Tinha considerado dar uma pista para a garota, encontrar uma forma de conversar com ela sobre a maldição, mas descartou a ideia logo depois que surgiu em sua mente. Nani cuidaria da história de Svenja como se fosse sua, porque provavelmente era. Apaixonar-se por Svenja significava que o príncipe-fera de Nani não existia, ou que Svenja era uma versão disso, então Nani também estava desempenhando um papel em um conto que não era o seu.

Ela devia isso a Svenja. No mínimo, acompanhar a história dela seria um presente. Nani podia fazer isso pela namorada.

Com a lista em mãos, ela leu os nomes das garotas, tentando adivinhar em que ponto das histórias elas estavam. Àquela altura, Nani conhecia cada uma das garotas de Grimrose pelo nome ou pelo conto. A maldição pesava forte em seu coração enquanto ela passava pelas salas ou fazia o dever de casa, tentando se lembrar de que havia uma vida para ser vivida, de que não estava confinada nas páginas do Livro Preto.

Nani havia acabado de se acomodar em um dos assentos de janela da biblioteca para fazer o dever de casa, observando os alunos no jardim lá embaixo, quando o celular tocou. Ela atendeu.

A bibliotecária, acostumada com a garota, não se importava que ela falasse ao telefone, contanto que fosse baixo.

– Oi, *mo'o*.

A voz de Tūtū era reconfortante, mas também agitava uma onda de tristeza e saudade que Nani achava que nunca conseguiria superar.

– Oi, Tūtū – disse ela, fechando os olhos por um momento, a ligação levando-a a quilômetros de distância do castelo. – Estou com saudade.

– Logo você vem pra casa – disse Tūtū, alegre. – E então vai me contar tudo. Você não está atormentando muito os riquinhos, né?

Nani riu baixinho.

– Eles não saberiam o que é tormento mesmo que um caísse bem em cima deles.

– Nani, comporte-se – falou a avó, em tom de alerta. – Não quero que alguém do outro lado do mundo venha dizer que minha neta não tem modos.

– Eu tenho! Até demais, se quer saber.

Tūtū suspirou.

– Às vezes você se parece demais com a sua mãe. Seu coração nasceu de uma discussão e só fica feliz quando se mete em uma.

A comparação arrancou um sorriso de Nani, mesmo não tendo sido feita como um elogio.

– A senhora não teve notícias do papai, teve? – perguntou a garota, já sabendo a resposta da avó.

– Ainda não, *mo'o*. – Nani gostava que a avó sempre dissesse *ainda não*, como se o dia seguinte fosse ser milagrosamente diferente. – Aproveita essa sua escola chique antes que ele tire você daí. Dia desses eu estava falando com aquela menina lá, a filha boazinha do dono do mercado, não aquele do outro lado da rua, o outro...

Nani não estava prestando muita atenção à história complicada da avó, e tudo parecia tão distante. Ela olhou em volta, para a biblioteca, bem na hora que Svenja vinha se aproximando.

– Tūtū, preciso ir – disse ela, interrompendo a avó. – Eu te ligo depois.

– Se cuida, *moʻo*. Estude bastante. E come direitinho, ouviu? Eu vi a última foto que me mandou. Eles não sabem cozinhar desse lado do mundo.

– Tchau, Tūtū!

A avó ainda estava falando quando Nani apertou o botão vermelho e Svenja sentou-se ao seu lado. A garota deu um beijo na bochecha de Nani e ajeitou o uniforme enquanto se reclinava na parede oposta do assento.

– Era sua avó? – perguntou ela, e Nani assentiu em resposta.

Svenja ficou em silêncio, parecendo pensativa. Isso não era do seu feitio. Costumava ser o contrário: enquanto Nani era quieta e introspectiva, Svenja era provocativa, agitada, sempre tentando tirar Nani do sério – e, na maior parte das vezes, ela conseguia.

Ainda assim, era difícil saber o que Svenja estava realmente pensando. Sempre havia uma aura de mistério em volta dela, e mesmo pedindo para Nani contar seus segredos, a garota ainda parecia guardar alguns para si.

– Posso fazer uma pergunta? – falou Svenja, encarando Nani nos olhos.

– Você já…

– Sim, eu já fiz. *Muito* obrigada por esse apontamento, é bem inteligente – a garota a interrompeu. – Olha, minha mãe está vindo pra Suíça na Páscoa, e eu pensei se você gostaria de ir comigo, para vocês se conhecerem.

Nani congelou. De todos os assuntos que imaginou abordar com Svenja, esse estava no fim da lista.

– Eu não comemoro a Páscoa – Nani respondeu a primeira coisa que lhe veio à mente. Sua família comemorava o *Natal*, é claro, mas a data era apenas uma desculpa para trocar presentes, e não uma celebração religiosa.

Svenja gargalhou, um som agudo e agradável que rendeu a elas uma olhada da bibliotecária. Nani colocou a mão na boca da garota para abafar o som até ela finalmente conseguir se controlar.

– Então isso é um não? – questionou Svenja, com leveza, cruzando as pernas por cima do colo de Nani.

117

Era só um pequeno contato de pele, mas era eletrizante. Nani olhou em volta, certa de que a bibliotecária as expulsaria pela próxima transgressão.

– Eu só... – Nani queria encontrar as palavras certas. Para alguém que lia tanto, era de se esperar que ela fosse melhor nessa questão. – O que você quer que eu faça?

– Nani, é um convite, não uma sentença de morte. Quero que você faça o que quiser. Só isso.

De alguma forma, isso não parecia verdade. Nani ainda não havia contado a Tūtū sobre Svenja porque isso significaria um futuro certo para as duas, e com a maldição em jogo, até mesmo o Havaí e suas praias pareciam algo que ela jamais voltaria a ver. Quanto mais pensava sobre isso, mais achava que Grimrose era a única coisa real e todo o resto, uma mentira.

A questão era que Nani tinha certeza de que Tūtū convidaria Svenja para uma visita assim que soubesse do relacionamento da neta. Ela faria um auê por causa disso, insistiria em levar Svenja para conhecer seus parques favoritos, mostraria fotos de Nani bebê, talvez até fizesse um tour de barco, por mais que Tūtū morresse de medo do mar e detestasse barcos. ("Meus ancestrais se estabeleceram nesta ilha por um motivo, *moʻo*. Alguém precisa ficar dentro de casa enquanto os outros tontos vão para a água.")

A avó amava receber visitas, sempre amou. Nani só não sabia se estava pronta para todos aqueles planos. Não sabia o que queria. Esse sempre fora seu problema.

Primeiro, ela quis uma família: seu pai em casa, sua mãe viva. Depois, quis conforto, o que encontrou nos livros, porque a vida da sua família acabara sendo dura demais. E então os livros ofereceram aventuras e um lugar do qual ela queria fazer parte, um lugar real e verdadeiro onde pudesse encontrar um lar.

E mesmo esse desejo parecia inatingível.

– Posso pensar no assunto? – perguntou Nani.

Svenja deu de ombros.

– Claro, pense com calma. Só achei que seria uma boa ideia.

Nani percebeu que Svenja esperava que ela concordasse e que tinha sido pega de surpresa, mas ela não mentiria para a namorada. E se aceitasse o convite, o que isso significaria? Nani não queria sonhar com coisas que não aconteceriam. Era pragmática demais para isso.

Ela fechou o livro em seu colo. Odiava mudanças, odiava que as coisas saíssem do seu controle, e desde que chegara em Grimrose, tudo em sua vida estava de cabeça para baixo. O pai havia desaparecido, ela estava em um relacionamento em que as regras eram desconhecidas e, agora, uma magia ameaçadora dava as cartas, controlando seu destino como uma marionete.

Nani sempre fora teimosa o bastante para ignorar todas as regras. E estava torcendo para que isso fosse o suficiente para guiá-la até o fim.

22
ELLA

A conversa com Yuki foi repassada na mente de Ella por muito tempo.

Porque essa sou eu: a garota que matou Penelope.

Ella não sabia como reagir àquilo. Não quando passara tanto tempo de sua vida amando sua melhor amiga para só agora suspeitar de que não sabia quem Yuki era de verdade.

Quando dividiram as garotas dos livros entre si, Ella ficou com Alethea, a presidente do grêmio estudantil, com quem cursava várias disciplinas; Ivy, uma menina tímida que usava o longo cabelo trançado nas costas, as mechas castanho-claras entrelaçadas como cordas; e Emília, uma menina brasileira dois anos mais nova do que elas. Nenhuma das histórias parecia realmente complicada, e Ella sentiu-se feliz por poder ficar de olho no andamento das coisas, permitindo-se ser útil.

Na verdade, mesmo com todas as deduções brilhantes de Nani, Ella não tinha certeza se ela e as amigas haviam feito algum progresso de fato. Felizmente, seu trabalho não era tão difícil, sobretudo porque era impossível Alethea passar despercebida, para começo de conversa.

— Eleanor — Alethea a chamou assim que Ella entrou na sala em uma quinta-feira de manhã —, você vai se voluntariar?

Ella foi direto para sua carteira. Seu cabelo estava pingando por causa da chuva, seu uniforme ensopado. Tinha corrido até a escola, mas não conseguira escapar da tempestade.

– Me voluntariar para o quê?

– Alethea precisa de mais minions pra quem dar ordens no comitê da festa de formatura – explicou Rhiannon.

– Eu não vou dar ordens – interveio Alethea, com desdém. – Vou direcionar. É diferente.

Rhiannon balançou a cabeça para Ella, e Alethea olhou torto para a melhor amiga.

– Ella não pode ficar depois da aula – disse Stacie, oferecendo uma desculpa. Ella olhou para a irmã postiça e abriu um pequeno sorriso. – Tenho certeza de que você não precisa de mais gente para isso.

Alethea grunhiu, fazendo rabiscos com a caneta.

– Quero que o baile seja perfeito. Além do mais, algumas pessoas que se voluntariaram estão dando para trás. A Ivy, por exemplo.

O nome chamou a atenção de Ella. Micaeli podia até ter sido a fonte original de fofocas em Grimrose, mas não era a única.

– Ivy? – perguntou Ella. – O que tem de errado com ela?

– Eu não diria *errado* – sussurrou Rhiannon, o que fez com que as outras se inclinassem para mais perto. – Ela só tem agido de um jeito estranho ultimamente. Muitos episódios de sonambulismo, Delilah me contou. Ela jura que viu Ivy tentando escapulir do pátio do colégio para a torre da entrada leste.

– Mas aquele lugar é proibido – disse Ella. – E Ivy está prestes a se formar. Todas nós podemos sair da escola sem permissão, pela entrada principal.

Alethea ergueu as sobrancelhas significativamente, como quem confirma que o problema era exatamente esse.

– Quem sabe o que se passa na cabeça de Ivy? Ela sempre foi estranha, na minha opinião.

– Você acha todo mundo estranho – disse Stacie, entediada, e Alethea a fuzilou com o olhar também.

– Acham que pode ser algo sério? – perguntou Ella.

Rhiannon deu de ombros.

– Não tem como ser pior do que o que aconteceu ano passado. Ela não parece estar prestes a matar alguém.

– Penelope também não parecia – pontuou Alethea, lúgubre.

Ella a olhou com compaixão. Alethea também perdeu uma amiga quando Micaeli foi morta.

Nani entrou na sala bem naquele momento, e Alethea imediatamente a perturbou:

– Ei, novata! Venha ser voluntária na festa de formatura!

A garota preferia ser atingida por um raio.

– Nem em dez reencarnações – respondeu Nani, ultrajando Alethea com sua franqueza.

Ella riu baixinho e se virou para a amiga.

– Algum progresso?

Nani balançou a cabeça, depois franziu o cenho. Então esticou a mão, mas parou no meio do caminho.

– Tem uma coisa no seu rosto.

Quando Ella se olhou no espelho que carregava na bolsa, seu corpo inteiro congelou.

– Preciso ir – sussurrou ela, pegando a bolsa e correndo para o banheiro.

O banheiro era próximo, e pelo fato de o sinal já ter tocado, felizmente Ella estava sozinha. No espelho maior, viu a marca escura que cobria o lado esquerdo de seu rosto. A base havia derretido com a chuva. Um erro de principiante.

Com um suspiro trêmulo, Ella lavou o rosto e o secou com papel toalha, seus olhos cor de mel encarando-a no espelho. *Carinha de rato*, era como Sharon a chamava, e Ella percebia o motivo: era pequena, ossuda, subnutrida. Os ombros eram pontudos, mas havia músculos sob a pele, devido a todas as tarefas de casa que fazia.

Ela pegou seu kit de maquiagem de emergência e retocou o rímel e o delineador, aplicou um batom rosinha que dava um ar de saúde e passou base por cima de muito corretivo. Quando os hematomas eram recentes, ela usava um corretivo verde, e quando estavam sumindo, mudava para um alaranjado para contrapor o tom amarelo-esverdeado escuro. Já estava quase terminando quando Nani surgiu atrás dela, olhando diretamente para o rosto de Ella.

Encarando o hematoma, ainda visível.

122

– Você saiu correndo – disse Nani. – Fiquei preocupada.

Ella já tinha estado naquela posição mais vezes do que gostaria. Podia fingir que nada tinha acontecido e agir naturalmente, eliminando depressa as suspeitas.

– Não é nada – disse a garota, sua mão pairando sobre o hematoma amarelado no queixo. – Eu caí da escada.

Por um instante, Ella pensou que Nani deixaria para lá.

Não foi o que Nani fez.

– Eu já vi como as pessoas ficam depois de caírem da escada – disse a amiga, baixinho. – Não se parece com isso.

Ella sentiu um nó se formar na garganta, ameaçando consumir todas as palavras antes que pudesse pensar em uma desculpa.

– Estou cuidando disso – ela conseguiu dizer, com a voz meio estrangulada, enquanto lambuzava a pele com mais e mais base, até formar uma camada tão espessa que seu rosto parecia feito de concreto. – É sério.

Nani não disse nada, apenas cruzou os braços e olhou para baixo, e Ella se sentiu vulnerável. Normalmente, era ela quem estava na posição de Nani. Era ela quem escutava e oferecia ajuda, porque sabia como era precisar disso e não saber pedir.

– As outras sabem disso? – Nani finalmente perguntou.

Ella assentiu, terminando de se arrumar de forma mecânica. Em seguida, lavou as mãos sujas de rímel preto até estarem completamente limpas, um ritual que já fizera muitas vezes.

– Está tudo bem – ela assegurou, querendo se desculpar por toda a inconveniência de incomodar Nani com suas lamentações. – Não… não acontece nada pior do que isso.

Exceto que, às vezes, acontecia, sim. Às vezes havia hematomas no rosto que ela não conseguia esconder com maquiagem. Outras, um braço quebrado, um pulso torcido. Certa vez, quando descobriu o que estava acontecendo, Yuki contou para Reyna, mas o comportamento de Sharon só piorou ao ser confrontada: a madrasta garantiu que Ella não saísse de casa por duas semanas, arriscando perder a bolsa de estudos. Depois disso, Yuki nunca mais tocou no assunto. Os machucados de Ella ficavam sob seus próprios cuidados até se curarem.

123

Ella não queria que sua triste história fosse um fardo para mais ninguém.

– Você não pode estar falando sério – disse Nani, seu tom mal contendo sua raiva, enquanto ajeitava os óculos no rosto. – Deve existir algo que possamos fazer.

– Sim – disse Ella. – Esperar. Meu aniversário é em junho. Quando eu fizer 18 anos, serei livre. Terei o dinheiro do meu pai. Tudo o que preciso é sobreviver até lá.

Não fora sua intenção dizer essas últimas palavras, mas elas saíram antes que pudesse impedir. Andava pensando nisso desde a visita à Liron, e todos os dias que se seguiram foram parte de sua contagem regressiva.

– Foi por isso que você fugiu aquele dia – disse Nani, a compreensão nítida em seu rosto. – Junho é quando sua história termina.

Ella baixou os ombros, aliviada e contente por haver ao menos uma pessoa que a entendia, ainda que Nani não tivesse mencionado o que as duas certamente estavam pensando: que um fim trágico a aguardava caso não conseguissem quebrar a maldição.

– Não tenho muito tempo – sussurrou Ella.

Nani assentiu, a expressão séria. Ella gostara do rosto da garota assim que a conheceu: havia uma aura de determinação nela que a fazia se lembrar de seu primeiro *crush*, de quando tinha 9 anos, uma menina indiana alta que era da sua sala e colecionava borboletas. Ella passara o verão inteiro tentando caçar borboletas com ela. Uma vez, as duas passaram cinco horas no mesmo lugar, determinadas a não saírem sem uma presa. Nani transmitia a mesma segurança: a forma como se portava, orgulhosa, e como não deixava ninguém pisar no seu calo.

– Não vamos fracassar – disse Nani. – Também tenho algo em risco.

As duas ficaram se encarando e Ella prendeu uma mecha de cabelo atrás da orelha, respirando fundo, impedindo que seu corpo tremesse. Já passara por muita coisa, não desistiria agora. Não se deixaria vencer ou ser tragada pela impotência. Era melhor do que isso.

Ella oferecia esperança quando ninguém mais podia. Era o que sempre havia feito.

124

– Seu pai está por aí, e nós vamos encontrá-lo. – Ella sorriu. – Não só porque isso faz parte da sua história, mas também porque você merece encontrá-lo. Não precisa fazer isso sozinha.

Nani assentiu, retribuindo o sorriso. Ella afastara qualquer preocupação que vinha sentindo. Não podia se deixar levar pelas coisas ruins da vida.

Havia uma maldição a ser quebrada e pessoas a serem salvas.

23

YUKI

Yuki não era do tipo que se interessava pela vida das pessoas e não se entusiasmou com a ideia de acompanhar as histórias das outras garotas. Ainda assim, para tentar descobrir como a maldição funcionava, ela fez um esforço. As irmãs Delilah e Sienna não demonstravam nenhum sinal de possuírem uma história; Lana, uma garota russa um ano mais nova do que elas, tinha uma história muito parecida com a de Ella; e So-dam, com quem Yuki conversara brevemente durante os anos na escola, não parecia sair em busca de sangue todas as noites, como sua história dava a entender.

Não é que Yuki não estivesse se esforçando, mas não parecia haver propósito naquilo. Quando uma história estivesse prestes a terminar, aí sim elas saberiam quem estava em perigo. Não poderiam prever onde o relâmpago atingiria antes de cair. Era como tentar impedir o próprio destino.

Yuki pensava que não havia nada com que se preocupar, até ser chamada para a sala da sra. Blumstein.

O escritório da sra. Blumstein ficava em uma das torres do castelo, um cômodo mais isolado na ala oeste. O acesso era por uma escada em espiral complicada de subir. Ao entrar na sala, Yuki se deparou também com a srta. Lenz e a srta. Bagley, duas das professoras mais velhas da escola, a primeira magra, com sobrancelhas definidas, e a segunda robusta e baixinha.

– Por favor, sente-se, srta. Miyashiro. Conversaremos em um minuto – disse a sra. Blumstein, quase distraidamente, do outro lado da escrivaninha, mas Yuki não se mexeu.

– O que houve? – perguntou ela, olhando para as professoras.

A srta. Lenz e a srta. Bagley se encararam, algo que Yuki não deixou de notar.

– Vamos deixar vocês a sós – disse a srta. Bagley, com sua voz estridente. – Sente-se, Yuki. Só vai levar um instante.

Yuki estreitou os olhos enquanto as duas professoras saíam pela porta, os passos ecoando ao descerem a escada. A garota finalmente se sentou, com a postura ereta, o cabelo preto caindo sobre os ombros, e observou a srta. Blumstein terminar de digitar algo.

– Que bom que você pôde vir – disse a mulher, sorrindo por trás dos óculos de lentes quadradas.

– Entendi que era uma convocação, e não um convite.

A professora sorriu educadamente. Yuki não se deixou abalar.

Haviam encontrado o corpo, mas não a arma, e mesmo se tivessem, ninguém poderia provar nada.

– É só rotina, minha querida – disse a sra. Blumstein. – Quero fazer algumas perguntas sobre Livia Ricci.

Yuki piscou, confusa.

– Perdão, quem?

– A garota que estava se passando por Penelope Barone aqui em Grimrose – esclareceu a professora. – Ela finalmente foi identificada, e estou fazendo algumas perguntas àqueles que eram próximos dela.

Yuki não moveu nenhum músculo do rosto. Passara anos treinando para isso, escondendo sua raiva sob a superfície, permanecendo impassível mesmo quando tudo o que sentia eram tempestades.

– Estamos procurando qualquer coisa que nos ajude a descobrir o que aconteceu – continuou a sra. Blumstein. – Agora sabemos que Livia provavelmente foi a responsável pelo assassinato da verdadeira Penelope. No entanto, ela era uma aluna exemplar que nunca se metia em problemas. Queremos saber o que aconteceu.

Yuki respirou fundo, pensando em todas as perguntas que a sra. Blumstein poderia fazer, mas era inteligente demais para dizer qualquer coisa agora. Sequer compreendera a motivação de Penelope, para começo de conversa.

A Penelope falsa havia sido melhor do que a verdadeira. Havia sido títere e titereira, mas Yuki não tinha certeza se isso era tudo que existira entre as duas.

Talvez Penelope fosse sua igual, e Yuki não percebera antes.

— Vocês duas conversavam, certo? – disse a sra. Blumstein, gentilmente, com rugas se formando em volta dos olhos. – Infelizmente, a única outra amiga de Penelope na escola era Micaeli, e ela também se foi.

— E Ari – completou Yuki. – Ari era amiga dela.

A sra. Blumstein inclinou a cabeça e Yuki não se moveu. Não gostava de ser analisada assim, tão de perto. Nunca chamara muita atenção dos professores, mesmo tendo notas sempre perfeitas e uma conduta impecável. Yuki se mantinha em silêncio, se misturava e, dessa forma, desaparecia nas sombras.

A sra. Blumstein estava tentando trazê-la de volta para a luz.

— Foram tantas perdas no ano passado – disse ela, balançando a cabeça com tristeza. – Ficou difícil acompanhar.

Yuki não estava sofrendo de um luto debilitante. Tudo o que compreendia eram as palavras do seu desejo, da escuridão à espreita nos cantos de sua alma, e o fato de que não hesitara quando chegou sua vez de escolher.

Talvez ela tivesse cometido um erro. Talvez aquilo ficasse marcado para sempre em sua alma. Mas fora um erro *seu*, e Yuki se recusava a se redimir por isso.

— Então você viu Livia antes do recesso de fim de ano? – perguntou a sra. Blumstein, seus olhos esquadrinhando os de Yuki.

— Só na noite do baile, acho – respondeu a garota, fingindo concentração. – Passei a maior parte do tempo no banheiro, talvez eu a tenha visto brevemente.

— Talvez? – A sra. Blumstein ergueu uma sobrancelha.

— O salão estava escuro, e havia muita gente – explicou Yuki. – Não contaria com minhas lembranças daquela noite.

— O que aconteceu?

– Dor de estômago. – A mentira que elas vinham planejando saiu com facilidade. – Rory e Nani estavam comigo, se quiser verificar.

– Não estamos pedindo álibis, srta. Miyashiro – disse a sra. Blumstein, em tom de reprovação. – Achamos que foi nessa noite que Livia sofreu o acidente.

– Então foi um acidente – Yuki a interrompeu depressa.

– Um acidente pode significar muitas coisas, até mesmo um encontro prematuro com a morte – explicou a professora. – A polícia não vai ignorar os eventos do ano passado no colégio, e a morte de Livia não é exceção. Quando muitas coincidências acontecem, não podemos evitar questionar a veracidade delas.

– Talvez devessem ter questionado mais cedo, quando o primeiro corpo apareceu no lago – disse Yuki.

A sra. Blumstein não respondeu, apenas contraiu os lábios com força, a boca formando uma linha quase invisível.

Então, naquele instante, a porta da sala se abriu e Reyna surgiu, parecendo ter subido correndo todos os lances de escada. Ela ainda estava com a mão na maçaneta quando viu Yuki sentada ali. Um lampejo de escuridão passou por seus olhos.

– Ah, Reyna – disse a sra. Blumstein, em um tom hostil. Reyna nunca escondera sua antipatia pelos docentes, que julgavam que a administração da escola era responsabilidade apenas do conselho de professores e de mais ninguém. – Precisa de alguma coisa?

Reyna demorou um instante para se recompor, os traços aos poucos retomando uma frieza polida.

– Não acho que seja necessário investigar mais, a não ser que a polícia exija. Prefiro que Yuki volte aos estudos.

A sra. Blumstein suspirou baixinho.

– Sim, claro.

Reyna olhou para Yuki e a garota se levantou.

– Bem, caso se lembre de qualquer coisa que Livia possa ter dito – arriscou a sra. Blumstein –, tenho certeza de que a polícia ficará grata por isso.

– Eu os avisarei – Yuki respondeu enfática. – Mas, como disse, Penelope não era minha amiga. É só isso?

A sra. Blumstein olhou para Reyna, mas o rosto da diretora não transparecia nada. Yuki sentiu a tensão entre as duas. Por fim, foi a sra. Blumstein quem rompeu o silêncio.

— Sim, é só isso – respondeu ela. – Tome cuidado pelo caminho. Não queremos mais nenhum acidente.

A professora sorriu para Yuki, mas seus olhos encaravam Reyna.

❀ ❀ ❀

— O que foi isso? – Yuki perguntou assim que desceram a escada, caminhando pelos largos corredores de Grimrose.

Reyna balançou a cabeça, e Yuki percebeu que o esmalte vermelho da madrasta estava descascando. Reyna nunca demonstrava na aparência nada além de perfeição. Aquele simples detalhe a incomodou.

— Você entendeu que está havendo uma investigação – respondeu Reyna. – A polícia disse que o caso de Livia é inconclusivo.

— Então foi um acidente?

A madrasta fez uma pausa.

— Não. Eles acham que ela foi assassinada.

Yuki não soube como reagir – se fingisse surpresa, um exagero poderia entregá-la. Então, ficou imóvel como um pinheiro no inverno, preparando-se para o que se seguiria.

— Eles não têm nenhum suspeito – continuou Reyna. – E provavelmente não encontrarão um depois de tanto tempo.

— O que você vai fazer?

Reyna pestanejou e, mais uma vez, Yuki observou que a madrasta não estava agindo como ela mesma, já que também estava acostumada a nunca despir sua máscara de perfeição. Agora, no entanto, começava a se esfacelar.

— Não tenho poder para fazer coisa alguma – ela respondeu. – O conselho da escola está decidindo se vai ou não pedir minha demissão.

— O quê?! – exclamou Yuki, pega de surpresa.

— Sim. É… penoso, para dizer o mínimo. Claramente, não tenho lidado tão bem com os acontecimentos quanto deveria. Mas, contanto que não haja outros acidentes, devemos conseguir chegar até o fim do ano escolar.

Sem acidentes, ou Reyna iria embora. Sem acidentes, ou a própria história de Yuki entraria em uma espiral que a afastaria de Grimrose. Não era isso o que ela queria? Escapar? Seu coração acelerou com um novo pico de magia, uma certeza repentina que não estava ali antes.

– Tem alguma coisa que você queira me contar? – perguntou Reyna.

– Não.

A madrasta analisou o rosto de Yuki como se pudesse ver através dela, através de sua máscara, até as profundezas de sua alma. A garota permaneceu firme.

– Vai me dizer se precisar de alguma coisa, não vai?

– É claro – respondeu Yuki. – Ótimo. Sem mais acidentes.

Yuki sabia que aquelas palavras deveriam soar como uma garantia, mas tudo o que ouviu foi a ameaça implícita nelas.

24
RORY

Rory acabara de entrar no quarto quando ouviu o estrondo de algo quebrando no banheiro. Ela correu e, ao abrir a porta, lá estava Yuki, com o rosto indecifrável e o espelho quebrado em centenas de estilhaços no chão, as mãos agarradas na pia.

Quando Yuki se virou para encará-la, Rory recuou involuntariamente. Seus olhos estavam completamente pretos, e suas mãos tão brancas que Rory sentia o frio emanando delas, como uma névoa, embaçando os cacos de vidro.

— Você está bem? — ela perguntou.

O olhar de Yuki suavizou.

— Sim. Foi um acidente.

Não parecia um acidente. Yuki tinha quebrado o vidro com as próprias mãos, mas, até onde Rory podia ver, não havia nenhum sinal de sangue; as mãos da amiga estavam brancas e limpas.

— Não conte para Ella — pediu Yuki, o cabelo preto cobrindo seu rosto como uma longa cortina. — Ela vai pensar...

Yuki não terminou a frase, mas Rory entendeu. Ella ficaria mais preocupada do que o necessário; afinal, ao que tudo indicava, o que elas tinham feito não as mudara de verdade.

Exceto que mudara, sim. Claro que mudara.

Especialmente Yuki.

– Vou pegar a vassoura e a pá de lixo – disse Rory, tentando ser prática. – A gente limpa isso antes da Nani voltar.

Yuki olhou para a amiga com gratidão, colocando o cabelo atrás da orelha e esperando imóvel enquanto Rory pegava os utensílios. Ela entregou a vassoura para que Yuki varresse os cacos menores e começou a colocar com as mãos, com cuidado, os cacos maiores na pá.

Quando estava saindo para jogar tudo fora, Rory sentiu uma forte cãibra nos dedos e, em um ataque repentino de dor, deixou a pá cair, os estilhaços indo de novo ao chão. Ela soltou um palavrão.

– Deixa que eu faço isso – interveio Yuki, abaixando-se.

– Eu tô bem – grunhiu Rory, pegando a pá de novo antes que a amiga o fizesse. Dessa vez, os dedos obedeceram, cooperando com o corpo submisso para limpar novamente a bagunça.

Às vezes Rory se esquecia de que seu corpo nunca a obedeceria por completo. Ele sempre a trairia quando menos esperasse, mesmo que se esforçasse para aperfeiçoá-lo. Quando levantou a cabeça, viu que Yuki a observava, mas, em vez de julgamento, o que sentiu foi empatia, como se a amiga entendesse o que significava perder o controle.

E é claro que ela entendia. Rory ainda se lembrava dos estilhaços de gelo afiados no quarto. A magia de Yuki era forte e perigosa, e bastava perder o controle por um segundo para machucar alguém.

– O que aconteceu na sala da sra. Blumstein? – Rory perguntou, por fim.

– Eles sabem que Penelope foi assassinada – respondeu Yuki, sem olhar para a amiga. Estava examinando um caco de vidro, segurando-o entre duas unhas compridas. – O conselho da escola está considerando pedir a demissão de Reyna.

– Pra valer? – perguntou Rory. – Isso não pode ser sério

– Rory, pessoas estão *morrendo* – respondeu Yuki, enfatizando a última palavra. – Isso não deveria ser normal.

– E a gente achando que sonegação de impostos seria a única preocupação de um conselho escolar na Suíça.

Yuki encarou a amiga, os lábios retorcidos em reprovação.

– Rory.

– Eu sei, eu sei. Vou parar de zoeira.

Yuki riu baixinho, e Rory sorriu de volta. Elas terminaram de limpar o chão e juntaram os cacos em um pano para jogar fora. Não havia nenhum sinal de vidro quebrado. Era como se o espelho nunca tivesse estado ali.

– O que vai acontecer se Reyna for embora? – perguntou Rory.

– Não sei – respondeu Yuki. – É meu último ano na escola, acho que eu teria que ficar.

Rory percebeu a escolha de palavras, a forma como Yuki sempre tomava cuidado e pensava em tudo que dizia.

– Você *poderia* ir embora – disse Rory, enfatizando a possibilidade enquanto encarava Yuki. – Se você quisesse.

– Sim. Acho que poderia.

Rory sacudiu a cabeça, tentando afastar o cabelo da testa e destrinchar seus sentimentos. Ela recostou-se na pia, apoiando o corpo com as mãos enquanto encarava a amiga.

Yuki podia ir embora. Ela tinha essa escolha, e sua magia provavelmente a ajudaria.

– Se Reyna for demitida, você deveria aproveitar a chance.

Yuki pestanejou.

– Isso não é fugir?

Rory deu de ombros.

– Eu não culparia você.

Yuki sorriu com amargura.

– Culparia, sim. Se vocês não podem, por que eu deveria fugir? Por que deveria ter o direito de virar as costas para este lugar?

Naquela frase, havia também uma pergunta que Yuki não fizera em voz alta. Algo que Rory entendeu nas entrelinhas, como aprendera a fazer com Yuki desde que elas se conheceram: por que ela deveria ter o direito de virar as costas para as amigas?

Rory encarou os pés, abaixando a cabeça. Havia verdade no que Yuki dizia. Ela invejava, só um pouco, o que a amiga tinha, a liberdade que conquistara com a magia. Yuki poderia fugir e, provavelmente, ficaria bem. Rory, por outro lado, ainda que tentasse, não conseguiria. Ela não podia se esconder de quem era.

134

Só que, por mais que Yuki escondesse melhor suas frustrações, ela também pagara o preço por seus poderes: se antes ela conseguia sustentar a imagem perfeita que havia confeccionado, tudo o que Rory via agora eram as rachaduras.

– Liron não frequentou a escola e também não escapou – disse Rory. – Não sabemos quase nada sobre a maldição, mas posso ser sincera? Se alguma de nós conseguir escapar, é mais do que o suficiente. Se algumas de nós puder escapar...

– Então precisa ser Ella, não eu.

As duas se encararam, e Rory não se lembrou da última vez que vira tanta determinação no olhar de Yuki. Yuki recebeu uma saída, mas ela não a aceitaria. Rory não sabia dizer se era idiotice, coragem ou, como tudo na vida, as duas coisas ao mesmo tempo.

– Então todas nós vamos escapar – corrigiu Rory. – Ella mataria a gente se pensássemos em desistir.

Yuki sorriu.

– Ella não mataria ninguém.

– É verdade. Mas a gente provavelmente morreria de tanto ouvir sermão.

– Prefiro tentar a sorte com a maldição.

Rory riu, porque se sentia da mesma forma. Ainda assim, quando olhou para Yuki, viu não só a amiga de muitos anos, mas também algo inteiramente diferente: dentre elas, era Yuki quem parecia ter saído direto de um conto de fadas, invocada das páginas de um livro.

– Tá tudo bem entre a gente, né? – perguntou Rory, incerta, pensando em como Yuki andava tensa ultimamente, uma tensão que parecia respingar em todos.

Só que talvez fosse só coisa da sua imaginação. Talvez tudo acabasse bem, talvez elas conseguissem atravessar o final e chegar ao outro lado.

Rory olhou para a cama de Nani, e pensou de novo em Ari.

– Sim – respondeu Yuki. – Nós estamos bem.

25
ELLA

A primavera chegou sem nenhum estardalhaço. Quase um mês depois do equinócio, as flores finalmente decidiram desabrochar, lutando contra o resto de neve que ainda insistia em aparecer, e o verde da grama conquistou seu território devagar, mas com determinação. Assim que a paisagem mudou por completo, os alunos da Grimrose Académie se aglomeraram nos espaços ensolarados ao redor do lago, tomando sol e rindo como se nada de errado estivesse acontecendo.

– Não há nada de errado – disse Ella. – Não para eles.

Frederick passou o braço com firmeza pela cintura dela enquanto caminhavam até o ponto de ônibus, depois do fim das aulas de sexta-feira.

– Eu sei – respondeu Freddie. – Podemos ir para outro lugar. Não precisamos sentar perto do lago.

– E onde iríamos? No pombal abandonado?

– Lá é tão bom quanto qualquer outro lugar.

– Lá é cheio de teias de aranha, e os degraus estão todos rachados. É um acidente esperando para acontecer.

Freddie inclinou a cabeça.

– Você já esteve lá?

– Quê? – disse Ella, explicitamente ignorando o último comentário do rapaz.

Freddie analisou o rosto da namorada e sorriu.

– Às vezes eu acho que você mente melhor do que parece.

– Foi por causa de uma pegadinha idiota – disse Ella. – Mas eu não vou lá de novo, a não ser que levemos um galão de cloro e vassouras.

– Parece um encontro perfeito – respondeu Freddie, e Ella sentiu que o namorado estava sendo só um pouco irônico.

Os dois continuaram caminhando enquanto Ella contava os passos até a trilha no limite da escola. Era uma rotina que tinham estabelecido sem ela sequer ter pedido. Toda sexta-feira depois da aula, os dois caminhavam juntos até o ponto de ônibus, e Freddie a esperava chegar em casa em segurança. Com o braço dele em sua cintura, o rosto suavemente reclinado contra o peito do namorado, Ella sentia as batidas firmes do coração de Freddie por baixo da camisa. Ela as contou, os números aumentando, e sabia que poderia contá-las pelo resto da vida, pois elas continuariam aumentando, firmes e certeiras.

O ônibus chegou na hora certa, e Freddie embarcou com ela. Ele não se importava em pagar, até porque Sharon andava saindo menos de casa do que Ella gostaria, então os únicos momentos que os dois tinham juntos eram os intervalos entre as aulas e durante o caminho para casa. Ella olhou pela janela e pensou ter visto alguém tentando pular os muros de Grimrose. Um rosto familiar, com longos cabelos castanhos.

– Você viu aquilo? – perguntou Freddie. – Acho que aquela menina é da nossa sala.

– Era a Ivy, não era? – perguntou Ella, preocupada.

Ivy era a única menina da lista que Ella não vinha observando tão de perto, e agora a culpa se revirava em sua barriga. Deveria estar prestando mais atenção. Alethea dissera que Ivy vinha agindo de um jeito estranho ultimamente, mas isso podia significar qualquer coisa. Mesmo assim, Ella precisava garantir que a garota estava bem.

Frederick pegou a mão dela, fazendo carícias circulares com o dedão em sua pele. Os dois desceram em Constanz. Antes que Ella pudesse se despedir, Freddie puxou sua mão de novo, e a garota o encarou.

137

– Tem algo que ando querendo te contar – disse ele, os dois ainda de mãos dadas. – Fui aceito para estudar na Universidade de Columbia no ano que vem.

Levou um instante para que Ella absorvesse aquelas palavras, e então ela disse, estupidamente:

– O quê?

– Eu falei que ia me candidatar – disse Freddie, inclinando a cabeça suavemente, os olhos castanhos e acolhedores cravados no rosto dela.

– Isso significa que você vai se mudar para o outro lado do oceano?

– Idealmente, sim – respondeu ele. – Seria meio difícil pegar um avião todos os dias só para uma aula. Não sei se poderia bancar isso, e não quero contribuir para o aquecimento global.

Ella riu, mas foi um riso superficial. Freddie se mudaria porque o ano letivo estava quase acabando. Sentindo o pânico começar a subir por sua garganta, Ella olhou em volta, desesperada por algo que a impedisse de entrar em uma espiral.

– Ei – Freddie a chamou, erguendo o queixo dela para que seus olhares se encontrassem. – Está preocupada com o que vai acontecer com a gente, né?

Ella se sentiu imediatamente culpada; esse pensamento não tinha nem passado por sua cabeça. Nos últimos cinco anos, havia ansiado tanto pelo dia em que estaria livre da madrasta que não se dera ao trabalho de fazer nenhum plano para o que viesse depois. Ela já nem sabia se isso era parte da maldição ou apenas sua vida. Depois de tanto lavar, cozinhar e limpar, tudo o que desejava quando se deitava à noite e fechava os olhos era sobreviver. Ter forças para chegar até o dia seguinte e repetir isso até estar livre.

– Não precisa se preocupar – disse Freddie, beijando os lábios dela suavemente. – A gente dá um jeito.

Ella se perguntou se Freddie também era parte da maldição, do enredo do conto. Se a relação dos dois era apenas algo saído dos livros, e não algo que ela tinha o direito de ter.

Ainda segurando a mão do rapaz, ela ficou na ponta dos pés e o puxou para um beijo. Com a outra mão, acariciou o cabelo ruivo do namorado. Podia senti-lo sorrindo contra sua boca, mesmo de olhos fechados. Talvez a presença de Freddie lhe oferecesse uma falsa sensação de segurança, mas Ella tecia esperança com qualquer tecido que caísse em suas mãos.

* * *

Quando Ella entrou em casa, Sharon a esperava na porta.

– Quem era aquele com você? – perguntou a madrasta.

A garota paralisou, tentando se preparar para o que viria a seguir. Precisava encontrar uma desculpa, e depressa. O que Sharon tinha visto? O beijo? Freddie indo embora? Provavelmente não tinha visto muita coisa. Ella era tão cuidadosa, tão meticulosa, e agora sua própria voz podia traí-la.

– Há… – Ella abriu a boca, tentando desesperadamente pensar em uma mentira que fizesse sentido, revirando sua mente e não encontrando nada.

Queria gritar e chorar, mas nada disso a ajudaria. Queria dizer para Sharon que Freddie era seu namorado, que tinha direito a isso como qualquer outra garota. Tinha o direito de ter um romance, de ser amada, mesmo que todos ao seu redor dissessem o contrário.

– E então? – a madrasta insistiu.

Nesse momento, Stacie desceu a escada com passos pesados e cruzou os braços com impaciência. E então, com seu tom mais irritante, ela disse:

– Frederick te entregou o caderno?

Sentindo uma onda de gratidão, Ella assentiu.

– Sim, está aqui.

Sharon continuava a examiná-la com olhos estreitos.

– O que ele estava fazendo aqui? – perguntou a madrasta.

– Eu esqueci meu caderno na sala e pedi para ele trazer. Ella só foi buscar para mim – respondeu Stacie, sem olhar para Ella enquanto pegava o caderno aleatório que a garota tirara da bolsa, agindo da forma mais natural possível.

– Quem é ele?

– Um colega de classe. Silla tem uma quedinha por ele.

– Não tenho não! – Silla gritou do quarto, furiosa. – Stacie é uma mentirosa!

Sharon olhou para a filha, divertindo-se.

– Talvez devêssemos convidá-lo para vir aqui um dia.

– Não! – Ella e Stacie disseram em uníssono, e Ella paralisou outra vez.

Foi Stacie quem tomou a frente outra vez, balançando a cabeça e revirando os olhos.

– Ele não é bom o bastante para Silla.

Sharon ergueu uma sobrancelha, mas, parecendo finalmente satisfeita, virou-se e subiu as escadas em direção ao quarto. Ella prendeu a respiração vendo-a partir, sem acreditar em sua sorte.

Stacie esperou até ouvirem o barulho da porta do quarto se fechando e disse, em voz baixa:

– Quanto tempo você acha que vai conseguir fingir isso?

Ella adoraria ter uma resposta.

– Não deixe ele te acompanhar até aqui em casa de novo – disparou Stacie. – Duvido que a gente consiga enganar a mamãe uma segunda vez.

Ella assentiu.

– Obrigada, Stacie.

– Tanto faz – respondeu a garota, parecendo entediada, mas logo em seguida seu olhar se suavizou. – Silla me disse que você consertou o uniforme dela sem a mamãe saber. Então, estamos quites.

Ella sorriu para a garota. Com relutância, Stacie sorriu de volta.

26
NANI

Nani não conseguia acreditar que já era abril. O sol agora brilhava mais forte, o dia ficava claro por mais tempo. Nani tinha conseguido ganhar ritmo para acompanhar as garotas designadas a ela, mas nada parecia ter mudado em suas histórias – Jannat era muito escandalosa, e Ophélie era fútil, uma dessas meninas que só fala sobre ir para a Disney nas férias. Pelo menos, Nani tinha Svenja. No entanto, toda vez que pensava que o tempo de Ella estava acabando, a garota redobrava seus esforços e verificava suas anotações.

E a vida não parou.

Grimrose estava se preparando para a partida de seus alunos ao final do ano letivo. Conversas sobre faculdade e viagens preenchiam os corredores. Nani não fazia ideia de como responder qualquer pergunta sobre seu futuro e estava contente por ninguém questioná-la a respeito. Ela terminaria o último ano em Grimrose, e depois, o quê? Seu pai ainda estava desaparecido. Voltar para o Havaí para morar com Tūtū parecia um retrocesso. Era como se tudo o que conhecesse agora não coubesse mais em uma casa na ilha. Nani tinha ido embora, mas isso não fora suficiente. Ela ainda não estava no caminho certo para encontrar um lar.

Svenja não a pressionara sobre encontrar a mãe na Páscoa; estava ocupada demais ensaiando para sua apresentação final na escola.

Nani assistira a alguns ensaios, mas a namorada a achava uma distração, então elas passaram a se encontrar no quarto de Svenja.

Infelizmente, a Páscoa seria naquele fim de semana, então Nani não podia mais adiar a conversa. Ela foi até o quarto de Svenja com um discurso pronto. Ao bater na porta, descobriu que já estava destrancada. Nani franziu a testa e, quando se virou, havia alguém atrás dela.

– Oi – disse uma voz arrastada.

Nani tirou os óculos, limpando as lentes na saia do uniforme. Não era o ideal, mas raramente vivia sob circunstâncias ideais. Tinha desistido de lavar ou limpar os óculos de maneira apropriada aos 7 anos, quando já estava em seu terceiro par de lentes. Quando os colocou de novo, viu Odilia, com aquele sorrisinho de sempre.

– Chegou meio tarde, né? – perguntou a garota, inclinando levemente a cabeça para mostrar as maçãs altas do rosto, iguais às da prima. – Svenja já chamou um táxi.

– O quê? – exclamou Nani, apressando-se em pegar o celular, mas não havia uma única mensagem da namorada. – Você está mentindo.

– Olha só quem adora julgar os outros rápido demais – retrucou Odilia, revirando os olhos. – Por que eu mentiria? Só vim aqui buscar o passaporte dela. A cabeça de vento esqueceu.

Ela passou por Nani, a soberba em pessoa, e deslizou a chave pela fechadura, abrindo o quarto de Svenja. Nani ficou parada na porta, a curiosidade invadindo-a mais uma vez. As feições de Odilia eram como um espelho distorcido da namorada, e Nani não conseguia desviar o olhar.

– Está aqui para garantir que não vou roubar nada? – perguntou Odilia, sem se virar, vasculhando a bagunça que era a mesinha de cabeceira de Svenja.

Nani reprimiu a vontade de explodir. Mesmo quando a raiva tomava conta, sempre havia aquela expectativa dos outros de que ela agisse agressivamente, temia que qualquer coisa que dissesse fosse mal interpretada, como se estivesse ainda mais brava.

– Ela já foi embora mesmo? – Nani enfim perguntou, odiando a incerteza em sua voz.

142

– Sim – Odilia respondeu secamente. – Eu disse a ela para não te esperar. E eu estava certa, não é?

As bochechas de Nani coraram.

– Você não tem o direito de se meter na nossa vida. Ela nem me avisou que já estava de saída.

– Diferente de mim, minha prima se importa com seus sentimentos e não queria te pressionar. – Odilia abriu a última gaveta da mesinha, balbuciando um "arrá!" ao encontrar o passaporte vermelho. – Só estou tomando conta dela.

– Sério? É isso o que diz a si mesma enquanto a segue pela escola e se veste como ela?

Odilia bufou, os lábios curvando-se em uma expressão ríspida. A boca macia em formato de coração, as maçãs do rosto salientes e as sobrancelhas grossas e escuras marcavam tanto o rosto dela quanto o da prima. Ela foi até a porta, requebrando os quadris.

– Não finja entender o que acontece entre minha prima e eu – disse Odilia. – Somos família. Você *acha* que tem o direito de dizer alguma coisa para mim? Por que você acha que conhece Svenja melhor do que eu?

Dessa vez, foi Nani quem revirou os olhos.

– Você vai precisar ser mais criativa se quiser me manipular.

– Criatividade é algo superestimado. Os maiores problemas das pessoas são coisas básicas, como falta de confiança. – Odilia lançou um olhar demorado e significativo para Nani. – Falta de comprometimento.

– Foi pra isso que você veio até aqui? Para testar se sou confiável?

Odilia riu, e Nani odiou como aquela risada soava igual a de Svenja.

– Não precisa ficar tão na defensiva.

– Bom, estamos falando da minha vida. E ela é minha namorada.

– Então talvez seja melhor agir como tal. Se o que existe entre vocês for só uma coisa física... – Ela deu um passo em frente, repousando a mão no ombro de Nani. – ...existem outras opções disponíveis.

Uma onda de nojo tomou conta de Nani, revirando seu estômago com força enquanto ela afastava a mão de Odilia com um movimento de ombro.

143

– Ah, me erra! – disse ela, finalmente perdendo a paciência. Talvez Odilia fosse o monstro em seu conto, e Nani estava prestes a dar uma surra na garota e arrastá-la até o portão da escola. – Fique à vontade com sua esquisitice, mas me poupe dos seus discursinhos.

– Você que sabe. – Odilia deu de ombros, parecendo entediada. – Pode ter um pássaro na mão e outro voando. É só saber o que quer, e a gente faz acontecer.

O sorriso de Odilia lampejou, e Nani ficou sem palavras.

– Vou dizer a ela que você mandou lembranças, apesar de não ser corajosa o bastante para ir no jantar em família. – A garota acenou em despedida, jogando um beijo por cima do ombro ao sair apressada pelo corredor. – E, se ficar entediada com ela, pode me ligar. Tchauzinho!

Nani ficou parada ali, envergonhada e perplexa. Queria mandar uma mensagem para Svenja, mas talvez fosse melhor esperar para se desculpar pessoalmente.

Havia verdade nas palavras de Odilia, mas Nani sempre teve um bom motivo para se manter distante, para se proteger. Não podia arriscar ser despedaçada. Não podia arriscar ser magoada pelos sentimentos de outra pessoa.

Se Nani não podia arcar com a mágoa, talvez significasse que também não pudesse arcar com o amor.

27

RORY

Na sexta-feira, Rory foi para um lugar onde ninguém esperaria encontrá-la: a biblioteca. Vinha gostando do silêncio, e aquele era um bom local para correr atrás do que tinha perdido.

A verdade era que Rory sentia sua fibromialgia piorando. Os sinais eram as pequenas coisas: a cãibra nas mãos durante os treinos de esgrima; a forma como cambaleava pelas escadas; o descontrole ao derrubar os cacos de vidro enquanto ajudava Yuki; o fato de dormir durante as aulas, tentando compensar a falta de sono à noite; a névoa que tomava conta de sua mente quando a dor diminuía. Pequenas coisas que se somavam e se tornavam mais frequentes. E ela vinha sorrindo e fingindo que não havia nada de errado.

Rory pensou que tinha superado isso no final do ano, mas a única coisa que conseguiu fazer foi parar de mentir para si mesma. E, quando parou de fingir, percebeu que estava bem pior do que imaginava.

Ela deitou no chão da biblioteca. Pelo menos ali podia esticar o corpo, o mármore duro ajudando-a a se endireitar. Ficou ali, esparramada no chão, até o rosto marrom de Nani surgir por cima dela em um amontoado de cachos.

— Tudo bem aí embaixo? — perguntou a garota, inclinando a cabeça de leve.

— Tudo — respondeu Rory.

— Você não tem treino às sextas?

— Pippa está no torneio — disse ela, distraída. — O que está fazendo aqui?

— A leitora aqui sou eu — Nani a lembrou. — O que *você* está fazendo cercada de livros?

Rory precisava sair do chão. Ela forçou seu corpo a se sentar, mas o movimento não saiu como o planejado. Os músculos das costas se contraíram, fazendo sua coluna inteira se contorcer, e ela se encolheu para suportar a dor.

— Ei, eu posso... — Nani começou a dizer, correndo para o lado dela.

— Não — disparou Rory, irritada. — Eu dou conta.

Nani ergueu as mãos na defensiva, e então se sentou no chão, de frente para a amiga.

— Se você diz.

Rory queria ficar brava por Nani ter oferecido ajuda, mas estava mais brava consigo mesma. Ela não era fraca, mesmo que seu corpo tentasse transformá-la nisso. Não precisava de ajuda.

— É por isso que está aqui? — perguntou Rory. — Para conferir se estou fazendo o que deveria estar fazendo? Por que preciso de supervisão constante?

Nani não caiu na armadilha, apenas cruzou os braços.

— Não vim aqui pra isso. — Ela abriu o caderno, ainda sentada no chão. — Vim porque vou enlouquecer se precisar encontrar mais semelhanças entre os contos e pessoas que não conheço. Pareço a minha avó, escutando as fofocas pela cidade. Estou seguindo uma garota que suspeito que se tomar uma cacetada na cabeça várias vezes, pode desenvolver outra personalidade.

— Quer ouvir sobre a minha? — perguntou Rory, erguendo uma sobrancelha. — Serefina provavelmente fez um pacto com o capeta e está mantendo-o acorrentado no guarda-roupa, ou quem sabe no banheiro. Rhiannon perdeu um brinco na piscina pela décima vez essa semana, então, se um sapo não vier devolver pra ela, a equipe de natação vai afogar a garota só para ela parar de encher. A última, Freya, com certeza está sendo vítima de *catfish* pelo namorado, um cara da internet que usa uma foto de urso no perfil. Não tenho certeza se ele é pedófilo ou só esquisitão. Provavelmente os dois.

Nani a encarou, exasperada.

— Ou melhor, *ursofish* — corrigiu-se Rory, fazendo a amiga suspirar e voltar o olhar na direção do teto. — Não é culpa minha que todos os contos de fadas tenham princesas se apaixonando por animais. Você precisa tomar cuidado.

— Não estamos chegando a lugar nenhum com isso, né? — perguntou Nani, tentando manter-se séria, mas Rory não conseguiu mais segurar o riso.

Nani desistiu de tentar, e as duas começaram a rir feito tontas.

Não é que Rory não conseguia imaginar como aquelas histórias podiam piorar; ela conseguia, porque já tinha visto acontecer. Havia sangue e luto e espera em todo canto. Ao mesmo tempo, ela não conseguia ignorar o quanto tudo aquilo era estúpido, o quanto os contos mudavam e se tornavam absurdos.

Nani ajeitou os óculos e, por um momento, Rory se lembrou de quando ela mesma chegara em Grimrose, de quando Ari se sentara ao seu lado na biblioteca, naquele mesmo lugar. Elas reclamaram de todas as escolhas ruins que estavam sendo tomadas na escola. A saudade de Ari a atingiu como um raio, mas, em vez de apenas tristeza, também havia uma luz — porque, mesmo Ari tendo partido, sempre restaria algo dela.

Rory observou Nani, aquela garota que tinha chegado no ano anterior e já se encaixava entre elas como se aquele fosse seu lugar.

— Quais são as chances de a gente quebrar essa maldição, pra valer? — Rory perguntou, agora sem vestígios de riso no rosto, esperando uma resposta sincera.

Tinha feito a mesma pergunta para Yuki, e queria uma confirmação. Rory gostava de ser positiva, mas não queria ser ingênua.

Nani suspirou, encostando a cabeça na parede.

— Vai saber. Tudo o que temos são as promessas que fizemos a nós mesmas.

Rory não queria admitir, mas a descoberta do corpo de Penelope tinha piorado sua insônia. Lembrava-se da sensação da água fria, de puxar as amigas para fora do lago, de tentar se agarrar ao que restava, ao que era importante.

— Estou preocupada com Ella e Yuki — ela admitiu.

Nani assentiu em resposta. Ainda não tinham conversado sobre isso, mas havia um tipo de rachadura separando Ella e Yuki das outras. Uma fissura que ninguém queria admitir. Um rasgo que Ella tentava esconder ao costurar pontos, mas que permanecia visível.

— É diferente pra gente — disse Nani. — Estávamos lá na noite do baile, mas... não foi nossa escolha. Não é a mesma coisa.

— Está dizendo que não é nossa culpa Penelope ter morrido? — perguntou Rory.

— Estou dizendo que é diferente para Ella e Yuki. Seja lá o que as duas estão vivendo, não podemos sequer imaginar como é.

Rory concordou, reconfortada pelas palavras de Nani. Seus músculos tinham parado de se contrair, o corpo estava relaxando de novo. Ela respirou fundo, soltando os ombros.

— E o que faremos até descobrir o que está acontecendo? — perguntou Rory.

— Posso te dar um conselho brega? — disse Nani. — Viva a vida ao máximo. Vá beijar a Pippa ou sei lá.

Rory grunhiu.

— Ah, não. Você vai começar também?

— Quer saber o que eu acho? — perguntou Nani.

— Por quê? Você beijou uma garota e agora é especialista?

— É melhor do que não ter beijado nenhuma.

— Pra sua informação, eu *já beijei* uma garota, ok — disse Rory, estufando o peito e encarando a amiga. — Quer dizer, algumas garotas.

Na época, foi bem constrangedor, e não porque foi a primeira vez que beijara alguém que de fato queria beijar. Rory quase beijara um garoto uma vez, aos 13 anos, em uma festa de fim de ano no castelo de seu tio, mas virara a bochecha no último segundo e os dois quase morreram de vergonha. Pelo menos ela estava confiante de ter tomado a decisão certa, embora suas escolhas seguintes, feitas em outras festas, tivessem sido igualmente questionáveis. A primeira vez foi durante um jogo de Verdade ou Desafio, com uma herdeira europeia. A segunda foi em um evento da ONU, quando beijou a filha do presidente dos Estados Unidos contra a porta do banheiro, a respiração quente das duas se misturando enquanto brincavam com o cabelo uma da outra, as mãos passeando por todo o corpo.

Só que aqueles foram beijos que não levaram a nada. Rory ainda estava vivendo pela metade, como sempre esteve acostumada, seguindo os desejos dos pais para o próprio futuro.

— Então por que você tem medo? – perguntou Nani.

— Porque, se eu beijar Pippa, vai significar alguma coisa.

Nani pensou por um momento e então suspirou, zombando a amiga:

— Ownnn, que fofo!

— Você é horrível – resmungou Rory, sentindo o rubor se espalhar por suas bochechas e seu pescoço.

— Estamos no século XXI – falou Nani. – Já está na hora de ter umas princesas gays por aí.

— Eu não passo de uma pobre e jovem sapatãozinha.

Era a primeira vez que ela falava sobre isso com alguém, sem recuar. Yuki não ligava para a vida amorosa de ninguém; Ella era bissexual, o que era ótimo, mas não era a mesma coisa; e Ari tinha sido a menina mais hétero do planeta, então Rory nunca se dera ao trabalho de conversar com ela. Porém, ali estava Nani, alguém como ela, alguém que a entenderia.

— Você acabou de me dizer que tinha experiência – disse Nani.

— Nani, olha só. Quando eu levantar daqui, nem mesmo a maldição vai me impedir de te matar – ameaçou Rory.

— Dito isso – Nani continuou, agora cautelosa, encarando a amiga –, a maldição vai se cumprir de qualquer forma. Você pode muito bem tentar a sorte. Além do mais, e vou dizer isso com o máximo de respeito, Pippa é inacreditavelmente gostosa.

O rosto de Rory queimou, e ela baixou os olhos.

— Ela é, né?

Nani gargalhou.

— Como você consegue treinar com ela na sua frente?

149

– Eu só ofendo ela horrores – respondeu Rory, sendo sincera. – Assim meu cérebro se distrai.

Nani riu baixinho.

– Excelente. Me pergunto como ela ainda não percebeu que você está a fim dela.

– Cala a boca.

– Sério, o que você tem a perder?

– Bem, tudo? – brincou Rory.

– É isso que faz valer a pena, não é? – Nani se levantou, esticando a saia. Quando olhou pela janela, porém, sua expressão mudou.

– O que foi? – perguntou Rory, ficando de pé num salto, o corpo tenso de repente.

– Eu acho… acho que uma garota está prestes a pular da sacada.

28

ELLA

Ella recebeu a mensagem quando estava prestes a ir para casa. Frederick estava tagarelando animadamente enquanto Ella, sentindo-se culpada, só ouvia metade do que era dito. Foi então que a garota viu o celular.

É Ivy, dizia a mensagem de Nani. *Ela está do lado de fora da torre da biblioteca.*

Dando qualquer desculpa para Freddie, Ella voltou correndo para a escola e subiu as escadas da biblioteca, o coração palpitando contra as costelas. Ivy era uma de "suas" garotas. Ella não sabia quando começara a pensar nelas dessa maneira, mas sentia-se responsável pelo fim de cada história.

No entanto, havia negligenciado seu serviço. Tinha sido muito egoísta preocupando-se com as próprias questões – Freddie indo para Columbia, Sharon descobrindo sobre os dois, seu aniversário se aproximando, sua sina surgindo no horizonte. Ela não tinha prestado atenção o suficiente quando deveria tê-lo feito. Agora, uma garota pagaria por isso.

Ella chegou na torre da biblioteca e viu Nani e Rory olhando pela janela.

— O que está acontecendo? – perguntou a garota, arfando.

E então ela viu. Ivy estava do lado de fora da torre da biblioteca, na sacada externa, um lugar proibido para os alunos por ser muito alto e nada seguro.

— Como ela chegou ali? — perguntou Ella.

— A porta está trancada pelo lado de fora — respondeu Yuki, e só então Ella viu a melhor amiga parada ali. — Eu acabei de conferir.

— O que a gente faz? — perguntou Rory, em tom de urgência. — Gritamos? Chamamos alguém?

— Isso pode piorar a situação — disse Yuki. — As pessoas fazem coisas estúpidas quando estão assustadas.

— Ela vai fazer uma coisa estúpida de todo jeito! — disparou Nani.

Ella analisou a janela. Dava para ver que a sacada externa não estava muito longe. Todas as janelas do castelo tinham um parapeito de pedra que conectava cada uma das sacadas, e Ivy ainda não tinha pulado aquele parapeito.

— Posso conversar com Ivy — disse Ella. — Só preciso que vocês me ajudem.

— Ajudar como? — perguntou Rory. — Não tem como chegar naquela sacada, a não ser que você suba pela janela.

Ella ficou em silêncio.

— Não, de jeito nenhum — rosnou Yuki. — Você não vai se colocar em perigo por causa de uma garota aleatória.

— Ela não é aleatória — disse Ella. — É uma das minhas garotas. Eu posso conversar com ela, sei o que estou fazendo.

— Não sabe, não — retrucou Yuki, e de repente apenas as duas pareciam estar naquela sala, como na noite do baile. Naquela noite, a temperatura estava baixa, congelante, e as duas eram as únicas ali, no castelo, no mundo. — Você só quer salvá-la.

— Isso é tão ruim assim? — questionou Ella. — Ivy é minha responsabilidade.

— Não é, não. Ela é só uma garota do livro. Se ela pular...

— Se ela pular, nós perderemos mais uma! — gritou Ella, e Rory e Nani recuaram, assustadas com o tom da amiga. Ella encarou Yuki, mordendo o lábio. — Se ela pular, então nós fracassamos.

Ella não fracassaria com Ari de novo. Já tinha falhado uma vez, assim como falhara com Penelope.

Quando olhou para Yuki, encarando bem seus olhos escuros, o rosto da amiga estava implacável.

– É perigoso – sussurrou Yuki. – Você pode se machucar.

– Não vai acontecer.

– Como você sabe?

– Porque você está aqui – ela respondeu, sorrindo, e então, antes que Yuki protestasse mais, abriu a janela e subiu no parapeito.

Ella não olhou para baixo. Tinha apenas uma vaga ideia da altura daquela janela. A pedra sob seus pés era firme, e ela se manteve pressionada contra a parede enquanto se movia pela sacada. Era como pular a janela de casa para escapulir pelo muro.

Enquanto deslizava para a frente, um pé escorregou, mas ela se segurou na pedra a tempo, respirando pesadamente, o vento soprando em seus ouvidos. Finalmente, a balaustrada da sacada estava ao seu alcance, e ela a agarrou com as duas mãos, escalando-a. Estava contente por seus pés estarem no chão firme de novo, embora os joelhos ainda tremessem depois de seu ato de loucura.

– Ivy! – Ella chamou a garota, que encarava as montanhas.

Ao ouvi-la, Ivy se virou bruscamente, parecendo meio brava, meio desesperada. Sua longa trança marrom-avermelhada caía pelas costas até os joelhos, a saia do uniforme dançando com o vento.

– O que você está fazendo? – vociferou a garota, olhando para trás por cima do ombro. Uma fúria sincera estampava seu rosto. – Como chegou aqui?

– Pela janela – respondeu Ella, dando passos firmes na direção de Ivy, suas mãos na frente do corpo como se tentasse domar um cavalo selvagem. – É o único jeito de chegar na sacada quando a porta está trancada.

Ivy arregalou os olhos, surpresa. Ainda assim, não se afastou da beirada da sacada. Ella deu mais um passo.

– Você não precisa fazer isso – Ella falou.

– Você nem sabe o que estou fazendo – retrucou a garota. – Nem sabe quem eu *sou*.

– Claro que sei – disse Ella. Contanto que conseguisse manter a atenção de Ivy, a garota provavelmente não faria nada. – Você pintou aquele lindo retrato de Alethea ano passado. Você é muito talentosa.

Ivy pareceu confusa, e Ella manteve a voz suave, calma. A beirada da sacada não era alta. O parapeito só ia até o joelho. Havia um motivo para a porta estar sempre trancada, apesar da bela vista para o lago e as montanhas.

— Seja lá qual for a razão de você estar aqui, não vale a pena.

— Como sabe? – disparou Ivy. – Todos vivem dizendo isso. Ninguém entende. Não posso ir para outro lugar além daqui. Essa escola é tudo que conheço. Que tipo de vida é essa?

— É a nossa vida – Ella respondeu com sinceridade, aproximando-se mais do parapeito. Aproximando-se mais de Ivy.

Ella não sabia como a história de Ivy ligava-se à de Rapunzel. Não conhecia o passado da garota ou seus problemas. Mesmo assim, estava disposta a escutar e tentar entender.

— Eu odeio esse lugar – Ivy cuspiu as palavras no ar, mas quando Ella chegou mais perto, não tentou se afastar.

— Eu amo – falou Ella, olhando a paisagem de Grimrose. – Sabe, minha melhor amiga foi encontrada morta no lago ano passado.

O rosto de Ivy, inchado de tanto chorar, virou-se para encará-la, mas Ella não a olhou de volta.

— Parte de mim deveria odiar essa escola – Ella continuou, falando baixinho – por ter aumentado o sofrimento dela, por não ter feito nada para ajudá-la. Tudo o que restou de Ari foi a notícia do acidente, uma mancha nos registros do colégio e nada mais. Nada foi feito. É tão injusto.

Ella respirou fundo, sentindo lágrimas de impotência no fundo dos olhos.

— Mas não consigo odiar Grimrose. Mesmo quando parece que estou presa aqui, que minha vida será só isso, não consigo evitar amá-la. É um lugar lindo. Todos os dias que venho de Constanz para cá, meu coração saltita quando vejo o castelo, porque nunca parece real.

Ella fez uma pausa, umedeceu os lábios e finalmente olhou para Ivy de novo.

— Eu sei como é se sentir presa em um lugar, sentir que nada vai melhorar. Sei como é ter uma voz dentro da cabeça narrando as coisas antes de elas acontecerem, como se você não pudesse controlar sua própria vida. E você está certa, eu não te conheço. Não de verdade. Talvez eu nem seja a pessoa certa para estar aqui, mas, se eu for a única que vai fazer isso, então cá estou.

Ella esticou o braço e agarrou a mão da garota.

– Você não está sozinha. O amanhã vai trazer o que tiver que trazer, mas você ainda terá outra chance. Sempre vai ter, contanto que esteja viva.

Ivy a encarou, seu lábio inferior tremendo, e então deixou seu corpo ceder. Ella a segurou a tempo, afastando-a do parapeito. A garota desatou a chorar, mas não saiu de perto de Ella.

– Vamos – disse Ella, puxando a garota mais para perto, abraçando-a enquanto ela colapsava em soluços. – Você vai ficar bem.

29

NANI

—Não funcionou. – A voz de Nani ressoou, alta e clara, da ponta da mesa onde elas estavam, no jardim.

Metade dos alunos de Grimrose estava ali, almoçando do lado de fora da escola. Espalhavam-se pelos bancos e mesas de piquenique do lado leste do jardim, deixando-se inundar pelo sol, as mangas dos uniformes arregaçadas, os pés sem meias, os blazers azuis jogados despreocupadamente sobre a grama. Nani ouvia risos e fofocas ao redor, mas ninguém parecia se importar com elas.

Rory levantou a cabeça, sonolenta, os olhos azuis piscando contra a luz do sol.

– Do que você está falando?

Nani virou as páginas do Livro Preto até o conto de Rapunzel. A história de Ivy, cujo final ainda era claramente ruim.

– O livro não mudou – disse Nani. – As páginas estão exatamente como antes.

Yuki não se deu ao trabalho de olhar para ela.

– Sabíamos que não mudaria. A história de Liron também não mudou no livro.

– Liron não teve um final feliz – pontuou Nani. – Ela mesma disse que apenas sobreviveu. Mas Ivy ia morrer, e Ella impediu. O livro deveria ter mudado. Já se passaram duas semanas.

Ella baixou os olhos para o prato e Nani sentiu um nó no estômago. Sabia que a amiga era quem mais estava atenta ao prazo. Ainda assim, elas tinham salvado aquela garota, não é? Ivy parecia bem. Ella a tirara da sacada, sua história havia mudado.

Ou era o que deveria ter acontecido.

Nani percorrera os livros até as letras começarem a embaralhar diante de seus olhos. Havia separado os contos em seu caderno, tomando nota de cada detalhe, das palavras escolhidas e de tudo que diferenciava um livro do outro.

E as palavras no conto de Rapunzel não haviam mudado.

– Ivy está bem por enquanto – disse Ella. – Conversei com ela. Estou de olho.

– E o que vai acontecer se você não estiver aqui para ficar de olho?

Os olhos de Ella percorreram o jardim, e Nani os seguiu até Ivy, sentada entre um grupo de garotas. Aparentemente, todos os alunos de Grimrose tinham tirado um tempo para aproveitar o sol da tarde, todos vestidos de azul e branco. Para Nani, parecia uma escola normal.

Todos pareciam ter se esquecido das mortes, como se não tivessem nenhuma importância.

– Aquela é a Sabina, agarrada com o Evan? – perguntou Ella, e até Yuki levantou a cabeça para ver.

– Isso é permitido? – questionou Rory, olhando por cima do ombro para o casal se esfregando. – Isso é permitido??? – ela repetiu mais alto, e Sabina parou apenas para mostrar o dedo do meio para Rory.

– Não é porque você não faz que é ilegal – disse Ella, dando um gole em sua bebida.

– Ah, cala a boca – respondeu Rory, corando.

Por mais que Nani gostasse de momentos como esse, eles também a faziam querer estrangular as meninas. Além do mais, preferia estar beijando Svenja, mas as coisas entre elas estavam estranhas desde que a namorada voltara da sua viagem de Páscoa.

– Podemos levar isso a sério? – disse ela, tentando se concentrar. – Nosso plano não está funcionando. Não podemos passar o resto da vida seguindo essas garotas para garantir que nada drástico aconteça.

157

– O que você sugere? – perguntou Rory.

Nani franziu os lábios.

– Por que só eu tenho que fazer planos? Tínhamos quatro cérebros aqui, da última vez que conferi.

Nani sabia que estava sendo agressiva, mas às vezes era preciso um empurrãozinho. As amigas haviam prometido várias coisas, inclusive sobre seu pai, mas ela ainda não tinha visto os frutos dessas promessas. Não queria ser injusta com as garotas, mas também não queria ficar sentada ali, sem agir.

Yuki finalmente largou o garfo, colocando uma mecha do longo cabelo escuro atrás da orelha.

– Não sei o que mais podemos fazer.

– Talvez algo mágico? – sugeriu Rory. – Não custa tentar.

– Com os livros? – perguntou Yuki. – Eles não são afetados. Além do mais, da última vez que tentamos algo com os livros...

A voz de Yuki cedeu, mas Nani sabia o que ela estava pensando. O poder da amiga começara a se manifestar depois de terem feito o ritual para tentar se comunicar com o espírito de Ari. Era claro que Yuki tinha uma ligação mais forte com os livros do que elas.

Esse, aliás, era outro ponto que a incomodava. Nani pensara que a magia tinha escolhido Yuki porque a garota tentara queimar o livro na noite do ritual. Agora, porém, estava começando a se perguntar se não foi o contrário. Se a magia sempre fizera parte da história de Yuki.

– Por que você é diferente? – perguntou Nani. – Nós quatro estávamos lá, mas só você recebeu magia.

Yuki se mexeu na cadeira, sentindo-se desconfortável de repente.

– Eu não sei.

– Estávamos lendo a história dela em voz alta – disse Ella, embora não parecesse convencida das próprias palavras. Nani a observou. Ella tinha ganhado prática em não transparecer o que pensava. – Mas não sei que diferença isso faz. Para ser sincera, eu não tinha ideia do que estava fazendo.

Yuki apertou os lábios, sua boca se transformando em uma linha fina. Ella voltou a comer. Rory tirou seu anel do dedão e começou a girá-lo na mesa, como um *fidget spinner*.

❧ 158 ❧

– Essa maldição se baseia nos contos de fadas – disse Ella. – Talvez a gente deva começar a seguir a lógica deles.

Yuki franziu o nariz em reprovação, reprimindo um tremor. Nani percebeu que os olhos dela estavam fixos no anel de Rory.

– O que faz você acreditar que seguir a lógica dos contos de fadas vai ajudar? O que deveríamos fazer, mergulhar até o fundo do lago para pegar um anel de ouro? Eu deveria voltar a comer maçãs?

Ella inclinou a cabeça.

– Você parou? Era sua fruta favorita.

Yuki piscou, e pela primeira vez Nani percebeu a profundidade com que o estresse da maldição a estava afetando. Ela tinha erguido um muro, e mesmo que não escondesse sua magia das amigas, ainda era tão afetada pela maldição quanto as outras.

– Começaram a me dar enjoo – respondeu Yuki, e depois pigarreou. – Deve haver alguma coisa que não estamos vendo, seja nos livros ou em nós mesmas. Rory, dá pra você parar com isso? – completou ela, em um tom ríspido.

Rory ergueu a cabeça, ainda brincando com o anel.

– Tô tentando ajudar, mas também não tenho ideias.

– Como é que ficar remexendo nesse anel pode ajudar?

– Talvez você fique brava o bastante para me amaldiçoar – respondeu Rory. – Daí pelo menos teremos uma ideia de como essa maldição funciona, já que não dá para pesquisar um manual de práticas mágicas no Google.

– Ah, sim, como se fosse assim tão fácil – disse Yuki, sarcástica, e então arrancou o anel da mão de Rory. A garota soltou um guincho. – Eu te amaldiçoo, Aurore, a falar apenas em francês, e rimando.

Rory deu uma risada rouca, mas quando abriu a boca, tudo o que disse foi:

– *N'importe quoi!*

As garotas ficaram de queixo caído enquanto Rory tocava os próprios lábios, de olhos arregalados.

– *Putain, ma foi.* – Ela tentou de novo, maravilhada com a própria voz. – *Enlève ça, je veux mon choix.*

Yuki começou a rir de súbito, jogando a cabeça para trás, o som alto subindo por sua garganta. Ella tentou prender o riso quando Rory começou a proferir uma série de xingamentos em francês, todos rimando. Nani sentiu os próprios lábios curvando-se em um sorriso, suas bochechas doendo.

— *Ici, donne-moi* — disparou Rory, o rosto vermelho, a mão estendida na direção de Yuki, tentando pegar o anel.

Quando o fez, porém, foi como se uma força empurrasse sua mão de volta. Ela tentou outra vez, mas não conseguia pegar o anel.

Foi então que Yuki parou de rir, segurando o anel entre os dedos e oferecendo-o, por conta própria, por cima da mesa. Porém, por mais que Rory tentasse, não conseguia alcançar o objeto, como se houvesse uma barreira entre ela e o anel. Quando Nani esticou a própria mão, conseguiu tocar o metal tranquilamente.

— Eu te liberto — disse Yuki finalmente, e de repente Rory voltou a xingar no idioma de sempre.

Yuki e Nani encararam o anel com curiosidade. Rory o pegou de volta, escorregando-o pelo dedão.

— Só é preciso dizer isso? — Nani franziu a testa.

— A maldição do castelo não é tão simples — explicou Yuki. — Provavelmente foi preciso muita magia para criá-la. Ela conecta dezenas de vidas diferentes, e é *antiga*. Vamos precisar de mais do que dizer algumas palavras para quebrá-la.

— Obrigada, eu *amei* ser amaldiçoada duas vezes — resmungou Rory. — Como fez isso?

Yuki a encarou.

— Acho que é preciso algum tipo de conexão, alguma coisa ou lugar onde a maldição possa se prender. Eu senti essa conexão no seu anel, e ele está ligado a você.

— Então os livros realmente guardam a maldição — disse Ella, baixinho.

Nani examinou os volumes de novo.

— Mas podemos tocá-los. Por quê?

Yuki, para variar, deu de ombros. Nani a fuzilou com o olhar.

— Me dê um deles — pediu Yuki, com um suspiro cansado.

160

Nani entregou o Livro Preto ainda aberto na página de Ivy. A história terminava com Rapunzel pendurada na torre, sufocada por uma corda feita do próprio cabelo. Quando Yuki virou a página, a beirada do papel cortou seu dedo indicador.

– Ai – reagiu ela, vendo uma fina linha de sangue se acumular, vermelho vibrante, em seu dedo pálido.

O líquido verteu e uma única gota. O sangue caiu no livro, brilhando como uma estrela enquanto as páginas ficavam completamente pretas.

30
YUKI

— O que você fez? – perguntou Nani, pulando para a frente e pegando o livro de volta.

Yuki olhou para o pequeno corte em seu dedo, o sangue já desaparecendo. Não queria ter tocado na folha, não queria que o sangue tivesse caído daquele jeito, e ver as páginas escurecendo pareceu uma experiência extracorpórea.

Quando Nani tocou o canto da página, a folha reluziu e as palavras apareceram outra vez, voltando ao normal. Yuki encarou o livro, hipnotizada.

— Foi só... sangue.

Ela não conseguia se lembrar da última vez que se machucara, mas o livro tinha feito aquilo. O livro a cortara, assim como sua magia havia feito.

— Então a resposta é usar magia, eu estava certa – disse Rory. – Talvez a gente devesse tentar queimar o livro uma outra vez, só pra ver o que acontece.

— Não na mesa do almoço – alertou Ella. – Yuki, você consegue fazer isso de novo?

Yuki assentiu, franzindo os lábios e apertando o corte. Outra gota de sangue, vermelha como seus lábios, caiu sobre a página. O líquido respingou e se espalhou em uma poça escura, as palavras desaparecendo em um vazio. Quando Nani tocou a página de novo, ela voltou ao normal.

– E o Livro Branco? – perguntou Ella.

Nani o tirou da bolsa; ela vinha carregando os dois volumes. Havia anotações e papéis dentro do Livro Branco, diagramas e comentários que Nani tinha estudado. Ela abriu o Livro Branco sobre a mesa. Yuki sentiu que vivenciava tudo aquilo à distância, como se sua mente estivesse longe do corpo, como se as quatro estivessem em uma realidade paralela: enquanto dúzias de alunos amontoavam-se para aproveitar o sol, elas discutiam sobre uma maldição como se fosse a coisa mais normal do mundo.

A maldição parecia diferente agora, observando-a da mesma forma que Nani a analisava. Yuki considerava sua magia como parte de si, um manifesto dos desejos que reprimira a maior parte da vida, uma semente que crescera para tomar seu corpo quando não conseguiu mais esconder quem era. A magia e a maldição estavam interligadas em seu coração, criando raízes de tal forma que Yuki já não sabia mais se algum dia existira uma realidade em que ela não estivesse amaldiçoada.

O que Yuki sabia era que Nani tinha dito a verdade: ela era diferente. Só não sabia por quê.

Nani, que vinha estudando a maldição como uma pesquisadora, fazendo planilhas e gráficos e comentários, parecia compreendê-la melhor do que qualquer uma naquela mesa. A garota que chegara no ano anterior, que não crescera em Grimrose, era exatamente de quem precisavam para descobrir tudo.

– Tente de novo – disse Nani, empurrando o Livro Branco na direção de Yuki.

– É só um corte de papel. Não vai mais sangrar – argumentou a garota.

No entanto, de alguma forma, Yuki sabia que o corte expeliria mais sangue; aquela era a primeira vez que sangrava em muito tempo. Ela apertou o dedo de novo e deixou o sangue cair no livro. Dessa vez, contudo, em vez de escurecer, as palavras da página sumiram.

– Uma é o espelho do outro – disse Ella, baixinho.

Yuki encarou a amiga, que estava com a testa franzida, lendo atentamente as anotações de Nani, reorganizando os papéis. Isso era típico de Ella, era assim que seu cérebro funcionava. Ela via uma bagunça e não conseguia evitar organizá-la.

– Nós olhamos os livros antes – disse Nani. – E podem acreditar quando digo que analisei cada centímetro deles.

Nani soava cansada; Yuki podia sentir sua exaustão transbordar.

– Mas você tem analisado os volumes separadamente – disse Ella, em voz baixa, enquanto estudava as anotações. – E se eles simplesmente… forem uma coisa só? Duas metades da mesma coisa?

Nani estreitou os olhos na direção de Ella, e até Yuki parou para prestar atenção. Podia ver onde a melhor amiga queria chegar: os livros eram espelhos um do outro, continham as mesmas histórias, na mesma ordem. Tudo neles era igual, exceto os finais.

– Talvez isso também seja parte da maldição – disse Ella. – Os livros oferecem um final feliz e um triste, mas não consigo evitar pensar no que Liron disse: ela não teve seu final feliz, apenas não morreu. E na vida…

– …não vivemos apenas finais felizes – completou Yuki.

– Talvez esteja faltando outro elemento – continuou Ella, pensativa. – Talvez, se encontrássemos algo que os une, possamos quebrar a maldição.

Aquilo soava impossível para Yuki. Ela acabara de dizer que elas estavam pensando de forma lógica, mas a maldição era tudo, menos lógica. A magia não tinha lógica. Era guiada por instintos e sentimentos, como Yuki experimentara e aprendera. Era uma batalha de desejos, de despejar sua essência naquilo que se quer, tornando-o real e concreto, liberando tudo sem culpa.

– Mais uma vez, é só uma hipótese – pontuou Yuki.

Ela pressionou o corte, desejando que se curasse, e de repente era como se nunca tivesse se machucado. Yuki procurara a fonte da magia dentro de si, aquela escuridão no horizonte de seu ser, mas, dessa vez, tudo parecia tão silencioso.

164

– Ari e Penelope encontraram os livros em Grimrose – disse Rory –, o que significa que o terceiro elemento também deve estar aqui.

– Exatamente – concordou Nani. – É provável que a maldição sempre esteve ligada a Grimrose. Estamos aqui, e quem quer que a tenha lançado está aqui. E os livros são… receptáculos da maldição.

Às vezes, Yuki sentia que era a magia quem a utilizava, e não o contrário.

De repente, algo surgiu no canto de seus olhos, um vislumbre de cabelos dourados. Por um momento, Yuki pensou ter visto Penelope parada ali, de pernas cruzadas, a boca em formato de coração fazendo beicinho, em uma expressão de deboche.

Só que era apenas outra aluna. Penelope tinha partido, não podia mais machucá-las. Yuki a matara.

Yuki a *matara*.

E faria qualquer coisa para destruir aquela maldição, não só porque Ella prometera que conseguiriam e por acreditar em Ella, mas porque nunca deixaria sua melhor amiga fracassar.

Yuki fechou os punhos com força, tentando se concentrar. Ver o sangue a fizera dissociar, e ela se esforçou para voltar à realidade.

– Eu vi as passagens secretas ano passado. – Nani estava falando, e Yuki percebeu que perdera parte da conversa. – Talvez a gente não encontre nada lá, mas talvez tenha sido onde Ari encontrou o livro. Só temos que explorar mais.

Rory e Ella assentiram, e Nani arrancou uma folha do caderno para rascunhar algo. Aos poucos, Yuki percebeu que era um desenho de Grimrose em traços detalhados: havia o jardim onde elas estavam sentadas, os estábulos, o lago, o pombal abandonado, as quatro torres do castelo, o pátio, as portas. Nani desenhava com precisão.

– Você sabe desenhar? Isso é novidade – disse Ella, admirando os traços perfeitos da amiga.

Nani corou levemente, ajeitando os óculos.

– Eu gostava de desenhar os mapas dos livros quando era criança – balbuciou ela.

165

Quando terminou o rascunho das torres, Nani traçou linhas que separavam o desenho em seções.

– Não encontramos nada no pombal, e tenho certeza de que não há nada nos estábulos – disse Nani. – Parece improvável que haja algo nos jardins também. Podemos cavar e procurar, mas não acho que Ariane e Penelope precisaram fazer isso para encontrar os livros. E se o que Penelope disse for verdade, ela o pegou do antigo dono, o que significa que estava dentro do castelo.

– Talvez nas masmorras? – sugeriu Rory.

– Grimrose tem *masmorras*? – exclamou Nani, e então suspirou. – É claro que tem. Nem sei por que perguntei.

– Elas foram fechadas antes de Reyna se tornar diretora – disse Yuki. – Estão trancadas, parcialmente submersas com água do lago.

Nani balançou a cabeça enquanto circulava partes do desenho, acrescentando os vários andares das torres. Yuki observou o castelo tomar forma. Grimrose não tinha a essência de um lar; era um lugar cheio de mistérios, janelas, torres, cantos escondidos e milhares de segredos a serem revelados.

– Nunca vamos encontrar essa terceira coisa, né? – perguntou Rory.

– Vamos nos dividir – disse Nani. – Cada uma de nós vai cobrir uma parte do castelo.

– Essa é a pior caça ao tesouro do mundo – resmungou Rory.

– Ari encontrou o livro – Nani continuou, terminando o último traço do mapa. – Se ela conseguiu descobrir algo, nós também podemos conseguir.

Yuki olhou para os pinheiros altos ao redor, para as montanhas cobertas de neve que as mantinham seguras e a salvo. Quanto mais olhava para o desenho, mais sentia algo se revirar em seu âmago. Pela primeira vez desde que se abrira para a magia, que se libertara das antigas expectativas, ela sentiu algo semelhante a medo.

No entanto, antes que isso pudesse se enraizar ou tomar forma, a voz de Ella interrompeu seus pensamentos.

– Não vamos desistir só porque o castelo é enorme – disse Ella, soando quase ofendida. – Nani, você chegou há pouco tempo, mas nós estamos aqui há cinco anos. Conhecemos Grimrose melhor do que ninguém. Podemos fazer isso.

Ela sorriu para as garotas, e ao encarar Yuki, viu a preocupação no olhar da amiga, assim como a crença sincera de que, de alguma forma, as coisas ficariam bem.

Se Ella acreditava nisso, então Yuki também precisava acreditar. Não havia outra opção.

31
ELLA

— Essa caça ao tesouro é para que mesmo? — Freddie perguntou atrás de Ella, sua voz aumentando à medida que saíam do térreo do castelo e seguiam para a estufa de vidro.

A estufa era pequena comparada ao tamanho do castelo e não era usada havia mais de dez anos. Suas árvores tinham raízes grandes e galhos subindo pelo telhado de vidro, e os raios de sol passavam por entre as folhas até alcançarem o caminho de paralelepípedos. O acesso ao lugar não costumava ser permitido aos alunos, mas Ella sabia como entrar. Metade dos painéis do telhado estavam abertos, e o caminho ia dos jardins à sala de materiais da administração da escola.

— Acho que nunca estive aqui — murmurou Freddie, olhando para cima, onde dois pássaros estavam empoleirados no galho mais alto da árvore.

— Teoricamente, alunos não podem vir aqui — disse Ella.

— Então estamos quebrando as regras? Hmmm.

— Não é *proibido* — respondeu Ella, andando um pouco mais à frente agora, ouvindo o pio dos pássaros.

Do outro lado da porta havia outra entrada para o castelo, com escadas que davam na cozinha.

— Adorei seu argumento — disse Freddie. — É bem sólido.

Ella lançou para ele um olhar por cima do ombro.

— Não vou te convidar da próxima vez.

— Tá brincando? Amo vir a lugares potencialmente perigosos em que não deveríamos estar.

— Frederick, isso é uma estufa.

— E daí? Pode ter plantas venenosas. Trepadeiras perigosas. Um pássaro pode cagar na minha cabeça.

— Pelo menos não é o Mefistófeles.

— Sério, essa escola é tão pouco segura para os alunos quanto o Instituto Xavier para Jovens Superdotados.

Ella riu baixinho, espiando a passagem para a cozinha, conferindo se estava vazia e se perguntando se deveriam subir. Já tinha estado na cozinha uma vez e conhecia alguns dos funcionários que viviam em Constanz, mas duvidava que encontraria algo escondido num local tão movimentado. O que ela procurava deveria estar em outro lugar, um lugar protegido o bastante para não ser descoberto sem querer. Porém, depois de conferir a estufa, praticamente todas as suas opções tinham se esgotado.

Ella prosseguiu na estufa, atravessando outra vez o caminho de paralelepípedos até a entrada principal. A estufa nem era tão grande assim, parecia mais um corredor longo com árvores antigas e mesas abandonadas. Ela olhou além das paredes cobertas por heras, suspirando.

Naquele instante, Freddie a alcançou e segurou sua mão antes que continuasse a andar.

— Você está fazendo aquilo de novo — ele disse baixinho.

— O quê?

— Evitando falar comigo, seja lá por qual motivo. — Ele arqueou uma sobrancelha.

— Não estou te evitando, só estou distraída. Quero ganhar a caça ao tesouro.

Ella já ia se virar de novo, mas, dessa vez, Freddie a puxou. Seu corpo quase colidiu com o dele, muito mais alto que o dela. O toque de Freddie era firme, mas gentil.

— Queria poder te ver mais vezes do que só entre as aulas, El. E, desde que te contei sobre Columbia, você parece estar evitando o assunto.

O apelido carinhoso e ainda mais diminuto saía como um sopro suave dos lábios dele, e Ella sentiu o chão afundar. Embora quisesse muito, não podia se distrair agora.

No entanto, Freddie não era só uma distração, certo? Era uma escolha segura, alguém que sempre estaria ali para salvá-la. E sentir-se segura era bom. Era sensato.

— Eu também não queria que as coisas fossem assim — disse Ella —, mas logo vamos nos formar, e não sei como vai ser depois disso.

— Eu entendo. Você pode falar comigo sobre como se sente. Ella sorriu.

— Eu quero que as coisas sejam melhores do que estão agora.

— Deixa eu tentar melhorar isso, então.

Freddie inclinou a cabeça de leve, roçando os lábios nos dela. Ella ficou na ponta dos pés, sua respiração mesclando-se à dele, o cheiro da estufa misturando-se ao doce perfume do rapaz. As mãos dele seguravam as dela, e então ele deslizou um braço em torno de sua cintura. Nesse instante, Ella atirou a cautela pela janela.

Ella agarrou a gravata de Freddie, trazendo-o mais para perto, os lábios pressionados com força contra os dele, quase sentindo seus dentes. O beijo ficou mais intenso, e Freddie apoiou as costas dela contra o tronco de uma árvore. Ella o puxou pelo colarinho do uniforme e a língua dele deslizou para dentro de sua boca. Freddie passou a mão por baixo da camisa da garota, acariciando sua barriga com delicadeza. Mesmo perdendo o fôlego, os dedos de Ella encontraram a nuca do namorado, e ele começou a beijar seu pescoço enquanto abria os primeiros botões da camisa dela com surpreendente destreza. Freddie beijou o queixo, a mandíbula, o espaço entre o pescoço e o ombro, seguindo a suave linha de sardas da pele dela. Quando ele a beijou no pescoço de novo, a garota arfou de satisfação.

Ella sentia falta dele. Sentia falta das batidas aceleradas de seu coração no começo da amizade dos dois, quando queria a companhia dele, quando ele estava sempre por perto, quando sequer tinha certeza se queria algo além de amizade. Sentia falta de acreditar que podia aproveitar a vida com ele, que não precisava abrir mão das coisas porque a maldição estava chegando. Ela não precisava abrir mão *dessa* sensação.

Freddie parou para respirar e os olhares dos dois se encontraram. Ela abriu um sorriso, verdadeiro e firme, e então o puxou de volta para perto, desabotoando a camisa dele graciosamente, beijando seu pescoço enquanto ele se curvava aos seus toques. Ela o beijou com mais força, passando a mão em volta do pescoço dele, e Freddie subiu um pouco mais a mão por baixo da camisa dela, alcançando sua costela.

Nesse momento, Ella se afastou abruptamente e abaixou a camisa, sentindo um tremor percorrer sua coluna.

– Tudo bem aí? – perguntou Freddie, soltando a cintura dela imediatamente. – Achei que...

– Desculpa, não é você – Ella respondeu depressa. – A árvore está machucando minhas costas.

A mentira saiu mais fácil do que pretendia, e Ella se odiou um pouco por isso.

– O que está acontecendo? – disse outra voz, e Ella se sobressaltou.

A srta. Lenz surgiu da porta externa do jardim, parando no meio do caminho de pedras. Ella sentiu as bochechas ficarem quentes e rosadas, e quando olhou para Freddie, a cor do rosto dele combinava com a do cabelo. A garota alisou a saia do uniforme e tirou uma folha que ficara presa em sua cabeça. A camisa de Freddie estava amarrotada, a gravata torta, mas mesmo que não estivessem, havia marcas de batom espalhadas por todo o pescoço do rapaz.

– O acesso à estufa não é permitido aos estudantes – disse a srta. Lenz, num tom autoritário, olhando de um para o outro. – Eu esperava mais de você, srta. Ashworth.

– Desculpa – balbuciou Ella, embora só estivesse se sentindo culpada por ter sido pega em flagrante.

171

Os beijos de Freddie ainda ardiam em seu pescoço e seus ombros.

— Não vou penalizar vocês desta vez — disse srta. Lenz. — Mas, se eu encontrar qualquer um dos dois aqui de novo, um recado será enviado aos seus responsáveis.

A mulher ajustou os óculos meia-lua e os encarou com olhar de águia. Freddie estava tão consternado que mal conseguia falar, então Ella apenas o puxou para fora da estufa, de volta ao jardim.

— Sinto muito que a caça ao tesouro não tenha ido tão bem — ele disse, por fim, parecendo ter se recuperado agora que estavam longe o bastante da srta. Lenz.

Ella apertou a mão dele.

— Acho que foi por uma boa causa.

— Eu vou te recompensar.

Freddie levou a mão dela aos lábios em um gesto suave, mas seus olhos estavam repletos de malícia.

— Tenho certeza de que posso encontrar mais lugares secretos em Grimrose, onde nenhum professor vai aparecer do nada. E da próxima vez que formos à estufa, podemos sair pela outra porta.

— Que outra porta? — perguntou Ella.

— Aquela que não estava na parede de vidro.

— Não pode haver outra porta ali. Não há outra passagem ligando o castelo à estufa.

— Tinha uma porta lá, Eleanor.

— Era uma parede.

— Deus, como você é teimosa. Era uma porta. Eu estava te beijando bem ao lado dela. — Vendo que Ella estreitou os olhos, Freddie sorriu. — Ah, entendi. Eu me saí tão bem no "serviço" que você se esqueceu da caça ao tesouro.

A garota deu uma cotovelada nele e olhou de novo para a estufa. Como não tinha visto essa porta?

Freddie seguiu o olhar dela e viu a srta. Lenz parada bem na frente da estufa, com os olhos fixos nos dois enquanto eles continuavam se afastando.

– Você pode conferir depois, quando a srta. Lenz não estiver vendo – disse ele.

Ella voltou-se para o rapaz e assentiu com a cabeça.

– Preciso ir pra casa agora, antes que você me distraia ainda mais.

Freddie arrumou a gravata e soltou um suspiro.

– Eu estava só começando...

32
RORY

Rory devia estar procurando por coisas dentro do castelo, tentando encontrar uma forma de quebrar a maldição, mas tudo o que conseguia pensar era em Nani dizendo que deveria tentar a sorte enquanto ainda tinham tempo.

Rory não era de fazer declarações de amor, e quando beijara pessoas antes, tinha se apoiado mais no corpo do que nas palavras. Porém, Nani estava certa. Ela tinha algo a perder, e quanto mais tentava negar, mais ela se iludia.

Então, na sexta-feira, Rory deu uma desculpa para sair da aula mais cedo e começou a se preparar. Não fez muita coisa, mas vestiu o terno que Ella havia costurado e penteou o cabelo para trás. Ainda estava com a camisa do uniforme, e ficou indo e voltando entre a ideia de deixar ou não os dois primeiros botões abertos, olhando-se inquieta no espelho.

A sala de treinamento estava vazia, como sempre ficava às sextas. Rory sentou-se em um dos bancos com duas espadas ao seu lado. Seu blazer era dourado rosé, e havia uma nuvem de perfume ao seu redor. Ela ficava conferindo o celular nervosamente, contando cada minuto que se passava.

Por fim, alguém entrou pela porta. Era Pippa, com o cabelo trançado de sempre, a camiseta para dentro dos shorts largos, a mala pendurada no ombro.

– O que é isso? – A garota parou na entrada e olhou em volta com os olhos arregalados.

De repente, Rory sentiu-se extremamente constrangida e estúpida. Deveria ter consultado Pippa antes de fazer planos, mas não, ela nunca pensava direito antes de decidir pular de cabeça em algo, e é claro que aquilo era idiota e que Pippa odiaria.

– É para ser uma dança – Rory enfim respondeu, levantando-se para encará-la. – Você não aproveitou o baile de inverno, então achei...

A voz de Rory fraquejou. Ela enfiou as mãos nos bolsos da calça. Era *demais*. Não precisava ter se vestido tão bem para aquela ocasião, não precisava ter colocado um terno. Não era como se fosse um encontro.

Não era, mesmo que parte dela quisesse que fosse.

Os olhos de Pippa examinaram a sala, absorvendo tudo. A luz do sol brilhava pela janela, formando círculos dourados no chão.

– Espera aí – disse ela, e Rory tentou encontrar a voz para responder, mas, antes que pudesse, Pippa se virou e disparou para fora da sala.

Rory sentou-se de novo no banco, levantou, sentou, até perceber que acabaria se exaurindo. Pippa iria voltar? Por que estava fazendo *aquilo*? Devia simplesmente ir embora. Aquela era uma ideia estúpida, e agora Pippa tinha fugido, como devia ter imaginado que ela faria, porque uma pessoa sã não esperaria encontrar alguém de terno numa tarde de sexta-feira sem nenhuma explicação, ou com uma explicação que envolvesse dançar.

Quando Rory finalmente reuniu coragem para ir embora, a vergonha queimando suas bochechas, Pippa entrou pela porta outra vez, e Rory perdeu o fôlego.

A garota não havia soltado o cabelo, mas sua trança parecia diferente, mais elegante. Rory sabia, por conviver com Nani há vários meses, que não era simples arrumar um cabelo cacheado em tão pouco tempo, mas Pippa o trançara de lado, deixando-o cair sobre os ombros. Seu vestido de duas peças modelava o corpo e os músculos como Rory nunca vira, evidenciando cada uma de suas curvas.

175

A parte de cima, azul-claro brilhante, presa atrás do pescoço com alças elegantes, formava um decote em V até a barriga. A saia tinha uma fenda, e de repente Rory sentiu seu cérebro sobrecarregado por ter que absorver *aquela* mostra de pele.

Queria dizer alguma coisa, mas estava com medo do que poderia sair, então esperou Pippa chegar mais perto.

— Achei que você não tivesse um vestido — ela finalmente conseguiu falar, sentindo cada um de seus pensamentos sair voando pela janela, ainda que não tivesse tantos assim.

— Eu só não fui ao baile. Melhor usar o vestido agora, ou vai ser um desperdício de tecido. — Pippa encarou Rory, o olhar pairando na base do pescoço da garota, onde ela tinha, afinal, deixado os primeiros botões abertos. — O terno ficou bem em você.

Rory não sabia como reagir ao elogio, então apenas seguiu o que havia planejado para não perder a coragem. Ela pegou uma das espadas que estavam sobre o banco, um modelo diferente daquele de madeira que elas usavam nos treinos, mais fino e delicado, com a ponta afiada.

— Aqui. — Rory ofereceu a espada, com a lâmina para baixo, e Pippa aceitou.

— Eu não entendi — disse ela. — Pensei que íamos dançar.

— Você disse que não sabe dançar. Mas você luta, então vou te mostrar outra coisa.

Rory andou até o meio da sala, onde a luz do sol ainda brilhava, e parou, com a espada abaixada, hesitando e mordendo o lábio.

— Isso é uma… — ela murmurou, sem saber por onde começar.

— Não consigo te ouvir — disse Pippa.

— É uma dança cerimonial de espadas — Rory falou mais alto, levantando o rosto para encarar Pippa, sentindo seu corpo inteiro queimar, suas bochechas mais vermelhas que o cabelo, o rosa do terno piorando as coisas. — Geralmente é uma coisa exclusiva das celebrações da realeza e tal.

— E você conhece essa dança.

Rory assentiu. Lembrava de se sentir entediada toda vez que precisava ir a alguma festa, toda vez que alguém a chamava para dançar, mas nenhuma dança fazia sentido para ela, até conhecer aquela. Era tradicional no sentido de que nem cinquenta pessoas em seu país sabiam como dançá-la, mas Rory exigira aprender, então seu tio a ensinou. Eles passaram horas e mais horas no salão vazio, dançando e dançando até Rory decorar os movimentos.

Foi a primeira vez que Rory se apaixonou por algo. Foi a primeira vez que seu tio não a tratou como criança, a primeira vez que ignorou os pais da sobrinha e deu ouvidos ao que Rory queria. A primeira vez que ele a tratou como sua sucessora.

Rory pegou o celular e colocou uma música para tocar.

– É só imitar meus movimentos – disse ela. – O começo é bem fácil.

Pippa assentiu, segurando a espada com firmeza enquanto Rory fazia o mesmo, ainda mais firme. Ela curvou a cabeça e Pippa fez uma mesura. Rory nem pensava em relaxar, superconsciente de cada músculo e de cada movimento.

Ela deu um passo à frente e ergueu a espada na posição vertical, e Pippa fez o mesmo. Ela foi para a esquerda, Pippa para a direita. Rory abaixou a espada, apontando na direção de Pippa, e as duas armas se cruzaram em um X. Elas foram para a frente de novo, a espada erguida, depois abaixada, até terem feito um círculo em volta uma da outra. Rory colocou o pé direito para a frente, abaixando a lâmina, e o pé de Pippa foi de encontro ao dela. As duas estavam de tênis branco, apesar das roupas de gala.

Mesmo tendo ensaiado mais de cem vezes, Rory hesitou nos passos seguintes. Seu primeiro movimento de pulso saiu incerto, a mão que empunhava a espada quase vacilando, mas lentamente, enquanto a música fluía, Rory sentiu o corpo relaxar. Os movimentos de Pippa refletiam os dela de maneira tão natural que Rory já não se preocupava mais se aquela era uma má ideia. Se fosse, era a melhor má ideia que já havia tido.

A dança cerimonial de espadas não era complicada. Quando ela ainda estava aprendendo, tio Émilien explicara que se tratava de reconhecer o poder do rival, da pessoa que dança com você. De reconhecer o domínio que têm sobre a vida um do outro e de confiar que o outro não dará fim nela. Os movimentos eram simples, com as lâminas se encontrando e se afastando em uma dança.

Rory deixou a música guiá-la através dos movimentos que treinara durante toda a vida. Quando se aproximou de Pippa e ergueu a espada na horizontal, na altura do pescoço dela, a garota sequer piscou, levantando a própria espada para se equilibrarem.

A música engatou no momento final. Rory ergueu a espada acima da cabeça, e Pippa também o fez. Ombro a ombro, elas deram voltas pela sala, e então Rory fez o que desejou ter feito tantas vezes: deslizou o braço pela cintura de Pippa, sua pele roçando a pele dela, e apenas segundos depois, Pippa fez o mesmo. Com os braços interligados diante dos corpos, elas rodopiaram. Rory foi para a direita, e Pippa gentilmente se moveu junto com ela. Rory sentiu-se leve, como se pisasse em nuvens.

Elas se separaram e cruzaram as espadas embaixo, depois em cima, a música apenas um som distante nos ouvidos de Rory, os movimentos coordenados enquanto elas davam os passos finais, as espadas enfim se cruzando sobre o peito. Rory deu um passo à frente, Pippa também. As espadas eram a única coisa entre as duas.

Quando a música parou, Rory ainda continuou ali por um longo minuto, admirando os olhos de Pippa, o jeito como a trança caía sobre o ombro, a forma que seus cílios se curvavam para cima. Não conseguia desviar o olhar, não conseguia piscar, mal conseguia respirar. A respiração das duas se misturava enquanto estavam frente a frente, as lâminas empunhadas com firmeza contra o peito. Se elas se movessem um centímetro, poderiam se machucar, mas ambas tinham o controle sob suas espadas.

— Eu disse que você seria uma ótima dançarina — falou Rory.

O olhar de Pippa não desviou do dela.

— Parece que você estava certa.

Rory estava vagamente consciente da música ao fundo, que ecoava como se viesse de outro planeta. Ela não tirou a mão da cintura de Pippa, inteiramente consciente do toque de suas peles. Então, de leve, ela acariciou aquela pele com o dedão, e Pippa prendeu o fôlego, baixando o olhar até a boca de Rory, depois voltando aos olhos.

O momento persistiu em uma tranquilidade perfeita e cristali-zada. Até se estilhaçar por completo.

O celular de Rory começou a tocar. Pippa piscou, atordoada, e Rory foi trazida à força para a realidade.

– Desculpa – balbuciou ela, mas aquela era uma palavra que não queria dizer.

Ela queria dizer para Pippa esquecer da realidade que as chamava. Queria pedir que soltassem as espadas e dançassem como garotas normais. Que continuassem de onde o toque tinha parado, para que Rory pudesse sentir o rosto de Pippa, acariciar suas bochechas, traçar os lábios dela com o dedo.

Rory queria esquecer que havia uma vida além daquela.

Porém, seu celular continuou tocando, e com relutância e hesi-tação, como se fosse morrer se o fizesse, ela finalmente soltou Pippa e foi em direção ao telefone, em cima do banco. Ele zunia alto a cada mensagem que chegava no grupo de conversa. Poderia ser algo importante. Poderia ser um caso de vida ou morte.

– Eu... – Rory começou a dizer, encarando Pippa com remorso.

A garota balançou a cabeça suavemente e então saiu da sala, parecendo levar todo o ar junto com ela.

Rory tinha perdido sua chance.

33
NANI

A caça ao tesouro ia de mal a pior, na opinião de Nani. Elas tinham vasculhado o castelo de cima a baixo, da torre mais alta até a sala mais ao subsolo, do menor canto aos minúsculos buracos, e não obtiveram nenhum resultado. Nenhum terceiro livro mágico caiu em cima delas. Nenhum terceiro objeto mágico foi milagrosamente invocado. Tudo o que Nani recebeu em troca foi uma irritante crise de rinite por ter enfiado o nariz em vários lugares que precisavam ser limpos o quanto antes.

Sem contar que elas só podiam fazer tudo isso quando *não* estavam em aula, e mesmo que Nani não tivesse dificuldade em acompanhar as matérias, ainda havia o trabalho de literatura que precisava entregar, o experimento final de biologia que precisava acabar, dentre várias outras tarefas chatas. Quando encontrava as amigas para almoçar, elas pareciam sempre cansadas, como se não estivessem dormindo o suficiente, e Nani, ao mesmo tempo que desejava gritar que não elas podiam esperar para sempre, também queria hibernar por uma semana.

Depois do almoço, em vez de voltar à busca – nas salas do primeiro andar *de novo*, caso tivesse deixado alguma coisa passar na primeira ou segunda vez que foi lá –, Nani decidiu que era melhor fazer uma pausa. Ela iria ao auditório assistir aos ensaios finais de Svenja.

Ver Svenja dançar era como ver o oceano se levantar com a maré. O corpo dela emergia com elegância, girando de um lado para o outro, os braços para cima e para baixo, os movimentos fluindo como água. Ela estava no controle, mas sem esforço; seu corpo era fluente na linguagem própria das dríades e sereias. Seu peito subia e descia, os pés se agitavam rapidamente, como uma onda turbulenta, e ela ia ao chão como a espuma na beira do mar. Nani observou, hipnotizada, enquanto Svenja pulava e rodopiava. A música a exaltava, mas não a comandava de verdade; o ritmo parecia obedecer seus movimentos, e não o contrário.

Quando a música terminou, Svenja levantou o rosto.

— Está gostando do show?

Nani sentiu o rosto corar.

— Não resisti a dar uma espiada.

— Tudo bem — disse Svenja. — Já acabou, de qualquer maneira.

As coisas andavam estranhas desde que Svenja voltara de viagem. Até mesmo os beijos que trocavam pareciam ressentidos. Nani não queria ser a pessoa que traz o assunto à tona, então deixou para Svenja, que parecia levar tão a sério sua forma de ignorar os problemas que era quase uma competição olímpica.

— Quando é mesmo o recital? — perguntou Nani, distraída.

— Depois da formatura — respondeu a garota. — Minha família vem assistir.

Ela olhou diretamente para Nani, que sentiu a tensão crescer enquanto a namorada começava a organizar as coisas, tirando o celular do amplificador e vestindo a saia do uniforme por cima do collant de malha.

— Ah. — Foi tudo que Nani conseguiu dizer.

— Talvez nesse dia eu possa te apresentar a eles — disse Svenja. — Sei que já falei coisas ruins sobre a minha mãe antes, mas ela é bem-intencionada. Só não sabe como agir às vezes. Para ela, está tudo bem eu ser quem sou.

— Não foi por isso que eu não fui — disse Nani.

A garota terminou de vestir a saia, fechando-a em volta de sua cintura estreita.

— Sei como é com a sua família, que são só você e a sua avó — Svenja começou a dizer, e Nani quase podia sentir um pouco de condescendência vindo dela. – Só queria reforçar isso, já que você nunca me conta nada. Pensei que talvez assim você me dissesse por que não foi…

– Você não precisa saber de tudo! – disparou Nani, seu tom se erguendo em um grito.

Svenja piscou, aturdida. Sua boca em forma de coração estava franzida, e de repente Nani se deu conta de que estava cansada de brigar. As palavras ficaram presas em sua garganta. Não podia explodir agora, não podia colocar Svenja em risco. Precisava que a namorada confiasse nela, e isso, ironicamente, significava que Nani precisaria mentir e enganá-la.

– Não vou ter essa conversa com você – disse Nani, mais calma, vendo a mágoa perpassar os olhos da namorada. – Svenja, você não precisa saber de cada detalhe da minha vida só porque é minha namorada. Você não precisa saber todos os motivos pelos quais não faço algo.

– Exceto quando esse algo me envolve. – Svenja contraiu a mandíbula. – Talvez Odilia estivesse certa sobre você, no fim das contas.

Nani sentiu o chão afundar.

– O que ela disse?

– Que você não se importa comigo tanto quanto eu me importo com você – respondeu Svenja. – Ela me contou que vocês conversam. Por que simplesmente não me disse que não queria ir?

– Porque você ficaria chateada.

– Bom, eu estou chateada *agora* – esbravejou a garota. – Você não precisava ter me dado um perdido só por causa da merda de um convite.

Svenja sentou na beirada do palco e começou a desamarrar as sapatilhas de balé, os laços se empoçando em volta de seus pés. Ela tornou a encarar Nani, que não desviou o olhar; isso era uma briga, mas elas não estavam dizendo tudo que queriam.

– Olha, me desculpa – Nani conseguiu falar –, mas acho que é melhor deixarmos as coisas como elas estão agora. Ainda estamos na escola, e tudo pode mudar nos próximos três meses.

Svenja riu baixinho.

– Você se acha mais inteligente do que o resto de nós, não é?

Nani a olhou de esguelha, mas o rosto da namorada era ilegível, um mistério para o qual ela continuava sendo tragada a solucionar, assim como tudo naquela escola.

– Evitar as coisas que te machucam não é ser inteligente. É ter bom senso.

– Se tentar construir uma muralha em volta de tudo que pode te machucar, você também não deixará as coisas boas se aproximarem – respondeu Svenja, tocando a bochecha de Nani. – É só uma muralha idiota, e você está sozinha, cercada por ela.

Nani ficou sem resposta. Seu coração sempre esteve protegido, sempre exigiu certeza antes de qualquer decisão. Ela se mantinha recolhida em si mesma, envolta pela segurança que criou, nunca sendo desafiada por isso.

Nani não queria que Svenja dependesse dela para se livrar da maldição, assim como não queria depender de *Svenja* para ter o *seu* final feliz. Elas precisavam se sustentar sozinhas. Foi o que Liron fez, de certa forma.

Nani não podia mais contar com ninguém.

Svenja passou por ela, batendo o ombro, e saiu pela porta. Nani não a seguiu.

Felizmente, Nani não tinha aula às quartas-feiras à tarde, então foi direto para o quarto. Quando abriu a porta, porém, para sua surpresa, Rory e Ella estavam lá, a primeira com o uniforme de esgrima e a segunda parecendo prestes a ir embora. Assim que Nani entrou, as duas imediatamente se viraram para ela com uma expressão de culpa.

– O que foi? – perguntou a garota, impaciente.

– Eu acabei de fazer uma varredura no depósito – respondeu Rory – e encontrei isso escondido lá no fundo.

Ela entregou uma caixa para Nani, que não entendeu o que era até ver o nome estampado na lateral: Isaiah Eszes. Seu pai.

183

34

ELLA

Ella observou Nani segurar a caixa como se fosse a coisa mais preciosa do mundo. Conseguia entender o sentimento. Tinha visto muitas caixas com o nome de seu pai, muitos anos atrás, que ela mesma empacotara. Queria ter ficado com pelo menos uma delas.

Nani colocou a caixa na cama, cautelosamente. Ela não a abriu.

— No depósito? — perguntou a garota, e Ella percebeu que as palavras saíram comprimidas, como se estivesse se engasgando com elas.

— Sim, tá uma bagunça lá — respondeu Rory, tentando suavizar o clima. — Tem um monte de coisas que as pessoas abandonaram.

Rory não estava ajudando.

— A caixa foi tudo que encontramos — acrescentou Ella, pesarosa.

Ella perguntara para os seguranças sobre o pai de Nani. Tinha amizade com eles, encontrava-os todos os dias no caminho para a escola; sabia até os nomes de suas esposas e filhos. Eles se lembravam de Isaiah Eszes, é claro: um homem de presença marcante, alto e de ombros largos, que fora chefe da segurança por um ano. No entanto, não havia mais nada a dizer sobre ele. Isaiah era amigável com todos, morava nos próprios aposentos dentro da escola e, na maior parte do tempo, ficava em seu canto. Quando o ano letivo terminou, ele compareceu a uma pequena reunião de funcionários e nunca mais foi visto desde então.

Ella não descobriu nada além disso, e Nani pesquisou tudo o que podia na internet, mas também não encontrou nada. Havia uma possibilidade que Ella não gostava de considerar, então nunca falava sobre isso. Com a caixa ali, porém, era impossível não pensar nela.

Nani pegou uma tesoura e cortou a fita que mantinha a caixa montada. Ella sabia que Rory estava atrasada para o treino de esgrima, e ela própria tinha faltado no seminário de literatura gótica daquele semestre, mandando mensagem para Yuki para avisar que não iria. As duas estavam ali com Nani, caso ela precisasse.

Nani parecia perdida em seu próprio mundo quando começou a tirar as coisas da caixa: um casaco azul-escuro – que Nani não usaria mais e parecia grande demais –, recibos antigos, meias sem par, alguns papéis – que ela dispensou depois de dar uma olhada rápida – e, por último, bem no fundo, um livro. Ella imediatamente reconheceu o exemplar de *Peter Pan*, parecido com o que sua mãe lia para ela quando criança.

Nani colocou o livro à sua frente, analisando-o, e então suspirou.

– Esse foi o único livro que eu devolvi pra ele.

Rory ergueu uma sobrancelha.

– Por quê?

– Eu odeio Peter Pan – respondeu Nani, ainda segurando o livro. – Sempre achei a ideia de não crescer incrivelmente estúpida.

– Bom saber que você sempre foi assim – respondeu Rory, e Ella riu.

Melhor ainda: Nani também riu, aliviando um pouco da tensão em seus ombros.

– Sim, eu era a criança mais chata do mundo. Li o livro em um dia e devolvi ao meu pai na manhã seguinte, antes mesmo de ele partir para a próxima missão. – Os lábios de Nani enrijeceram, e Ella percebeu que a amiga estava tentando não chorar. – Ele perguntou o que eu achei, e eu respondi que o Capitão Gancho deveria ter feito o Peter de espetinho.

Nani folheou as páginas e Ella viu a esperança em seus olhos, torcendo para encontrar algo – uma carta, um último recado, qualquer coisa. Quando terminou de folhear e nada caiu do livro, Nani o soltou com um suspiro.

— Eles não manteriam isso aqui se ele tivesse morrido, certo? — perguntou Nani, tentando soar casual, mas Ella sentia cada palavra como uma facada.

Ela se aproximou para abraçá-la e reconfortá-la, mas antes que conseguisse fazer isso, Nani recuou. Não havia nada que Ella pudesse fazer.

— Foda-se isso — disse Rory, e Ella se assustou. — Ele não morreu, tá bom? Ele não está morto.

— Você não sabe disso.

— Morrer envolve muita burocracia. Se ele estivesse morto, você com certeza saberia — disse Rory. — Essa caixa só existe porque provavelmente uma faxineira teve que arrumar o quarto dele e não sabia onde deixar essas coisas.

— Você também pensou nessa possibilidade — acusou Nani, e Ella tentou não se encolher.

Elas haviam feito tantas promessas, e todas pareciam vazias. Ella prometera ajudar Nani a encontrar o pai e não chegara a lugar algum, mesmo quando acreditou estar mergulhando mais fundo. Também prometera ajudar as meninas da escola, e mesmo tendo impedido Ivy de se jogar da torre, isso não mudara nada.

— Ele ainda está por aí, Nani. — Foi o que Ella disse em vez de seus pensamentos. — Você vai encontrá-lo.

— Quando for a hora certa — balbuciou Nani. — Quando a maldição se cumprir para mim, aí eu vou saber, certo? Isso também é parte da minha história.

Ela fechou as mãos em punho com força e balançou a cabeça.

— Mais alguma coisa? Algo útil?

Rory negou com a cabeça, e Nani se virou para Ella.

— Encontrei uma porta para a masmorra, eu acho — Ella revelou —, mas está trancada. E se o espaço estiver alagado…

— Ótimo. Mais um plano fracassado.

Ella sabia que Nani precisava extravasar e não queria se intrometer. A garota obviamente estava de luto pelo pai, preocupada com

186

tudo – assim como elas, com o fim do ano se aproximando. Ella queria oferecer ajuda, mostrar que a amiga estava segura ali, mas, depois de tanto tempo, se Nani não sentia isso por si só, então Ella estava de mãos atadas. Tudo o que podia fazer eram promessas em cima de promessas.

– Preciso ir – disse Rory. – Desculpe por só ter conseguido achar isso.

E então, como uma tempestade, ela saiu do quarto depressa. Restaram Nani e Ella, que também não podia ficar por muito mais tempo. Era melhor voltar para casa.

Nani pegou o livro de novo.

– Você tem certeza sobre esse terceiro elemento?

Ella não tinha certeza de nada.

– Parece ser o certo – ela respondeu, em vez disso. – Um livro não existe sem o outro. Alguma coisa deve unir os dois.

Nani estalou a língua, hesitante.

– E se a gente pedir para Yuki botar fogo na escola?

– Sim, essa parece a solução mais simples e mais direta – concordou Ella, e Nani riu baixinho. – Sei que a situação parece irremediável, mas ainda não chegamos ao fim.

Nani pressionou os lábios, e Ella ficou feliz pela amiga não ter dito nada sobre seu prazo, aquele que a fazia tentar viver como se cada dia fosse o último, porque podia mesmo ser.

Ella abriu um pequeno e último sorriso antes de ir até a porta.

– Se tudo der errado, ainda podemos perguntar para Yuki e ver se ela topa – disse Ella, com a mão na maçaneta. – Tenho quase certeza de que ela aceitaria.

35

YUKI

Y uki ia queimar essa escola inteira.
Parecia a solução mais simples para os seus problemas pôr abaixo todos os quartos, todas as pedras e torres, todas as coisas que haviam entrado em seu caminho enquanto ela tentava descobrir o que não estava vendo. A cada sala que investigava e não encontrava nada, ficava mais furiosa. A solução, então, era simples: não havia necessidade de trabalho árduo para encontrar a agulha quando ela podia queimar todo o palheiro.

Yuki queria negar que havia algo que a chamava – teria sido fácil demais ignorar as últimas teorias de Ella, mas conseguia sentir, na escola, algo que sempre esteve presente. Algo que alimentava sua magia, e que ela alimentava de volta.

Ela caminhou pelos corredores de novo e de novo, tateando as paredes com as mãos, entrando pelas passagens secretas. Porém, de uma forma ou de outra, parecia acabar sempre no mesmo lugar: na torre da madrasta, na porta da sala de Reyna.

Naquela semana, depois de perambular pelo castelo três vezes, Yuki viu que a porta estava aberta e entrou sem ser anunciada. De primeira, pensou que o lugar estava vazio, mas então viu a madrasta de costas, encarando o espelho na parede. Os olhos estavam escuros e nebulosos no reflexo, e ela segurava uma taça de vinho com a mão direita e algo no pescoço com a esquerda.

De repente, Reyna grunhiu e se virou, jogando a taça de vinho contra a parede. Yuki se sobressaltou, cambaleando contra o batente, e o barulho chamou a atenção de Reyna. Quando a mulher virou a cabeça, seu rosto estava desfigurado pela raiva, a boca aberta e contorcida, a expressão de puro ódio.

Yuki sentiu as pontas dos dedos ficarem geladas, e então o rosto de Reyna se suavizou.

— Não era para você ter visto isso – disse a madrasta, com frieza.

Yuki piscou, assustada. Uma emoção intensa que não sabia nomear a firmou no lugar. Reyna respirou fundo, fechando os olhos, e suas feições suavizaram-se mais uma vez. O pingente de rubi que ela usava no pescoço brilhou forte.

— Me perdoe – disse a madrasta, agora com calma. – Essa tem sido… uma semana difícil.

Yuki engoliu em seco e sentiu algo afundar em seu estômago. Ela se deu conta de que era medo.

— Eu não quis interromper – disse a garota.

Reyna se afastou, com cautela, dos cacos de vidro no chão. Um único filete de sangue escorria por sua mão direita, impregnando o ar com um intenso aroma metálico. Ela não parecia se importar, mas Yuki viu o sangue escorrer por entre os dedos da madrasta, deixando uma trilha escarlate em sua pele marrom-clara.

O rosto de Reyna estava impassível, as sobrancelhas esculpidas arqueadas em uma expressão intensa, os olhos castanhos atentos. Yuki vira muitos pais de alunos paralisarem e ficarem sem palavras diante da beleza inegável de Reyna. Enquanto crescia, Yuki se perguntava se também seria assim no futuro. Yuki era linda, não havia como negar, mas sua beleza tinha certa frieza, ao passo que a da madrasta parecia sempre acolhedora.

Exceto naquele momento. Ali, agora, era como se Yuki estivesse encarando o próprio reflexo.

— Você não interrompeu nada – disse Reyna, como se tentasse se convencer. – Essa situação não é pior do que a do ano passado.

Yuki assentiu, escolhendo as palavras com mais cuidado do que o normal.

— O conselho já disse alguma coisa?

— Eles me deram mais tempo.

— Bem, mais tempo é bom, certo?

O olhar de Reyna encontrou o de Yuki, e ela percebeu que a madrasta parecia exausta. Não havia nada em sua aparência que indicasse isso — ela ainda parecia não ter envelhecido sequer um dia. No fundo de seus olhos, porém, havia uma fadiga que parecia mais antiga do que a própria Reyna. Ela afastou uma mecha de cabelo, parecendo, enfim, perceber o sangue em sua mão, observando-o como uma aranha observa um inseto na teia.

— Precisa de alguma coisa? — perguntou Reyna.

Yuki pensou nos milhares de perguntas que trancara dentro de si.

— Não, estava apenas caminhando para espairecer.

Reyna foi até a mesa e pegou um lenço para limpar a mão, pressionando o corte distraidamente. Yuki não se aproximou.

— Então pode ir — disse a madrasta. — Tenho uma reunião com a assembleia de professores em meia hora e preciso me preparar.

Yuki se demorou ali mais um instante.

— E não tem mais nada que você possa fazer sobre o conselho? — perguntou ela, sem saber por que estava insistindo, talvez por querer ver Reyna fazer uma carranca outra vez. Queria estraçalhar novamente a imagem perfeita da madrasta, nem que fosse só para entender a fúria que havia presenciado, um eco de si mesma.

Só que Reyna não cedeu.

— Não há nada a se fazer. — Ela encarou a enteada antes de completar: — Bem, tem uma coisa. — A madrasta respirou fundo, e Yuki quase estremeceu, sentindo um calafrio. — Mas acho que ainda não é hora de pensar nisso.

Yuki sentiu as pontas dos dedos vibrarem de leve e fechou as mãos em punho, relutante em liberar qualquer magia.

Enfim, Reyna rompeu o contato visual, usando o lenço ensanguentado para limpar o rosto.

— Se me der licença, preciso limpar essa bagunça antes de ir para a reunião.

— Claro — disse Yuki. — Nos vemos no sábado.

Ela saiu e fechou a porta. Enquanto ia embora, podia jurar que, dentro da sala, Reyna estava chorando.

190

36

RORY

Maio chegou, aproximando-as mais do fim do ano escolar, e a caça ao tesouro ainda não dera resultado. Rory tinha inspecionado a parte do castelo que lhe fora designada, mas sem sucesso, seus músculos e ossos cansados de tanta caminhada. Contudo, ela tinha certeza de que dariam um jeito. Nani era boa com perguntas, Yuki era boa com respostas, Ella era boa em incentivá-las.

Rory não sabia ao certo no que era boa, então tentou não ficar se sentindo inútil.

Ela não estava esperando a carta. Não estava esperando que o fim de seu conto estivesse tão próximo. A correspondência, marcada como urgente, foi entregue pela srta. Bagley quando Rory entrou na sala de aula naquela manhã. Estava lacrada em um envelope creme, remetido pelo palácio, com letras douradas. Era uma mensagem de sua mãe. Era de se imaginar que os pais enviariam uma carta, a forma mais segura de se comunicarem. Ninguém poderia hackeá-la. Ninguém além de Rory a leria.

A mensagem dizia que a doença de tio Émilien, um problema pulmonar, tinha piorado. Estavam fazendo tudo o que podiam, mas os pulmões dele estavam começando a falhar.

Também dizia que Rory precisava ir para casa.

Ela fechou as mãos em punho e amassou o papel, jogando-o em uma gaveta. Os pais não haviam lhe dado escolha – não era preciso;

ela nunca tivera escolha. Nascera princesa, e quando seu tio partisse, tornaria-se a herdeira aparente depois de seu pai.

O fato de seu pai estar ocupando o lugar do tio, e não ela ainda, lhe dava esperanças, mas Rory não estava livre das expectativas impostas a ela desde o momento em que nascera. Seus pais a esperaram por um longo tempo, pagaram os mais caros tratamentos de fertilidade, e o que receberam em troca? Rory, a decepção da família.

E em uma semana – talvez mais, se tivesse sorte – ela teria que deixar para trás a vida que conhecia. Dessa vez, não podia contar com um resgate. As portas de sua prisão haviam se fechado. Ela estava encurralada lá dentro.

Rory respirou fundo enquanto se aprontava para seu treino de sexta-feira com Pippa, mas estava sem vontade de ir. As duas ainda não tinham conversado sobre a dança, que parecera uma cena saída de um livro. Tinham apenas voltado ao normal – porque ainda estavam na escola, porque eram apenas alunas e nada mudaria.

Quando chegou à sala de ginástica, Pippa já estava lá, se alongando. Ela ajeitou a postura assim que viu Rory entrar.

– O que aconteceu? – perguntou ela.

Rory odiava como Pippa lia seu rosto com tanta facilidade.

– Nada – respondeu Rory.

– Tem alguma coisa, sim – disse Pippa, seu olhar seguindo Rory pela sala.

– Por que você sempre acha que sabe mais que os outros? – retrucou Rory, arrependendo-se de imediato.

Não era culpa de Pippa. Pelo contrário, era culpa de Rory. Tinha passado a vida inteira fingindo não ser quem era, evitando o inevitável só para, enfim, o inevitável alcançá-la.

– Que seja – murmurou Pippa.

Rory não tinha pegado a espada. Não havia motivo para isso quando seria forçada a abandonar a esgrima. Forçada a abandonar Pippa.

De repente, ela percebeu que *isso* era o que mais a assustava. Tinha dado um jeito de contornar seus sentimentos nos últimos três anos, reprimindo-os com a lâmina de sua espada, mantendo-os sempre afastados, acreditando que, se os admitisse, eles a esmagariam. E agora, com o fim se aproximando, ela nem pôde provar o gosto do que tanto queria.

Fraca. Covarde.

Só que Rory não se deixaria ser vencida dessa vez. Ela faria a coisa certa. Se aquela seria sua vida, ela podia ao menos começar a agir certo com Pippa, a pessoa mais importante com quem não tinha ainda compartilhado a verdade. Agora não havia por que protegê-la. Não mais.

— Eu não vim aqui para treinar — disse Rory. — Não tenho sido completamente honesta com você.

— Rory...

— Esse não é meu nome — balbuciou ela. — Esse não é meu nome de verdade.

Precisava falar antes que perdesse a coragem, antes que recobrasse o bom senso, antes que perdesse Pippa de uma forma que não havia escolhido. Preferia escolher a própria destruição, enfrentar as consequências sozinha, sem qualquer ajuda externa.

Pippa estreitou os olhos.

— Não existe uma Rory Derosiers — Rory continuou. — Nunca existiu. É só um nome que eu inventei pra esconder quem sou de verdade. Para me proteger. — Falar aquilo em voz alta parecia errado. Ela escolhera quem era. Rory *era* seu nome, embora não fosse apenas isso. — Meu nome verdadeiro é Aurore Isabelle Marguerite Louise de Rosien. Sou a princesa de Andurién.

Pippa piscou, muda. Por um longo momento, as duas ficaram ali, encarando-se sob o peso da verdade. Finalmente, Pippa sacudiu a cabeça, incrédula.

— Você deve achar que eu sou uma idiota.

— O quê? — disse Rory. — Não, eu...

— Acha que não sei disso? — disparou a garota, chegando perto demais do rosto de Rory. — Acha que não juntei dois mais dois? Acha que não fiz a porra de uma pesquisa no Google sobre seu país e descobri tudo isso?

Pippa estava tão perto que havia ultrapassado todos os muros de Rory. A garota se perguntou se tinha permitido que eles caíssem, abrindo voluntariamente as portas para o inimigo entrar, deixando que empunhasse o poder de destruí-la. Porque Rory sabia como aquilo terminaria. Era inevitável.

– Achei que devia te contar – disse Rory, baixinho. – Porque eu menti, né.

Pippa revirou os olhos.

– Talvez você tenha mentido sobre seu nome, mas não mentiu sobre quem você é. Não mentiu sobre mais nada, e é por isso que é *frustrante pra caralho*.

Pippa tinha quase grunhido o fim da frase, xingando baixinho. Frente a frente com ela, Rory não conseguia desviar o olhar, porque Pippa xingando talvez fosse a coisa mais sexy que já tinha visto, e ela não moveria um único músculo para não perder nada daquilo.

– Eu *conheço* você – sussurrou Pippa, com a voz rouca, o rosto tão perto que Rory sentia a respiração da garota enquanto o peito subia e descia. – Estamos nessa há tanto tempo que parece um sonho. Eu observei cada giro seu, cada defesa, cada golpe, cada movimento que você já fez na vida, e eu continuo esperando o instante que vou acordar.

Rory não conseguia pronunciar uma palavra sequer.

– Eu continuo esperando o dia que você não vai mais aparecer. O dia que você entenderia que não era isso que queria da vida – Pippa continuou, deixando os ombros relaxarem. – Estou cansada desse jogo, Rory. Eu conheço você, mas não sei o que você quer.

Rory hesitou, seu coração palpitando no peito.

– O que você quer dizer?

Pippa suspirou, impaciente.

– Estou apaixonada por você, sua completa imbecil!

O silêncio que se seguiu ecoou pela sala. Pippa encarou Rory, esperando que ela dissesse alguma coisa. As palavras haviam atingido Rory como uma flecha, e ela não sabia o que responder. Então, fez a única coisa que podia fazer.

Rory agarrou o rosto de Pippa e a beijou. Foi um beijo caótico, as bocas colidindo-se, os lábios sedentos e exigentes. Por um momento, Pippa não reagiu, mas rapidamente voltou a si, as mãos puxando a cintura de Rory, pressionando seu corpo contra o dela com avidez. Rory inclinou a cabeça e abriu os lábios de Pippa. A sensação era exatamente a mesma de quando lutavam; cada movimento podia salvá-las ou condená-las, talvez as duas coisas ao mesmo tempo.

Rory interrompeu o beijo, sentindo um frio na barriga, cada parte de seu corpo tremendo.

– Isso não é um sonho – disse Rory, ofegante.

– É melhor que não seja mesmo – respondeu Pippa, a respiração das duas se misturando. Ela tocou os lábios de Rory de novo, dessa vez mais suavemente. Uma carícia. – Passei três anos querendo fazer isso.

Rory piscou, mas encarou Pippa de volta. Todo aquele tempo de espera, todo aquele tempo sonhando havia valido a pena. O momento se realizara exatamente como ela tinha imaginado.

Na verdade, foi melhor do que ela imaginara, porque assim que abrisse os olhos, tudo ainda seria real.

– Então talvez você devesse me beijar de novo – sussurrou Rory.

Enquanto sentia seus músculos derretendo – de um jeito bom, pela primeira vez –, os joelhos enfraquecendo, o corpo sendo pressionado contra a parede, a boca de Pippa na sua, só um pensamento passava pela cabeça de Rory.

Aquela era sua destruição. Aquela era sua ruína.

E ela iria desfrutar de cada momento.

ELLA

O fim de semana trouxe a benção inesperada de Sharon saindo com as gêmeas. Ultimamente, a madrasta vinha supervisionando Ella mais que o normal, seus olhos de águia seguindo-a pela casa. A garota mantinha a cabeça baixa como sempre, escutando audiolivros ou podcasts enquanto fazia as tarefas domésticas, tentando abafar os outros sons que enchiam sua cabeça.

Ella observou, da janela do sótão, Sharon e as irmãs postiças partirem de carro. Depois, sentou-se na cama. Antes, teria ligado para as amigas para passarem a tarde na cidade ou só ficarem curtindo e conversando. Agora, não sentia a mesma vontade. Agora, toda vez que o relógio badalava mais uma hora, Ella sentia sua ruína se aproximando.

A garota tinha prometido a Frederick um encontro de verdade, então os dois foram almoçar em Constanz. Era o dia mais lindo da primavera até o momento, as flores desabrochando em cada canteiro da cidade, tons de roxo, rosa, amarelo e branco dançando pela paisagem. Era a estação favorita de Ella. Mais tarde, os dois tomaram sorvete e caminharam lentamente de volta a Grimrose, de mãos dadas, e Ella não conseguiu se lembrar da última vez que havia se sentido tão relaxada assim, da última vez que havia se permitido esquecer tudo e só aproveitar uma tarde ensolarada com o namorado. Eles andaram por Constanz até o sol sumir, até o céu começar a ficar arroxeado, e então voltaram para os portões do castelo, ainda de mãos dadas.

– Obrigada por tudo – disse Ella. – Eu tive um dia ótimo.

– De nada – disse Freddie. – Eu faria isso com mais frequência, mas você sabe como é.

Ella abriu um meio-sorriso, mas não disse nada. Os dois enrolaram perto dos portões da escola, porque Ella não queria se despedir. Não queria voltar para casa.

– Você não precisa ir embora – disse Freddie, baixinho, como se lesse sua mente. – Pode ir para o meu quarto. Você disse que elas vão ficar fora durante todo o fim de semana. Pode ficar comigo.

Ella oscilou para trás e para a frente, incerta. Era verdade que Sharon não ia voltar; a garota tinha conferido o Instagram de Stacie só para garantir, e as fotos mostravam um hotel bacana onde elas estavam hospedadas em Paris. Ella poderia ficar com Freddie. Ella *queria* ficar.

Então, pela primeira vez, ela não hesitou.

– Tudo bem.

Os dormitórios dos garotos e das garotas ficavam em andares diferentes do castelo, mas ainda eram na mesma ala. Um professor tentava monitorar as atividades, mas era difícil dar conta de tantos jovens. Grimrose fingia não perceber os esforços românticos de seus alunos, desde que usassem proteção e não se envolvessem em nenhum escândalo, e os alunos tentavam não dar tão na cara.

O quarto de Freddie ficava na parte sul do corredor, e quando Ella entrou, percebeu que os quartos dos garotos eram bem diferentes dos das garotas. Em primeiro lugar, havia apenas dois meninos por quarto, e não três, porque Grimrose tinha muito mais alunas mulheres. Ella adivinhou qual era o lado de Frederick pelos três pôsteres de filme na parede e pela pilha de DVDs antigos ao lado das tarefas da escola. Era um lugar acolhedor, simples, mas com personalidade.

– Cadê seu colega de quarto? – perguntou Ella, olhando para a cama desfeita do outro lado.

– Digamos que eu mandei ele ir procurar outro lugar pra dormir esta noite – respondeu Freddie, com um sorriso convencido.

– Ah, então isso foi planejado – disse Ella, divertindo-se.

Freddie corou, e então virou-se para ela e inclinou o rosto para beijá-la.

O beijo começou lento e calmo, mas logo Ella o intensificou. Os dois entrelaçaram as mãos, as roupas amarrotando enquanto beijavam-se mais e mais, até Frederick cambalear para a cama, levando Ella junto, e ali ficaram. Ele roçou as mãos pelas costas dela, tocando a pele por baixo da saia, suas coxas, e Ella parou.

– A gente pode... – A voz dela fraquejou. – Eu vou apagar a luz.

Ella se levantou depressa e pressionou o interruptor. Apenas a luz da noite entrava no quarto agora, mas o brilho era amarelado e fraco, então a garota não se importou. Quando se sentou outra vez na cama, seu coração batia forte.

Frederick beijou sua bochecha e Ella virou-se para acariciar os cabelos dele. Dessa vez, ela não impediu que a mão do garoto vagasse por baixo de sua saia. Sentiu o calor do toque dele por suas pernas, os dedos acariciando-a com delicadeza. Ela tirou a camiseta dele, trilhando beijos por sua clavícula, as mãos dos dois perambulando pelos corpos um do outro com calma, certeza e sem pressa alguma. O coração dela ainda estava palpitando, seu corpo ficando mais quente, mas não desconfortável, enquanto os beijos se tornavam mais afobados. Ella rolou para cima dele, e quando Freddie encontrou o zíper do vestido dela e o abriu, a garota finalmente percebeu o que estava fazendo.

Ela parou de beijá-lo, os lábios pairando no pescoço dele. Não ousou encará-lo, e Freddie não disse nada, observando-a com um sorriso no rosto.

– Você é linda – disse ele. – Parece muito conveniente dizer isso agora, mas é verdade.

Ella riu.

– Você também não é nada mal.

– O que posso dizer? Eu puxo muito ferro.

Ella riu ainda mais, porque se tinha uma coisa que Frederick não era, era musculoso. Sua pele era macia, delicada e pueril, e Ella gostava de ser a pessoa com músculos fortes dentre os dois. Ele ajeitou uma mecha do cabelo da garota atrás da orelha, encarando

198

atentamente o rosto dela com seus olhos castanhos enquanto ela se inclinava por cima dele.

— Você é...?

— Virgem? Sou, sim — respondeu Ella, com sinceridade. — E você?
Freddie balançou a cabeça.

— Minha última vez foi um pouquinho diferente — ele respondeu, hesitando pela primeira vez naquela noite. — Eu namorava um cara.

— Ah! Que legal — disse Ella, sentindo a tensão se dissipar um pouco mais, o corpo relaxando mesmo com o coração batendo depressa. — Minha primeira paixonite do ensino fundamental foi uma menina. Ela colecionava borboletas.

— Legal — disse ele, e então acrescentou, sem jeito: — Não a parte das borboletas. Isso é esquisito.

Ella riu, tocando os braços de Frederick no quase-escuro. Não estava constrangida, praticamente nua no quarto de outra pessoa, fazendo confissões. Pela primeira vez, sentia-se confortável.

Porém, Freddie interpretou o silêncio dela de outra forma.

— Não precisamos fazer isso. Você pode só ficar aqui, dividindo a cama comigo. É de solteiro, então é apertada, mas não ligo de dividir, e dá pra a gente só dormir...

— Freddie — disse Ella, passando o dedo pelos lábios dele, impondo, pela primeira vez, o que seu coração pedia. — Eu quero fazer isso.

Com cuidado, Freddie a trouxe para mais perto, e Ella segurou o rosto dele com as duas mãos. Sob a luz fraca, todas as cores se fundiam em um tom azul-escuro, e a garota não sentiu medo. Ela o beijou e Freddie retribuiu o beijo, com as mãos na cintura dela, os dedos roçando delicadamente os corpos um do outro até se encontrarem. Freddie a abraçou por muito, muito tempo, até ela adormecer com a cabeça repousada em seu peito.

Os raios de sol perpassavam as cortinas, e Ella sentia o calor do corpo de Freddie ao seu lado, o braço dele envolvendo-a pela cintura de maneira protetora. A cama era bem apertada, mas a garota era pequena e não tinha do que reclamar.

Ella se mexeu sem fazer barulho, tentando não acordar o namorado. Freddie ainda estava roncando de leve, de olhos fechados, e ela deslizou por baixo do braço dele, esfregando os olhos para afastar o sono. Precisava ser rápida. Ela foi até o banheiro e conferiu as costas. Tinha dormido com uma das camisetas velhas de Freddie, e então a tirou, dobrou perfeitamente e a colocou de volta na cadeira, pegando a roupa de baixo e o vestido.

Fez tudo em silêncio, mas não adiantou.

— El, o que é isso? — A voz de Freddie era implacável. Ele não soava como se tivesse acabado de acordar.

Ella se virou, ainda segurando o vestido. Refletido no espelho do banheiro estava o que ele não tinha visto no escuro da noite anterior.

Hematomas amarelados cobriam as costelas de Ella. Havia um arranhão vermelho em seu braço, e seus joelhos estavam tão roxos que só uma meia-calça poderia esconder. A maquiagem tinha saído no travesseiro durante a noite, revelando vestígios de uma marca antiga embaixo do olho esquerdo, além de um corte acima da sobrancelha. Ela estava coberta de marcas deixadas por Sharon.

A expressão de Frederick era de horror.

— Não é nada — ela respondeu depressa, correndo para colocar o vestido e cobrir o que vinha tentando esconder com tanto cuidado.

Passar a noite ali foi uma ideia idiota. Se tivesse acordado mais cedo, nada disso estaria acontecendo.

Frederick se levantou, apenas de cueca boxer, e parou ao lado dela.

— Quem fez isso com você? — perguntou ele, com a voz firme.

— Não importa.

O rosto dele ficou mais raivoso.

— Claro que importa. — O rapaz segurou o queixo dela com a mão para que o encarasse.

Ella não tentou se desvencilhar.

— Eu menti para você — disse ela, sentindo a voz presa na garganta. — Venho mentindo esse tempo todo. Não sou como as outras pessoas da escola. Não tenho uma vida perfeita.

200

– Quem fez isso? – ele perguntou outra vez.

Ella sentiu as lágrimas se acumularem nos olhos e envolveu o próprio corpo com os braços de forma protetora. Admitir aquilo em voz alta doía muito; ela não podia mentir para si mesma quando alguém descobria a verdade: que ela apanhava e permanecia ali, porque não tinha nenhum outro lugar para ir. Que precisava ficar com Sharon se quisesse, um dia, herdar o dinheiro do pai e ser livre.

Que era apenas uma garota miserável, triste e burra, incapaz até de traçar um destino para si mesma. Ninguém queria uma pessoa assim por perto. Uma pessoa digna de pena, que precisava ser tratada com cuidado a vida inteira porque sempre poderia ficar magoada, porque tinha traumas demais que não podiam ser curados e lembranças ruins que não podiam ser esquecidas. Alguém que não pode ser consertado.

– Não quero sua pena – disse Ella, se afastando. – Obrigada. Tive uma ótima noite.

Em seguida, ela se virou e saiu.

38
NANI

Nani estava a caminho da biblioteca quando passou por Ella. O mais confuso não era o fato de a amiga estar em Grimrose numa manhã de domingo, mas de estar correndo, uma atividade que Nani só a vira fazer uma vez no ano inteiro.

— Ella? — Nani chamou quando a viu descer, depressa, a escada da biblioteca.

A garota se virou, com a mão no corrimão, e a encarou por cima do ombro.

— Oi. Não te vi aí.

Sua voz soava um pouco estranha, e Nani percebeu que Ella não estava com sua maquiagem de sempre; havia um hematoma à mostra perto do olho.

— Está tudo bem com você?

— Sim — murmurou a garota.

Nani percebeu os dedos trêmulos da amiga, o jeito que o olhar dela desviou para os retratos nas paredes, contando-os para se acalmar, e deu um passo em sua direção.

— Ella, não precisa mentir pra mim. Sou sua amiga, lembra?

Isso foi o suficiente. Ella subiu as escadas de novo, as lágrimas escorrendo pelo rosto, e enlaçou Nani com os braços.

De início, foi estranho. Nani não soube o que fazer. Ela não era uma pessoa de abraços. Contudo, Ella a apertava com tanta força que Nani sentiu o corpo relaxar, passando os braços em volta da garota, que repousara a cabeça em seu ombro. As lágrimas de Ella molharam o vestido de Nani, mas ela não se importou; abraçaria a amiga pelo tempo que precisasse.

– Vamos – disse Nani, seu braço ainda envolvendo Ella. – Eu te levo até em casa.

O ônibus não funcionava aos domingos, mas isso não impediu Nani de acompanhá-la. Quando chegaram, Ella tinha parado de chorar, mas as coxas de Nani estavam assadas e doloridas depois da longa caminhada.

– Obrigada – disse Ella.

As duas estavam diante do muro do jardim, do lado de fora da casa.

– Não devíamos entrar pela porta? – perguntou Nani, erguendo uma sobrancelha.

– Eu não tenho a chave – respondeu Ella. – Sharon tranca a casa inteira quando sai.

A expressão de Nani ficou séria quando percebeu o que aquilo significava. Ela esticou as mãos para formar um degrau, e a amiga, que não pesava quase nada, pulou por cima do muro. Nani encontrou apoio para subir sozinha, oscilando e caindo no jardim.

A casa parecia solitária do lado de fora. As janelas estavam todas bem fechadas, cobertas por cortinas grossas. O único sinal de vida no jardim era um cavalo, cuja cabeça despontava da porta do estábulo. O animal relinchou quando Ella se aproximou para acariciar seu focinho. A garota gesticulou para que Nani a seguisse até os fundos da casa.

– Eu vou primeiro – disse Ella, apontando para a minúscula janela da cozinha. – Está emperrada, então nunca fecha.

A garota se esgueirou pela passagem estreita e, no instante seguinte, abriu a janela maior para que Nani pudesse entrar.

O ar estava abafado dentro da casa escura. Nada ali parecia pertencer a Ella: todas as fotografias na parede da sala de estar mostravam Sharon e as gêmeas, e não havia nem sinal de que outra jovem morava na casa. Metade das janelas tinha cadeados, e a porta da frente estava trancada. Ella balançava de um lado para o outro enquanto Nani observava tudo.

– Desculpe, está muito escuro. Não recebo muitas visitas.

Nani considerou isso um eufemismo.

– Não precisa se desculpar – disse ela. – Onde você dorme?

– No sótão – respondeu Ella. – O teto é alto, tem bastante espaço.

Nani não sabia o que dizer. Mesmo a pequena casa de dois quartos que dividia com Tūtū ainda tinha a sensação de um lar. Ali, não havia nada que se assemelhasse ao aconchego. Era um tipo diferente de prisão. Ao menos Nani acabara no castelo.

– Vou fazer um chá pra você – a garota ofereceu prontamente, e Nani aceitou, porque era assim que se cuidava de Ella: aceitando ser cuidada por Ella.

O aroma logo encheu a sala e a cozinha, um cheiro cítrico de limão misturado com hibisco e pêssego, e Nani de repente se sentiu transportada para a cozinha de Tūtū, onde bebiam chá mesmo quando o calor na rua era insuportável.

Ella entregou uma caneca para a amiga com um sorriso no rosto.

– Esse chá tem o cheiro da minha casa – disse Nani, pegando a caneca. – Como você sabia?

– Todos os seus livros têm esse cheiro – respondeu Ella. – É difícil não perceber.

– São plumérias – Nani explicou. – Minha mãe costumava fazer marca-páginas com as flores, eu só continuei a tradição.

Nani deu um gole no chá, sentindo o líquido queimar a ponta da língua. Estava forte, bom, denso. Ella sorria enquanto lavava a louça, sua própria caneca esquecida em cima da pia, já que suas mãos estavam ocupadas.

– Você sente falta dela? – a garota perguntou, sem olhar para Nani.

– Às vezes. Acho que sinto falta de como eram as coisas quando ela estava viva. Meu pai voltava mais vezes para casa.

Ella balançou a cabeça, compreensiva.

– Tūtū é maravilhosa – Nani falou, encorajada. – Não estou reclamando da minha avó; ela me criou, criou minha mãe e me ensinou basicamente tudo o que sei. Mas, quando meu pai voltava para casa, ele me trazia livros. Eu não precisava sair de casa: o mundo inteiro estava bem ali.

— Sinto muito por sua perda — disse Ella.

Nani deu de ombros.

— Já faz muito tempo.

— E daí? Você pode sentir falta mesmo assim. Eu também sinto saudades da minha família.

— Será que deveríamos nos preocupar por sermos quase todas órfãs? — perguntou Nani. — Sabe, isso não é estranho?

— Melhor nem começar a pensar nos nossos nomes então — disse Ella.

— Meu Deus — balbuciou Nani, com os lábios na caneca. — Essa maldição é foda, mas também é muito cafona.

Ella riu e finalmente fechou a torneira, pegando a caneca para se sentar ao lado de Nani e beber seu chá. Nani se sentia confortável para ficar em silêncio na presença de Ella, o que era estranho, já que a amiga estava sempre se mexendo, agitada, ansiosa.

E Nani queria conforto, precisava de conforto depois de ter recebido a caixa do pai. Ela não tinha contado para as garotas ainda, mas um dos papéis que deixou de lado ao abrir a caixa continha os documentos de quando seu pai começou a trabalhar na escola. Todos haviam sido assinados pessoalmente pela diretora.

Nani não tinha comentado nada com Yuki ou com as outras porque não queria causar mais tensão. A maldição não precisava destruir a ligação que elas haviam criado, e Nani não queria fazer acusações.

— Você quer conversar? — Nani perguntou em vez de falar sobre o que estava pensando. — Aconteceu alguma coisa com Frederick na escola?

Ella bebericou o chá, e os lábios ficaram tensos.

— A gente… dormiu junto.

— Ah — disse Nani. Ela nunca sabia como reagir a esse tipo de declaração. — Foi tão ruim assim?

Ella riu, e os traços em volta de seus olhos suavizaram, os olhos cor de mel ficaram mais doces.

– Não. Na verdade, foi bom.

– Primeira vez? – perguntou Nani.

– Sim. Eu sempre achei que seria um grande evento, que não poderia passar pela escola sem vivenciar isso. É o que dizem pra gente, né? Achei que sentiria toda essa pressão, mas, quando chegou a hora, foi só… bom. Foi simples. Eu queria, e essa era a única coisa que importava.

Ella deu outro gole no chá, segurando a caneca com as duas mãos. Nani percebeu que fazia isso para que suas mãos ficassem paradas.

– Então qual foi o problema? – perguntou Nani.

– Ele viu os hematomas – respondeu Ella. – Meu plano era acordar mais cedo, me vestir e sair, mas eu… – A voz da garota fraquejou. – Ele viu tudo, e eu tive que fugir.

Nani podia imaginar a cena, a mesma visão que tivera no banheiro da escola: a pele de Ella sem maquiagem, as manchas amarelas e roxas por baixo das roupas, invisíveis para os que não sabiam onde procurar.

– Você podia ter contado para ele – sugeriu Nani.

– E então ele faria uma intervenção, tentaria consertar algo que não tem conserto – disse Ella. – Ou pior, decidiria que é muita coisa para lidar. Esse fardo não é dele. É só meu.

– Você sabe que podemos compartilhar nossos fardos, certo? – perguntou Nani.

Ella não olhou para a amiga. Estava sempre tentando salvar e poupar todo mundo, e isso tinha um preço. Talvez tenha começado com apenas um gesto, mas agora era um esforço que fazia o tempo inteiro.

– Talvez ele não veja dessa forma – continuou Nani. – Você não vai saber até dar uma chance pra ele.

Ella bufou.

– Você que o diga.

As palavras ecoavam as de Odilia, a forma como ela dissera que Nani não conhecia Svenja de verdade. E Nani provou que ela estava certa ao destratar a namorada e não compartilhar nenhum de seus segredos.

– O que você quer dizer com isso? – perguntou Nani, ríspida, só para ter uma confirmação.

– É que, às vezes, eu sinto que você nem está aqui, Nani. – Ella foi direta. – Acho que essa é a primeira vez em quase um ano que temos uma conversa de verdade.

Nani estava chocada demais para falar. Ella a encarava com as sobrancelhas franzidas, preocupada. Era a mesma expressão que Nani vira no rosto de Tūtū enquanto crescia, enquanto tentava se manter afastada de todo mundo. Enquanto tentava se manter segura, construindo muros de castelo em volta de seu verdadeiro ser.

E ali estava alguém batendo na porta, pedindo para entrar. Pedindo para ser conduzida pelas escadas e masmorras escuras, e talvez, a certa altura, até um lugar repleto de luz. Era esse o significado de amizade: atravessar as águas escuras e turvas juntas, sem nunca temer o que estava do outro lado.

– Não sei ser melhor do que isso – disse Nani, por fim, secando os olhos marejados.

– Tenho experiência nessa área – Ella respondeu prontamente. – Sei que não é fácil, mas às vezes vale a tentativa.

Nani sorriu e Ella retribuiu. As duas ficaram em silêncio por um tempo, bebendo o resto do chá, esperando o finalzinho do sabor ficar um pouco mais amargo, só para equilibrar.

39

YUKI

Já era tarde quando Nani voltou para o quarto.

Yuki não tinha ido até a torre de Reyna. Ela dera a desculpa de ter que estudar para as provas finais – o que era verdade, mesmo sendo um pretexto tão óbvio – e passara o dia na silenciosa e irritante companhia de Mefistófeles, sentindo os olhos amarelos do gato seguindo-a a cada página de seu dever de casa, o qual fazia sem muita atenção, completando os exercícios sem pensar duas vezes.

Ela preferia passar o tempo assim do que pensando no que presenciara.

De alguma forma, Yuki não achava que a maldição a alcançaria. Como Nani dissera, Yuki era especial. Yuki tinha magia. Yuki era diferente e estava disposta a fazer o que fosse preciso. E assim, sua história não se tornaria real.

No entanto, por mais que evitasse pensar nisso, ela não conseguia parar de ver Reyna com o espelho, sabendo que sua própria história tinha uma curva obscura, esperando que ela fosse descuidada. As palavras de Liron pairavam em volta dela, e Yuki tentava não escutá-las. *Devore seu coração*. Contudo, como a maldição, isso se repetia de novo e de novo em sua cabeça.

É o único jeito de sobreviver.

Yuki já estava de volta ao quarto quando Nani entrou sem parar no batente e olhou em volta.

– Cadê a Rory?

– Com Pippa – respondeu Yuki.

– Hoje não é sexta-feira.

– Eu sei.

Yuki observou a compreensão recair sobre o rosto de Nani.

– Ah, até que enfim! – Nani exclamou, enfática. – Ela finalmente se mexeu! Elas...

– Sim – Yuki respondeu, o tom neutro. – E antes que você peça, como Rory fez, eu não vou sair do quarto *de jeito nenhum* para nenhuma de vocês usarem. Vão para onde eu não possa ver, ou ouvir, ou sequer pensar nesse assunto.

Nani revirou os olhos, abrindo o notebook de Rory para conferir uma coisa. Ela não tinha computador, e Rory nunca se importava em compartilhar suas coisas; sua generosidade era um princípio implícito. Nani passou os olhos pela mensagem que recebera, e então pulou, com o celular em mãos, para tirar fotos do Livro Preto e do Livro Branco, os dois sobre sua mesa.

– O que você está fazendo? – perguntou Yuki.

– Encontrei uma coisa. Um senhor com uma livraria de obras raras em Munique – respondeu Nani. – Vou mandar algumas fotos dos nossos livros pra ele.

– Você vai fazer o *quê*?! – Yuki exigiu saber.

– Estou me passando pela filha de um colecionador de livros – disse Nani, na defensiva. – Se quero ver fotos do que ele tem, preciso mandar provas de algo que tenho. Caso contrário, ele vai pensar que estou tentando passar a perna nele. Não se preocupe, não é como se eu tivesse dito que nossos livros são amaldiçoados.

Yuki respirou bem fundo, controlando suas emoções.

– E o que ele disse?

– Que talvez tenha ouvido falar de livros parecidos com os nossos – respondeu Nani. – Ainda não foi confirmado, mas é a melhor pista que tenho.

– Então por que não contou para as outras? – perguntou Yuki, arqueando uma sobrancelha.

– Não quero dar esperanças para elas.

209

– Mas não viu problema em contar para mim.

– Você também não vai contar pra elas – pontuou Nani, e Yuki sentiu uma compreensão entre as duas: ambas estavam tentando abordar aquilo da forma mais lógica que podiam. – E você, encontrou alguma coisa?

Yuki pensou em Reyna na torre, em como seu rosto mudara. Em como o corpo de Yuki se transformara em gelo, em como pensou que não seria capaz de se mover.

– Nada concreto – ela respondeu em vez disso –, mas tem... alguma coisa.

– Elabore.

– Liron não frequentou Grimrose – disse Yuki, com cautela, pensando em como comunicar aquilo, examinando Nani enquanto o fazia, mas a garota não pareceu mudar de postura. – Mas a maioria das meninas do livro, as que estão vivas, na idade certa, estão aqui. Então sempre existiu algo que as traz para cá. Algo que as conecta com este lugar. E eu... sinto isso. Às vezes.

Nani brincou com um dos seus cachos com a mão esquerda, curiosa.

– Sente como?

Yuki pensou nos rostos que vira no espelho antes de compreender seus poderes, antes de se acolher por completo, quando tentava esconder essa parte de si. Pensou na escuridão que espreitava lá dentro, esperando pela oportunidade certa de sair.

– Como se minha magia reagisse a esse chamado.

Nani estreitou os olhos, lentamente entendendo o significado por trás das palavras.

– Você não acha que são os livros.

– Não pode ser – disse Yuki. – Você viu minha magia. Viu o que sou capaz de fazer. Eu nem me comparo ao poder dessa maldição. Eu também tentei destruir os livros.

Foi a vez de Nani exclamar, surpresa:

– O quê?! Quando?

Acontecera no dia em que Rory a viu quebrando o espelho do banheiro. Yuki tentara de tudo, lançara nos livros todos os sentimentos

210

que nutria, mas nada pareceu afetá-los. Nada pareceu mudar. No fim, ela batera a mão no espelho, quebrando-o com sua frustração, bem na hora em que Rory chegou.

Ela fingiu que nada havia acontecido. Assim como Reyna fizera.

– Mesmo se encontrarmos o que quer que esteja faltando – disse Yuki, com cautela –, não acho que a solução será tão simples quanto destruir.

– Você acha que não vamos conseguir, não é?

Yuki imediatamente ergueu o olhar para Nani.

– Eu não disse isso.

– Está escrito na sua cara – respondeu Nani, e então riu, um riso nervoso que ela abafou com o dorso da mão. – Essa é a primeira vez que consigo ver de verdade o que você está pensando. Claro como o dia.

Yuki ficou mais séria.

– Você não sabe o que estou pensando.

– Tem razão – disse Nani. – Eu não sei. Eu nem sei quem você é de verdade. – Ela riu de novo, mordendo o lábio e murmurando:

– Ella está certa.

Isso fez Yuki erguer a cabeça.

– Ella está certa sobre o quê?

– Sobre parecer que eu não estou aqui de verdade – respondeu Nani. – Mas você também não parece estar. Por que se esconde tanto?

Naquele momento, os olhos castanhos de Nani penetraram Yuki, afiados como lanças. Yuki sentiu sua armadura cair; não queria admitir que ela e Nani pensavam da mesma forma. Nani queria provas da maldição tanto quanto Yuki. Nani queria descobrir como a maldição funcionava, destruí-la por dentro, questioná-la.

Yuki podia ouvir outro questionamento nas palavras de Nani. A questão não era "por que" ela estava se escondendo, pois, por mais que pudesse admitir para si mesma, todos ao seu redor fingiam que nada acontecera. Todos ao seu redor fingiam compreender. Até mesmo Ella, que era tão boa, tão clemente o tempo inteiro, ainda se recusava a encarar Yuki nos olhos.

Não era que Yuki estivesse se escondendo. Eram os outros que se recusavam a vê-la.

❧ 211 ❧

Só que isso não iria durar muito. Quanto mais o tempo passava, mais Yuki entendia que o fogo se alastrava até ela, que o fogo que ela acendera iria consumi-la. Quanto mais pensava nas palavras de Liron, mais elas se enraizavam em seu interior, mais ela se dava conta de que sua escuridão sempre seria arrebatadora, e logo não teria mais como se esconder.

– Não tenho nada a esconder – disse Yuki, por fim, encarando Nani sem piscar. – Por que teria?

Houve um tempo em que Yuki sentira repulsa por questionamentos. Houve um tempo em que temera as respostas.

Antes que Nani pudesse retorquir, a torre do relógio de Grimrose badalou, mas o sino não estava anunciando a hora.

Sentindo seu corpo gelar, Yuki trocou um olhar alarmado com Nani e as duas correram até a porta. Assim que a abriram, viram Rory no corredor, parecendo abalada, os olhos arregalados, sem fôlego ao parar de correr.

– É a Ivy – disse Rory. – Ela morreu.

40
ELLA

Ella não suportou ficar sentada durante toda a assembleia. Seus pulmões pareciam estar cheios de pedras, e quanto mais os professores falavam, menos ela conseguia respirar. Com as mãos tremendo, a garota saiu correndo da sala, os pés a levando pelo corredor e depois a fazendo descer um lance de escadas. Ella não olhou para trás para ver se alguém a seguia.

Precisava de um lugar silencioso para pensar. Não queria ir para a biblioteca, onde pensou ter salvado Ivy, nem para o jardim, onde o lindo dia brilhava. Finalmente, ela se deu conta de que tinha um lugar para o qual podia ir: a antiga sala de xadrez.

A sala ficava em uma parte negligenciada do castelo, um corredor afastado que tinha sido convertido em clube de xadrez. Houvera mesas ali, mas o toque especial do lugar era um tabuleiro enorme de xadrez pintado no chão, com pesadas esculturas de madeira de peças de xadrez alinhadas dos dois lados do tabuleiro. A sala estava abandonada desde que a equipe de xadrez fora dissolvida.

Ella se permitiu cair no meio do tabuleiro gigante. Sentou-se em um dos quadrados, olhando para as peças das torres acima de si. O choro pesado movia seus ombros, e ela tentou respirar fundo, controlar as lágrimas, mas pelo menos o choro não ecoava até a sala de reunião. Pelo menos ali ela poderia se enlutar em paz.

Exceto que, de alguma forma, ficar sozinha era sufocante. Parecia que estava afundando no lago outra vez, quando Penelope a jogou lá dentro, a escuridão se fechando ao seu redor. Ella contou os quadrados no tabuleiro uma, duas vezes.

Quando ouviu outra pessoa entrando em silêncio na sala, Ella ergueu a cabeça e viu Rory parada na porta.

– Oi – disse Rory, sentando-se ao lado da amiga. Parecia calma, ao contrário do que Ella estava sentindo. – Vim ver como você tá.

– Estou bem.

Rory lançou um olhar que dizia tudo. Ella acabou sorrindo, mesmo sem querer. Desejara um lugar quieto, mas ficar sozinha com os próprios pensamentos era pior.

– Ari odiava esse lugar – disse Rory, mudando de assunto.

– Eu sei – disse Ella, fungando. – Ela dizia que era brega.

– É de muito mau gosto. Olha o tamanho da peça do rei. Em que merda eles estavam pensando?

Ella sorriu de novo enquanto Rory passava o dedo em um dos peões ao seu lado. Elas costumavam passar horas ali no seu primeiro ano em Grimrose. Ella achava o enorme tabuleiro reconfortante, mas Ari sempre insistira que era cafona e que não devia estar em uma escola de bom gosto como Grimrose.

– Sinto saudade dela – disse Rory, expressando em voz alta o que Ella estava pensando. – Às vezes esqueço que faz pouco tempo que ela morreu. Às vezes acordo e parece que já se passaram anos.

Ella secou as lágrimas do rosto. A presença de Rory era estável e, naquele momento, pouco barulhenta. Era confortável, porque Rory sempre fora leal. Sempre que Ella precisava de alguma coisa, a amiga estava lá. Rory a apoiava de um jeito menos intenso do que Yuki, e às vezes Ella ficava aliviada pela trégua.

– Acha que seríamos mais felizes se não tivéssemos encontrado os livros? – perguntou Ella, encarando Rory.

– Mais felizes eu não sei. Mais *mortas*, com certeza.

Ella passou o dedo no tabuleiro, traçando linhas entre um quadrado preto e um branco.

– Eu fico voltando a essa questão, me perguntando se a gente deveria ter deixado pra lá. Deixado Ari em paz, e então iríamos apenas... seguir o destino dela sem alvoroço.

– Você sabe que não faz sentido pensar em "e se" – disse Rory. – Sei que isso é parte da sua ansiedade, mas deixa eu te falar uma coisa enquanto uma pessoa que nunca pensa muito: *e se* é uma perda de tempo.

Ella abriu outro sorriso. Era impossível não sorrir perto de Rory. Era como se ela trouxesse a luz e a escuridão fosse embora.

– E eu não acho que teria sido mais fácil se a gente não tivesse achado os livros – ponderou Rory. – Talvez a gente acabasse mais impotente. Do jeito que as coisas estão, pelo menos podemos controlar alguma coisa.

– Eu não salvei Ivy.

– E nem poderia – disse Rory, gentilmente, esticando a mão para a amiga. Os dedos de Ella estavam vermelhos de tanto esfregarem o chão de forma obsessiva, e é claro que Rory tinha reparado. Ella pegou a mão da amiga, que a apertou suavemente. – Não é sua responsabilidade. Você não pode salvar todo mundo.

– Mas eu prometi – disse Ella, enfática. – Se eu não posso salvar uma garota...

– Então você vai só desistir e não tentar salvar mais ninguém? – Rory lançou um olhar impaciente para a amiga. – Qual é, Ella. Eu te conheço muito bem.

Ella desviou o olhar, observando os detalhes entalhados nas peças de xadrez.

Rory estava certa, mas não sabia tudo sobre Ella. Não sabia que, às vezes, quando acordava no meio da noite, Ella sentia alívio por ter sido Ari a morrer, e não Yuki. Não sabia que Ella estava tentando fazer tudo ao seu alcance para salvar todo mundo porque, se perdesse uma *única* pessoa, então não saberia mais como viver. Ella não sabia encarar o fato de que podia continuar seguindo sua vida se todos morressem, contanto que Yuki estivesse viva.

A culpa que sentia por esses pensamentos era esmagadora, então o que podia fazer para compensar era quebrar a maldição.

— Isso não muda o que aconteceu com Ivy — disse Ella.

— Ella, sempre que uma garota nova morre, eu vejo Ari de novo — falou Rory, sustentando o olhar dela. Os olhos azuis eram intensos, as bochechas estavam coradas, o cabelo vermelho parecia queimar. — Sempre Ari, de novo e de novo e de novo. Confie em mim, eu sei como é. Eu entendo. Perder uma garota é como perder Ari outra vez.

Lágrimas brotaram dos olhos de Rory, e ela piscou, fazendo-as desaparecer. Ella segurou sua mão com força; Rory nunca a teria deixado ver suas lágrimas se estivesse em um dia bom.

Nenhuma delas estava tendo um dia bom.

— Mas se a gente parar de tentar — continuou Rory —, se a gente achar que não vale a pena, então vamos perder Ari de uma vez por todas.

A única forma de honrar aquelas garotas era salvando todas. Era valorizando cada uma delas. Assim, da próxima vez que seus contos fossem repetidos, renascidos, elas receberiam o fim que mereciam de verdade.

— Vem, vamos embora — disse Rory. — A assembleia terminou. Melhor ir almoçar.

41

RORY

Rory pensou que estaria acostumada com os corpos àquela altura, mas eles só a faziam se lembrar de Ari.

Ari era cada um deles. Ari, que tinha comido os doces. Ari, que tinha sido decapitada. E agora Ari, que estava pendurada na torre, o cabelo como uma corda em volta do pescoço. E quando finalmente a tiraram de lá, o corpo caiu nas roseiras-bravas, e seus olhos foram arrancados pelos espinhos.

E quando a maldição alcançasse Rory e suas amigas, seria Ari mais uma vez, mesmo quando não estivessem mais lá para se lembrar dela.

As garotas se sentaram em silêncio para almoçar. As aulas haviam sido canceladas pelo resto do dia. Os professores ficaram de sobreaviso caso alguém quisesse conversar sobre a tragédia, mas ninguém parecia interessado na oferta. A escola tinha conseguido varrer as outras mortes para debaixo do tapete. Essa era só mais uma.

Mais um corpo, mais um rastro que deixavam para trás.

— O que vocês acham que acontece? — perguntou Rory de repente, e Nani piscou ao encará-la. — Com os corpos.

— Há... por quê? — perguntou Nani.

Mesmo com as aulas canceladas, Ella ainda não tinha voltado para casa, enrolando. Yuki tirou os olhos da comida para encarar Rory.

— Eles precisam manter os corpos aqui — disse Rory, tentando explicar sua linha de raciocínio, virando-se para as outras. — Certo?

Nani pareceu ponderar por um instante. Rory gostava de vê-la pensando, a concentração estampada em todo o rosto da garota, nos olhos castanhos e astutos, a suave ruga entre as sobrancelhas.

— Eles mantiveram o corpo de Ari — Ella começou a dizer, devagar. — Pelo menos até os pais dela a levarem para casa. Eles precisam colocar todos os corpos em algum lugar.

As três se viraram para Yuki, que estava olhando para a frente. Seus olhos pareciam distantes.

— Por que estão perguntando para mim?

— Porque você saberia — pontuou Nani.

Yuki hesitou.

— Eles não ficam aqui. Todos são transferidos para o necrotério da polícia.

Rory suspirou. Outra ideia que não levava a nada.

— Mas... — Yuki começou a dizer, parecendo se arrepender imediatamente. — Eles acabaram de encontrar Ivy. A polícia foi chamada, mas duvido que vão transferi-la antes de amanhã.

— Ótimo — disse Nani, encolhendo-se em seguida pela própria escolha de palavra. — Então o corpo dela está aqui, em algum lugar. Onde a colocariam?

— Nas masmorras, provavelmente.

— Você disse que lá estava alagado.

— Sim, a maior parte do espaço — disse Yuki, impaciente. — Mas me parece o lugar mais provável para deixá-lo. Mesmo assim, não sabemos como chegar lá embaixo.

— A porta na estufa — murmurou Ella.

Yuki a encarou.

— Que porta?

— Eu me esqueci disso — Ella falou mais alto, seus olhos cor-de-mel ficando frenéticos. — Está trancada, eu conferi, mas não faz sentido levar o corpo a qualquer outro lugar que não o subterrâneo do castelo.

As quatro se entreolharam. Rory não queria verbalizar seus sentimentos, mas elas sabiam que estavam ficando sem tempo. Cada novo corpo aumentava as chances de elas serem as próximas.

E Rory ainda não tinha se esquecido da carta que recebera da mãe.

— Deve ter outro jeito de entrar — disse Nani, olhando para Rory. — Acha mesmo que investigar os corpos é uma boa ideia?

Rory a encarou e, pela primeira vez naquele dia, abriu um sorriso sincero.

— E desde quando eu tenho boas ideias?

Elas entraram nas masmorras pela porta na estufa, exatamente como Ella sugerira. As quatro tinham parado diante da porta, esperando ansiosamente enquanto Yuki usava os dedos para congelar a maçaneta. A porta abriu para um lance de escadas que desaparecia na escuridão.

Rory desceu na frente. Os degraus eram grandes e quase fizeram seus músculos se contraírem, mas ela ignorou os protestos do corpo. Após a descida, a escada virava para a direita. Rory não se virou, mas podia ouvir a respiração das amigas atrás dela. A de Yuki era rápida e assertiva; a de Nani, profunda e lenta; e a de Ella, irregular por causa do exercício, assim como tudo em Ella. Rory também ouvia a própria respiração, atenta à forma como seus pulmões inspiravam um segundo depois de ela descer mais um degrau, esperando o momento em que iria sucumbir.

Ela descia cada passo cuidadosa e deliberadamente. Havia água do lago nos túneis, o que encharcou seus tênis e meias. Rory sabia que estava se arriscando — um passo em falso e cairia no chão, e não haveria remédio que desse jeito em uma queda tão feia.

As quatro andaram em silêncio, com as lanternas dos celulares acesas. O lugar tinha cheiro de mofo e velharia, sufocante como a adega do tio de Rory. A luz era fraca, mas suficiente para que vissem o caminho à frente. Elas continuaram andando e virando pelo corredor infinito, indo mais fundo. E lá estava a água, respingando na altura dos tornozelos.

— Onde nós *estamos*? — perguntou Nani, a voz perfurando a frieza. — Tem certeza de que há outra saída por aqui?

– Tem uma correnteza – disse Yuki, apontando para baixo. – A água está indo para algum lugar.

Rory não gostou do tom de Yuki, mas não disse nada. O caminho dava uma guinada para a direita, mas não havia porta alguma. Tudo que Rory sabia era que ainda estavam embaixo do castelo, mas não fazia ideia da profundeza. Sentia em seus ossos a forma como o vento atravessava as rochas antigas, a forma como elas desciam mais a cada virada, indo em direção ao coração da rocha.

A água já estava quase na altura dos joelhos. Rory não queria pensar no que tinha naquela água. Era a mesma do lago, e ela nunca mais conseguiu olhar para o lago sem se perguntar quantos fantasmas haviam sido deixados para trás. Quantas outras garotas tinham se afogado naquelas águas, exatamente como Ari.

De repente, seu pé escorregou um centímetro e ela parou, agarrando-se à parede. Atrás dela, Nani também parou, mas antes que pudesse alcançá-la, Rory já estava seguindo em frente. Ela não ia parar agora. Não precisava de ajuda.

– Dá pra fazer algo sobre isso? – Rory perguntou para Yuki, irritada com a água molhando suas calças, tentando afastar o medo da voz.

– A não ser que queira congelar até a morte, não – disparou Yuki.

Quando viraram mais uma vez, Yuki ultrapassou Rory e conduziu o grupo para a esquerda, em direção a uma porta. Ela parou por um segundo, depois colocou a mão na maçaneta. A madeira rangeu nas dobradiças, a água ao redor delas ficou fria como gelo e a porta se abriu.

Rory foi a primeira a entrar.

Não havia nenhum corpo, e ela não sabia se sentia alívio ou decepção.

A sala era uma câmara abobadada com o teto pintado em ouro. Ficava um nível acima da água, o que deixou Rory cheia de gratidão. Seus joelhos tremiam um pouco quando deu um passo à frente, e ela se preparou para a dor de se mover. Prateleiras se enfileiravam nas três paredes que compunham a sala. O lugar estava vazio, exceto pelas pequenas caixas empilhadas nas prateleiras, com círculos esmaltados dourados em cada uma delas.

Rory chegou mais perto e percebeu que não eram apenas caixas. Eram baús.

As garotas a seguiram para dentro da câmara, o chão de mármore embaixo delas estendendo-se em uma espiral preta e branca.

– O que é isso? – perguntou Ella, balançando a cabeça, maravilhada.

Os dedos de Rory acariciaram um dos baús. Era quente ao toque, o que a surpreendeu, considerando o quanto a sala estava fria e austera. O baú não tinha nenhuma gravura, nenhuma marca, mas havia um pequeno dispositivo que o mantinha fechado, semelhante a um cadeado.

Rory já tinha visto esse tipo de dispositivo antes. Algumas fechaduras do velho castelo de seus pais eram daquele jeito. Um dispositivo antigo, que precisava de um truque para ser aberto. Finalmente, era algo que Rory sabia fazer. Ela abriria aquilo e desvendaria o mistério.

A garota pegou o baú e as outras se viraram para ver o que ela estava fazendo. Os dedos deslizaram pela tranca, e então um clique ressoou pela sala subterrânea.

– Não... – disse Ella, o pavor preenchendo seu rosto pálido, mas era tarde demais.

Rory o abriu.

Dentro do baú havia um coração humano.

42

YUKI

Rory deixou o baú cair no chão de mármore, e o barulho ecoou pela sala. Por um momento, tudo congelou. Ninguém respirou, ninguém se mexeu, mas, enquanto observava o coração ali dentro, Yuki podia jurar que ele ainda batia. Fraco, distante, mas ainda ali, a pulsação de uma vida interrompida.

Então, por fim, o som e o movimento voltaram à sala. Ella estava de queixo caído, em choque, arfando e com as mãos sobre a boca. Rory deu dois pulos para trás, quase batendo contra a parede e deixando cair ainda mais baús.

— O que é isso? — perguntou Nani, ainda que todas soubessem a resposta.

Não era possível confundir com outra coisa. O coração era do tamanho do punho de Yuki e tinha o mesmo formato que elas haviam visto nos livros de anatomia, mas não estava coberto de sangue. Parecia quase cristalizado, como se uma fina teia de vidro o envolvesse.

Yuki se abaixou e pegou o baú. Parecia uma peça comum de madeira, com entalhes simples e o exterior polido e lustroso. O fecho estava pintado em ouro, mas não havia qualquer outro ornamento.

— O que você tá fazendo? — perguntou Rory, a voz saindo um pouco estrangulada. — Não toca nisso!

— Quem quer que venha aqui vai saber que está fora do lugar — respondeu Yuki. — Precisamos colocar de volta.

A voz estava calma, e ela sentia a mesma paz e tranquilidade da noite do baile, depois que o pior passara, depois que o corpo de Penelope estava em seus braços, imóvel. Aquele momento em que tudo mudara, mas também em que tudo pareceu certo. Um segundo que durou uma eternidade.

Porque agora Yuki compreendia o sentido daquela maldição.

Não servia para arruiná-las. Servia para dominá-las.

– Vocês acham... – A voz forte e rouca de Nani cortou o silêncio. – Acham que todos os baús têm corações?

Yuki fechou os olhos e conseguiu sentir o eco dentro das urnas fúnebres de madeira.

Ela não respondeu, e nem precisava.

Após deslizar o trinco para fechar, Yuki depositou o baú de volta no lugar. Houve um clique satisfatório quando o objeto se juntou aos seus semelhantes na parede. A garota passou as mãos pela prateleira, mas contar os baús não faria sentido; havia muitos deles, e Yuki sentia que a sala não servia apenas a esse propósito. Ela olhou para o estranho teto abobadado, depois para o centro da sala, onde o mármore preto e branco do chão formava um padrão de estrela.

Yuki se agachou e passou a mão no chão, sentindo sua magia transbordar. Teve uma sensação esmagadora de pertencimento, como se compreendesse que era por aquilo que sua magia vinha clamando todo aquele tempo.

A estrela no chão parecia girar sob seu toque. Então, o chão se abriu e surgiu um pedestal contendo mais um baú.

Aquele não era como as urnas nas prateleiras. A madeira era preta, e na tampa, em vez do trinco de ouro, havia um pequeno espelho.

Impulsivamente, Yuki esticou a mão para tocá-lo.

Em um momento ela estava ali na sala, e então, no momento seguinte, sua visão escureceu e ela se viu em outro lugar.

Havia alguém na entrada da floresta escura.

Uma casa no campo, uma garota irrompendo pela porta usando um simples vestido branco. As mangas cobriam seus pulsos, a saia era longa. Yuki não conseguia controlar seus movimentos, não conseguia desviar o olhar.

Quando a garota olhou para cima, Yuki soube quem era. Já vira essa versão de si mesma antes.

Um rosto redondo. Mais baixa do que ela, mas com uma presença mais marcante. Seios, panturrilhas, barriga, músculos. Os olhos não tinham o mesmo formato que os de Yuki; eles eram redondos e pareciam amoras, mas ainda eram do mesmo preto intenso. Tremendo, ela reconheceu a exata cor dos próprios lábios.

Assim que viu Yuki, a garota se virou.

— Branca — disse Yuki, sentindo sua boca abrir, ouvindo o som de sua voz, mas sem conseguir identificar o tom. Estava correndo na direção de Branca, com os braços esticados, mas não era ela mesma. Sua pele tinha um tom mais escuro. — Branca, espera!

Branca parou. Yuki não queria ver seu rosto, mas não conseguia olhar para outro lugar. Agora que não negava mais, era perturbador ver, com tanta clareza, uma versão de si mesma, viva daquela forma.

— Eu ia te contar — disse Yuki, suavemente, esticando o braço para tocar Branca, que recuou, furiosa. — Eu nunca...

— Eu não me importo! — gritou Branca. — Foi tudo uma mentira!

— Branca — Yuki repetiu, como se fosse a única palavra que conhecesse. — Branca, por favor. Você precisa vir comigo. Elas vão encontrar você.

— Nunca! — gritou Branca, recuando em direção à floresta. — Tudo que você toca definha e morre. É isso que você e sua magia fazem.

Yuki sentiu um soluço travar em sua garganta. Ela piorara as coisas. Fizera outra escolha terrível.

— Você nunca mais vai me ver — disse Branca, e correu.

Yuki tentou alcançá-la, mas havia apenas uma luz ofuscante. Ela sentiu a escuridão da magia fluir por seu corpo enquanto tentava chegar em Branca. Lanças enormes de gelo surgiram em volta da garota, aprisionando-a. Branca caiu na grama, apertando a barriga onde uma lança de gelo atravessara seu corpo.

Branca ergueu a cabeça, cuspindo sangue, e então começou a derreter...

A lembrança foi interrompida por Ella, que sacudia seus ombros. Yuki tinha certeza de que era uma lembrança. Talvez de antes dos ciclos começarem. Talvez de antes de elas serem condenadas àquele destino.

– Você está bem? – perguntou Ella, e Yuki se forçou a olhar para baixo, para suas mãos, que ainda pairavam sobre o baú.

Os olhos cor-de-mel de Ella estavam preocupados.

Yuki recolheu as mãos e o pedestal se retraiu de volta no chão, levando o baú preto consigo. Ao redor dela, centenas de corações. Centenas de lembranças aprisionadas. Centenas de garotas.

O ciclo já passara por todas elas. Era isso que tinha acontecido com os corpos.

– Não tem nada para nós aqui – disse Yuki, amarga.

Ela se ergueu do chão. Não se lembrava de ter ficado de joelhos, mas deve ter caído quando estava vivendo a memória. Ela alisou a saia, sentindo os dedos e a magia congelando dentro de si, a escuridão afundando enquanto tentava afastar a lembrança de Branca fugindo dela. Não compreendia nada daquilo.

– Tudo bem – disse Ella, gentilmente. – Ainda podemos encontrar outra coisa.

Uma parte de Yuki achava quase cansativo a forma como Ella ainda acreditava no melhor, a forma como pensava que tudo podia ser resolvido, apesar de as evidências provarem o contrário. Apesar de tudo que acontecera, apesar das mortes e do envolvimento delas na maldição, Ella ainda acreditava no *bem*.

Era o que Yuki sempre quis. Era o que Yuki nunca pôde ter.

Pela primeira vez, no entanto, ela não sentiu culpa por não ser boa o bastante, por não ser como Ella. Yuki fechou os olhos e sentiu o alívio por deixar tudo isso para lá. Não havia espaço para gentileza naquela cripta, onde o bem estava aprisionado. Não havia espaço para crença quando a crueldade ainda persistia.

Não havia espaço para o perdão na maldição de Grimrose.

– Deveríamos sair daqui – disse ela.

– A gente ainda não olhou tudo – falou Ella, baixinho. – Pode ter mais alguma coisa aqui embaixo…

– Você não entendeu? – explodiu Yuki, a voz saindo fria e cortante e ríspida, seu olhar resoluto. – Esse não é um lugar secreto onde vamos encontrar respostas. É uma sala de troféus.

Ella cambaleou para trás, assustada.

Quando Yuki olhou para as garotas, Ella não a encarou de volta. Parte dela sabia por que estava pressionando a amiga. Talvez, se Yuki a fizesse ir embora, então nunca chegaria a hora que Ella a deixaria por vontade própria. Se Yuki a forçasse, então seria *sua* escolha. Ela observou com satisfação as amigas encarando-a, encolhendo-se de medo.

Medo de sua verdadeira natureza.

Tudo que você toca definha e morre.

Aquela era só uma memória, mas Branca poderia facilmente estar falando com Yuki.

43
ELLA

Ella sonhou com corações a noite inteira. Não precisou olhar nos outros baús para saber que estavam lá. De alguma forma, no fundo de sua alma, ela sabia que todos os corações haviam pertencido às garotas que vieram antes delas. Garotas no ciclo da maldição, garotas que estiveram em seus lugares antes. Ella se perguntou quantas outras Eleanors ou Isabellas ou Ellens ou Elizabeths tinham vivido aquilo, e se em algum momento descobriram o que lhes estava destinado.

Ou se morreram ainda sonhando com a liberdade que nunca viria.

Ella acordou suando e, antes de sair para a escola, levantou a tábua do assoalho onde escondia suas coisas. O dinheiro que guardava para emergências, em notas de dez e cinco, que havia ganhado costurando para fora, cozinhando e com outros serviços prestados. A antiga coleção de botões de sua mãe, guardada em uma jarra enorme de vidro, junto com outras bugigangas que Ella havia colecionado durante os anos: recados de aniversário de Ari, o ingresso para a Torre Eiffel da viagem escolar de dois anos antes, coisas que ela tirava de lá quando precisava lembrar que sua vida era tolerável. Quando precisava lembrar que sua vida era mais do que o sótão e os hematomas que Sharon deixava em seu corpo. Um dia, eles também desapareceriam.

Quando chegou na escola na quinta-feira, o único dia em que as quatro tinham aula juntas, Ella encontrou Nani e Yuki em uma discussão acalorada. Rory estava de fora dessa; ela adorava puxar briga com estranhos, mas nunca com o próprio grupo.

— Você não pode negar — disse Nani, com a voz rouca. — Você sabe o que viu. Sabemos a qual história os corações pertencem.

Yuki não olhava para Nani. Estava sentada em sua carteira, imóvel, os olhos fixos na caneta que segurava.

— Sua acusação é infundada.

— Não adianta fingir que não é sua história — disse Nani.

Yuki apertou o botão da caneta de novo e de novo. A superfície do objeto estava coberta de gelo.

— Não estou fingindo nada.

— Uma caixa com um coração dentro? — perguntou Nani, impaciente.

Yuki travou a mandíbula.

— Você quer acusar minha madrasta de uma maldição que acabou com centenas de vidas antes mesmo de chegarmos aqui.

— É ela quem tem acesso à escola inteira — disse Nani. — Sei que você não quer imaginar isso, mas é hora de parar de pensar só em si mesma.

— Não é isso o que estou fazendo.

— Ah, não? Não é o que tem feito desde que matou Penelope, a única pessoa que podia ter nos dado respostas?

Rory olhou em volta, assim como Ella, preocupadas em serem ouvidas, mas nenhum dos outros alunos na sala parecia estar prestando atenção nos sussurros irritados de Nani.

— Penelope não teria nos dito nada — respondeu Yuki, finalmente virando-se para Nani, os olhos escuros como uma tempestade. — Ella estava em perigo.

— Isso não passa de uma desculpa — rebateu Nani, erguendo as sobrancelhas acima dos óculos. — Sabe o que encontrei nas coisas do meu pai? Os documentos de quando ele foi contratado para trabalhar na escola, tudo assinado pessoalmente pela *sua* madrasta.

– Você quer fazer acusações baseando-se no desenvolvimento da sua história? – perguntou Yuki, revirando os olhos. – O que vai dizer a seguir? Que está apaixonada por Reyna?

Rory olhou para o lado e balançou a cabeça, depois estreitou os olhos como se estivesse realmente considerando aquela possibilidade.

– Olha... – Rory começou a dizer, dando-se conta de que não era de tão mau gosto assim.

– Dá pra levar alguma coisa a sério uma vez na vida?! – exclamou Nani, dando uma cotovelada em Rory, com força.

Ella virou-se para Nani.

– Isso é verdade? Sobre os documentos?

Nani os tirou da bolsa e os empurrou na direção de Ella e Rory.

– Vejam vocês mesmas.

Ella os pegou e viu a assinatura de Reyna estampada no final. A mesma assinatura que tinha visto ao receber seu convite para Grimrose, em um elegante envelope vermelho selado com cera dourada.

– Ah sim, coitadinha da Nani, que é obrigada a morar em um castelo e a frequentar uma escola decente – disparou Yuki.

Nani se encolheu, o rosto ficando mais sério.

Ella e Nani tinham sido convidadas para estudar em Grimrose quando não tinham qualquer dinheiro ou contatos. Ainda assim, ali estavam ambas. Ella costumava achar que era por mérito, mas agora estava entendendo melhor.

– Nosso tempo está acabando – disse Nani, entredentes. – Você sequer se dá conta disso?

– Talvez se sairmos de Grimrose...

– A Ella não vai embora! – bradou Nani, espalmando a mão na mesa. – Você não entendeu ainda? A história da Cinderela termina com ela indo embora com o príncipe e fugindo de sua família fodida pra sempre. Ella vai sair da casa de Sharon no aniversário dela, no fim do mês. É aí que o conto termina. *Ela não tem tempo.*

O rosto de Yuki empalideceu e ela pestanejou, perplexa. Em seguida, virou-se para Ella com um olhar acusatório, traído até. Ella compreendia tudo, claro como o dia. A garota sentiu um caroço na garganta enquanto Yuki a encarava, um abismo estendendo-se entre as duas.

– Não importa – disse Ella, tentando manter a voz uniforme, sem encarar Yuki de volta. – Precisamos encontrar um jeito, de qualquer forma. Não é sobre mim.

Ella considerou falar para as amigas sobre o ciclo, sobre as outras garotas que vieram antes delas, repetindo os contos. Porém, ela sabia como a opressão funcionava, sabia como era extinguir as esperanças de alguém, e se falasse que elas provavelmente já tinham passado por aquilo, que o próprio coração delas havia sido guardado naquela cripta lá embaixo, então que esperança restaria para destruírem a maldição dessa vez?

Rory e Nani a encaravam, mas Ella não queria olhar para as amigas. Não queria ver a pena em seus olhos porque sabia que ela soava estúpida. Sabia que era julgada por querer acreditar.

Sua crença as ajudara a descobrir a maldição, e agora teria que ser o suficiente para quebrá-la.

44
RORY

Duas semanas antes do fim do semestre, Éveline apareceu. Rory estava olhando pela janela da sala de aula quando viu os carros se aproximando. Vinham em caravana, três carros pretos de uma vez, e quando a primeira pessoa saiu, ela reconheceu o cabelo loiro de Éveline.

Rory congelou no lugar, a boca seca. Não tinha respondido a carta, tinha desconsiderado. Claro que não fazia sentido ignorar. Eles iriam buscá-la.

Ela ergueu a mão e a professora pestanejou, surpresa com sua interação repentina em aula.

– Sim, srta. Derosiers?

– Poderia me dar licença para sair? – perguntou Rory. – Preciso ir ao banheiro.

A professora suspirou e assentiu.

Rory não foi para o banheiro ou para o quarto; seria fácil encontrá-la em qualquer um desses lugares. Em vez disso, ela se escondeu dentro do arsenal do salão de esgrima e ficou sentada lá. Não sabia quanto tempo havia passado, não tinha levado o celular para o caso de encontrarem um jeito de rastreá-la, até que finalmente, depois do que pareceram horas, alguém surgiu do outro lado da porta.

Rory espiou pelo buraco da fechadura e viu quem era.

Sem pensar muito, ela abriu a porta e agarrou Pippa pela cintura, puxando-a para dentro do armário e trancando a porta de novo. A garota soltou um gritinho, virando-se para encarar Rory no escuro.

— O que você está fazendo? — sibilou Pippa. — O castelo inteiro está atrás de você.

Antes que Pippa pudesse reclamar mais, Rory a beijou. Os lábios das duas se encontraram com a mesma voracidade de sempre, e Rory sentiu o peito doer, ardendo em todos os lugares que a pele de Pippa encostava na sua.

Ela interrompeu o beijo e continuou bem perto de Pippa, umedecendo os lábios com a língua, tentando se concentrar, ainda aproveitando o sabor da boca dela.

— Não posso sair. Eles vão me levar pra casa.

— Como assim? — questionou Pippa, imediatamente suavizando a voz para um murmúrio.

— Meu tio piorou — Rory falou baixinho, confessando um segredo. — Se ele morrer... meu pai será o próximo a subir ao trono. E eu serei a herdeira.

Pippa pestanejou, com a boca entreaberta, e então riu de nervoso.

— Isso é um novo nível de ridículo pra mim.

Rory revirou os olhos.

— Que bom que está se divertindo.

— O que você vai fazer?

— Não sei — admitiu Rory. — Eu só... não posso ir pra casa. Não posso.

— Talvez você devesse ir.

Rory a encarou.

— Não dá pra fugir pra sempre — sussurrou Pippa.

— Foi você quem disse pra eu parar de viver pela metade.

— É, eu disse. Mas essa é a vida real, Rory. Por mais que você queira, as coisas não vão mudar. — Pippa desviou o olhar. — Quer dizer, não era pra durar mesmo, né?

Não foi preciso gesticular para as duas para Rory entender o que Pippa quis dizer. Ela sentiu o coração apertado no peito.

— Então você quer que eu vá.

232

– Eu não sei que alternativa você tem – admitiu Pippa. – Não dá pra lutar contra o que você nasceu pra ser.

– Então você nunca nem acreditou que eu conseguiria – Rory a interrompeu. – Se não quer que a gente tente juntas, tudo bem.

– Rory, não foi isso que... – Pippa começou a falar, mas Rory já tinha aberto a porta do arsenal e saído correndo.

Pippa não compreendia. Não era só que Rory não podia lutar contra eles; ela também não podia deixar Grimrose, não enquanto ainda existisse a maldição. Ela precisava ficar com as amigas.

Mas tudo bem. Rory lidaria com isso sozinha, como sempre fez, porque não precisava que alguém apontasse seus erros. Não precisava que alguém a ajudasse, porque Rory não era fraca. Ela não precisava de ajuda.

Ela não precisava de Pippa.

Rory desviou dos alunos e professores em seu caminho e seguiu pelos cantos. Estava tão acostumada a não chamar atenção para si mesma em Grimrose que agia por instinto.

Ela conseguiu sair do castelo por uma das portas laterais do jardim. Não sabia por quanto tempo eles a procurariam, mas duvidava que Éveline fosse embora sem ela, nem que precisasse arrastá-la da escola.

Rory precisava encontrar as outras garotas – ou elas precisavam encontrá-la –, e quando fez uma curva no jardim, quase trombou com duas de suas professoras.

A sra. Blumstein e a srta. Lenz estavam do lado de fora, e Rory quase caiu para trás ao vê-las no arbusto de rosas-bravas. Os espinhos farfalharam e roçaram em seu uniforme. Ela sentiu sua pulsação nos ouvidos, bombeando o sangue enquanto os níveis de adrenalina subiam.

– Ah, aí está você, Aurore – disse a sra. Blumstein, calmamente.

Rory recuou.

– Vocês não podem me obrigar a voltar pra lá.

Nenhuma das professoras se aproximou, e Rory ficou tensa, imaginando se aquelas senhoras a segurariam. Porém, em vez de gritarem para avisar aos outros onde ela estava, as duas ficaram em silêncio.

233

– Claro que não – disse a sra. Blumstein, com serenidade. – Por que faríamos isso? Você não precisa ir para nenhum lugar que não queira.

Rory franziu o rosto.

– Éveline vai me levar de volta pra casa. É por isso que ela está me procurando. Não posso ir. Preciso ficar em Grimrose.

A sra. Blumstein se aproximou e pôs a mão sobre o ombro de Rory. A professora era mais forte do que parecia. Não havia nada de frágil nela, mesmo com as mãos cheia de rugas.

– Nós sabemos, querida. Você não precisa ir.

Foi naquele momento que Rory percebeu que estava tremendo. Seus medos percorriam seu corpo, aguçando os sentidos. Conseguia ouvir os gritos ao longe, mas ali, naquele canto do jardim, quase se sentia segura.

– Não sei o que fazer – Rory disse, por fim, as palavras escapando de sua boca antes que pudesse se segurar. – Eles não podem me obrigar a voltar. Não posso abandonar as outras.

– Sempre há uma alternativa – disse a sra. Blumstein, com gentileza, mas sua mão não soltou o ombro de Rory. – Se quiser escapar, se quiser que tudo isso acabe, não precisa fazer o que mandam. Pode escapar à sua maneira, assim eles não pegarão você.

Com um choque repentino, Rory compreendeu tudo.

A maldição, os livros, as garotas. Ela não sabia como os pedaços se juntavam, mas agora conseguia ver a verdade por inteiro.

Devagar, ela perguntou:

– O que quer dizer com isso?

– Você não precisa fazer o que não quer – a srta. Lenz reiterou. – Aurore, você sabe qual é o final da sua história.

Essa era a confirmação de que Rory precisava.

A mão da sra. Blumstein a apertou com mais força de repente, as unhas afundando no ombro de Rory. Ela precisava fugir, precisava contar às amigas.

– Vocês nunca vão colocar as mãos nos livros – disparou Rory. – Vamos quebrar nossa maldição.

– A maldição de *vocês*? – questionou a sra. Blumstein. – Ela nunca pertenceu a vocês.

234

Rory se debateu sob a mão da velha, mas não conseguiu se soltar. Os dedos dela eram como farpas em seu braço.

– Somos nós que morremos – disse Rory.

– Morrer é fácil. Qualquer um pode fazer isso – disse a srta. Lenz. Sua voz era calma e baixa, apesar daquela situação surreal. – Vocês sequer deveriam ter vivido. É o preço a se pagar até que o caminho seja corrigido.

Rory piscou, desesperada, sentindo os músculos se contorcerem sob a mão da sra. Blumstein. Não seria capaz de correr para dentro do castelo. Elas a pegariam, ou Éveline a encontraria, e então tudo estaria acabado. Precisava fugir pelos jardins. Porém, o espaço era aberto demais, amplo demais.

Era preciso cronometrar com precisão.

– Me solta. – Rory se debateu de novo, testando a força da mão em seu ombro.

– Sempre tão enérgica – disse a sra. Blumstein. – Prefiro suas outras versões. Ingênuas. Muito mais fáceis de lidar. Você nunca questionava minha autoridade.

Rory planejava pular o muro e encontrar Ella em Constanz quando as aulas acabassem. Precisava contar às amigas quem era o verdadeiro inimigo.

Contorcendo-se mais uma vez, ela se virou e acertou o joelho na virilha da sra. Blumstein, que soltou seu braço. Com um último chute, Rory estava livre. A srta. Lenz tentou agarrá-la, mas a garota já estava correndo, o plano confuso girando em sua mente enquanto disparava pelo caminho.

– Aurore! – alguém gritou ao fundo, mas Rory ignorou.

Não importava quem era. As professoras, Éveline, todos eram distrações.

Tudo que podia fazer era correr. Um arroubo repentino de força e adrenalina percorreu seu corpo enquanto ela atravessava o jardim rumo ao antigo pombal, na direção das montanhas. Ela atravessaria a floresta, subiria pelo muro leste e voltaria para a cidade. Subiu os degraus correndo, dois por vez. O caminho era íngreme, as pedras da escada estavam escorregadias devido à chuva da noite anterior. Ela não podia ser pega agora. Suas amigas dependiam dela.

235

Todos dependiam de Rory.

Rory esticou o pescoço para ver se estava sendo seguida, mas não havia ninguém em seu encalço. Ela chegou à floresta, o vento batendo em seu rosto, e forçou seu corpo à potência máxima, ignorando a dor que insistia em percorrê-lo. Podia fazer isso sozinha. Ela sobreviveria.

Quando se virou e olhou para cima, seu pé ficou preso em uma raiz da antiga trilha, fazendo-a perder o equilíbrio. Rory tentou segurar no galho de um arbusto ao redor, mas suas mãos foram espetadas pelos espinhos, que arranharam sua pele até sangrar.

Ela rolou para fora da trilha, colidindo contra as rochas. Suas costelas cederam ao impacto, e de repente ela estava escorregando, cambaleando, caindo...

Rory bateu a cabeça em uma pedra e não acordou.

45
NANI

A comoção no castelo era uma distração para todos. Éveline gritava ordens aos seguranças de Rory, tentando mobilizar uma busca pela escola. Nani presumiu que a amiga estivesse bem e só quisesse ganhar tempo para fugir, ou pelo menos negociar um acordo melhor. Rory ainda não podia ir para casa, não quando estavam tão perto.

Esse pensamento amargou na mente de Nani. A realidade é que elas não estavam perto de nada – isso era apenas algo no qual queria acreditar, que tinham progredido, mas não era verdade. Elas estavam no mesmo lugar de onde haviam começado, com dois livros em mãos e nenhuma ideia de como quebrar a maldição.

Nani acreditava que algumas pessoas naquela escola sabiam o que estava acontecendo, e tinha certeza de que uma delas era Reyna. Se a diretora não era culpada por tudo, deveria ter ao menos um dedo seu na maldição. E Nani ia descobrir exatamente a posição dela naquela história.

Então, quando a comoção se iniciou e metade do castelo passou a procurar por Rory, Nani subiu os degraus até a torre de Reyna. Era a torre mais alta do castelo, a mais distante, cujo acesso não era nada prático, e quando a garota chegou lá em cima, estava sem fôlego. Ela se inclinou contra a porta, perguntando-se como abri-la, e então a porta rangeu, abrindo-se sozinha. Nani endireitou os ombros e entrou.

Ela esperava algo mais dramático. Talvez uma masmorra, como aquela onde encontraram os corações, ou pelo menos alguma coisa que justificasse suas suspeitas. Em vez disso, Nani se viu em uma sala normal, quase entediante, com um espelho emoldurado na parede oposta, impossível de ignorar.

Ela não sabia quanto tempo tinha e não ouviria nada dali de cima. Manteve o celular no bolso, mas no modo silencioso. Rory estenderia a busca por quanto tempo precisasse, então Nani aproveitaria esse tempo ao máximo. Ela começou pela parte mais afastada do cômodo, procurando por esconderijos sob as tábuas do assoalho, abrindo armários e gavetas e vasculhando atenciosamente seus conteúdos. Parte dela queria encontrar uma pista óbvia do que acontecera com seu pai quando tudo, exceto seu coração, havia desistido de procurar.

Reyna devia saber de algo. Devia saber que estava usando o pai de Nani para atraí-la até a escola. A assinatura dela era prova disso.

A garota foi para o outro lado do cômodo, procurando pelas prateleiras. Havia uma fotografia emoldurada de Yuki novinha com Reyna. Yuki parecia séria como sempre, os olhos pretos voltados para a frente. Não havia nada entre as prateleiras, e as gavetas da mesa não estavam trancadas. Nada no lugar estava trancado ou dava qualquer indicação de que alguém queria esconder alguma coisa. Não tinha nada.

Nani suspirou, frustrada. Ela olhou para o pequeno rosto de Yuki na foto, a única coisa no quarto de Reyna que parecia ser pessoal. Quando levantou o porta-retratos, houve um clique e a prateleira de baixo se ergueu, revelando um compartimento secreto transbordando de arquivos.

Nani remexeu depressa neles, o coração acelerado. Não reconheceu a maioria dos nomes, até que ela viu...

O nome de seu pai. Uma carta.

Endereçada a Grimrose.

Ela ouviu um barulho do lado de fora, enfiou a carta no bolso para ler mais tarde e saiu correndo do cômodo, fechando a porta.

238

Não daria tempo de descer as escadas sem encontrar com Reyna, então ela ajeitou a saia do uniforme e tentou não parecer esbaforida quando se recostou na parede do lado de fora, parecendo o mais casual possível.

– Nani – disse Reyna ao vê-la, os saltos ecoando enquanto subia as escadas. – O que está fazendo aqui em cima?

Mesmo com tudo que estava acontecendo, não havia olheiras sob os olhos da diretora. Não havia qualquer marca de falta de sono em seu rosto em forma de coração, em sua pele perfeita. O cabelo descia pelos ombros em ondas marrom-escuras sedosas, e a maquiagem estava impecável. O colar vermelho brilhava em seu decote, e agora Nani sentia que já o tinha visto em algum lugar.

– Eu estava esperando Yuki – mentiu ela. – Achei que ela subiria pra te ver.

Reyna encarou a porta atrás da garota, agora fechada, e Nani não recuou um centímetro.

– Ela não me falou nada – disse Reyna. – Eu estava ocupada com a busca.

– Ah! – exclamou Nani, desejando ter dito algo mais inteligente. – Que busca?

Reyna franziu a testa, e Nani teve certeza de que acabara se entregando ao se fazer de sonsa. Quando a diretora abriu a porta, a luz do cômodo inundou o corredor, atingindo seu colar.

O cristal, de um vermelho-escuro, parecia quase vivo, como se pulsasse por baixo da casca fina.

Nani sabia onde tinha visto uma coisa igual. O coração no baú lá embaixo, nas masmorras.

Reyna encarou Nani outra vez, e a garota sentiu um pavor gélido subir pela coluna. Ela umedeceu os lábios, o coração palpitando no peito. Quase teve medo de que Reyna o escutasse.

– Você ainda não soube? – perguntou a diretora.

– Eu só ouvi gritos, achei que fosse algum jogo ou sei lá.

O rosto de Reyna cedeu por um instante, a máscara de neutralidade desaparecendo.

– Ninguém te contou?

Nani negou com a cabeça, mas estava com medo demais para mexer qualquer outra parte do corpo, com medo demais para perceber que o tom de Reyna sugeria algo muito, muito ruim.

– Todos estavam procurando por Rory – disse Reyna. – Ela caiu na escadaria do pombal. Sinto muito. Não sabemos quando ela vai acordar.

46

ELLA

Ella só recebeu a notícia na manhã seguinte. Rory estava em uma cama hospitalar numa ala separada da enfermaria do castelo. Os médicos a atenderam, cuidaram dos ossos quebrados e enfaixaram sua cabeça. Ela estava deitada, de olhos fechados, o peito subindo e descendo lentamente. Era a primeira vez na vida que Ella a via tão em paz, e isso parecia errado.

Ninguém sabia quando Rory ia acordar. Os médicos decidiram que era arriscado demais movê-la, e seus pais finalmente vieram vê-la enquanto a filha permanecia 24 horas sob os cuidados de Grimrose.

Na cama hospitalar, Rory parecia a princesa que realmente era. Estava usando uma camisola azul-claro, seu cabelo ruivo curto tinha sido lavado e penteado e todos os brincos e anéis, removidos.

Ella tinha parado para visitar a amiga no caminho de volta para casa. Passara o dia inteiro preocupada na escola, e agora que estava ali, não queria acreditar. A vez de Rory tinha chegado antes da sua, e agora a garota estava ali, dormindo, e ninguém sabia por quanto tempo. Nem se ela um dia acordaria.

— Como ela está? — uma voz perguntou, e Ella se virou para encarar Yuki.

Sentia o peso das pálpebras, e o choro que estava prendendo logo se transformou em lágrimas, que agora caíam quase que automaticamente, o desespero crescendo em seu peito.

– Estável – Ella conseguiu responder. – Foi o que a enfermeira disse. Não estão deixando a gente ficar por muito tempo.

Yuki assentiu, chegando perto do leito com cuidado. As cortinas tinham sido abertas para mostrar Rory adormecida, com as mãos cruzadas sobre o peito. Yuki tocou o braço da amiga.

– Ela está fria.

Ella assentiu, e houve um momento de silêncio.

As quatro haviam fracassado em tudo que se propuseram a fazer. Mais uma amiga perdida.

– Rory vai acordar – Ella disse baixinho, quase que para si mesma. – Isso ainda não acabou. Se conseguirmos quebrar a maldição...

– Não vamos conseguir – respondeu Yuki, calmamente, interrompendo Ella. – Eu deveria ter feito algo antes. Eu deveria ter...

– Yuki, você não sabia. Estamos de mãos atadas.

– Eu, não – rebateu a garota, com raiva, e Ella pôde sentir a fúria fervendo por baixo de sua pele de marfim.

Era a mesma escuridão familiar que tivera medo de reconhecer. Medo de que, se o fizesse, não conseguisse voltar atrás.

Agora, aquilo tinha emergido, à vista de todos.

Havia um vazio nos olhos de Yuki, o mesmo da noite no lago. Ella presenciara essa intensidade antes, mas agora estava vendo Yuki descartar todas as suas camadas, mudando tudo o que Ella estava tão acostumada a ver.

Porém, o que ela via antes não era Yuki de verdade. A amiga dissera isso, mas Ella fora ingênua demais, teimosa demais para realmente enxergar.

Acima de tudo, teve medo demais.

– Não salvamos ninguém – disse Yuki, sua voz fria como gelo. – E agora Rory se foi.

Ao ouvir essas palavras, Ella finalmente sentiu o peso sair de seus ombros. Vinha negando essa verdade porque queria salvar todo mundo, queria consertar tudo.

Contudo, ela jamais poderia consertar as coisas. Tinham começado errado, e Yuki matara Penelope, enfiara a faca no coração dela sem olhar para trás, e à medida que a escuridão se acumulava, Ella enxergava a verdade que não podia mais negar: aquela havia sido uma escolha deliberada.

Yuki estivera sob os holofotes aquele tempo todo, mas Ella se recusara a vê-la.

– Você está certa – sussurrou Ella, e então também abriu mão de suas desculpas, expondo seus medos, encarando Yuki. – Eu tentei. Tentei te salvar, mas não posso fazer isso. Não sou eu quem vai conseguir fazer isso. Eu fecho os olhos e vejo o sangue que lavei, o corpo que empurrei, e não consigo mais ignorar. Tenho tentado ignorar porque achei que seria a melhor saída, mas não posso continuar assim.

Yuki piscou, e Ella viu que a amiga estava prendendo o choro. Yuki engoliu em seco, afastando-se de Ella, e Ella viu o rosto da amiga mudar outra vez, uma segunda emoção se firmando ali.

– Isso é verdade – a garota respondeu. – Você não pode mesmo. E talvez Liron estivesse certa desde o começo.

Ella não conseguiu se mexer, seu coração parecia estar na garganta.

– O que quer dizer com isso?

– Você já tinha saído – disse Yuki –, mas eu fiquei e ouvi a verdadeira história. Quer saber como ela sobreviveu?

Ella não respondeu, mas sabia que Yuki não ia parar até que a verdade fosse derramada, até que todas as verdades estivessem estilhaçadas e não houvesse mais nada entre as duas.

– Liron matou a própria família – continuou Yuki. – Foi assim que ela sobreviveu, matando todos antes que eles a deixassem morrer. Ela agarrou seu final da única forma que conseguia. Sem considerar os outros. Sem misericórdia.

Ella sentiu a garganta fechar, o lábio inferior tremer. Liron tinha matado suas onze irmãs, seu pai, todos ao seu redor, para conseguir sobreviver. Era a única forma de continuar viva.

O aperto no peito de Ella aumentou.

Yuki não a encarou.

– Talvez, se eu tivesse sido corajosa o bastante... eu também poderia ter feito isso.

243

Ella olhou para Rory, que dormia tranquilamente, sem saber que tudo estava desmoronando. Em seguida, encarou Yuki, que estava tão linda e etérea como sempre. Yuki, a quem amava mais do que ousara amar qualquer coisa. Yuki, sua melhor amiga.

Yuki, o amor da vida de Ella.

– Se acha que é assim que vai sobreviver... – A voz de Ella não passava de um sussurro. – Se acha que consegue sobreviver assim, então não vou te impedir.

Ella observou enquanto a insinuação atingia Yuki, que deu um passo para trás. *Me mate*, pensou Ella. Não precisava dizer isso em voz alta para que as duas entendessem. Ella era o elo mais fraco. Ella era um peso para Yuki.

E talvez elas não precisassem de salvação. Talvez precisassem de destruição.

Yuki fechou os punhos, que emanavam gelo, e a sala de repente ficou mais fria.

– Se acha que é isso que precisa fazer – continuou Ella, tentando não se engasgar com as palavras –, então pegue essa saída, Yuki. Ficarei parada aqui, com prazer.

Yuki matara por Ella, e se Ella tivesse que morrer para salvar pelo menos uma de suas amigas, não hesitaria em se sacrificar. Talvez não pudesse salvar Yuki de cometer erros. Talvez estivesse olhando para aquele mistério da forma errada. Talvez não tivesse nenhuma forma de esse amor sobreviver sem acabar destruindo as duas.

No entanto, se precisasse escolher entre as duas, se só restasse isso a ser feito, Ella escolheria Yuki.

Ella sempre escolhera Yuki.

Yuki se afastou, ainda com as mãos fechadas em punhos, os olhos arregalados. Tudo estava errado e de cabeça para baixo. Depois de um instante que pareceu uma eternidade, ela passou pela porta sem olhar para trás.

Quando a amiga saiu, Ella finalmente se permitiu chorar.

47
RORY

48

YUKI

Yuki correu para longe da enfermaria como uma nevasca. A prontidão de Ella para se sacrificar estava gravada em sua mente, a ideia de que, durante todo aquele tempo, Ella estivera tentando salvá-la. Enquanto isso, Yuki caíra mais profundamente dentro de si, permitindo que toda sua escuridão viesse à tona. Não tinha mais como se esconder, porque ninguém podia salvá-la de si mesma.

Ela escondera por muito tempo o que queria, e Penelope fora a primeira a ver isso de verdade. Penelope havia visto sua vingança violenta, seu desejo de causar estrago. Se Yuki quisesse, poderia partir o castelo em dois. Se tentasse, poderia despedaçar o mundo inteiro.

Só que isso ainda não as salvaria.

Ella estava pronta para morrer por Yuki, Rory tinha partido, e Yuki nem sabia onde Nani estava. Talvez ela tivesse escapado. Talvez tivesse fugido e deixado tudo para trás. Talvez Nani pudesse se salvar, o que era bom, porque Yuki não salvaria ninguém. Ela fora criada para destruir.

Tudo que você toca definha e morre.

Branca sabia disso, havia falado em voz alta, apavorada sob o olhar de Yuki. Ela não era nenhuma princesa de contos de fadas cheia de gentileza e coragem no coração. Yuki tinha garras e espinhos e gelo. Ela era o desejo ardente chegando para levar todos para suas sepulturas.

Ella morreria por Yuki de bom grado, mas Yuki jamais permitiria isso.

Nem que fosse a última coisa que fizesse, ela consertaria aquilo.

Ela tinha a magia, tinha os espelhos. Vira as lembranças uma vez, mas precisava saber mais. Precisava saber tudo, precisava saber a verdade por trás da maldição, a verdade que fora escondida. A maldição era sombria, então era hora de parar de combater a escuridão com a luz.

Era hora de Yuki se libertar de uma vez por todas.

Ela não precisava da magia para fazer escolhas. Já usara uma faca antes, e o faria de novo. Se o final precisasse ser reivindicado, ela o faria. Destruiria tudo em seu caminho.

Yuki faria a maldição *pagar* pelo que causara a elas.

Ela desceu as escadas quase correndo. A passagem para as masmorras de Grimrose parecia familiar e convidativa enquanto caminhava, a água congelando sob seus pés a cada passo. Ela não precisava de luz para traçar seu caminho; sabia exatamente aonde estava indo. Quando viu a porta, Yuki lançou uma bola de magia e a abriu bruscamente, quebrando-a ao meio com sua raiva.

Ela olhou para os baús nas prateleiras, sentindo a pulsação fraca das vidas que foram tomadas desde o começo. Agora não importava a quem pertenciam aqueles corações, suas vidas passadas, suas sentenças passadas.

Isso não mudava as coisas. Não mudava o fato de que aquelas garotas sempre sofreriam.

Yuki bateu a mão com força no chão, sentindo a magia explodir por todo o seu corpo, encobrindo-a com o frio. O chão se abriu outra vez e a urna preta se ergueu do esconderijo, parada no centro da sala.

Quando olhou para o espelho no topo do baú, Yuki não viu a si mesma. Ela viu Branca no momento de sua morte, cuspindo sangue pela boca, os cachos negros ao vento, a pele derretendo. Não houve nenhum tranco quando pegou o espelho, e ela se perguntou se teria se enganado, se seu instinto a fizera pegar o caminho errado. Não existia um mecanismo para abrir a urna preta, mas Yuki

247

não se desencorajou. Ela mordeu o próprio dedão o mais forte que conseguiu, focando em sua magia, e passou o sangue sobre a urna.

Houve um clique, e a tampa cedeu.

A urna preta estava aberta, mas nenhuma lembrança veio até Yuki. Lá dentro havia outro coração. Vendo-o agora, era inconfundível – tinha o mesmo formato, o mesmo tamanho, o mesmo brilho cristalino em volta, como um escudo para preservar o que se guardava ali. Ela o tocou, mas não sentiu as lembranças.

Yuki não podia estar errada sobre isso. Tivera um pressentimento.

Ela o encarou, lembrando-se do conselho de Liron.

Devore seu coração.

Yuki segurou o coração, e então deu uma mordida.

A parte externa brilhante era como uma casca, mas por baixo a carne estava fresca. Ela sentiu ânsia quando o líquido vermelho desceu por sua garganta, escorrendo pelo canto da boca aberta. Podia sentir o coração pulsando nas mãos, mas fechou os olhos e ignorou aquela sensação errada, mordendo as fibras saborosas, dissolvendo os músculos com a língua, ingerindo.

Depois de engolir a primeira mordida, ficou mais fácil. Yuki abocanhou uma vez, depois outra, o gosto metálico do sangue preenchendo a boca. Sentia sua magia brotando por dentro, voltando ao seu lugar de direito, reagindo à sua escuridão e à escuridão de gerações que haviam vivido a tragédia. Ela devorou o próprio coração e o engoliu inteiro, e então se lembrou de tudo.

PARTE II

UM BEIJO DE AMOR VERDADEIRO

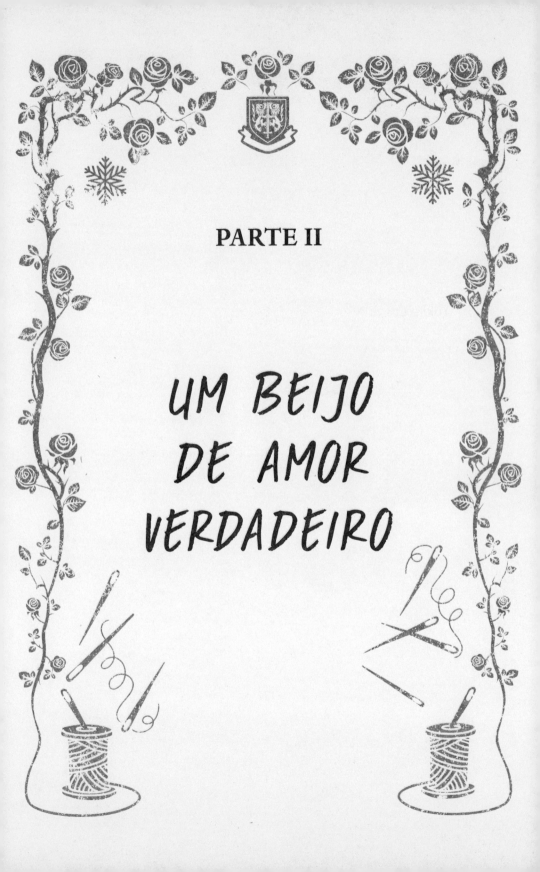

49
ELLA

Ella ainda estava no mesmo lugar, sentada na beirada da cama de Rory, com as lágrimas escorrendo, quando Nani entrou na enfermaria.

— O que aconteceu? — perguntou a garota, sua voz falhando.

Ella levantou o olhar e balançou a cabeça. Nani correu até ela e a enlaçou com o braço.

— Cadê a Yuki? — Nani quis saber, e Ella fungou ainda mais.

— Não sei. Ela veio aqui e nós brigamos. Acho que ela vai fazer alguma coisa idiota.

— Yuki? Alguma coisa idiota? — perguntou Nani, irônica, e Ella riu baixinho, o som escapando de seus lábios antes que pudesse evitar.

Ella secou as lágrimas dos olhos e respirou fundo para encher os pulmões de ar, tentando se controlar de novo. Estranhamente, o apito no monitor de Rory ajudava; eram estáveis e constantes, e Ella contou doze apitos antes de se virar para Nani outra vez.

— Liron mentiu — disse Ella, baixinho. — Ela escapou da maldição porque matou as irmãs primeiro.

Nani piscou, as sobrancelhas franzidas juntando-se na testa.

— Isso explica muita coisa.

— Como a gente não percebeu isso? — murmurou Ella. — Como eu achei que podia quebrar a maldição?

Nani agarrou a mão da amiga.

— Para. Ainda não acabou.

— Rory está em coma! — gritou Ella, e então respirou fundo de novo, tentando acalmar toda sua raiva e frustração. Pela primeira vez, não teve vontade de recuar ou sentiu que estava sendo injusta. Isso *não era* justo. Não era nada justo. — Achei que eu seria a primeira a partir, mas agora Rory está assim.

— E agora precisamos quebrar a maldição por ela — disse Nani, simplesmente.

— E se entendemos tudo errado? — perguntou Ella. — E se não tiver outra saída?

Nani a encarou, e Ella teve certeza de que estava sendo lida como um livro aberto. Nani era inteligente. Era mais inteligente do que todas juntas, e ela só precisou de um momento para analisar e perceber o que era importante.

— Não é seu trabalho salvá-la — disse Nani, e Ella sabia que não estavam falando de Liron ou Rory. — Você fez o que pôde.

— Ela é minha melhor amiga.

— É — concordou Nani. — Ainda assim, não é seu trabalho.

Ella fungou de novo, sentindo a mandíbula travar, o coração bater forte contra as costelas como se quisesse ganhar asas e voar para longe, como se quisesse escapar daquela sensação claustrofóbica, como se as paredes de Grimrose estivessem se fechando à sua volta.

— Yuki vai fazer o que pode também — disse Nani. — Talvez não seja a coisa certa, mas ela... ela está tentando.

— E se ela cometer outro erro?

A faca no corpo de Penelope. A mão de Yuki manchada de sangue. Aquela escuridão consumidora, sempre à espreita, sempre por um triz de partir o mundo ao meio.

Nani não tinha respostas para isso. Ella ainda conseguia ver Yuki saindo tempestuosamente do quarto, o cabelo preto esvoaçando pela escada, os olhos frios e duros como gelo. Parecia preparada para fazer o que fosse preciso, e Ella não sabia sequer o que aquilo significava.

Ella segurou a mão de Rory, mais pálida que a sua, e a apertou com força. A respiração da amiga não se alterou.

Por um momento, pareceu que Nani ia dizer algo, mas então ela fechou a boca, com os olhos fixos na porta da enfermaria. Ella levantou a cabeça e viu Frederick parado ali. As duas trocaram olhares e Nani parou de maneira protetora na frente de Ella.

Ella colocou a mão sobre o ombro da amiga e o apertou levemente, mostrando que estava tudo bem, e Nani deu um passo para o lado.

– Vou voltar para o quarto – disse Nani. – Me manda mensagem se precisar de alguma coisa.

Ela foi até a porta, mas antes lançou um olhar firme para Frederick, com as mãos nos bolsos, e saiu sem olhar para trás.

Frederick se aproximou cautelosamente de Ella, parando do lado oposto da cama de Rory. Ele encarou a garota adormecida com um olhar triste, depois virou-se para Ella e disse:

– Sinto muito.

– Não é sua culpa – Ella respondeu no automático. Estava cansada. Haveria consequências quando chegasse em casa, enfrentaria a fúria de Sharon, mas tudo aquilo parecia distante. Não podia sair do lado de Rory, não podia deixar a amiga ali. – O que você está fazendo aqui?

– Vim ver como você estava – ele respondeu, e Ella ergueu a cabeça. – Desculpa se eu disse alguma coisa. Eu não queria…

– Não é você – respondeu Ella, sua voz falhando. – Claro que não é você.

Freddie não se aproximou, apenas permaneceu parado ao lado da cama. Ella também não se mexeu, ainda segurando a mão de Rory, ainda tentando deixá-la ciente de alguma coisa, qualquer coisa, para que soubesse que ela estaria ali, não importava o que acontecesse.

Ella encarou os olhos castanhos de Freddie, tentando encontrar palavras para explicar o inexplicável. O que tornava tudo pior era que havia tantas outras coisas que ela queria contar para ele primeiro – sobre a maldição, sobre o ciclo que se repetia. Não tinha nada que ela quisesse mais do que encontrar uma explicação para o seu sofrimento.

Contudo, o motivo não precisava ser sobrenatural. Às vezes as coisas eram diretas.

– É a Sharon – disse Ella, simplesmente.

As sobrancelhas de Freddie caíram, seus ombros se curvaram.

– Por que não me contou?

– Porque não queria que se preocupasse.

– Ella, eu me preocupo de qualquer forma – disse ele, baixinho. – Eu te vi pulando os muros de casa. Vi seu pânico por não chegar em casa na hora. Eu só não sabia que a situação era grave assim.

Freddie estava inquieto no lugar, querendo se aproximar, querendo tocá-la, mas Ella não podia se afastar da cama de Rory.

– Não dá para continuar assim – disse ele. – Deve ter algo...

– Não tem nada que eu possa fazer – Ella o interrompeu. – Até eu completar 18 anos, Sharon controla todo o dinheiro que meu pai deixou para mim. Até o meu aniversário, tudo que tenho é dela. Não posso fazer nada.

– Você não pode viver assim – insistiu ele, uma frase que não fazia sentido para Ella, porque era exatamente daquele jeito que ela vinha vivendo. Tinha aprendido a sobreviver, a ficar quieta e fazer o serviço, a operar com cuidado, no limiar do temperamento de Sharon.

Ella tinha aprendido como viver assim, como encontrar coisas boas em meio ao desalento.

– Eu sei como lidar – ela falou, simplesmente.

– E se ela fizer algo pior?

– Ela não vai – respondeu a garota. Já tinha discutido o assunto várias vezes consigo mesma, durante anos. – Sharon não vai colocar em risco a parte dela da herança.

Freddie a encarou por um longo momento.

– Deve ter outro jeito. Eu posso... te levar embora. É só falar, e nós partimos. Eu te levo pra onde você quiser.

A oferta pairou no ar por um momento. Fugir. Fugir com Freddie. Ser cuidada por ele. Depender de outra pessoa para tratar suas feridas, porque não dava conta sozinha.

– E depois? – perguntou Ella, sabendo onde terminaria.

– Eu não sei – respondeu Freddie. – A gente pode dar um jeito, porque mesmo quando seu aniversário chegar, o processo não vai ser indolor.

– Acha mesmo que não sei disso? – disparou Ella, deixando sua raiva vencer.

Ela estivera presente quando os hematomas surgiram. Estivera presente quando a dor a atingiu. Estivera presente durante toda sua vida.

– Claro que não – respondeu Freddie. – Só acho que você não considerou o quanto isso está te custando.

As palavras a atingiram com uma pontada, rompendo o único lugar que Ella mantivera trancado. Não queria que doesse como doía. Ela sempre havia aguentado. Que direito tinha de não aguentar? Existiam pessoas em situações piores. Existiam pessoas que nunca sequer tiveram escolha.

Ella piscou para afastar as lágrimas, e Freddie se apressou em ir para o seu lado da cama, envolvendo-a pela cintura em um apoio silencioso. Ela se recostou nele, fechando os olhos e inalando seu aroma.

– Não é sua culpa – Freddie disse baixinho, apertando-a com força e beijando o topo de sua cabeça.

Ella queria viver em um mundo onde fugir com ele fosse uma escolha que pudesse fazer. Uma escolha que soubesse *como* fazer. Queria deixar tudo para trás, ser egoísta pela primeira vez, aceitar o que merecia.

Porém, esse também não era seu final de verdade. Ela não podia abandonar ninguém.

Ella consertaria as coisas porque era isso que sempre fazia. Porque cuidava das amigas, não importava o que acontecesse. E cuidaria delas agora não porque era boa ou gentil ou qualquer outro adjetivo que fora atribuído a ela a vida inteira. Na verdade, sempre havia sido o contrário: Ella não amava as amigas por ser boa; amar as amigas a *tornava* boa. Por elas, valia a pena lutar.

Por elas, valia a pena ficar.

Ninguém ia querer que a fé dela fraquejasse. Não podia se dar a esse luxo. Ella precisava acreditar mesmo quando nenhuma das outras acreditasse. Mesmo que fosse a última garota a sobreviver.

Ela apertou a mão de Rory de novo e, dessa vez, podia jurar ter sentido um suave aperto em resposta.

50

YUKI

Yuki fora tão ingênua. Ela quase conseguia rir da própria estupidez, o som escapando da garganta antes que quisesse mesmo liberá-lo. Foi gutural, inacabado, o som da própria alma se partindo em duas. Ela sabia de quem era a culpa.

Yuki subiu as escadas a passos firmes, a magia agitando-se ao seu redor. Quando passou por um espelho, demorou um momento para perceber que não estava vendo outra versão de si mesma no reflexo. Seu cabelo caía como cortinas escuras, a boca tinha respingos de sangue. O rosto pálido carregava círculos escuros ao redor dos olhos. Sua imagem era perturbadora, mas ainda linda.

Ela subiu as escadas mais depressa e invadiu a sala da madrasta.

Reyna se sobressaltou quando Yuki entrou. Parecia quase amedrontada ao encará-la, os olhos castanhos arregalados, e tudo que Yuki pensou foi: *ótimo*.

– Por quanto tempo achou que conseguiria manter isso? – perguntou a garota, sua voz uniforme.

Suas entranhas se retorciam de forma surpreendente, mas ela se sentia mais próxima de quem realmente era depois de comer o coração.

Ela enxergara a verdade.

– O que você está fazendo? – perguntou Reyna, piscando e recobrando a compostura. – Yuki, o que você...

– Achou mesmo que eu não descobriria? – Yuki a interrompeu, e a mão de Reyna voou para o colar de rubi em seu pescoço, o vermelho do pingente ecoando o que, agora, pulsava no estômago de Yuki.

– Não sei do que está falando.

– Não minta para mim! – berrou Yuki, e estilhaços de gelo apareceram em suas mãos, com pontas afiadas. – Eu vi as lembranças!

Yuki vira todas as memórias de suas versões anteriores; a magia as nutria dentro dela. Em cada versão passada, em cada cena da própria morte, havia a mesma pessoa, de novo e de novo.

Ela sempre achou estranho que Reyna não tivesse envelhecido um dia sequer desde que se conheceram. Pensou estar imaginando coisas. Só que Reyna de fato não envelhecera um único dia nos últimos trezentos anos.

A madrasta esticou o braço até Yuki, que ergueu uma barreira de gelo entre as duas. Parecia frágil e bela, mas não era um escudo; a barreira se estilhaçou assim que Reyna a tocou. Yuki sentiu lágrimas arderem em seus olhos, e então a raiva aumentou de novo; ela não deixaria nada se meter em seu caminho.

Ela mataria Reyna e acabaria com a maldição.

Inúmeras garotas. Inúmeras lembranças. Cada existência, cada *vida*.

A magia envolveu Yuki como um punho, e cada partícula de ar ao seu redor se transformou em uma adaga afiada, refletindo seu rosto e a sala. Ela as lançou na direção de Reyna, que gritou e correu para se proteger atrás da mesa. Yuki retorceu os dedos outra vez, agitando mais adagas como se os cristais afiados fizessem parte dela.

As adagas se chocaram contra o espelho de Reyna, quebrando-o em um milhão de cacos. A garota correu atrás da madrasta, que estava agachada, e enviou uma onda de gelo para derrubá-la. O grito de Reyna preencheu o cômodo mais uma vez, mas Yuki mal pôde ouvi-la. Ela agora conhecia a saída, e não ia hesitar.

– Yuki, por favor, me escute…

A garota lançou uma rajada de neve e vento na direção da madrasta. Reyna foi jogada contra a parede, e seu colar caiu no chão. Yuki o pegou, sentindo a pulsação ecoando na sua. Antes que Reyna pudesse reagir, ela fechou os punhos, deixando a magia fluir. Uma camada de gelo cobriu suas mãos e se estendeu até a parede, aprisionando a madrasta. Ela encarou Yuki com olhos arregalados e amedrontados, e o coração da garota ecoava *ótimo, ótimo, ótimo.*

– Não há para onde fugir – disse Yuki, sua voz monótona.

Ela pegou um caco do espelho e o apertou com força; mesmo assim, sua pele não se cortou. Talvez a magia sempre tivesse feito parte dela, talvez a magia não a permitisse se quebrar ou se destruir; ela apenas a queimava de dentro para fora. Yuki ergueu a parte afiada do caco como uma adaga, apontando-o na direção do coração de Reyna, e então a golpeou.

Uma barreira de proteção fez Yuki ser arremessada para trás. Ela caiu no chão, sentindo o gosto metálico de sangue. Ainda sentia as fibras do coração em sua boca, a carne ameaçando retornar.

– O que é isso? – grunhiu Yuki, levantando as mãos em punhos enquanto a magia crescia ao seu redor.

Ela sentiu a barreira invisível e tentou ultrapassá-la, dessa vez tocando-a delicadamente até quase alcançar o rosto de Reyna.

Só que ela não conseguia. Havia uma parede mantendo-as separadas, assim como acontecera com Rory e o anel.

Yuki jogou sua magia contra a barreira, gritando de novo e de novo, arremessando gelo e neve até seus braços ficarem cansados, grunhindo de frustração. Ela caiu no chão, em meio ao gelo e aos cacos do espelho, e encarou a madrasta, que estava em silêncio, ainda parada no mesmo lugar. Contudo, agora, em vez de confusão e mágoa, havia apenas tristeza no olhar de Reyna.

– Isso também faz parte da maldição – Yuki finalmente disse, ofegante, sentando-se com as pernas cruzadas no chão. A raiva estava controlada, mas a fúria ardia por baixo da superfície. – Não é?

Os ombros de Reyna caíram.

– Então você sabe.

– Encontrei sua cripta – disse Yuki. – Todos aqueles corações. E eu encontrei o meu.

Reyna pestanejou, parecendo surpresa, mas não se moveu. O gelo ao redor dela começara a derreter, mas Yuki percebeu que ela não estava tentando usar magia. Ela não estava tentando escapar. Estava quieta, observando atentamente o rosto de Yuki.

– O quanto você sabe?

– Eu vi você lançar a maldição – respondeu Yuki. – Foi você quem matou todas nós, tantos anos atrás. É tudo sua culpa.

Reyna fechou os olhos, suspirando, e se apoiou na parede.

– Sim, é minha culpa. Mas não fui eu.

– Eu vi você – repetiu Yuki. – Eu vi quando você matou Branca com sua magia, eu vi quando você lançou a maldição.

– Existe mais de uma maldição em curso – disse Reyna, encarando Yuki. – Queriam que eu pagasse pelo que fiz, então devolvi na mesma moeda. Agora, estamos presas nesse ciclo.

– Quem? – perguntou Yuki. – De quem você está falando?

Reyna abriu a boca, mas não saiu nenhum som. Yuki sentiu a magia mudar ao redor delas, como se o próprio ar estivesse apagando a voz de Reyna. Ela nunca sentira uma magia em ação, exceto a dos livros e a sua própria, mas lá estava de novo.

– Não consigo. – A voz de Reyna saiu baixa, derrotada.

A madrasta caiu no chão, e embora Yuki não quisesse sentir pena, sua fúria estava diminuindo.

Ela estava cansada. Queria dormir e não acordar por um bom tempo. Queria parar de brigar com todo mundo. Não sabia mais contra quem estava brigando.

– Eu sacrifiquei minha magia – disse Reyna. – Como pagamento.

– Pagamento pelo quê?

– Pelo que mais? – disse Reyna. – A maldição, é claro. Ela não é de vocês.

– Mas nós morremos!

– Sim, mas nunca é você quem sai mais machucada. Quando você morre, sou eu que fico sozinha. Sou eu que preciso ver você morrer, de novo e de novo.

Yuki olhou fixamente para a madrasta. A única pessoa que sempre estivera ali, a única que sempre cuidara dela, a única com quem ela se parecia tanto que chegava até a doer. Havia um motivo para Reyna estar em todas as lembranças.

260

Reyna sempre esteve com ela.

– Sou eu a garota amaldiçoada, Yuki – disse Reyna. – Não você. Nunca foi você.

Yuki sentiu seu coração se acalmar, seus ombros relaxarem, como se soubesse que aquela verdade estava por vir havia muito tempo. Ela estava tão perto de respostas.

– Eu quebrei as regras – Reyna continuou, encarando a garota. – A magia é uma coisa antiga. Você não sabe com o que está lidando. – Ela olhou para o gelo que cercava Yuki e então meneou a cabeça, deixando um sorriso escapar. – Ou talvez você seja a única que sabe de verdade. Durante todos os anos que vivi, nunca vi algo assim antes.

Durante todos os anos que ela viveu. Porque a maldição era antiga, talvez tivesse duzentos, trezentos anos, e Reyna ainda estava de pé, sendo afetada.

– Por que você foi amaldiçoada? – perguntou Yuki, protegendo seu coração, tentando não ceder a um momento de fraqueza.

– Porque eu queria alguém que me amasse – disse Reyna. – Porque eu queria alguém que eu pudesse amar. Porque eu li as histórias antigas, os contos de fadas antigos, e mexi com algo que não deveria.

– Para de falar em enigmas! – gritou Yuki, e o cômodo explodiu em neve de novo. – Já cansei! Quero saber a verdade!

Reyna a encarou com lágrimas nos olhos.

– Eu… Eu não posso. – Ela abriu a boca de novo e o som parecia um engasgo, sua voz sendo extinguida. – Eu brinquei com magia proibida. Criei algo. E agora estou pagando o preço. Agora eu vejo você morrer. É só isso o que faço, Yuki. Eu vivo e você morre, e o ciclo se repete, até que eu aprenda minha lição. Até que eu aprenda que você nunca deveria ter nascido, para começar.

– E as outras? – perguntou Yuki, sua mente confusa com as palavras da madrasta. – E as outras garotas?

– Elas são apenas consequências – respondeu Reyna. – Eu interferi nas histórias através do livro de contos de fadas. – Ela parecia querer dizer mais. No entanto, sua voz foi suprimida. – A maldição é muito poderosa. Eu não pude destruí-la.

261

Por isso Reyna não tinha quebrado a maldição. Ela não podia, não sozinha.

As garotas não eram nada além de consequências passageiras. Elas estavam no livro, mas Reyna não as trouxera de lá. Elas apenas seguiam os padrões, renascendo nos mesmos ciclos.

Yuki se levantou, tentando ordenar a raiva e a escuridão que tinham voltado com toda a força, remoendo seu coração e alimentando sua fúria, mas ela não queria deixar pra lá. Ela queria encontrar uma saída.

– Se eu te matar, a maldição termina.

Reyna não respondeu. Isso também era verdade.

Yuki pegou outro pedaço de espelho e o apertou com força, pronta para engolir seu coração, pronta para enterrá-lo bem fundo de novo, onde ninguém o encontraria. Ela foi até Reyna, cada passo mais determinado, cada movimento da respiração firmando seu corpo.

Ela parou com a mão no alto.

Reyna a encarava, e Yuki viu a mesma coisa que vira nos olhos de Ella. O mesmo consentimento. A mesma prontidão para morrer.

As pernas de Yuki tremeram e ela caiu de joelhos. Finalmente, depois de tanto tempo, ela começou a chorar.

– Não consigo – sussurrou ela. – Não consigo fazer isso.

Reyna levou a mão o mais perto que conseguia na direção de Yuki. Estava apenas a alguns centímetros, mas elas ainda não conseguiam se tocar. Ainda não conseguiam romper a barreira.

– Está tudo bem – disse Reyna. – Não há nada de errado com você.

Yuki ergueu a cabeça com rispidez, seu choro saindo trêmulo.

– É claro que tem! Olhe para mim! Eu… eu tentei te matar! Eu *matei* Penelope!

Ela colocou as palavras para fora esperando que a madrasta se afastasse, esperando que fizesse o que todos deveriam fazer: fugir da criatura monstruosa e horrível que ela era, mesmo quando isso era tudo o que podia ser.

– Seu trauma e sua escuridão são só uma parte de você – disse Reyna, suavemente –, não são você por inteiro. Você é tão mais que isso, Yuki. Você é capaz de tantas outras coisas além de destruição.

262

Os soluços de Yuki sacudiam seu corpo, as lágrimas escorriam por seu rosto e caíam no chão, solidificando-se no gelo. Ela sentiu um caroço na garganta enquanto tentava falar.

– E se não houver mais nada? – perguntou Yuki. – E se eu for só isso mesmo?

Reyna sorriu para ela, gentil e generosa, e Yuki se sentiu acolhida e segura e aterrorizada, porque ninguém havia olhado para suas falhas e sorrido. Ninguém olhava para os solitários e os amava por isso.

– Sempre vai haver um lugar para você aqui – disse Reyna. – Seja lá o que você quiser se tornar. – A mão da madrasta pairou sobre a dela. – Não posso quebrar a maldição porque sou muito egoísta. Eu me recuso a aprender a lição. E continuarei recusando se isso significar te perder.

Yuki sorriu no meio de um soluço, e quando Reyna finalmente olhou para a porta aberta, para a bagunça ao redor, o medo voltou aos seus olhos. Medo de algo que não era Yuki.

– Você precisa ir – disse a madrasta, olhando para a porta como se estivesse esperando que alguém aparecesse. – Você já sabe demais. Te contei tudo que podia. Não seria surpreendente se…

Reyna meneou a cabeça, interrompendo-se.

– Você ainda não me contou quem te amaldiçoou e por quê – disse Yuki.

Reyna abriu a boca e tentou falar, mas só saíram engasgos. Sua mão foi até o pescoço, contudo, o colar não estava mais lá.

– Não posso. Não posso falar mais nada. Já estou te colocando em risco.

– Eu não posso ir. Minhas amigas estão em perigo…

– E você também estará, se ficar – Reyna a interrompeu. – Não posso dizer quem você é, mas você *precisa, precisa* descobrir. Você precisa se lembrar do resto. – A madrasta esticou a mão como se fosse tocar Yuki, mas então a puxou de volta, seus olhos embaçados pelas lágrimas. – Tenho tanta sorte por ter visto você crescer de novo. Mas você precisa ir agora. Por favor.

Yuki se levantou com os joelhos tremendo. Reyna rapidamente preparou uma mala para ela com roupas e dinheiro, e a garota

263

observou, entorpecida. A madrasta colocou a mala no chão e Yuki a pegou com as mãos ainda trêmulas.

Ela não queria ir embora. Seu mundo inteiro ainda estava ali. Todo mundo fora tragado para lá, para a maldição, para seus destinos.

– Foi você, não foi? – perguntou Yuki, finalmente se dando conta. – Você trouxe todas nós para cá.

Reyna pressionou os lábios e assentiu.

– Eu sei que a maldição não pode ser evitada, mas queria que você tivesse uma vida boa enquanto durasse – disse ela. – Era tudo que eu podia fazer: te dar algo bom, antes que tudo acabasse.

Yuki tinha visto e descoberto o suficiente – ela não passava de um peão em um jogo maior de bruxas e maldições e magia. Era como nas histórias, o bem contra o mal, só que Yuki não sabia ao certo qual dos dois ela era, ou se ambos não estavam contaminados um pelo outro.

Só que Yuki era uma garota das histórias. Tinha nascido disso; estava escrito por linhas finas em suas veias, nas pontas de seus cílios, na forma que seus dedos se curvavam pelo poder, ávidos por mais do que ela tinha.

E enquanto fugia de Grimrose, Yuki prometeu a si mesma que encontraria um jeito de quebrar a maldição da sua mãe.

51

NANI

Nani se jogou na cama e olhou para o teto do quarto vazio. Sem Rory. Sem Yuki.

As coisas de Yuki estavam como ela as deixara naquela tarde, mas não havia sinal da garota. O lado de Rory estava a mesma bagunça de sempre, tudo em desordem, como se ela fosse aparecer a qualquer instante para se jogar na pilha de cobertas e roupas.

Só que isso não aconteceria. Rory estava adormecida na enfermaria da escola, e não importava o que dissessem, Nani duvidava muito que ela fosse acordar. Não sem que quebrassem a maldição, não sem que fizessem algo.

Nani não sabia o que mais deveriam fazer. Quase desejava voltar para o começo, quando não acreditava naquela maldição estúpida, quando não tinha ido para aquele castelo procurar seu pai.

Ela pegou a carta que encontrara no quarto de Reyna na noite anterior. O nome de seu pai e o endereço de Grimrose. Sentiu-se aliviada por haver provas reais de que seu pai trabalhara ali, de que ele passara o ano anterior em um lugar que existia, de que não havia simplesmente desaparecido da face da Terra. Àquela altura, Nani estava acostumada com a ideia da ausência dele, a ideia de um pai que voltava de vez em quando e habitava apenas seus sonhos. Ela ficou horas encarando a carta, sem coragem de abrir o envelope. Depois do que acontecera com Rory, ela sabia que, seja lá o que estivesse na carta, mudaria tudo.

Ela virou o envelope nas mãos, pronta para abri-lo, mas então houve uma batida na porta.

Nani pulou da cama e correu para abrir. Era Svenja, com o rosto mais abatido do que o normal, piscando seus olhos castanhos para ela.

– Oi – disse a garota.

Nani se jogou em cima da namorada, abraçando-a com força, e não a soltou. Svenja pareceu chocada por um minuto, mas se derreteu nos braços de Nani, enlaçando sua cintura arredondada, suas cabeças inclinando-se no ombro uma da outra. A briga já tinha sido esquecida e se tornado sem importância considerando as circunstâncias em que estavam agora.

– Acho que isso responde à pergunta sobre você estar bem – murmurou Svenja.

Nani não queria admitir que não estava bem; ela deveria estar. Não era ela quem havia sucumbido. Mesmo assim, sentia-se entorpecida, distante do próprio corpo enquanto o resto de Grimrose se desfazia em torno delas.

Havia sentido o mesmo depois da morte de sua mãe. Nani sempre gostara de ler, mas, depois que a mãe morreu, ler era tudo o que restara. Ela devorava um livro atrás do outro, isolada em seu casulo, sem pronunciar uma única palavra. Sem conseguir se reconhecer no espelho, porque existia uma divisão clara entre quem costumava ser, uma garota que tinha uma mãe, e quem havia se tornado, uma garota sem mãe. Ela sentiu a tristeza e o torpor dominarem seu corpo, até parecer tão distante de tudo que podia muito bem estar em outro reino.

Ela apertou Svenja, tentando se firmar. Não precisava de outro incidente como aquele. Não podia se dar ao luxo de desaparecer.

Svenja se afastou para fechar a porta do quarto, olhando em volta para ver se estavam mesmo sozinhas. Ela nunca tinha entrado ali, e de repente Nani se sentiu insegura com o lugar onde dormia, com sua pilha desorganizada de livros, e quis reorganizar tudo que tinha, mesmo não sendo muita coisa.

– Como a Rory está? – a garota perguntou.

– Dormindo – respondeu Nani. – Não sabem por quanto tempo ela vai ficar assim. A concussão foi bem séria.

Svenja assentiu e não disse mais nada. Nani sentou na cama enquanto a namorada olhava as lombadas de seus livros, inclinando um pouco a cabeça para ler os títulos. Sua presença era tanto reconfortante quanto aflitiva. Nani queria falar sobre o que tinha acontecido antes, quando se afastara de Svenja por achar que tinha um bom motivo para isso. Por achar que era o melhor a se fazer.

Svenja viu a carta sobre a cama. Ela a pegou e sentou-se ao lado de Nani.

– Isaiah Eszes – ela leu em voz alta.

– Meu pai – Nani disse baixinho.

Svenja arqueou uma sobrancelha, esperando por explicações, e Nani olhou para ela sem saber por onde começar. Todas as mentiras, todas as coisas que vinha escondendo, tudo que a isolava ainda mais.

– Ele costumava trabalhar aqui – disse Nani. – Vim para cá achando que o encontraria. Mas ele já tinha ido embora, como sempre faz.

O rosto de Svenja estava indecifrável.

– Por que não me contou?

– Porque achei que assim que descobrisse o que aconteceu, eu iria embora – respondeu Nani. – Assim que soubesse onde encontrar meu pai, eu sairia de Grimrose e não olharia para trás.

O silêncio preencheu o espaço, até que Svenja entregou a carta para ela.

– Abra.

Nani olhou para a namorada, surpresa, mas de repente sentiu-se grata pela companhia. Seus dedos tremiam um pouco enquanto rasgava o envelope. Ela percebeu que não era uma carta da escola, mas sim um diagnóstico de um laboratório na Suíça.

Ela leu os papéis do exame, tentando decifrá-los. Svenja apertou sua mão esquerda, seus dedos entrelaçados, enquanto Nani lia as palavras de novo e de novo.

– O que é? – sussurrou Svenja.

Nani abaixou a carta e ajustou os óculos à medida que um estranho pavor recaía sobre ela. Leu a última parte do diagnóstico de novo, procurando a evidência que estivera encarando-a o tempo inteiro, as respostas que desejara não ter estado tão ocupada para entender.

Seu pai tinha partido, mas não de propósito. Ele havia conseguido que ela fosse para Grimrose com a promessa de uma aventura, e tinha dado isso a ela. Mantivera sua promessa.

Nani empurrou o papel na direção de Svenja.

– É um diagnóstico. Ele está com câncer de pulmão em estado terminal.

52

ELLA

Yuki tinha ido embora.
Não havia nenhum sinal dela no quarto, nenhuma resposta às mensagens, nenhum bilhete deixado. Tinha desaparecido no ar. Ella e Nani compartilharam suas preocupações. Ella pensou em perguntar para Reyna, mas Nani a impediu imediatamente. Reyna era a suspeita número um na história de Yuki.

Elas não podiam confiar em ninguém.

A biblioteca parecia vazia sem as outras garotas. Quando Ella chegou onde elas costumavam se encontrar, não havia ninguém para recebê-la, exceto Mefistófeles. O gato estava sentado onde Yuki estumava ficar, na janela, sob um feixe de luz solar. Ele virou a barriga para cima quando viu a garota, miando. Ella fez cócegas nele.

— Você também está com saudade dela, né? – perguntou a garota, mesmo Yuki tendo sumido havia menos de uma semana.

A amiga tinha desaparecido sem dizer nada além das últimas palavras que trocaram uma com a outra, quando Ella disse que faria qualquer coisa para Yuki ter um final feliz, mesmo que precisasse se sacrificar.

De repente, Ella viu Nani entrar na biblioteca, correndo escada acima, conferindo se ninguém a seguia.

— Alguma novidade? – perguntou Nani, esperançosa.

Ella meneou a cabeça. Rory estava na mesma, e Yuki não tinha mandado sequer uma mensagem. Nani ficou séria e ajeitou os óculos, dando um passo para trás ao ver o gato na mesa. Ella sentiu-se reconfortada pelo fato de que algumas coisas nunca mudariam.

– E você? – perguntou Ella. – Alguma novidade do seu pai?

Nani meneou a cabeça. Tinha contado para Ella sobre os resultados dos exames, mas não fazia ideia de onde procurar pelo pai agora.

– Mas tenho outra coisa – disse Nani, tirando o celular do bolso. – Mandei mensagem para um vendedor de livros raros em Munique que tem um livro muito parecido com os nossos. Parece que seu palpite estava certo sobre eles serem uma coisa só.

Ella arregalou os olhos e pegou o celular de Nani para ler o e-mail.

– É um único volume – continuou Nani –, e quase todos os contos de fadas são compatíveis. Mandei uma lista dos que temos.

Ella pestanejou, percebendo o tom de Nani.

– O que quer dizer com "quase"?

– Falta só um conto no livro dele – disse Nani.

– "Branca de Neve" – Ella palpitou, seu estômago revirando.

Nani assentiu.

– Não sei por que está faltando. Ele mandou fotos do livro, que só confirmam o que sabemos. Os contos são compatíveis, a ordem, tudo. E em quase todos os finais, mesmo eles não sendo exatamente os tradicionais finais felizes, as garotas sobrevivem. É como se nossos livros tivessem sido divididos em dois extremos.

Ella pensou que ainda faltava algo. O conto de Branca de Neve não estava no outro livro. Aquilo devia significar alguma coisa.

– E você tem certeza de que o livro é compatível com o nosso? Quando ele foi publicado?

– No final dos anos 1700 – respondeu Nani, e Ella apenas deixou o queixo cair, encarando-a. – Tenho quase certeza de que, se começarmos a investigar a maldição até essa época, ainda encontraremos os padrões.

– Mas por que Grimrose? – perguntou Ella. – Por que aqui?

Nani deu de ombros.

270

– Talvez Grimrose seja só outro efeito colateral da maldição. Assim como nós.

Ella acariciou as costas de Mefistófeles, pensando em Yuki desaparecendo escada abaixo. Sabia que a amiga estava segura onde quer que estivesse. Yuki era indestrutível. Em todos aqueles anos juntas, Yuki havia permanecido intocável, ilesa.

Dois livros, uma peça ainda faltando.

– Olha, eu sei que Yuki não queria pensar nisso – Nani começou a dizer, com cuidado, interrompendo os pensamentos de Ella –, mas precisamos considerar as opções que temos. A opção mais óbvia.

O olhar de Ella encontrou o de Nani, e as duas sabiam que estavam pensando na mesma pessoa.

– Ela é a diretora – disse Nani. – Ela sabe tudo sobre o castelo. Estava com a carta do meu pai escondida todo esse tempo. Além do mais, sabemos que Yuki é diferente de nós. Há um motivo pra isso. Talvez ela saiba.

– Mas essa maldição existe há centenas de anos – disse Ella. – Talvez mais. Reyna é jovem.

– Talvez ela seja uma vampira.

– Agora você foi longe demais.

Nani riu, mas Ella sabia que a amiga não ia simplesmente deixar aquele assunto de lado. Ela apertou mais o gato contra o peito, e ele não protestou.

– Tudo o que temos feito é inventar respostas para as teorias que temos – disse Ella, baixinho –, mas nenhuma dessas respostas é real. Ainda não sabemos como quebrar a maldição. E os corações, eu…

Nani franziu a testa, e então estalou os dedos.

– É o colar! – exclamou ela. – Tem que ser.

Ella parecia em dúvida, mas Nani já estava andando de um lado para o outro no tapete da biblioteca, para a infelicidade de Mefistófeles.

– Do que você está falando?

– O colar de Reyna. Eu a vi usando no dia que Rory caiu. Me lembrou dos corações que vimos na cripta. Eu não… eu não queria chegar perto dela, mas acho que não temos outra opção. E se esse for o último objeto que falta? E se colocarmos o colar junto com os livros e quebrarmos a maldição?

Ella quase conseguia ouvir a voz de Yuki: *São muitos "e se".*

Seria isso que a amiga diria. Ela iria querer explicações que fizessem sentido. No entanto, Yuki não estava ali, e as duas não tinham outra coisa para guiá-las. Tinham perdido as apostas, o tempo, e agora tateavam cegamente em busca de uma saída em um túnel escuro. Elas queriam qualquer resposta que pudessem encontrar, torcendo para que as conduzisse até o fim.

Torcendo para que as conduzisse até a luz.

– Então, o que vamos fazer? – perguntou Ella.

O rosto de Nani ficou sério.

– Vamos ter que roubá-lo.

53
RORY

54

NANI

Na segunda-feira antes da formatura, Grimrose se transformou mais uma vez. Como se os alunos ignorassem tudo o que acontecera durante o ano letivo – ou fizessem um esforço consciente para esquecer –, os preparativos para o último baile tinham redobrado. Uma fila de ajudantes carregava flores, rendas e toalhas de mesa para cima e para baixo pelos corredores. Três garotos do penúltimo ano carregavam uma árvore enorme com maçãs douradas pelo salão enquanto Alethea gritava ordens.

– Endireitem isso! – berrou ela. – Pra esquerda! Um pouco pra direita! Não, está um centímetro torto, *todo mundo* vai perceber!

Pelo tom da garota, Nani não ousaria contrariar seus comandos.

– Qual é o tema? – perguntou Nani.

Alethea se virou para ela com as mãos no quadril e um sorriso enorme no rosto, mostrando os dentes brancos.

– Contos de fadas, é claro!

Nani sentiu a náusea subir por sua garganta e se afastou, cambaleando pelo corredor em direção à sala de aula. Era estranho ver os assentos vazios que Yuki e Rory costumavam ocupar, e na hora do almoço, apenas Ella estava na mesa. Seu *poke* vegetariano não parecia o mesmo sem Rory ali para reclamar dele.

– Você sabe o que fazer? – Nani perguntou para Ella no almoço.

Seria suspeito demais se Nani fosse à torre de Reyna de novo. Teria que ser Ella.

– Sim – a garota respondeu, simplesmente, parecendo ter perdido sua luz, o cabelo murcho e as bochechas pálidas.

– Só precisamos fazer isso – disse Nani, tentando soar confiante. – Assim que tivermos o colar, teremos as respostas.

Nani queria acreditar nas próprias palavras, mas a verdade era que, mesmo quando estivessem com o objeto, alguma coisa podia dar errado. Ella tinha certeza de que o colar era a chave. Estava em pânico quando o viu, mas não confundiria aquele brilho com nenhuma outra coisa. E Reyna tinha que ter as respostas. Tinha que ser a vilã da história.

– Você contou pra sua avó o que descobriu sobre seu pai? – perguntou Ella.

– Não – Nani respondeu. – Não tenho nenhuma informação além do diagnóstico. E mesmo assim...

Ela não sabia o que pensar. A única pista que tinha era que seu pai estava muito, muito doente.

As duas passaram o resto do almoço em silêncio, tentando fingir que suas vidas continuavam normais. Assim que as aulas do dia terminaram, Ella foi visitar Rory na enfermaria, como sempre fazia, e Nani voltou para o quarto, tentando evitar os alunos apressados do comitê da festa de formatura, que estavam enchendo os corredores de decorações.

Na porta principal do salão havia um enorme arco de rosas cor de sangue. Os espinhos e folhas tinham sido borrifados com tinta prateada, mas as flores eram vívidas e encantadoras por si só.

Quando virou as costas para a entrada, Nani se deparou com Svenja. A garota sorriu ao vê-la, mas algo estava estranho; o sorriso parecia forçado. Ela se aproximou, e Nani tentou não deixar seus pensamentos se dispersarem. Svenja estava carregando um envelope e correu até ela quando mais alunos passaram com decorações.

– Vai ser mesmo um evento grande, né? – comentou a garota, olhando para as rosas.

275

Nani assentiu, entorpecida, pensando em como essa era uma piada cruel do destino com todas as garotas que tinham suas vidas ligadas a um livro que oferecia apenas histórias trágicas.

A não ser que elas pudessem impedir. A não ser que quebrassem o ciclo.

Svenja beijou a bochecha de Nani e entregou-lhe o envelope que estava carregando.

– O que é isso? – perguntou Nani.

– Um presente – ela respondeu, simplesmente.

Nani percebeu que a garota estava tensa; Svenja sorria com os lábios, mas não com os olhos. Ela hesitou, depois abriu o envelope, rasgando-o com o dedão.

Na folha lá dentro estava o endereço de um hospital em Zurique e o nome de seu pai. Não eram relatórios médicos completos, longe disso, mas ali estava ele outra vez. Com um endereço. Em um hospital. Os olhos de Nani se arregalaram e ela encarou Svenja, seu corpo inteiro estático.

– Onde conseguiu isso?

– Minha mãe trabalha em uma empresa de seguro de saúde – ela respondeu. – Eles acompanham pacientes em hospitais, eu só precisei informar o nome do seu pai. Ele está aqui, Nani. Seu pai está aqui.

A voz de Svenja mudou um pouco no fim da frase, um pouco mais estrangulada e aguda. Nani não sabia o que dizer.

De súbito, ela compreendeu o medo de Svenja.

A namorada estava dando à Nani a chave do castelo. Estava dando uma saída.

E Nani não podia simplesmente recusar. Não seria justo. Tinha ido até ali para encontrar o pai. Ela fechou o envelope com os dedos trêmulos enquanto segurava os papéis junto ao peito.

– Eu vou voltar – disse Nani.

Svenja não respondeu, seus lábios estavam tensos. Parecia impotente. Nani sabia o que se passava na mente dela, sabia que aquela poderia muito bem ser a última vez que se encontrariam. Não pôde evitar pensar no quanto tudo aquilo era errado. Ela não deveria ir embora, mas era a única coisa que podia fazer. Até mesmo Svenja entendia isso.

Nani se virou para o gigantesco arco de rosas que cobria a entrada do salão. Ela pegou uma única rosa vermelha e a arrancou do arbusto, furando o dedo em um dos espinhos. Era real, viva.

Ela entregou a flor para Svenja.

– Eu vou voltar antes que essa rosa seque – prometeu Nani. – Sempre mantenho minhas promessas.

Svenja olhou para a rosa em suas mãos, e Nani imaginou as pétalas começando a murchar e a cair. Contudo, ela não levaria muito tempo – precisava voltar logo. Se Ella conseguisse pegar o colar de Reyna, poderiam quebrar a maldição, e todas estariam livres. Nani precisava acreditar nisso.

55

ELLA

Ella recebeu a mensagem de Nani quando o sinal tocou, anunciando o fim das aulas.

Svenja encontrou meu pai, estava escrito.

Era tudo o que Ella precisava saber. Não precisava fazer perguntas ou implorar para Nani ficar. Seria cruel demais, egoísta demais de sua parte sequer pedir. Nani tinha ido ao castelo atrás de uma coisa, e agora a encontrara. Ella não a impediria, já que daria qualquer coisa para ver seu pai outra vez, para passar mais momentos com ele do que pôde.

Ella respondeu a mensagem: *Vai. Toma cuidado.*

Assunto encerrado.

Ella precisava terminar o plano por todas. Precisava fazer o que discutira com Nani, mas ainda não tinha reunido coragem o bastante. Depois da aula, foi para o único lugar onde pensou que encontraria um pouco desse sentimento.

Rory ainda estava na cama. Pippa estava ao lado dela, com os braços cruzados e o cabelo solto. Seus cachos compridos desciam quase até a cintura em espirais escuras volumosas. Quando viu Ella entrar, a garota começou a se afastar da cama.

– Não precisa sair – disse Ella. – Só vim ver como ela está.

Pippa assentiu, em silêncio. Ella se aproximou, imaginando o que sempre imaginava quando via a amiga: Rory acordaria. Ela estava só dormindo. Isso era parte do seu conto, e não o final da maldição. Rory ainda estava viva.

Mas, por mais que Ella temesse isso, quando olhava para Rory, tudo que via era morte.

– Ela me contou a verdade – disse Pippa, baixinho, olhando para Ella e interrompendo seus pensamentos. – E eu não... Não achei que ela estava falando sério. Achei que eu seria apenas uma distração, e não algo capaz de mudar a vida dela.

– Ela vai acordar – disse Ella. – E aí vocês duas vão poder brigar sobre isso até não aguentarem mais.

Pippa riu baixinho e esfregou os olhos com o dorso das mãos, os lábios pressionados com força. Ella reconheceu o gesto universal de quem tenta segurar as lágrimas.

– Eu já devia saber – disse Pippa. – Rory não tem medo de nada. Ella a encarou.

– É claro que tem – disse Ella, com sinceridade e gentileza. – Todo mundo tem medo.

– Ela nunca demonstrou – disse Pippa. – Só que... ela insistia que podia fazer tudo sozinha.

Ella bufou, um riso sincero escapando por seus lábios.

– Ninguém consegue fazer tudo sozinho.

Pippa a encarou como se estivesse vendo um lado inteiramente diferente de Ella. Talvez fosse isso o que as pessoas viam quando a olhavam: a Ella inútil e esfarrapada.

– Não é preciso fazer nada sozinho – disse Ella. – Se você tem amigos... Bem, você nunca vai estar só.

Era esse o significado de amizade: fazer as coisas juntos. E não importava o quanto a situação fosse difícil, os amigos continuariam ali. Não era sobre provar sua capacidade, sobre poder fazer tudo sozinho – aquilo era uma estupidez imensa. Além do mais, não havia nada de errado em aceitar ajuda. Amigos não ajudam por necessidade ou caridade ou pena. Eles ajudam porque te amam. Eles ajudam porque é isso o que amigos fazem.

Para que ninguém precisasse se aventurar sozinho. Amigos se importam uns com os outros porque *escolhem* se importar.

– Você se esqueceu de avisar isso pra ela – falou Pippa.

– Algumas lições a gente precisa aprender sozinho – disse Ella, sorrindo. – Além do mais, se Rory me desse ouvidos, já teria te beijado há muito tempo.

Pippa olhou para baixo, tentando esconder o constrangimento. Ella virou-se novamente para Rory, que dormia pesado. Rory não teria hesitado como Ella estava hesitando agora. Rory teria feito o que era preciso.

E por Rory, por Yuki, por Nani, Ella faria o que fosse preciso.

❋ ❋ ❋

Três dias antes do baile, Ella subiu na torre de Reyna. Levou os dois livros consigo, torcendo para que houvesse uma conexão entre eles e o colar, torcendo para que as três peças pudessem magicamente quebrar o feitiço se apenas conseguisse reuni-las outra vez. Ella desejou que aquela maldição fosse tão óbvia quanto as maldições nos contos, que pudesse ser quebrada por algo tão simples quanto um beijo de amor verdadeiro, a morte de uma bruxa ou a prontidão de se sacrificar.

Mas é claro que a vida real nunca é tão simples, não importava o quanto ela desejasse.

Era inútil esperar Reyna sair da sala; Ella nunca a vira sem o colar durante todos aqueles anos, fosse discursando na escola ou conversando com Yuki. Quando chegou na torre, a porta estava aberta, mas a garota bateu mesmo assim.

Reyna tirou os olhos do celular e franziu a testa para Ella.

– Ella? Não esperava ver você aqui. Você sabe que aqui não é meu escritório.

Era mais uma afirmação do que um questionamento, e as sobrancelhas da diretora estavam levantadas. Ella hesitou na entrada do cômodo e percebeu todas as coisas que estavam diferentes: não havia mais sinal do espelho de Reyna.

E a diretora não estava usando o colar.

Ella ficou paralisada. Os olhos procuraram pelo cômodo enquanto a garota tentava acalmar sua respiração, buscando algo para se concentrar, como uma série de números que pudesse impedir sua ansiedade de estourar em uma crise.

– Eu sei – disse Ella, sua respiração saindo ofegante, por mais que tentasse esconder. – Vim perguntar sobre Yuki.

Os olhos de Reyna eram tempestuosos, indecifráveis. A diretora deixou o celular no colo e Ella respirou fundo, focando em catalogar cada pedaço do cômodo ao seu redor. Três vasos de vidro. Um porta-retratos. Oito livros na prateleira – o que ela não gostou, porque oito era um número desagradável que incomodava no fundo de sua mente. Um molho com doze chaves, o que ajudou um pouco.

– Quero saber onde ela está – Ella continuou. – Como ela está.

Reyna se levantou de onde estava sentada. Ella nunca havia percebido como a diretora era alta. Era quase tão alta quanto Yuki, o mesmo tipo de postura imponente impossível de ignorar.

– Pensei que ela tivesse te contado – Reyna começou a dizer, cuidadosa. – Ela teve permissão de se ausentar para uma entrevista em uma faculdade.

– Ah. – Ella olhou em volta, tentando encontrar uma pista, algo mais para se apegar. Duvidava que Yuki ignoraria suas mensagens se fosse algo tão simples assim. – Ela não me contou.

– Foi de última hora – disse Reyna. – Ela está bem, eu prometo.

A diretora esticou a mão para tocá-la e, por instinto, Ella recuou, os joelhos sacudindo. O movimento repentino a fez derrubar a mochila, que caiu aberta no chão. Ella paralisou ao ver os dois livros escorregarem para fora, e quando se ajoelhou para pegá-los, Reyna fez o mesmo.

– Me deixe ajudá-la com isso.

– Não precisa – disse Ella, rapidamente, mas Reyna já estava agachada.

Ella pegou o Livro Preto primeiro, e foi então que viu o vidro quebrado.

A diretora tinha limpado a maior parte do cômodo, mas o olhar de Ella era clínico. Podia ver os cacos de espelho que Reyna tinha tentado varrer para debaixo do tapete, sem sucesso. A garota percebeu que havia arranhões profundos na perna da mesa, e o tampo de vidro era novo em folha, ainda coberto com plástico protetor.

E por fim, embaixo da mesa, havia um pedaço do fecho do colar.

Os sinais indicavam que uma tempestade acontecera, deixando apenas os menores pedaços em seu rastro. Pedaços que Ella não podia ignorar.

A garota olhou para Reyna, que estava juntando o conteúdo da mochila. Quando a mão da diretora pairou sobre a capa do Livro Branco, ela a puxou de volta bruscamente, como se tivesse se queimado, e então encarou Ella, perplexa.

Antes que entrasse ainda mais em pânico, Ella pegou o livro, enfiou dentro da bolsa junto com o Livro Preto e fechou o zíper.

– Desculpa incomodar – a garota disse para Reyna, que estava com a mandíbula travada e os olhos escuros. – Tenho certeza de que logo vou ver Yuki de novo.

– Sim – disse Reyna, lentamente –, você vai.

Ella disparou porta afora antes que a diretora pudesse impedi-la, seu coração martelando contra as costelas. Tinha mostrado suas cartas para Reyna. Mesmo tendo guardado os livros rapidamente, a mulher os vira. No entanto, Reyna não estava com o colar. Reyna não estava com a última peça do enigma.

Ella tinha certeza de que Yuki chegara primeiro.

56

YUKI

Yuki sonhara em fugir durante toda sua infância. Imaginara-se cruzando o mundo até um lugar onde não existiam portas como as de sua casa, nem fotografias de mães mortas, nem pais que nunca se consideravam bons o bastante para suas filhas. Um lugar onde podia ser selvagem e livre para correr com os lobos, para se perder na floresta e retornar como um monstro – se não em forma, então em sua imaginação.

Só que não havia lobos em Munique. Foi o mais longe que ela conseguiu chegar, misturando-se com a multidão de turistas. O clima era agradável, o frescor da primavera com suas flores radiantes. Ela levara o colar de Reyna consigo. Pegara-o no chão, sentindo a pulsação da magia que parecia ecoar a dela, algo que ainda não compreendia. Reyna não revidara com magia; ela parecia não ter magia própria. Mesmo assim, manteve-se viva durante todo esse tempo, revivendo a maldição como punição.

Yuki não encontrou respostas, mas encontrou a livraria sobre a qual Nani comentara. Era uma loja de colecionador, um antiquário com volumes antigos e pesados enfileirados nas paredes, as páginas amareladas pelo tempo. O velho funcionário a olhou com curiosidade, e Yuki disse estar fazendo uma pesquisa para sua dissertação. Não era exatamente uma mentira, mas ela perambulou nos fundos da loja, olhando uma seção que nenhum outro aluno olhara. Lá estavam os antigos livros e manuscritos sobre contos de fadas.

Yuki estava examinando as prateleiras quando viu a lombada de um livro que parecia familiar. Com cuidado, ela o pegou, olhando para a mesma capa que encarara no último ano. A macieira, os corvos, as raízes.

— Você tem um olho bom — o vendedor falou em alemão, e Yuki se virou com os dedos gélidos na capa. O velho sorriu e ela se forçou a ficar calma. — Esse é um dos nossos volumes mais raros.

Ela sabia o que era. Havia um motivo para estar ali.

— Venha para a luz — disse o homem, gesticulando. — Assim vai poder examiná-lo melhor.

Ele arrastou os pés até uma mesa antiga e colocou o livro em uma caixa de vidro, ligando uma luminária de luz suave e virando as páginas com a mão enluvada.

— Não tem só os contos dos irmãos Grimm — disse Yuki.

— Ah, não — concordou o vendedor. — É uma coleção mundial de contos de fadas, compilada por uma editora desconhecida. Só foram impressos dez volumes. Está vendo a encadernação?

Yuki olhou para onde ele apontou, procurando os contos que já lhe eram tão familiares. Não havia imagens no livro, mas a ordem das histórias era sua velha conhecida. Ela analisou página atrás de página, e então se deu conta.

Havia um erro.

— Espera — disse ela, e o homem parou. — Não tem o conto da Branca de Neve.

— Correto — concordou o velho, erguendo o olhar do livro. — Uma escolha peculiar para se deixar de fora, já que é um dos mais populares, especialmente na Europa.

Yuki colocou as mãos na caixa de vidro.

— Esse volume é original?

— Sim — respondeu o homem, com certa indignação. — Nós não o alteraríamos de forma alguma. Esse livro é a única cópia preservada e intacta que conhecemos.

284

Tanto o Livro Branco quanto o Preto tinham "Branca de Neve". Os livros amaldiçoados continham seu destino escrito nas páginas. Nani estava certa sobre Yuki ser diferente.

Yuki não era apenas uma personagem da história.

Yuki *era* a história.

A resposta estivera encarando-a o tempo inteiro. Era o motivo de sua magia, a razão de poder ver as outras versões de si mesma. Porque o livro lhe dissera a verdade desde o começo.

A história da Branca de Neve não era sobre alguém que desejava tanto uma criança que sacrificaria tudo por isso? Reyna não confessara que tinha mexido com os contos de fadas, que a maldição era uma punição por seu ato de criação? E qual crime condenaria centenas de vidas, exigiria centenas de pagamentos?

Apenas se Reyna estivesse dizendo a verdade, que talvez Yuki não devesse sequer ter nascido. Ela era intocável; não podia ser machucada por nada, exceto magia. Ela não era *nada* senão magia, fervendo por dentro.

Uma garota nascida das histórias; uma garota nascida da teimosia de alguém em buscar o próprio final feliz; uma garota nascida da dor da solidão. Uma garota nascida do anseio: de pele tão branca quanto a neve, de cabelo tão preto quanto o ébano, de lábios tão vermelhos quanto o sangue.

Yuki agradeceu o homem rapidamente, e ele colocou o livro de volta na prateleira. Sua mente estava acelerada enquanto ela procurava seu celular, e no momento que o pegou, o telefone tocou. Yuki o encarou com o coração palpitando. O número era desconhecido. Ela não contara a ninguém onde estava, nem mesmo para Reyna. Também não respondera nenhuma das mensagens de Ella; não sabia o que dizer para consertar o que se rompera entre as duas.

Não era Ella. Yuki sentiu o temor na barriga ao atender a chamada.

— Não desligue o telefone, querida. — A voz da sra. Blumstein era clara e afiada. — Você precisa vir para casa. Volte para o castelo.

— Não vou voltar.

Yuki estava segura. Estava longe do momento inevitável de sua morte, do instante em que a maldição a atingiria. Ela era a única que estava seguramente longe de Grimrose. A única a salvo, não importava para onde fosse. Yuki encarou seu reflexo na vitrine da livraria, mas todas aquelas versões de si mesma tinham desaparecido assim que descobriu a verdade. Tudo o que viu foram seus traços familiares, aqueles com os quais crescera naquela vida.

Quantas outras versões dela Reyna teria conhecido? Quantas filhas teria perdido?

Yuki vira tantas delas morrerem nas lembranças, nos pedaços que ela sabia serem seu coração. Morriam como todas as outras garotas nos contos, perdidas no esquecimento da maldição. Se Reyna escolhera o livro de contos de fadas, se o abrira com magia, então tudo aquilo ecoou nos outros contos. Para as outras garotas que não faziam ideia de que magia existia, que estavam ligadas à maldição sem nunca terem compreendido por quê.

A magia era perigosa. Yuki sabia disso, em sua alma.

– Eu vou quebrar essa maldição – ela disparou ao telefone, seus olhos escurecendo no reflexo. – Vocês vão pagar pelo que fizeram.

A sra. Blumstein não pareceu afetada pelas ameaças de Yuki. Quantas vezes elas já tinham passado por aquilo? Quantas outras vezes Yuki se lembrara de uma parte de si mesma, ou descobrira que era apenas um peão em um jogo? Quantas vezes quase chegara ao fim só para morrer de novo?

Não dessa vez. Ela não perderia dessa vez.

– Você não pode salvar as histórias delas. – A voz da sra. Blumstein era monótona. – É tarde demais para isso. Talvez seja tarde demais para sua amiga Ella.

Yuki paralisou.

– O que você quer. – A frase saiu mais como um sibilo do que uma pergunta. Apenas uma ordem.

– Volte para casa – repetiu a professora. – Existe outra forma de terminar isso.

Yuki sabia qual era.

Ela acreditara que matar Reyna acabaria com a maldição, mas havia outro jeito. Um jeito no qual o erro de Reyna seria apagado. Um jeito no qual a maldição poderia ser desfeita se o pecado fosse expiado.

– Vejo você hoje à noite, no baile – disse a sra. Blumstein.

A linha ficou muda.

Yuki encarou o celular. Ela fugira, tentando encontrar respostas, mas não havia verdade além daquela dentro de si mesma. Todas as respostas e todos os finais estavam em sua casa, no castelo de Grimrose.

O seu destino estava chamando. A última página estava sendo virada.

57
NANI

Nani partiu no mesmo dia que recebeu o presente de Svenja. Ela pegou um ônibus para Zurique e, na manhã seguinte, chegou ao hospital. Estivera a apenas duas horas do pai durante todo esse tempo. Ela não conseguia acreditar que precisara esperar tanto assim para encontrar respostas.

O hospital era grande. A bolsa de Nani batia contra o corpo conforme ela andava; tinha levado algumas mudas de roupa e um suéter, além do dinheiro que se sentia culpada por ter pegado emprestado da carteira de Rory. A amiga não estava usando, e Nani sabia que ela não se importaria, mas ainda assim sentia-se mal. Ela parou na calçada e olhou para cima, querendo entrar, mas ainda sem conseguir.

Depois de quase um ano sem nenhuma ligação, de cartas devolvidas, de um sumiço repentino, Nani não sabia ao certo se podia encarar o que a esperara durante todo esse tempo. Depois desse tempo, ela percebeu que tinha lentamente desistido da ideia de conversar com o pai ou de entender o que havia acontecido.

Nani endireitou a postura e entrou. Foi recebida pelo cheiro agourento de hospital – desinfetante e álcool e algo indefinível acima de tudo. Não existia alvejante no mundo capaz de mascarar o cheiro da morte.

Ela se aproximou do balcão principal e não esperou que a recepcionista levantasse a cabeça.

– Vim ver um paciente – disse Nani. – Meu pai, Isaiah Eszes.

A mulher a olhou de cima a baixo, analisando suas roupas. Nani não recuou, lembrando-se de todas as garotas mimadas da escola que não deixavam nada impedi-las. Pensou em Alethea e empinou o nariz o mais alto que conseguiu.

– Preciso do número do quarto dele. Vou esperar aqui.

A recepcionista assentiu, conferindo as informações no computador. As mãos de Nani começaram a suar e ela as secou na saia.

– Ele não está recebendo visitas agora – disse a mulher, erguendo o olhar. – Ele não registrou nenhum parente próximo.

– Você não entendeu – sibilou Nani. – Estou aqui para vê-lo, ele querendo ou não.

A recepcionista a encarou, percebendo que a garota não ia se mexer. Nani ajustou os óculos com aspereza e pensou em atropelar os médicos no corredor para esclarecer o quanto estava determinada.

– O número do quarto é 136 – a funcionária finalmente falou. – Boa sorte.

Nani se virou sem agradecer, seguindo as placas nas paredes. Os joelhos tremiam, as pernas não pareciam mais pertencer ao corpo. Conseguia sentir sua pulsação nos ouvidos, o ritmo aumentando continuamente.

Nani parou em frente à porta e bateu, mas não houve resposta. Depois de um segundo, ela a abriu.

Era um quarto comum de hospital, uma única cama com lençóis brancos, sem flores, apenas uma janela. Ela quase não reconheceu a forma deitada na cama.

Seu pai estava abatido, de olhos fechados. A cabeça estava careca, e não raspada, como ele mantinha no exército. A pele escura, antes viçosa, estava acinzentada, com textura de papel. Lágrimas brotaram dos olhos de Nani.

Devagar, ela esticou o braço para pegar a mão dele. Seus dedos se mexeram um pouco, e de repente ele abriu os olhos, apertando mais a mão dela.

Isaiah pestanejou, olhando para a filha.

– Nani? – disse ele, com a voz rouca.

Nani queria fugir. Queria ficar. Queria fechar os olhos e nunca abri-los de novo.

– Sim – disse ela. – Estou aqui, papai.

Ele a observou com o uniforme da escola, o cabelo que havia crescido além dos ombros, que ela não cortava havia um ano, os óculos redondos e tortos.

– Você está igualzinha – disse ele.

– Você não – disse ela, com mais rispidez do que queria. O nariz estava escorrendo, e ela fungou, secando as lágrimas.

Isaiah riu.

– Nunca foi de guardar pra você, né?

– Você devia ter me contado.

– Não queria que me visse assim – disse ele, sua voz saindo arranhada.

De repente, Nani estava brava de novo. Tão brava quanto estivera o ano inteiro. Ele não tinha ligado, não tinha respondido suas cartas, tinha deixado a vida para trás e ido para um lugar onde ela não podia alcançá-lo, e agora estava partindo para um lugar onde ela não poderia segui-lo.

– Você devia ter me contado – repetiu ela. – Não acredito que me despachou pra uma escola e não me contou nada.

– Não queria que você visse nada disso – disse ele, acariciando a mão da filha, os dedos dela, e Nani sentiu que estava tendo uma experiência extracorpórea, falando com o pai depois de todo esse tempo. – Eu já te deixei tantas outras vezes. Você teria crescido sem precisar se lembrar disso.

– Eu teria crescido sem me despedir.

Suas palavras saíram duras outra vez, mas isso não as tornava menos reais.

– Eu estava sendo mais gentil comigo do que com você – o pai falou baixinho.

Nani o encarou, e então disse algo que nunca pensou que falaria ao próprio pai:

– Ah, vai se ferrar – disse ela, surpresa com a própria veemência, e então caiu em prantos. O corpo sacudia violentamente, e ela se jogou em um abraço, apertando o pai o mais forte que podia sem quebrá-lo. Por dentro, sentia o próprio coração se partindo, sentia o chão desaparecendo sob seus pés. O pai a envolveu com os braços, e foi igual a todas as outras vezes. – Você não tem o direito de escolher por mim. Você sempre vai embora sem dizer adeus, e eu sempre te odiei por isso. Eu não sou fraca.

– Shhh – o pai sussurrou contra seu cabelo.

Ela entendia a escolha dele, mas isso não tornava as coisas melhores. Ela entendia por que ele continuava indo embora, por que queria estar em um lugar ao qual pertencia, um lugar onde não havia um espaço vazio destinado à mãe de Nani. Ela entendia querer aventuras, querer ver o mundo. Ela entendia porque queria isso também, mas ele nunca tinha permitido que ela escolhesse.

– Não sou mais criança – disse Nani, soluçando. – Você não pode simplesmente me deixar para trás.

O pai acariciou os cabelos dela, afastando os cachos. Seus óculos estavam embaçados. Ela não conseguia ver nada com eles, mas não interrompeu o abraço.

– Como chegou aqui? – ele perguntou, e Nani teve que sorrir.

Mesmo tendo desaparecido, duvidava que tinha parado de cuidar dela.

Sempre longe, mas ainda perto.

Sempre cheio de promessas.

– Estou naquela escola estúpida. Fiz umas amigas estúpidas. Estou na melhor e mais estúpida aventura da minha vida – respondeu Nani. – Isso não justifica você ter me largado lá. Não ter me contado onde estava. Eu fiquei com saudade, pai.

Nani afundou o rosto no peito dele, como fazia quando era criança, quando se escondia do som das tempestades estrondosas e trovejantes.

– Eu também senti saudade, *ku'uipo* – ele falou, com as mãos nos cachos dela. A pronúncia ainda era tão errada que chegava a doer os ouvidos, e Nani quis rir. – Mas fico feliz por isso. Fico feliz por estar escrevendo sua própria história, meu amor. Isso é tudo que podemos escolher.

– Não me deixe de novo.

– Não vou deixar.

Nani guardou aquelas palavras como um segredo sussurrado. Manteve-as próximas do coração para se lembrar delas, para se lembrar da promessa que continham.

❊ ❊ ❊

Nani ficou com o pai o resto da semana. Tinha levado um livro para ler com ele, exatamente como faziam quando ela era criança e ele voltava de suas viagens. Ela contou sobre a escola e sobre as amigas, mas não mencionou a maldição.

Isaiah não falou sobre o câncer, e Nani não perguntou. Ela entendia o motivo por trás da mentira, e mesmo amando o pai, não o perdoou. Ele tinha sido uma força oscilante em sua vida, e por mais que ela não tivesse escolhido isso, podia fazê-lo agora.

A sexta-feira chegou rápido demais. Nani tinha trocado mensagens com Ella a semana inteira, mas tentou não pensar naquela outra coisa inevitável. Era melhor aproveitar o resto dos dias que estaria ali, porque eles não durariam muito tempo.

Elas haviam perdido. A maldição ganhara.

Nani estava surpreendentemente tranquila com isso. Ela olhou para o pai adormecido. Ele ainda estava forte, mas o tratamento deixara marcas. Nani ficou de pé e se alongou, depois saiu para o corredor em direção ao banheiro.

Nesse momento, seu celular tocou e ela o pegou sem jeito, mas o número era desconhecido.

– Alô?

Um silêncio repentino, errado e áspero preencheu o outro lado da linha.

– Nani? – perguntou a voz, familiar como sempre, mas não acolhedora. Era Svenja. – Você está aí?

– Sim, estou com o meu pai. O que houve?

Svenja começou a chorar do outro lado, e Nani ficou paralisada.

– Tem alguma coisa errada – disse ela, parecendo sem fôlego, chorosa, a voz entrecortada pela ligação. – Eu não quis… Você precisa voltar. Ela que me deu… Ela vai…

A ligação cortou de novo e Nani praguejou contra o celular, o desespero crescendo em seu corpo.

– Calma – disse Nani, tentando controlar o pânico. – O que está acontecendo?

– Odilia – respondeu Svenja, e fez-se um estrondo tão alto do outro lado da linha que Nani se sobressaltou. – Ai, meu Deus. Ela vai me matar.

A garota soava cada vez mais desesperada, e Nani conhecia aquela história. Não podia ter deixado Svenja sozinha, não quando sabia das intenções de Odilia em relação à prima.

– Era uma armadilha – disse Svenja, a voz falhando. – O endereço. Para você ir embora. Para que eu não…

De súbito, o pânico envolveu Nani. Ela deveria ter previsto. Ela deveria saber.

Pensar em perder Svenja era insuportável.

– Se tranque em algum lugar – disse Nani. – Fique em segurança. Eu estou indo.

Svenja não respondeu, e Nani percebeu que a ligação terminara havia dez segundos. Ela clicou no contato de Yuki, mas é claro que a garota não atendeu. Tentou respirar e tentou ligar outra vez, mas foi em vão. Ela quis socar alguma coisa.

Nani tentou o número de Ella, mas estava fora de serviço. Algo tinha acontecido. Algo muito, muito ruim devia ter acontecido. Ela praguejou alto todos os xingamentos que conseguiu pensar, passando os dedos pela cabeça e emaranhando-os nos cachos.

Ela se apoiou na pia e encarou o rosto no espelho. Talvez tivesse cometido um erro enorme, talvez não. Pelo menos ainda havia tempo de consertar antes do fim.

Seu pai havia mandado que ela escrevesse a própria história.

Nani voltou para o quarto do pai, que ainda dormia. Ela arrancou uma página de um de seus cadernos e escreveu um recado. Voltaria para vê-lo. Não queria mentir sobre isso. Contudo, naquele momento, Nani precisava entender algo por si mesma: seu verdadeiro lugar.

– Eu te amo – sussurrou ela, beijando a testa do pai.

Ele nem se mexeu, ainda dormindo.

Ela voltaria. Nani cumpriria essa promessa.

Porém, ela tinha feito outra promessa que parecia muito mais importante agora.

Dessa vez, foi Nani quem partiu sem se despedir.

58
ELLA

O resto da semana passou voando, e Ella continuou sozinha. Rory estava adormecida. Yuki não estava em lugar algum. Nani tinha partido.

Ella era a única que ainda estava em Grimrose, e durante a semana inteira, vinha esperando algo terrível acontecer. Todos ao seu redor só falavam de uma coisa: o baile de formatura. O baile que aconteceria na véspera do seu aniversário.

A cada dia que passava, ela pensava no que os livros significavam. A cada novo dia, ela estava mais certa de que seria seu último.

E então chegou sexta-feira, e Ella finalmente riscou o último dia do seu calendário. O último X vermelho de todos os seus cinco anos em Grimrose.

Antes de sair, Ella olhou para o espelho. Não parecia nada diferente de quando tudo começou – o mesmo cabelo loiro acinzentado e liso até os ombros, os olhos cor-de-mel grandes demais, o nariz arrebitado, os hematomas escondidos. Ela não costurara um vestido novo para a formatura, então escolheu o mesmo do baile de inverno.

Ella não parecia uma garota indo para sua festa de formatura; parecia alguém prestes a enfrentar sua última batalha. Na bolsa, carregava os dois livros, relutante em deixá-los longe de sua vista.

A garota testou a maçaneta e abriu a porta do quarto com cuidado. Passava um pouco das nove horas – era tarde, e ela não deveria mais sair. As gêmeas já tinham ido para o baile, a casa estava silenciosa.

Ela desceu as escadas um passo de cada vez, parando no degrau que rangia e que poderia entregá-la. A casa estava escura e quieta, e nenhum som podia ser ouvido. Quando chegou à sala de estar, ela soltou o ar, trêmula.

Em seguida, foi até a porta.

Uma luz se acendeu na sala, e Ella paralisou.

– Vai a algum lugar? – A voz de Sharon era fria como gelo. Ella não se mexeu. – Podia pelo menos avisar antes de sair. Seria o educado a se fazer.

A garota lentamente se virou para encarar a madrasta. Sharon estava sentada em sua cadeira de veludo, com as mãos cruzadas sobre o colo. Ella tentou encontrar a voz, mas havia um caroço preso em sua garganta.

– Pensei que soubesse do combinado. – Sharon estreitou os olhos. – Você não pode sair de casa, exceto para ir ao colégio.

Não importava o baile de formatura estar acontecendo na escola; Sharon não estava interessada em ouvir. Nenhuma das desculpas de Ella era relevante.

– Depois de todos esses anos, Eleanor – suspirou a madrasta. – Achei que você fosse melhor do que as minhas filhas de sangue. Por que me desobedeceria?

Sharon se levantou e Ella se encolheu. A garota queria correr antes que alguma coisa ruim acontecesse, mas sabia que não conseguiria sair de casa antes da madrasta alcançá-la. Sharon estava esperando por ela, o que significava que os portões estariam trancados.

Sharon sabia que Ella tentaria sair.

A madrasta parou na frente da garota, a postura austera, seu rosto impassível. Deu um tapa no rosto de Ella, seus dedos deixando marcas quentes na bochecha da enteada.

– Responda. Ou perdeu a capacidade de falar?

– Não – respondeu Ella, as bochechas ficando vermelhas do tapa, mas não queria dar a Sharon o prazer de vê-la chorar. – É o baile de for...

– E desde quando você se importa com essas coisas mundanas? – zombou a madrasta. – Acha que não sei de nada que acontece nesta casa? Acha que não consegui arrancar tudo de Stacie?

Ella não permitiu que seu rosto se alterasse, apenas olhou para baixo. Não culpava Stacie. Não podia culpar as gêmeas por um jogo no qual eram constantemente jogadas umas contra as outras, sem que nenhuma delas pudesse vencer.

– Não fiz nada de errado – Ella disse baixinho.

– Está chamando minha filha de mentirosa?

A garota balançou a cabeça, o caroço aumentando em sua garganta.

– Pensei que fosse mais esperta do que isso, Eleanor. Os garotos não se importam com você. O melhor a se fazer é esconder esse seu rostinho patético antes que alguém veja quem você é de verdade.

Ella ficou imóvel. Não podia simplesmente fugir. Só restavam algumas horas, e ela não estava disposta a passá-las sozinha. Precisava fazer alguma coisa, qualquer coisa.

– Eu vou – conseguiu dizer, baixinho.

Ella se preparou para o tapa, mas ele não veio. Em vez disso, as mãos de Sharon foram direto ao seu vestido.

A garota ouviu o barulho da saia rasgando antes de sentir o tecido sendo arrancado de seu corpo.

– Assim está muito melhor – disse Sharon, com a voz entediada, e então agarrou as mangas do vestido, puxando-as para tirá-lo. O som do tecido sendo rasgado preencheu o ar, e Ella ficou completamente paralisada. – Agora todos poderão ver. Você não passa de uma garota suja e patética que finge ser mais do que é.

Sharon a agarrou pelo cabelo, e Ella gritou e cambaleou ao sentir o puxão. Com firmeza, a madrasta segurou a mão esquerda da garota para impedi-la de se mexer enquanto destruía o vestido que ela tinha criado.

Dessa vez, Ella não conseguiu impedir que as lágrimas escorressem por suas bochechas.

– Me solte! – gritou ela, tentando se libertar, mas Sharon era forte e a puxava de volta pelo cabelo, arruinando cada linha do vestido que Ella tinha trabalhado tão duro para criar.

A garota se debateu e a madrasta pisou em seu pé, fazendo-a perder o equilíbrio e bater a cabeça no chão. Ella sentiu um lampejo de dor, e quando levou a mão à cabeça, os dedos ficaram vermelhos e pegajosos de sangue.

– Escute bem, Eleanor – Sharon começou a dizer, enfaticamente. – Garotas como você não têm lugar em festas como essa. Você nunca se encaixará entre os convidados, então não tem para que ir. Estou fazendo isso para o seu próprio bem.

Sharon a atirou pela porta aberta do sótão e a garota caiu de joelhos, seu vestido em farrapos, as lágrimas escorrendo pelo rosto. O conteúdo da bolsa se esparramou no chão. O celular quebrou, a tela piscou com defeito. Os livros se escancararam, as páginas dobradas em ângulos estranhos, e Ella rastejou até eles.

A garota ergueu o olhar para Sharon, que segurava a maçaneta com uma mão e a chave com a outra.

A madrasta abriu um sorriso de lábios espremidos.

– Pense nisso como um golpe de misericórdia.

A mulher fechou a porta, e então a chave virou na fechadura. Ella se arrastou para tentar abrir, mas sabia que havia sido trancada por fora. Sentou-se com as costas contra a porta, abraçando o próprio corpo e tremendo. Ela sequer tinha coragem para bater na madeira e implorar.

59
RORY

60
NANI

O coração de Nani batia tão forte que a deixava mais estressada, a ponto de ela desejar que ele simplesmente parasse. A noite caiu, e passava um pouco das onze horas quando ela enfim chegou em Constanz. A bateria do celular tinha morrido no caminho. A viagem fora feita no que parecia ser um tempo recorde.

Quando saltou do ônibus, ela viu a luz distante do castelo – havia refletores e fogos de artifícios, como em qualquer festa grande de gente rica. Se ela se esforçasse o bastante, conseguiria imaginar a música que estava tocando e os alunos curtindo o último dia na escola.

Nani não estava vestida para o baile, mas não havia tempo a perder. Mal tinha saído do ônibus e começado a andar pela estrada até Grimrose quando outra figura surgiu da escuridão para cumprimentá-la.

Seu coração saltitou de alegria quando viu Svenja. Correu para abraçá-la, começando a sorrir, mas então parou no meio do caminho. Nani reconheceu o vestido branco da namorada, a maquiagem de sempre, mas havia algo diferente em seus olhos.

O sorriso de Odilia se alargou preguiçosamente no rosto.

Nani deu um passo para trás.

– O que está fazendo aqui? – ela exigiu saber, seu coração voltando ao ritmo frenético.

Algo se retorceu dentro de Nani quando ela se deu conta de que tudo era parte da maldição.

– Bem, você tinha que estar aqui – respondeu Odilia, sua voz tão parecida com a de Svenja. Nani não entendia como ela conseguia fazer isso. – Pode me culpar por ter te ligado?

Odilia sorriu outra vez, divertindo-se. Ao encarar seu rosto, Nani viu uma sombra obscura.

– Foi você – Nani a acusou. – Você me enganou.

– Não é divertido? – perguntou Odilia. – Só quis provar um argumento para Svenja. E você nem viu a diferença.

Nani não sabia se devia correr. Talvez Svenja estivesse a salvo e não fizesse ideia do que Odilia estava tentando fazer. E, contanto que Nani estivesse com ela, Odilia não seria capaz de machucar Svenja.

– Por que não me conta o motivo de querer tanto machucar Svenja? – perguntou Nani. – Por que você odeia sua prima?

Odilia soltou um riso histérico, sacudindo os pequenos ombros. Tudo parecia errado. Nani precisava encontrar Svenja. Precisava ajudar suas amigas, precisava voltar ao castelo. Sentiu o tempo fazendo contagem regressiva na torre do relógio, seu coração acelerando.

– Ah, não – falou Odilia. – Você entendeu errado. Eu não odeio Svenja. Ela é da família. Sinto pena dela.

– Por quê?

– Porque sou melhor do que ela. – Odilia se recostou na parede, cruzando os braços. Sob o luar, parecia bonita e inocente. Tão bonita quanto Svenja. Um calafrio percorreu a coluna de Nani. – Você não concorda?

Ela deu um passo à frente, e até mesmo seu perfume era idêntico ao de Svenja.

– Você não foi enganada agora há pouco? – ela perguntou com doçura, e Nani quase se esqueceu com quem estava conversando.

As duas eram tão parecidas que era quase impossível notar a diferença. Sob a luz fraca, através dos óculos velhos que Nani precisava trocar, era mais difícil ainda.

Porém, havia uma diferença essencial que significava que ela sabia quem era quem: uma ela amava; a outra, não.

— Me conte, Nani – continuou Odilia, parando bem diante dela, o hálito gelado da garota contra sua bochecha. – Não é exatamente a mesma coisa, só que muito melhor?

Odilia se inclinou para a frente, roçando seus lábios nos de Nani, primeiro de maneira suave, depois com força, suas bocas se chocando. Nani demorou um segundo para entender o que estava acontecendo, e então empurrou Odilia para longe. A garota sorriu com sagacidade, como se tivesse vencido.

— Aí está – ela murmurou suavemente, o sorriso ainda nos lábios, triunfante em um vestido branco que não era seu. – Eu falei. Sou melhor como Svenja do que ela jamais será. Ela sempre vai precisar se provar, seja para o mundo ou para você. Mas eu, não. Eu nasci exatamente certa.

O queixo de Nani caiu, o terror e o nojo tomando conta dela enquanto absorvia o comentário odioso sobre a namorada. Os lábios de Nani formigavam, e Odilia continuou com aquele sorriso triunfal. Não era só sobre tomar o lugar de Svenja; era sobre fingir que ela não era quem realmente era.

— Você é repulsiva – sussurrou Nani. – Svenja não precisa provar nada para mim.

— Então é melhor você dizer isso a ela – retrucou Odilia, gesticulando para o celular que tinha em mãos. Nani sequer tinha notado a foto daquele beijo exibida na tela. – Caso contrário, ela vai ficar bem decepcionada.

O sorriso de Odilia se esticou de orelha a orelha. Ela não precisava dizer mais nada; estava feito, e Nani não seria capaz de apagar aquele beijo.

Nani se virou de novo na direção do castelo de Grimrose.

— Pode começar a correr agora! – Odilia gritou às suas costas. – Quem sabe não consegue chegar a tempo!

Nani correu e não olhou para trás.

61
ELLA

Ella ficou no chão pelo que pareceram horas. A cabeça tinha parado de sangrar e os joelhos, embora machucados, estavam funcionando. A dor ainda era latejante, mas não podia fazer nada sobre isso. O vestido estava completamente destruído, o tecido esfarrapado pendurado e mal cobrindo seu torso. As borboletas, que bordara com tanto cuidado, tiveram as asas arrancadas, e a saia eram tufos sem forma.

Ella conseguia imaginar o que os livros falavam a seu respeito: que não iria ao baile, que não podia ajudar as amigas. No fim, ela tentou, mas foi em vão, assim como foi em vão esperar por alguém que a salvasse.

Às vezes, não existe ninguém além de nós mesmos para nos salvar.

Ella ficou de pé, tremendo inicialmente. Tirou o vestido rasgado e encontrou um azul antigo, com gola boneca, que tinha usado muitas vezes. Ela o vestiu e prendeu o cabelo loiro. O rosto estava limpo no espelho agora que as lágrimas tinham secado. Achou um par antigo de sapatilhas cujo tecido, de tão gasto, estava transparente em algumas partes. Ela não ia desistir.

E, se não conseguia se esforçar para ajudar as amigas, então não era digna de seu nome.

Fez-se um barulho na janela, e Ella se sobressaltou. Alguma coisa chacoalhava o cadeado, e a garota ficou paralisada até a janela se abrir.

O rosto de Stacie surgiu, pálido como o luar. Estava pendurada na árvore, com o vestido de baile amarrado em volta da cintura.

– Vem – disse ela. – Precisamos ir.

Ella ficou de boca aberta.

– O que você está fazendo?

– Vim te buscar – respondeu Stacie, parecendo irritada com o raciocínio lento de Ella. – Não íamos te deixar aqui. Rápido, antes que a mamãe perceba.

Ella não hesitou. A brisa fresca da noite sacudiu sua franja quando a garota desceu pela árvore, pousando com cuidado no jardim. Silla estava esperando, vestida de forma requintada, puxando o arreio de Cenoura. Quando viu Ella, o cavalo relinchou, e Silla o acalmou.

– Pega o cavalo – Stacie disse para Ella, desfazendo os nós de seu vestido como se não fosse grande coisa, como se não estivessem violando cada um dos acordos tácitos que haviam forjado ao longo dos anos. – Vamos entrar pela porta da frente e dizer que Silla esqueceu a carteira. Assim ela não vai te ouvir saindo de fininho.

– Acham que ela vai acreditar nisso? – perguntou Ella, pegando o arreio.

– Só precisamos ganhar tempo – respondeu Silla, com a voz firme. – Já aproveitamos o suficiente do baile. Só pega o cavalo e vai.

Ella pestanejou, sentindo um aperto na garganta enquanto olhava para as gêmeas.

– Obrigada – ela falou para as duas.

– Não agradeça. – A voz de Stacie era ríspida. – Não é nada de mais.

– Mesmo assim – disse Ella, esticando o braço para segurar a mão de Stacie, quente entre seus dedos, apertando-a de leve.

A garota pegou a rédea e puxou Cenoura consigo, as três andando em direção ao portão, e foi aí que a silhueta de Sharon surgiu.

– Aonde pensa que vai?

As três congelaram no lugar, mas Ella estava à frente.

– Eu vou ao baile – respondeu a garota, com firmeza. – E você não vai me impedir.

Sharon pareceu horrorizada com as palavras saídas da boca de Ella, com a assertividade que carregavam.

– Então o cão que ladra também morde – sibilou a mulher. – Achei que tivesse aprendido a lição.

Ella sustentou o olhar da madrasta, tomada por calma.

– Me deixe em paz, Sharon. Ou vai se arrepender.

A mulher olhou para as três, parando em suas filhas.

– Vocês duas – disparou ela. – Para casa. Agora.

– Não se mexam – disse Ella.

Sharon riu.

– Ah, agora você acha que também manda nelas. Elas só sentiram pena de você porque são fracas.

Stacie fechou as mãos em punhos, mas não saiu do lado de Ella. Ela também não obedeceu Sharon.

– Elas não são como você. Não importa o quanto tente obrigá-las a isso. – Ella apertou as rédeas de Cenoura com mais força. – Você fez de tudo para me degradar e me fazer sentir desprezada, mas não tenho mais medo de você.

Ao longe, Ella ouviu o badalar do relógio de Grimrose, que começou a ressoar seu toque poderoso pela cidade, e cada repique ecoava no coração da garota.

Ella os contou. Um, dois.

– Tudo que fiz foi tentar ajudar – disse a garota. Três, quatro. – Eu nunca te odiei, Sharon. Nunca.

Cinco, seis, sete.

Ella continuou fitando a madrasta.

– Eu teria te perdoado.

Nove.

– Por que eu precisaria de perdão? – perguntou Sharon, encarando-a de volta.

Mesmo naquele momento, a mulher não conseguia ver. Ella sabia que havia muito ódio no coração da madrasta, por isso ela jamais entenderia. Durante todo esse tempo, Ella pensou que era odiada por ser inútil, um fardo, mas isso não era verdade. Era odiada pelo que podia ser, pelo que podia se tornar um dia.

305

Dez.

— Sinto muito, Sharon — disse Ella, sendo sincera em cada palavra.

Sentia muito por todas elas, por todos os anos que passara presa em uma casa da qual não podia sair, forçando-se a trabalhar para compensar algo que não era sua culpa. Se pudesse, Ella pegaria todas as garotas que se achavam inúteis e as faria se olharem no espelho.

Como Ari tinha feito com ela. Como Ella agora conseguia ver por si mesma.

Onze.

Talvez ela não fosse perfeita, nem nunca seria. Porém, ainda valia algo — ela valia mil possibilidades.

— Agora é tarde demais — Ella disse baixinho.

Doze.

Doze badaladas do relógio. Um novo dia. Todas as máscaras e os disfarces que Ella usava tinham se desfeito pelo simples fato de que agora podia ver quem realmente era.

A garota montou no cavalo.

— Você não pode ir! — rugiu Sharon, parecendo não entender por que Ella não estava recuando, por que não estava se afastando e se tornando invisível como sempre havia feito.

— Eu posso, sim — respondeu a garota. — É meia-noite. Meia-noite do meu aniversário de 18 anos. Posso fazer qualquer coisa que eu quiser.

Estou livre.

Ela olhou para Stacie e Silla, que assentiram com expressões determinadas. O que quer que acontecesse em seguida, Ella não estaria sozinha. Sharon não venceria de novo.

Silla correu para abrir o portão, e Ella cavalgou sozinha até Grimrose.

Ella chegou ao castelo ofegante, mas reluzente.

Mal podia acreditar que estava finalmente livre. Conseguia sentir o sabor da liberdade, o doce aroma da brisa e das flores brotando na primavera. Era tudo o que ela imaginou que seria.

Porém, ainda não estava terminado. Ainda não.

Ella deixou Cenoura no estábulo. Ainda estava com os dois livros na bolsa, e de alguma forma podia senti-los ecoando em seu coração, como se a magia estivesse escapando das páginas. Podia ouvir o fervilhar do salão, onde imaginou centenas de alunos dançando e rindo, alheios a tudo. Alheios ao fato de que, se Ella não acabasse com a maldição, logo todos estariam mortos.

Os passos da garota ecoaram pela escada da enfermaria, e os músculos doíam pela falta de prática em correr.

– Dá um tempo! – disparou Ella, balançando a cabeça com impaciência, o peso dos livros batendo contra suas costas.

Ella abriu a porta do quarto de Rory e, para seu alívio, Pippa estava lá. Não usava um vestido chique de festa, apenas jeans e camiseta, e estava sentada ao lado de Rory, segurando a mão da garota adormecida. Ela ergueu a cabeça.

– O que está fazendo aqui? – perguntou Pippa, com a você rouca.

– Não tenho muito tempo – respondeu Ella, fechando a porta e tirando os livros Branco e Preto da bolsa. – Preciso que você tome conta disso.

Pippa franziu a testa.

– O que é isso?

Ela não podia explicar, não de uma forma que fizesse sentido. Também não tinha tempo para fazer Pippa acreditar. Precisava manter os livros em segurança enquanto procurava uma saída. Não podia encontrar Reyna novamente carregando os volumes.

– Por favor, só os mantenha em segurança – disse Ella. – Por Rory.

Pippa travou a mandíbula, e então assentiu. Ella se virou para Rory, que dormia serena em meio ao caos. Queria ter tempo para sentar, para conversar com a amiga ou até mesmo para esperar e ver, ansiando por um último milagre. Ela apertou a mão de Rory.

– Rory, estarei te esperando. Talvez você não precise de mim, mas eu preciso de você – disse Ella, beijando a testa da amiga enquanto Pippa observava a cena.

Ella respirou fundo, pronta para sair, e então percebeu algo do lado de fora da janela.

307

Ella franziu o cenho, e Pippa se virou.

– Que porcaria é essa? – perguntou Pippa, erguendo a voz.

Lá fora, os arbustos de rosas tinham crescido, embora "crescer" fosse uma descrição inadequada. Uma floresta de espinhos havia avançado em torno de Grimrose inteira, cobrindo os jardins, as janelas, os muros externos. Magia, pura e inalterada.

Está acabando, pensou Ella.

A garota se inclinou no parapeito e viu o castelo completamente cercado, espinhos e videiras cobrindo cada janela e cada entrada da escola, sem deixar nenhuma saída. A magia era evidente, e Ella sabia o que isso significava.

Yuki tinha voltado.

Yuki estava em Grimrose outra vez.

Ella correu para fora da enfermaria em direção ao coração pulsante do castelo, em direção à música. Se Yuki estava construindo uma barreira, significava que estava do lado de fora. Ella poderia contar para a melhor amiga sobre o livro que Nani tinha encontrado online, e as duas poderiam voltar para a enfermaria para quebrar a maldição com Rory.

Ella desceu os degraus de dois em dois e passou pela porta do salão de baile, a música alta ecoando. Estava indo em direção ao lado de fora do castelo quando foi interrompida.

– Aonde pensa que vai? – perguntou a srta. Bagley, e Ella virou a cabeça bruscamente.

– Preciso encontrar Reyna – Ella disse a primeira mentira que lhe veio à mente. – Onde ela está?

– Não é hora de incomodar a diretora – cantarolou a srta. Bagley. – Vá para o salão de baile, Eleanor. Você já fez o bastante.

Ella recuou um passo, com cuidado.

– Eu preciso ir.

– O salão fica para aquele lado, Ella. – A voz da srta. Bagley era firme, mas Ella não conseguia obedecer; simplesmente sentia que havia algo acontecendo do lado de fora, uma mudança que não compreendia.

Yuki estava lá, esperando, e se ela havia voltado, significava que tinham a chance de encontrar uma saída. Contanto que tivessem uma à outra.

Uma lufada de vento passou por Ella, uma sensação trêmula que pareceu mudar o mundo. A srta. Bagley estacou, sentindo-a também. De repente, os olhos da mulher brilharam intensamente, e ela estendeu as mãos.

Todo o som ao redor delas pareceu silenciar, e Ella sentiu que uma maldição tinha acabado de ser quebrada. Só não conseguia entender como.

A srta. Bagley sorriu, mas sua expressão já não era gentil.

A mulher agarrou a mão de Ella e esticou os dedos em direção às bochechas da garota. Eles estavam quentes, como se a srta. Bagley estivesse queimando por dentro e aquela dor atravessasse sua alma.

Ella não conseguia escapar.

– Você já fez o bastante – repetiu a srta. Bagley, sua voz parecendo rastejar no cerne de Ella, queimando-a. A garota de repente se sentiu tonta, uma névoa turvando sua visão. Precisava encontrar alguém, mas não conseguia se lembrar por quê. – Aproveite o resto da noite. Nós vamos consertar tudo.

Ella assentiu e a srta. Bagley desapareceu pela porta que dava para o jardim. Frederick surgiu de repente pela porta do salão de baile, franzindo a testa ao ver a garota parada ali, sozinha.

Ela ouviu a voz, sempre em alguma parte de sua mente, tentando guiá-la, mas a névoa era espessa e nada mais parecia importar. Estava entusiasmada e feliz e não havia nada com o que se preocupar.

– Você está bem? – perguntou Freddie, só então percebendo que a garota não estava vestida para o baile. – O que aconteceu?

– Tudo está maravilhoso – respondeu Ella, suas dúvidas dissipadas.

Ela pegou a mão de Frederick para ir ao salão de festa, ciente de que era lá que deveria estar: dançando com seu príncipe, sua mente um grande vazio.

62
RORY

No começo, havia escuridão. Um poço de vazio, um vácuo de breu que a engalfinhava, um silêncio no qual quase não ouvia as batidas do próprio coração.

E então veio a dor. Queimando seu corpo, dilacerando os músculos, e ela não conseguia se mover, não conseguia respirar, não conseguia se virar, não conseguia abrir os olhos, e implorou para que acabasse. Seu corpo estava completamente imóvel; ainda assim, cada um de seus ossos se desfazia, estilhaçando e quebrando, as veias expandindo sob a pressão da dor mais insistente que já havia sentido.

Havia escuridão, havia dor, e lá estava ela, no meio disso, tentando sobreviver de alguma forma, mesmo sabendo que estava morta, mesmo sabendo que, se fechasse os olhos, se os fechasse de verdade, tudo terminaria.

Só que ela não podia fazer isso. Não podia se libertar. Não se lembrava quem era, não lembrava de seu propósito, mas tinha algo que precisava fazer. Algo que a chamava bem fundo nos segredos trancafiados em seu coração, em uma parte sua que não conhecera antes. Agora ela conhecia cada ponta chamuscada de seu corpo, cada átomo que mantivera aprisionado na calmaria, e ela só sabia uma palavra.

Fraqueza.

Ela era fraca, e não conseguia acordar. Estava apenas existindo, tentando respirar quando não havia nada ali, usando toda sua força para se manter flutuando mesmo quando a escuridão implorava para engoli-la de vez. Ela era fraca.

Ela não podia fazer isso sozinha.

E então, na escuridão, na dor, surgiu uma voz. Ela lutou contra seu cativeiro, contra as cordas em volta de seu corpo e sua mente. Ela lutou contra si mesma, contra seu corpo, como sempre fizera.

Tinha enfrentado essa batalha a vida inteira e seguia vencendo. Toda vez que acordava, ela vencia.

Toda vez que a dor surgia através da névoa, calando sua mente, ela se esforçava ainda mais.

Uma voz chamava seu nome, e era familiar e acolhedora.

Rory, estarei te esperando.

Ela se debateu, agarrando o nome e tornando-o seu novamente, dando ordens ao seu corpo do lado de dentro. Ela não era parte da escuridão. Ela era Rory.

Eu preciso de você.

A voz de Ella. Rory a conhecia, sentiu o roçar da pele dela contra a sua, e por um momento conseguiu se ancorar na realidade. Quase conseguiu abrir os olhos, mas então a escuridão a chamou de volta, laçando videiras ao redor de seus braços. Rory abriu a boca para gritar, mas não saiu nenhum som.

Ela tentou encontrar um caminho no breu. Tinha que despertar. Precisava despertar. Os dedos estavam tão imóveis quanto antes, e o silêncio era cortado apenas pelo som fraco das batidas de seu coração, o único sinal de que ela ainda estava viva.

Outra mão, envolvendo a dela. O contato de pele com pele era eletrizante, carregava ondas próprias pelo coração de Rory e causavam um tipo diferente de dor. Os dedos eram firmes.

– Talvez você estivesse certa – disse a voz, e Rory não a reconheceu, mas sabia que era importante. – Talvez eu seja uma idiota.

Ela quis rir, porque sabia que era a resposta certa. Queria apertar a mão que apertava a sua, mantendo-a ancorada. Um feixe de luz em meio à escuridão, uma trégua da dor.

❧ 311 ❧

Rory não conseguia fazer sozinha. Era uma traição – durante todo esse tempo, pensara que só seria independente e forte se conseguisse fazer tudo sozinha. Se conseguisse provar que era capaz de ficar de pé sem apoio.

Só que a solidão nunca foi uma força.

– Eu fiquei tão assustada – a voz seguiu dizendo. – Fiquei com tanto medo de você ir embora que achei que te confrontar seria a melhor opção. Que brigar seria a melhor saída, por que o que mais eu podia fazer?

A voz suspirou, e Rory quis alcançá-la.

– Vou ficar aqui com você – continuou a voz. – Quando você acordar, eu estarei aqui. Sempre tentei te manter longe, te afastar, porque achava que você não me queria como eu te queria.

Rory sentiu o coração pesar, seus músculos se rasgarem de novo, e dessa vez ela se preparou para o golpe de dor. Não importava mais.

– Só tem uma coisa que posso controlar – disse Pippa, e Rory se lembrou de tudo. – E é o fato de que estarei presente quando você quiser que eu esteja.

Pippa soltou sua mão, e Rory sentiu o próprio coração enfraquecendo, a escuridão se aproximando de novo, queimando. Ela não queria ficar sozinha outra vez.

Queria gritar para que Pippa voltasse, que não a deixasse. Não achava que aguentaria, porque, durante todo aquele tempo, ela tinha sido tudo que Rory quisera e desejara. *Por favor, não vá.*

E como se tivesse ouvido as batidas do coração de Rory, o desespero para não ser deixada no breu, Pippa pegou a mão dela de novo.

– Eu não vou a lugar nenhum – a garota disse baixinho. – Não sem você.

Os dedos acariciaram a testa de Rory no mesmo lugar que Ella beijara.

Havia pressão, e Rory tentou alcançá-la. Tentou chegar no feixe de luz, atravessando a dor, atravessando tudo, e quando conseguiu, alguém a estava segurando.

Lenta e dolorosamente, Rory abriu os olhos.

Pippa ofegou, em choque, e Rory não se demorou nem por um segundo, ainda com muito medo de perder o controle de seu corpo, com medo de ser tragada de volta para o breu. Ela pulou em Pippa e pressionou a boca contra a dela, seu peito latejando em resposta. Sequer se importava com a roupa do hospital ou que seu corpo tivesse se tornado geleia ou que cada um de seus músculos protestasse. Rory a abraçou com força, e Pippa retribuiu o abraço.

Quando estava sem fôlego, ela se afastou e abriu os olhos de novo, aliviada por Pippa ainda estar ali. Por Pippa sempre ter estado ali.

— Você me assustou – disse Pippa, respirando contra seu ouvido, e Rory sentiu a voz dela fazendo sua coluna inteira formigar até as partes mais distantes de seu corpo, despertando-a.

— Não me diga que ia sentir saudade.

Pippa riu, e o som era lindo, e Rory queria ouvir de novo e de novo e de novo, pelo resto de sua vida. Ela encostou a testa na de Pippa, fechando os olhos e respirando fundo, sentindo a segurança que o gesto carregava. A certeza de que era aquilo que queria e a sorte que tinha de ser retribuída.

— Isso vai soar brega – disse Rory –, mas não quero ir pra lugar nenhum sem você.

— Eu gosto quando você é brega – Pippa riu, e Rory quis beijá-la de novo, afundando os dedos em seu rosto, sentindo a realidade em volta delas, suas respirações se misturando. – Me deixa mais forte.

— Eu ainda sou mais forte do que você.

— Vai sonhando, Rory.

Pippa a beijou de novo, e Rory sentiu seu coração derreter da melhor forma possível. Em vez de queimar de dor, tudo estava sob controle outra vez. Com Pippa ao seu lado, ela também se sentia mais forte. Rory tinha esperado tanto tempo por isso que sequer acreditava que um dia aconteceria.

— Não me importa contra quem vou ter que lutar – disse Rory. – Se você estiver comigo, luto contra todo mundo. Dou um jeito, faço o que for preciso. Não estou mais com medo. Não vou te deixar escapar tão fácil.

Pippa apertou a mão dela.

– Eu também não vou te deixar escapar.

– Ótimo – disse Rory. – Quer dizer... exceto agora. Eu preciso ir a um lugar.

Pippa franziu a testa e começou a protestar, mas Rory pulou da cama. Pousou sob os pés, estalando as juntas, e viu a mochila no canto do quarto. Ela a pegou, olhando para os livros.

– Eu não devia chamar o médico? – perguntou Pippa. – Você não devia andar ainda. A pancada na sua cabeça foi forte.

– Eu vou ficar bem – disse Rory.

Ela podia ouvir a festa lá embaixo. A noite da formatura. O fato de os médicos não estarem ali mostrava que todos a deixaram lentamente, desistindo em silêncio.

Exceto Ella. Exceto Pippa. As duas não tinham desistido.

Ela respirou fundo, lembrando-se de tudo. Todos estavam em perigo.

Precisava encontrar as amigas. Precisava encontrar Ella. Os livros sempre foram a chave. Penelope sabia disso. Tinha dito *na lata*. Ela sabia de quem era a culpa.

– Foi Ella quem deixou isso – disse Pippa, apontando para a mochila. – Escuta, a enfermeira deve voltar logo, eu posso chamar...

A voz de Pippa fraquejou, e Rory seguiu o olhar dela até a janela. Lá fora, uma enorme floresta de espinhos dominava todo o perímetro da escola.

– Ah, merda – resmungou Rory.

– O que está acontecendo? – perguntou Pippa, seus olhos procurando respostas na expressão de Rory. – Tem certeza de que você deveria ir lá pra fora?

Rory pegou a mochila e procurou roupas que coubessem nela. Felizmente alguém tinha deixado uma muda de roupa em sua mesinha de cabeceira. Ela encontrou uma camiseta e uma calça e as vestiu. Depois, calçou um par de tênis antigos. Ainda sentia a névoa rondando sua mente, os pensamentos se debatendo, mas seu propósito era claro.

– Você confia em mim? – perguntou Rory.

– Sim – respondeu Pippa.

314

– Então volta pro seu quarto, eu te encontro depois – disse Rory. – E aí você pode chamar o médico, e eu vou ficar sentada aqui por três horas enquanto examinam minha cabeça.

Rory não conseguiu se despedir, não depois de tudo. Talvez, se pudesse acabar com aquela bagunça, conseguisse contar a verdade para Pippa. Depois daquilo, as duas teriam todo tempo do mundo.

Se pudesse fazer essa única coisa.

Se chegasse até Ella a tempo.

Se encontrassem uma saída, juntas.

63

YUKI

Yuki chegou ao castelo um pouco depois da meia-noite. Ela ouviu o relógio soar ao longe, um sino agourento predizendo um futuro terrível, e sentiu as próprias entranhas virando água. Os jardins estavam escuros quando os atravessou, como se todas as luzes tivessem sido retiradas, restando apenas as sombras para cercá-la.

Ela não entrou na escola. O salão de baile estava iluminado e dava para ver as pessoas lá dentro. Yuki desejou poder parar por um momento, sentir o ar ao seu redor, ver as garotas mais uma vez.

Eram apenas desejos, e ao olhar para cima, ela sentiu o ar denso que a cercava, seu cabelo dançando ao vento às suas costas.

– Você veio – falou uma voz, e Yuki se virou para encarar a sra. Blumstein. – Bem a tempo.

A garota não se permitiu ficar intimidada. O colar em seu bolso palpitou na presença da professora, como se tudo contido ali quisesse se libertar. Ela envolveu os dedos em volta do objeto, congelando-o com sua magia.

A sra. Blumstein não pareceu perceber isso.

– O que você quer? – perguntou Yuki.

Ela não estava com medo. Tinha juntado as últimas peças.

– Salvá-las, é claro – respondeu a professora, gesticulando com a cabeça para o castelo acima. – É hora de tudo isso acabar, Yuki. Já foi longe demais.

– Porque chegamos perto demais de quebrar a maldição, não é?

A sra. Blumstein riu, seu rosto pálido enrugando-se de desprezo. Um poder antigo a distinguia. Um poder que Yuki teria percebido se tivesse prestado atenção.

– Você nunca chegou nem perto de quebrá-la ou sequer de entendê-la – respondeu a mulher. – O que você realmente sabe, se Reyna não pôde te contar nada?

– Sei que a maldição está nos livros – respondeu Yuki. – Sei que vocês a lançaram depois que Reyna quebrou as regras.

– As regras? – exclamou a sra. Blumstein. – As regras! Magia é algo mais poderoso do que *regras*, menina. É antiga, é ancestral, não se curva a meros desejos.

– E mesmo assim se curvou – retrucou Yuki, e um lampejo de raiva passou pelos olhos verdes da sra. Blumstein. – Eu não estou aqui? Reyna não me criou?

– Você é um erro – disse a mulher. – Um erro a ser punido. O que você é, além de palavras escritas em uma página? Um pedaço de papel, sem nada de novo a ser acrescentado, ainda presa às próprias raízes. Basta olhar para o seu rosto para saber.

Yuki não precisava olhar o próprio rosto. Passara tempo demais olhando, se perguntando se havia algo errado com ela, por que era diferente, por que sentia a necessidade de fingir que tudo estava bem mesmo quando não estava.

Aquela bruxa não conseguiria insultá-la.

Yuki se conhecia de dentro para fora, e a magia que pulsava dentro dela não era anormal. Era parte dela, tornava-a real. Ela era tão real quanto qualquer uma das garotas, vivera e morrera tantas vezes quanto elas.

– Então você está punindo Reyna por algo que considera um erro – disse Yuki, sua voz entediada, a fúria escondida, mas ainda tão afiada quanto uma lâmina. – Trezentos anos do mesmo ciclo. Já não se cansou disso?

A sra. Blumstein sequer piscou.

– Para qualquer ato de magia, é necessário um sacrifício. E quando Reyna não foi capaz de enfrentar o próprio erro, ela amaldiçoou todas nós a supervisionar esses ciclos infinitos.

317

– E em troca ela arrancou a sua magia – completou Yuki, tirando o colar do bolso. – Eu sei o que é isso.

A sra. Blumstein deu um passo em frente, e então Yuki estendeu o pingente, sentindo a onda de sua magia empurrar a professora. Quando o aproximou mais da sra. Blumstein, a mulher tropeçou, quase perdendo o equilíbrio.

Yuki riu.

– Sei que não pode tocar nele. Faz parte da magia, não é? Não poder tocar a coisa com a qual foi amaldiçoada?

Antes, ela estivera indiferente demais para enxergar seu próprio papel naquilo. É claro que Yuki em si era a maldição. Ela era o motivo de a maldição existir.

Reyna criara Yuki, tecendo seu desejo do nada, e Yuki agora era a punição de Reyna sob a maldição das bruxas. Vê-la renascer e morrer de novo, sem nunca poder tocá-la. Estar presente, mas nunca alterar o curso do destino. E Reyna, em sua raiva, infligira a própria retaliação, forçando todas elas a testemunharem o mesmo ciclo. Agora, nenhuma delas tinha magia própria para deter o curso do ciclo.

– Você está tão presa quanto Reyna – disse Yuki. – Por que acha que pode vencer? Você não pode me oferecer nada que eu não consiga conquistar sozinha.

A sra. Blumstein ergueu o rosto para encará-la.

– Posso oferecer a vida de suas amigas – disse a professora, e isso mudou tudo.

Yuki paralisou, o pingente ainda em mãos.

A sra. Blumstein sorriu outra vez.

– Vai deixá-las presas nessa maldição por sua causa e por causa de Reyna, Yuki? É tão egoísta que não está disposta a trocar sua dor para poupar a das outras?

– Você criou a maldição – disparou Yuki. – Foi sua vontade arrastar todas nós para isso, para início de conversa.

– Você nasceu do livro, as outras foram uma consequência – disse a professora. – A vida delas se tornou o que estava nas páginas porque o livro ganhou vida. Mas você ainda pode impedir os destinos delas.

Yuki quis gritar. A raiva borbulhou por dentro, e ela sentiu algo crescer ao seu redor, nos jardins. Não sua magia congelante, mas outra coisa. Era Grimrose, fluindo através de sua magia, os arbustos e os jardins crescendo, tentando reagir.

Crescendo até se transformar em uma floresta de espinhos.

A sra. Blumstein pestanejou, encarando Yuki de novo, mas a garota não estava realmente fazendo os espinhos crescerem; estava apenas incitando parte daquilo. A floresta era obra do castelo – aquele castelo que vira todas elas sofrerem, que conhecera suas mortes intimamente, que presenciara o cumprimento de seus destinos de novo e de novo. Yuki estava dando a Grimrose sua liberdade porque Grimrose também era parte da história.

– O que você quer? – Yuki gritou. – Do que vale sua palavra?

– Se você quebrar o colar, terei minha magia de volta – respondeu a sra. Blumstein. – Se quebrar o colar, eu as libertarei da maldição.

– Qual é o porém? – perguntou Yuki, totalmente ciente de que estavam em um impasse.

Enquanto isso, a maldição ainda estava em andamento. A certa altura, chegaria em todas as garotas. Era um jogo manipulado, criado pelas bruxas para que elas mesmas vencessem. Penelope barganhara o próprio segredo por um final feliz, mas nem mesmo os vilões tinham direito a isso. Ela fizera tudo aquilo em vão.

– O porém é que você morre – disse a sra. Blumstein. – Você está certa. Estamos todas cansadas dessa punição. Quero me libertar disso tanto quanto você. Para acabar com a maldição, você precisa morrer. Pela última vez.

A maldição terminaria, assim como a vida de Yuki, para sempre.

Ela não teria uma nova chance de ver Reyna. De ver as amigas.

Contudo, morreria sabendo que elas escapariam, que teriam um novo caminho para trilhar. Uma chance de um final feliz.

Os contos haviam lhe ensinado muito bem. Sacrifícios sempre valiam alguma coisa.

Yuki mexeu o colar nas mãos, virando o coração de rubi. Sabia que aquilo fazia parte do próprio coração – ou talvez do de Reyna.

Não parecia fazer diferença. Às vezes, Yuki desejava ter nascido sem um coração. Teria evitado todo aquele transtorno.

Ela queria rir. Queria chorar.

Ela queria queimar o mundo inteiro através de suas lágrimas e sua raiva e sua dor, porque estava ali, estava viva. Nunca se sentira tão viva até aquele momento, mas, quando olhou para o castelo, soube o que tinha que fazer.

Havia outras garotas tão vivas quanto ela, e que mereciam seus finais felizes.

E não era isso o que ela queria, de qualquer forma? Protegê-las, não importasse o custo?

Talvez Yuki só fosse boa para isso. Talvez sua dor fosse o sacrifício que todas precisavam. A dor foi tudo o que restou para ela. Yuki cometera erros. Ela revidara suas mágoas. Fizera tudo errado. Agora, podia consertar tudo, podia ter sua própria chance de redenção.

Ela queimara todos os seus elos, e era hora de enfrentar o incêndio.

– Vou obrigar você a cumprir sua palavra com magia – avisou Yuki. Ela encontraria uma forma de voltar se as bruxas mentissem. Ela iria atrás delas, não importava o que custasse, porque era uma promessa que valia seu futuro. Uma promessa que valia seu esquecimento. – O que preciso fazer?

– É muito simples – respondeu a sra. Blumstein.

De dentro do casaco, a mulher tirou algo. Era vermelho sob o luar, tão vermelho quanto as rosas que haviam crescido e aberto espaço em torno do castelo, com seus espinhos terríveis. Os olhos de Yuki levaram um momento para enxergar e compreender.

Uma maçã vermelha.

Ela estendeu a mão na direção da sra. Blumstein. A maçã não pesava nada, mas parecia saborosa. Perfeita. Deliciosa. Era seu destino, esse tempo todo.

Yuki olhou através da floresta de espinhos e, por um momento, jurou ter visto Ella pela janela. A garota sorriu, respirando fundo, ciente de que aquilo era a coisa certa a fazer. De que aquela era a única escolha que poderia fazer.

Ela devorara o próprio coração. Sua dor não tinha mais valor.

Yuki quebrou o colar com sua magia e uma lufada de vento as atingiu, o feitiço de uma maldição se dispersando. Ela encarou a sra. Blumstein e observou a bruxa recobrar seu poder, que fluía do colar para as mãos da mulher, envolvendo-se em escuridão, combinando com a magia de Yuki.

Sem hesitar mais, Yuki mordeu a maçã.

64
ELLA

Eleanor rodopiou pelo salão com a mão direita na de Frederick, a outra mão dele em sua cintura enquanto dançavam e dançavam e dançavam. Sentia-se leve, os pés traçando o chão de mármore tão depressa quanto ela circulava pelo lugar, de novo e de novo. O salão se reduzira apenas aos dois, e com a cabeça no ombro dele, ela sentiu que era feliz de verdade e que tudo estava certo.

Exceto que as coisas não estavam certas.

Ella vinha ignorando a voz no fundo de sua mente que tentava romper a bolha, e ela queria gritar com aquela voz. Ela queria ser feliz, e *estava* feliz, pela primeira vez.

Agora, estava livre, mesmo que uma certa lembrança continuasse tentando furar aquela felicidade.

Era ali que ela deveria estar. Bem ali, bem naquele instante, nos braços de Frederick. Ele prometera levá-la embora, mantê-la a salvo. Com a mão apoiada no ombro dele, sentia o calor quase intoxicante de seus corpos se tocando. Sentia que poderia parar de respirar a qualquer minuto, os pulmões diminuindo sem se importar que ela estivesse sem fôlego.

Ella só via o que estava diante de si.

De repente, Frederick olhou para cima, parando de dançar.

– Acho que tem alguma coisa acontecendo do outro lado do salão.

Ella não queria nem saber.

– Provavelmente não é nada.

Frederick franziu a testa.

– Vamos parar por um minuto.

– Agora? – ela quase choramingou. – Devíamos continuar dançando. Não quero parar.

Ela sorriu, sua felicidade borbulhando até a superfície, parecendo quase delirante. Envolvendo-o com os braços, ela o arrastou até a sacada. Frederick balançou a cabeça, mas a seguiu mesmo assim.

– Vem comigo – sussurrou ela, e ele não protestou mais.

Ella o puxou para longe, meio embriagada pela companhia do rapaz, maravilhada por simplesmente estar no baile. Como desejara isso! Seu coração estava leve e um pouco agitado, mesmo ela não tendo bebido nada.

Havia algo que precisava se lembrar, tinha certeza disso, mas, mesmo tentando, não conseguia recordar. Talvez fosse o de sempre: sua ansiedade tentando se esgueirar em seus momentos felizes.

Ela se recusou a deixar que seu transtorno arruinasse tudo.

– Você está diferente – disse Freddie quando chegaram à sacada.

A brisa noturna carregava o aroma forte das rosas.

A mente de Ella tropeçou outra vez, quase se lembrando de algo, mas ainda não.

– Eu sou livre agora – disse a garota, simplesmente, relaxando os ombros.

– Certo – disse ele, sorrindo com os olhos. – Sabia que eu estava esquecendo alguma coisa.

A sacada estava escura demais, mas Ella não se preocupou. Frederick estava lá, com os olhos presos ao dela, tocando suas bochechas, acariciando seu rosto com o dedo.

Os lábios de Frederick eram macios, mas Ella era exigente. A garota abriu a boca para o namorado, com força e firmeza, sentindo a mudança no ritmo quando a língua dele deslizou para dentro. Ela cambaleou contra a balaustrada da sacada e agarrou a camisa dele, puxando-o para mais perto, sem se importar de estar arruinando as roupas do namorado, a boca pressionada contra a dele com firmeza enquanto sua respiração ficava mais irregular.

Frederick beijou seus lábios, seu pescoço, seu queixo, e Ella sentia a respiração fraquejar cada vez que pressionava o corpo com mais força contra o do rapaz. Podia sentir cada parte dele, e suspirou seu nome, baixinho.

– Ainda não acredito que você veio essa noite – disse ele no ouvido da garota. – Como está se sentindo?

Ella não queria conversar. Puxou a boca dele para a sua de novo, sentindo o corpo inteiro pulsar na mesma frequência de seu coração.

– El – Freddie gemeu quando ela mordiscou sua orelha, e ela sentiu seu poder sobre ele, a forma que podia fazê-lo derreter, se quisesse. E Ella queria, porque nada mais no mundo importava. – Espero que esteja pronta para os seus presentes.

– Eu estou – respondeu ela, beijando-o de novo.

Dessa vez, Freddie parou de falar e pressionou as costas dela contra a sacada. Ella se sentiu deslizando com as mãos dele em sua cintura, mantendo-a firme. Frederick a ergueu sobre a balaustrada e ela o envolveu com as pernas.

E então, algo espetou a nuca de Ella.

O espinho de uma rosa.

A garota ficou de pé de súbito, a mão indo direto ao machucado, e seus dedos voltaram vermelhos de sangue. Freddie beijou seu pescoço, sem perceber. Beijou sua boca, e Ella estremeceu, porque lá estava de novo um vislumbre da lembrança, sua ansiedade aumentando. Frederick parou, encarando os olhos da namorada.

– Aconteceu alguma coisa?

– Eu… – Ella hesitou. Momentos antes, nada estava errado. Ela sentira a felicidade de novo. Se olhasse mais uma vez nos olhos de Freddie, se ele a beijasse, ela sabia que poderia deixar tudo para trás de uma vez por todas. – Eu não sei.

Ele a encarou, questionando, ainda com a mão em sua cintura.

– Está tudo bem, não precisa fazer nada por mim. Só estou feliz por você estar aproveitando a festa. É… – Ele parou, bagunçando o cabelo e dando uma risadinha. – Nem acredito que ainda não falei isso.

– Não falou o quê? – perguntou Ella, ainda olhando para o sangue em sua mão, lentamente despertando.

– Feliz aniversário.

E de repente, Ella se lembrou.

Seu aniversário. Os espinhos em volta da escola. O pingente desaparecido. O fim da maldição.

Yuki.

Ella deu um salto, soltando a mão de Freddie.

– Preciso ir – disse a garota.

Sua cabeça girava, como se parte dela ainda estivesse tentando tragá-la para o sonho. No entanto, o próprio coração martelava no peito, o corpo se rebelando enquanto a ansiedade pressionava seus pulmões, e de repente ela ficou consciente de tudo ao seu redor.

– Agora? – perguntou Freddie, confuso, mas Ella não respondeu.

Já tinha perdido tempo demais, distraída por alguma magia que havia transformado sua mente em névoa.

– Desculpa – disse ela. – Preciso ir.

Ella correu pelo salão lotado e saiu para os jardins pela porta dos fundos, e Frederick seguiu atrás dela. Quando chegou à escadaria, o sapato de seu pé direito escorregou e caiu no degrau.

Freddie parou, mas Ella seguiu em frente, virando-se para trás apenas o suficiente para vislumbrá-lo pegando o sapato, que parecia quase transparente sob a luz. Como se fosse feito de cristal.

Ella continuou correndo e não olhou mais para trás.

65

NANI

Nani entrou no salão e imediatamente percebeu os espinhos crescendo do lado de fora das janelas. Não parecia nenhuma magia que já tivesse visto antes, e ela se perguntou se os espinhos seriam para manter as pessoas afastadas do castelo ou presas ali dentro.

Um calafrio perpassou seu corpo.

Ela procurou entre os rostos, abrindo passagem na multidão, mas não viu Svenja. O melhor lugar para ela estar era ali, no meio das pessoas, mas Nani não a encontrou em lugar nenhum. Odilia a desafiara a considerar os riscos. Para ela, isso era divertido – a tensão, o desespero crescente de Nani. Para ela, tudo era um jogo.

Nani só precisava encontrar uma pessoa. Buscava entre os rostos, mas todos pareciam derreter em um borrão, os óculos embaçados pelo calor do salão. O coração batia forte no peito, os pulmões comprimidos enquanto ela tentava se manter concentrada.

Se perdesse Svenja, perderia a única pessoa que tinha pedido para ela ficar.

Era simples assim. Nani vinha esperando por alguém que fizesse o que o pai nunca tinha feito: ficar com ela. Alguém que gostasse dela o bastante parar querer que ela também ficasse.

Nani piscou e, como em uma miragem, Svenja surgiu diante de seus olhos. Estava de branco, com o cabelo em um coque bem preso e maquiagem escura nos olhos. A garota sorriu.

– Oi – disse ela. – Por que não me contou que estava voltando?

Alguma coisa estava errada. Nani não conseguia entender. A garota diante dela era a mesma que estava na estação de ônibus. Odilia.

Nani recuou, cambaleando.

– Como chegou aqui tão rápido? – ela exigiu saber, frenética. – Cadê Svenja?

A garota franziu a testa.

– Estou aqui. O que aconteceu? Você parece pálida.

– Precisamos ir para um lugar seguro – disse Nani, perdendo o fôlego. – É uma armadilha. Ela vai tentar te machucar.

O olhar de Svenja continuava confuso.

– Nani, se acalme.

Svenja a abraçou e Nani se deixou afundar nos ombros dela por um momento, sentindo a pele macia e o aroma do perfume da garota. No entanto, algo alertou seus sentidos de novo. Aquele não era o perfume de Svenja. Nani a empurrou, confusa.

Quando se afastou, Nani viu outra garota com o mesmo vestido branco e a mesma maquiagem escura, como aquela que havia abraçado.

– Nani? – perguntou a segunda garota, e por um minuto a mente de Nani se esvaziou.

As duas tinham exatamente a mesma aparência; suas semelhanças se mesclavam em um borrão, e Nani não sabia determinar a diferença entre as duas. Assim que ela se deu conta disso, a primeira garota arrancou seus óculos, e tudo se tornou nebuloso.

A falsa Svenja recuou depressa, mas, sem os óculos, Nani enxergava apenas borrões coloridos e fios luminosos. Ela estreitou os olhos, mas as meninas pareciam exatamente iguais, seus rostos fora de foco impedindo que visse os detalhes que diferenciavam uma da outra.

As duas estavam perfeitamente imóveis, sem expressão. Uma espelhava a outra, estranhamente duplicadas.

– Eu sou a verdadeira – disse a Svenja da direita, sua voz desesperada. – Por que você voltou? Pensei que estivesse com seu pai!

– Ela está mentindo! – gritou a da esquerda. – Eu te liguei pedindo pra voltar. Ela quer me matar.

Nani olhou de uma para a outra, sua visão enevoada, a fumaça do salão tornando tudo pior. Lembrava-se o bastante do conto para saber o que aconteceria se escolhesse a garota errada.

– Por favor – as meninas imploraram juntas.

– Não acredite em uma palavra do que ela diz.

– Foi ela quem armou isso tudo.

– Por favor, sou eu. Você me conhece, Nani.

As meninas deram um passo à frente, juntas, fuzilando uma à outra com o olhar. Nani sentiu seu desespero crescer, o pânico aumentando enquanto tentava se lembrar das marcas distintas. Havia passado todo aquele tempo com Svenja, e não tinha sido o suficiente.

Porque Ella estava certa.

Nani não se abrira com Svenja. Nani nunca esteve *presente*. Tinha tanto medo que alguém a conhecesse de verdade, que conhecesse seus medos e pensamentos e ainda assim virasse as costas para ela, que se fechou em si mesma para todas essas experiências.

Porque Nani Eszes era uma covarde.

E agora era tarde demais, e ela precisava fazer uma escolha.

– Nani, você lembra da sua promessa? – perguntou uma das meninas de branco. – Lembra da flor?

– A flor que você me deu? – disse a outra, e Nani percebeu que até mesmo os momentos mais íntimos entre ela e Svenja haviam sido observados, roubados. – Bem, ela secou. Você não voltou a tempo.

Nani tinha que escolher.

Mas tinha mesmo?

Ela fechou os olhos. Não podia escolher entre as duas, em partes por medo de escolher a garota errada, mas também porque sentia que não *deveria* precisar fazer isso.

Nani era, sim, uma covarde, mas também era teimosa como uma mula. E ninguém a obrigaria a tomar uma decisão que não queria.

Ela deu um passo para trás.

328

– Svenja, sei que você está com medo. Seja lá qual de vocês for a real. E sei que está torcendo pra que eu te escolha, mas não posso fazer isso.

– Não sabe a diferença entre eu e ela? – as duas falaram ao mesmo tempo, e Nani balançou a cabeça.

Ela não se sentia mais desesperada. Estava calma, com os olhos sem foco.

– Sei que já conversamos sobre isso antes – disse Nani –, e é verdade. Eu não deixei você se aproximar. Eu gosto de você, mas nunca me abri de verdade pra você. E, de todo jeito, o que significa isso? Eu não posso escolher porque, durante todo esse tempo, eu não te conheci de verdade.

Admitir isso foi como levar uma facada na barriga. Nani perdera a batalha, e seu coração se apertou no peito. Gostava de Svenja, mas nunca tinha se aberto o bastante para que o sentimento entre elas crescesse. Não tinha regado ou cuidado; tinha meramente deixado sobreviver.

E sobreviver não era o bastante para o amor. Ele precisava florescer.

– Não posso te salvar – Nani continuou, incentivando a outra garota a acreditar, a entender o significado de suas palavras. Queria deixar a luz entrar. Queria abrir seu coração para Svenja, queria se apaixonar, e se acabasse magoada, então ficaria magoada, e tudo bem. Ela queria ser reconhecida por quem era. – Mas você pode salvar a si mesma.

Uma das garotas deu um passo à frente, a outra recuou. Foi simples assim para diferenciá-las.

– Você é a pior namorada do mundo – disse Svenja, e Nani riu.

Foi então que Odilia percebeu que cometera um erro. Ela tirou algo do vestido, afiado e brilhante, e quando avançou para atacar, Nani instintivamente empurrou Svenja para longe.

– Eu vou tomar seu lugar! – gritou Odilia, apontando a faca para a prima. – Nem que seja a última coisa que eu faça!

Svenja gritou, lançando-se para trás, e quando Odilia ergueu o braço pela segunda vez, Nani pulou na frente para impedi-la. Odilia grunhia enquanto Nani recuava, a lâmina alcançando seu braço e deixando um corte vermelho, o cheiro de sangue invadindo o ar.

Odilia tentou passar por cima dela, mas Nani se manteve firme. Quando a garota sorriu, Nani viu que o primeiro ataque havia sido bem-sucedido. Algo vermelho cobria o vestido de Svenja.

Seu sangue.

As pessoas gritavam ao redor delas, percebendo o que estava acontecendo, mas Nani não podia vacilar. O mundo se reduzira às três, com Nani tentando impedir Odilia de assassiná-las.

Odilia atacou de novo, chutando sua panturrilha, mas Nani era mais forte e usou seu peso contra a oponente. Svenja ainda estava imóvel no chão.

— Pare com isso! — Nani gritou.

— Só por cima do cadáver dela!

Odilia deu outro golpe com a faca e Nani se chocou contra ela, envolvendo sua cintura com os braços, tentando impedir sua fúria, atirando-a para trás. Sentiu um rápido movimento atrás da oponente, uma sombra emergindo, e tão rápido quanto a briga começou, Odilia caiu no chão, assim como a faca, que tiniu alto.

Rory estava sobre o corpo da garota, seu cabelo curto afofado para cima, o livro erguido na mão como uma arma, e por um momento, pareceu uma visão. Era surreal vê-la de pé, acordada.

— Jesus — disse Rory. — Eu durmo por duas semanas e a escola vira essa bagunça.

Ela sorriu para Nani, que não sabia se abraçava a amiga, se abraçava Svenja ou se simplesmente começava a chorar. Rory então se ajoelhou ao lado de Svenja, poupando Nani da escolha.

A ferida de Svenja não parecia tão ruim, mas o sangue jorrava sem parar. Nani pressionou o ferimento e a garota fez uma careta.

— Boa saída — disse Svenja, tentando ser engraçada.

Nani sorriu, piscando para afastar as lágrimas.

— Você não está brava?

— Eu estou puta da vida — Svenja grunhiu. — Com você, por demorar tanto pra perceber isso.

— Você não devia estar falando.

– Você vai me ouvir pelo resto da vida – rebateu Svenja, enfática. – Quando acabar com você, quando terminar de descobrir todos os seus segredos e tudo o que tem pra saber sobre você, Nani Eszes, nesse dia, e não antes disso, vou calar a boca, porque estarei ocupada demais te beijando.

Nani sorriu de novo e Svenja a puxou para um beijo. Rory grunhiu alto ao fundo, e Nani ajudou a namorada a ficar de pé. Todos os alunos tinham ouvido a comoção, metade do baile parado assistindo à cena.

– A gente precisa ir – disse Rory. – Ella está em perigo. E, pelo jeito, Yuki também.

Nani encarou Svenja, que balançou a cabeça. Então, ela se inclinou e pegou algo no chão. Os óculos de Nani.

Svenja o colocou a armação de volta no rosto da namorada.

– Eu vou ficar bem – disse ela. – Não passa de um ferimento superficial.

– Eu gosto de você – Nani sussurrou. – E mal posso esperar pra isso se tornar algo mais.

Svenja sorriu e roçou o dedo na bochecha de Nani, as duas se encarando. Nani não queria ser a primeira a desviar o olhar.

– Eu também – disse Svenja, e então a beijou de novo. – Agora vá. Presumo que você tenha outras pessoas para salvar.

Nani assentiu enquanto Rory esperava atrás delas.

Svenja ficaria bem. Elas recomeçariam do jeito certo. Teriam outra chance.

Porém, antes disso, Nani precisava ajudar as amigas.

Pela primeira vez em meio ao caos, ela sabia onde realmente era o seu lugar.

66
YUKI

67
ELLA

Ella correu pela floresta de espinhos. As pontas afiadas espetavam sua pele enquanto tentava passar, as mãos e os braços impedindo que os piores golpes atingissem os olhos. Seus braços e pernas estavam cobertos de arranhões, e um espinho tinha perfurado em cheio sua bochecha direita, deixando uma linha vermelha entre as sardas.

Ainda assim, Ella mal os sentia enquanto corria, seu vestido rasgando, deixando pedaços de tecido presos no matagal. Ela se apressou, sem parar, até sair da prisão e entrar no jardim.

Ainda usando um único pé do sapato, ela paralisou. A primeira coisa que viu foi um corpo caído, com uma maçã ao lado.

– Não! – gritou Ella, mas aquele grito ficou preso na garganta, e então correu adiante, o coração batendo tão alto que não conseguia ouvir mais nada.

Ela caiu de joelhos e colocou a cabeça de Yuki em seu colo. Os olhos da amiga estavam fechados, seu peito não se movia. Ella sentiu seu corpo inteiro tremer, as lágrimas escorrendo livremente pelas bochechas.

– Não – choramingou Ella, ainda segurando Yuki. – Você também não. Por favor.

A garota se engasgou com as palavras, tentando conter as lágrimas, tentando encontrar ar em seus pulmões, mas Yuki permanecia imóvel. Os ombros de Ella caíram quando o mundo inteiro foi tirado debaixo de seus pés.

Ela não secou as lágrimas. Ela mal conseguia raciocinar... e Yuki estava... Yuki estava...

– Cale a boca! – rugiu alto, a raiva aumentando. – Não diga isso! Não é verdade!

Ela afastou o cabelo do rosto de Yuki, ajeitando os fios pretos atrás de suas orelhas. A amiga parecia tão tranquila que Ella quis rir. Parecia tão diferente de quem realmente era. Um soluço subiu por sua garganta, e quando levantou a cabeça, Reyna estava ali, parando de andar ao ver o corpo de Yuki. Sua expressão era de choque, mas Ella era esperta demais para acreditar nisso.

– Você – acusou a garota. – Você fez isso.

Reyna abriu a boca, mas não saiu som algum.

Ella se levantou, pousando cuidadosamente o corpo de Yuki sobre a grama. Dentro da bolsa, a garota encontrou uma de suas agulhas de tricô. Ela a segurou, fechando o punho com força. Era o mais perto que tinha de uma arma.

Queria rir do ridículo da situação: uma garota que não conseguia lutar tentando proteger a única coisa que ainda lhe restava. Colocando-se na frente de Yuki, com a arma empunhada, Ella não deixou Reyna se aproximar.

– Eleanor, me escute – a diretora começou a falar, mas a garota balançou a cabeça.

Não iria escutar. Ela não aguentava mais – tinha perdido todas as amigas para aquela maldição.

Ari. Rory. E agora, Yuki.

Chega.

– Espero que esteja feliz! – gritou Ella, sentindo o gosto amargo da bile misturado ao sal e ao sangue de seu rosto. – Era isso que você queria!

– Minha intenção nunca foi essa – disse Reyna, sua voz fraquejando, seus olhos marejados. – Yuki é minha menina. Você não entende?

A diretora deu um passo à frente e Ella ergueu sua agulha de tricô.

– Não chegue mais perto.

– Me deixe vê-la. Eu preciso... *por favor.*

Mais pessoas saíram das sombras do jardim, e Ella não se surpreendeu ao ver a sra. Blumstein. Estava acompanhada da srta. Bagley e da srta. Lenz, as três com os mesmos olhos verdes brilhantes.

– Sentimos muito – disse a sra. Blumstein, sua voz tranquila e monótona. – Ninguém queria que acontecesse dessa forma.

Ella balançou a cabeça, o braço ainda erguido.

O que aquelas mulheres sabiam sobre a perda que estava sentindo? O que sabiam sobre perder metade do coração? O que sabiam sobre ser jovem e não ter nada a se apegar, exceto essa única coisa boa, mesmo que pudesse se tornar terrível, mesmo que pudesse matá-la?

Ella teria morrido por Yuki. Mil vezes. Quantas vezes fosse preciso.

Reyna deu mais um passo na direção de Yuki, mas Ella não vacilou. Talvez o estrago que pudesse infligir não fosse muito; inevitavelmente, a garota fracassaria. Dava para ver a magia pairando no ar: a maldição, a amaldiçoada e Ella, o elo mais fraco. Não tinha a coragem e a ousadia de Rory, a inteligência e a determinação de Nani, nem era protetora e verdadeira como... Ela não conseguia terminar a frase.

Ela não tinha magia.

Era apenas uma garota terrivelmente ordinária.

– Vá embora, Eleanor – ordenou Reyna. – Essa briga não é sua.

– É, sim – rebateu Ella, com firmeza, embora seus joelhos sacudissem e seu pé descalço tremesse. – Não vou permitir. Você já causou dor demais.

– Ella – Reyna falou, agora com a voz calma. – Você vai acabar se machucando. Nós podemos consertar isso. Eu não vou tocá-la. Não *posso* tocá-la.

– Eleanor, apenas você tem o poder de terminar essa história – disse a sra. Blumstein.

Ella olhou para a mulher e, de repente, viu uma onda sair do dedo da professora, uma névoa verde que envolveu a agulha em sua mão. A agulha se tornou mais pesada, mais longa, seu formato ondulando enquanto a segurava.

Quando a névoa se dissipou, Ella empunhava uma espada.

– Que isso acerte o coração de sua inimiga – profetizou a sra. Blumstein.

Como se a espada a guiasse, Ella soube o que fazer. Tinha observado Rory muitas vezes para aprender, então era simplesmente uma imitação. A garota ergueu a espada acima da cabeça, e Reyna se protegeu com o ar.

Ella colidiu contra a barreira invisível, obrigando Reyna a recuar, deixando a espada fazer o trabalho sozinha.

– Eleanor, você precisa me ouvir! – a diretora gritou enquanto a espada zunia pelas laterais do seu corpo, enquanto tentava erguer outro escudo invisível para impedir o golpe. Ella não conseguia parar, seus músculos se moviam sozinhos. – Essas três estão controlando você! Nós ainda podemos salvá-la!

Ella não vacilou em sua determinação, mexendo o corpo depressa enquanto se projetava para a frente, enquanto se movia com uma força além da sua. Sentiu a mesma névoa estranha e nebulosa envolver sua mente, um borrão dominando sua capacidade de pensar, tentando entorpecê-la, impulsionando-a em direção a um único objetivo.

Ella golpeou com a espada e Reyna ergueu a mão, empurrando-a. A garota cambaleou e então se ergueu de novo, espada empunhada. Dessa vez, atacou ainda mais rápido – esquerda, direita, esquerda e esquerda de novo. A lâmina colidia contra o ar enquanto Ella ganhava ritmo, começando a atacar antes que Reyna pudesse bloquear.

Ella a encurralou contra a parede do castelo, a raiva e o luto a guiando.

Reyna tentou se desvencilhar, mas bateu contra a parede de pedra e caiu no chão. Estava encurralada, indefesa, derrubada.

– Mate-a! – A voz da sra. Blumstein ressoou pelo jardim, e por um momento a garota parou, a espada apontada para o pescoço da diretora. – Acabe com isso!

Ella olhou nos olhos de Reyna, as lágrimas a sufocando.

– Por favor – murmurou a mulher, erguendo a cabeça. – Yuki é a única coisa que tenho.

336

Ella segurou a espada com força, incentivando-se a seguir em frente.

Os olhos de Reyna estavam arregalados, e Ella viu seus próprios sentimentos refletidos no rosto da diretora – impotência, medo e, acima de tudo, luto, algo que não podia ser explicado ou simulado por quem nunca perdeu alguém. Um luto que ninguém jamais compreenderia. Uma tristeza inerente à perda que haviam sofrido, e Ella percebeu que não conseguia fazer aquilo.

Já tinham sofrido mortes demais. Luto demais. Ela não acrescentaria mais dor àquela história horrível.

Ella abaixou a espada.

– Eu mandei matá-la! – berrou a sra. Blumstein.

– Não – Ella disse calmamente, e seu corpo inteiro se libertou do feitiço da espada, do magnetismo de sua fúria.

A garota enfiou a lâmina na grama. Não pegaria mais na arma.

Em seguida, virou-se para a sra. Blumstein.

– Chega. – Os pulmões de Ella doíam, as lágrimas ameaçavam escorrer de novo. – Já basta. Não quero fazer parte desse ciclo.

Ela se virou e encarou Yuki, mais distante, e caiu de joelhos de novo, sem forças para ficar de pé. Os músculos estavam doloridos; os pulmões, cansados; o corpo, em frangalhos. Mas o pior de tudo era o vazio em seu peito, que nunca voltaria a ser inteiro.

Não ligava para quem havia sido amaldiçoado. Não se importava com o motivo. Tudo que sentia era uma dor imensa no coração.

Um grasnado ecoou no céu, como um trovão se formando, e Ella viu que as três professoras encaravam Reyna, ainda caída no chão, seus olhos arregalados ainda encarando Yuki.

– É hora de acabar com isso – disse a sra. Blumstein.

E então, de súbito, Ella percebeu que tinha entendido tudo errado.

68

RORY

Rory foi na frente, desejando ter trazido sua espada para abrir caminho pela floresta de espinhos. Ela os afastava para longe com o Livro Preto, esmagando qualquer obstáculo no trajeto como se fosse um tanque de guerra. Nani caminhava atrás dela com o outro livro. Rory sabia que nem todas as batalhas exigiam força, mas aquela parecia ser o caso.

Sua respiração estava ofegante, os músculos tensos pelo tempo que passara dormindo. Sabia o que as esperava no jardim e estava torcendo para não ser tarde demais. Pela primeira vez na vida, Rory se preocupou por não conseguir salvar ninguém. Antes, achava que não precisava de ninguém, e estava tão, tão errada.

— Então você tá dizendo que eram as professoras? – Nani perguntou atrás dela, esmagando outro arbusto inconveniente pelo caminho.

O trajeto parecia ter sido utilizado, como se alguém tivesse passado por ali apenas momentos antes, mas os espinhos pareciam crescer de novo rapidamente.

— Isso – confirmou Rory. – E acho que Penelope também sabia da verdade. Ela estava trabalhando com as professoras o tempo inteiro.

— Elas sabiam que a garota era uma impostora – Nani murmurou, e Rory quase podia ouvir a mente da amiga analisando freneticamente as possibilidades. – Penelope as chantageou. Ficou com o livro e, em troca, as professoras não contaram quem ela era, nem que tinha assassinado a Penelope verdadeira. Bastou que continuasse ajudando.

Rory balançou a cabeça, concentrada no caminho adiante. Elas não tinham como saber todos os motivos de Penelope ter feito o que fez, mesmo quando estava se protegendo. Ela tinha matado Ari só para ter seu final feliz, e Rory não perdoaria isso com tanta facilidade.

– E elas querem os livros de volta – Nani concluiu. – O que significa que eles realmente são a chave para quebrar a maldição.

Rory arriscou olhar para trás para encarar Nani. Seus cachos ficavam enroscando nos espinhos, o que os deixava ainda mais volumosos. As duas tinham arranhões pelos braços, mas Rory ansiava pela sensação; ela não queria dormir de novo. Queria se sentir viva.

– Acho que sim – concordou Rory. – Mas não sei se encaixamos todas as peças.

– Elas são as responsáveis – disse Nani. – Mas por quê?

Então, houve um grito no jardim. Os olhos de Nani se arregalaram, e Rory ergueu a cabeça, alerta. Reconhecia aquela voz.

Ela disparou, entrando no jardim, e deu de cara com uma cena estranha: Yuki no chão, mas não parecendo ser a forma final da maldição; Ella parada ao seu lado, usando apenas um sapato; e a sra. Blumstein com a mão esticada na direção de uma figura que parecia flutuar no ar, e só então Rory percebeu que era Reyna.

A garota correu.

– Soltem ela! – rugiu Rory, e a sra. Blumstein se virou.

Ella também se virou, surpresa e choque estampando seu rosto.

– Você despertou – as professoras disseram juntas, andando em direção a Rory como se compartilhassem a mesma mente. Reyna caiu de novo no chão, e seu rosto estava vermelho. – Isso não deveria ter acontecido.

– Acordei sim, caralho – disse Rory. – E pode apostar que vou consertar essa bagunça.

Ella correu até Reyna, que estava de olhos fechados e tinha marcas vermelhas em volta do pescoço. Quando Rory se aproximou de Ella, percebeu a espada fincada na grama. Só então Nani as alcançou, surgindo por entre os espinhos. Rory respirou fundo e trocou um olhar com Ella, torcendo para que estivessem todas prontas para fazer isso juntas.

Yuki ainda estava no chão, e Rory rezou para que estivesse apenas adormecida.

– Você não pode consertar isso – disseram as professoras, os olhos cintilando em um tom verde brilhante. Rory não recuou; havia chegado até ali e não tinha medo de truques de mágica. – Essa maldição não é sua para quebrá-la.

Agora Rory entendia isso. Nunca tinha sido delas.

Ela olhou para Reyna, tentando compreender como o resto do mistério se encaixava. Não sabia se sentia alívio ou não, nem se o fato de quem estava no centro da maldição importava.

– Você não vai nos impedir – entoaram as professoras em uníssono, os olhos brilhando.

– Bem, talvez eu não – disse Rory, dando de ombros. – Eu meio que sempre soube que não seria eu a fazer isso.

E assim, Rory jogou o Livro Preto para Ella e foi até a espada. Ella ficou atrás de Rory e ao lado de Nani, que estava com o Livro Branco.

As professoras começaram a brilhar, uma estranha névoa verde as envolvendo, e como se fossem uma única entidade, começaram a se fundir umas nas outras – mudaram de cor e forma, os pescoços se alongando para cima, os rostos se transformando. Um rugido ecoou pelo jardim e a terra tremeu quando elas aumentaram em tamanho, com olhos âmbares brilhantes, as cabeças com longos focinhos e uma expressão perversa.

Rory estava diante de um dragão de três cabeças.

– Você não pode quebrar a maldição – as três cabeças falaram juntas, as vozes reverberando pelos espinhos. – Não pode interferir nos caminhos da magia.

Ella e Nani hesitaram, recuando quando o dragão se ergueu, e Rory ficou paralisada. A adrenalina corria por suas mãos, mas ela não se mexeu.

De alguma forma Rory sabia que, embora seu destino sempre tivesse sido incerto, já que sempre tivera medo de se tornar a governante que deveria ser, os papéis que desempenhava não importavam no final. Agora ela sabia que, não importava qual fosse seu papel, ela sempre cumpriria com sua obrigação. Não importava o que fosse, Rory *encararia*.

Ela não era fraca por vacilar. Era forte por fazer o que precisava ser feito, mesmo que estivesse com medo.

Rory agarrou o punho da espada e a puxou do chão, erguendo-a no alto, sentindo todos os seus músculos se alongarem, permitindo que tudo que a compunha se alocasse. Ia fazer o que era preciso: proteger as amigas e mudar o curso de seus destinos juntas.

Ela daria o seu máximo.

O dragão rugiu à sua frente – ameaçador, assustador, impossivelmente enorme. Ela sentiu a espada em sua mão, a magia da arma alimentando seu corpo, lançando uma barreira de proteção ao seu redor. E essa magia era como Ella, Yuki, Nani. Era como voltar para casa.

– O que você está esperando? – Nani berrou atrás dela.

Rory virou a cabeça e a encarou por cima do ombro.

– Estava torcendo muito pra me transformar igual a She-Ra. Mas foda-se, né?

Ela virou na direção do dragão com um sorriso travesso no rosto, flexionando um dedo de cada vez em volta do punho da arma.

Não estava com medo.

Rory correu para atacar o dragão, empunhando a espada.

69
NANI

Rory gritou ao atacar, girando a espada na direção do dragão. Era um monstro colossal, e Nani mal podia acreditar que sua mente não estava lhe pregando uma peça. Acordaria a qualquer momento, e em vez de garotas mortas, dragões e maldições, estaria em uma cadeira na praia, desmaiada por causa da insolação.

O dragão esmagou a doma de vidro da estufa com a pata, a floresta de espinhos se desfazendo sob seu pé. Uma das cabeças encarou Rory e soltou uma lufada de fogo pelas ventas. Nani observou Rory dar um salto para fugir das chamas, inabalável e ilesa. A espada, de alguma forma, a protegia.

Ao seu lado, Ella segurava o Livro Preto e observava a amiga lutar contra o dragão sozinha.

— Será que dá pra vocês duas darem uma apressada, porra?! — Rory berrou enquanto saltava pelo jardim, rolando para desviar de uma das bocarras do monstro. — Eu não tenho a noite toda!

De alguma forma, Rory estava mantendo a fera completamente ocupada, e o dragão não virou sequer uma de suas cabeças na direção das outras garotas.

Nani olhou em volta freneticamente. Reyna ainda estava no chão, sangrando pelo ferimento, mas não havia tempo para se preocupar com isso. A garota se ajoelhou onde Yuki estava deitada e segurou a mão dela, como seu pai havia ensinado, enquanto tentava abafar o barulho ao redor.

Ela também caiu de joelhos do lado de Yuki. A amiga estava assombrosamente linda, tão parecida com a personagem de sua história que podiam ser a mesma pessoa.

– O livro é a chave – Nani falou baixinho, tentando descobrir o que elas ainda não sabiam.

Yuki não parecia estar respirando. Quando Nani abriu a mão da garota, lá estava o pingente quebrado de Reyna.

Então ele não era parte da maldição, no fim das contas.

Nani olhou de Yuki para Ella, depois para Rory, que ainda lutava incansavelmente, um borrão de cabelo ruivo contrastando com a escuridão ao redor. O dragão rugiu e o coração de Nani se apertou. Elas tinham apenas uma chance de acabar com aquilo.

O colar parecia desprovido de vida, como se todo o seu brilho tivesse ido embora. E talvez tivesse mesmo. Talvez fosse aquilo que Nani havia sentido: a magia voltando para Grimrose, retornando a quem pertencia por direito.

– Eu não entendo – disse Nani, sua voz fraquejando.

Sentia que quase conseguia compreender, a resposta quase ao seu alcance. Elas tinham passado meses juntando evidências – mas talvez esse tivesse sido o problema.

Magia não era algo lógico, não tinha regras rígidas; ela fluía por tudo. Era a grande aventura que Nani havia procurado, e agora que estava acontecendo, ela ainda não entendia seu papel naquilo.

O olhar de Nani encontrou o de Ella, em desespero. Yuki estava quase partindo, elas estavam com os dois livros, mas ainda não sabiam o que fazer. Nani desejou que tudo pudesse ser mais simples, mas desejos não significavam nada naquele momento. Desejos nunca se tornavam realidade.

– Alguma coisa está faltando – disse Nani. – São dois livros, e… e…

A garota tentou fazer seu cérebro funcionar, pensar de forma lógica. Seu olhar pairou em Reyna, e Ella o seguiu.

– Tem mais uma coisa – disse Ella – se a maldição for de Reyna.

343

As duas olharam para Yuki, observando seu corpo imóvel.

– É o sangue – disse Nani, sua mente se iluminando como uma árvore de Natal. – O sangue de Yuki. Temos que conectar os livros. Eles precisam se unir de novo, igual à edição da livraria.

Atrás delas, Rory continuava lutando, o dragão sacudindo a terra. Uma das cabeças se esgueirou para perto de onde as garotas estavam ajoelhadas, mas Rory foi rápida e cortou seu pescoço, o sangue verde escorrendo. O líquido queimou o chão, fazendo uma fumaça subir.

Bem naquele momento, Nani sentiu um movimento minúsculo no corpo de Yuki.

– Ela não está morta – disse Nani. – Ela ainda não se foi, compreende?

Uma expressão de entendimento tomou o rosto de Ella. Nani não podia esperar que a amiga acompanhasse seus pensamentos frenéticos, então segurou uma página do Livro Branco, alinhou a borda do papel com o corpo de Yuki e o passou pelo braço com um movimento rápido.

O corte foi preciso. O sangue brotou da pele pálida da garota, e as páginas dos livros farfalharam, as letras apagando.

– O que vamos fazer? – perguntou Ella.

– Juntar os livros – respondeu Nani.

Ella parecia abalada quando tirou agulha e linha da bolsa e passou as mãos pelo sangue de Yuki, cobrindo-as de vermelho, deixando-as pegajosas. Quando arrancou uma página do livro, a folha saiu com facilidade.

Nani repetiu o processo, encharcando as mãos no sangue de Yuki, o cheiro metálico pairando no ar. Ela despedaçou o livro, arrancando as páginas e reorganizando-as o mais depressa que conseguia, história por história. Ella então pegou a linha e também a molhou no sangue. A agulha passou pelas folhas grossas como se fossem água, as páginas se juntando para formar um único livro.

Quando terminaram, Nani respirou fundo e conferiu a pulsação de Yuki de novo, sentindo-a bem fraca, embora ainda não conseguisse detectar a respiração. Ela parecia em estado de suspensão, muito próxima da morte.

344

Nada havia mudado para Yuki.

– Não funcionou – balbuciou Ella, tão baixinho que Nani pensou ter imaginado.

Nani olhou para o livro perguntando-se onde havia se atrapalhado. Tinha certeza de que ele precisava ser completado, de que precisava se tornar inteiro, e se pudesse simplesmente pegar as páginas e reescrever, aí...

Era um livro de histórias, pensou Nani. Histórias que se tornaram reais.

Elas vinham seguindo-o à risca, seus destinos definidos sem mudança alguma. O livro não podia ser destruído, mas podia ser reescrito.

Seu pai estava certo. Tudo o que Nani podia fazer era escrever a própria história. Era a única coisa que podia quebrar o ciclo.

Só que ela não sabia como exatamente fazer isso – estivera sozinha por tempo demais. Não sabia nem como começar. Contudo, existia outra pessoa que saberia fazer essa tarefa. Alguém que faria um trabalho bem melhor.

– Você precisa escrever outra história – disse Nani, entregando o livro para Ella.

A garota ergueu a cabeça. Tamborilava os dedos inconscientemente na própria perna. Outro rugido ecoou pelos jardins, tão poderoso que as fez estremecer. Rory não seria capaz de conter o dragão por muito mais tempo.

Um sopro de fogo passou por cima delas, e Nani remexeu nos bolsos até encontrar o que estava procurando: uma caneta. Entregou-a para Ella, que apenas a encarava com seus olhos cor de mel arregalados e assustados.

– Sua vez – disse Nani.

– Não posso – falou Ella. – Eu não... Eu não tenho magia.

Nani agarrou a mão da amiga e envolveu seus dedos na caneta.

– Você consegue – disse Nani. – Escreva um final novo para nós. Eu entendi tudo, mas você precisa fazer sua parte. Todas nós precisamos.

– Por que eu? – Ella sussurrou. – Eu nunca fiz nada... Essa não sou eu, eu não faço essas coisas.

— Você fez tudo, Ella – disparou Nani, porque conhecia os papéis de todas elas, conhecia os lugares que ocupavam. Vinham trabalhando juntas para proteger a mesma coisa, para sobreviver. Tudo levava àquele instante, e o coração de Nani estava contente por não ter sido traído. Ainda poderia torcer por um final feliz. – Você foi gentil e acreditou que podíamos acabar com isso mais do que qualquer uma. Você nunca hesitou. É por esse motivo que você *precisa* fazer isso. Nenhuma de nós teve fé. Você pode mudar o livro. Você pode escrever outra história para nós.

Nani ainda segurava a mão de Ella, e quando a soltou, a garota não largou a caneta.

Mesmo quando havia escuridão, ainda havia a luz de Ella. Se alguém podia mudar as coisas, era Ella. Mesmo quando Nani não conseguia ver uma saída para si mesma, mesmo quando todas estavam perdidas, ainda restava alguém.

Nenhuma delas era capaz de quebrar a maldição, porque nenhuma delas acreditava que conseguiria.

Exceto Ella.

— Chegou a hora – disse Nani. – Salve todas nós.

70
ELLA

Os dedos de Ella se atrapalharam com a caneta enquanto a garota erguia a mão trêmula. Tudo ao seu redor rugia – o fogo, o dragão, Rory e Nani, que pressionava a mão no peito de Yuki para conferir a pulsação e manter o coração da amiga batendo.

Ella sentiu as lágrimas escorrerem pelas bochechas outra vez quando colocou a caneta no papel, encarando as páginas do livro recém-encadernado. A maldição era de Reyna, e parte dela sabia por que a diretora tinha sido amaldiçoada. Por que Yuki tinha magia. Por que Yuki não estava no livro original. Havia uma resposta encarando-a: uma garota saída de um conto de fadas.

Uma garota criada por magia, como em seu conto, um erro que a maldição foi criada para corrigir. Ella perdoava Reyna por isso. Todas elas haviam cometido erros – alguns maiores que outros e, às vezes, erros precisavam de um bom tempo para serem reparados.

Por tudo que Reyna tinha feito, Ella achava que centenas de anos era penitência suficiente.

Talvez aquilo não tivesse começado com as garotas, e sim com uma única menina, e isso era o bastante. E, talvez, ao serem levadas ao castelo pela maldição, o encontro lhes deu uma nova força. Reyna não podia quebrar a maldição porque estava sozinha.

Só que Ella não estava. Ella nunca esteve sozinha.

– Fica comigo – a garota murmurou para Yuki, absorvendo as próprias palavras, mergulhando a caneta no sangue da melhor amiga.

Suas mãos e seu vestido estavam manchados de vermelho; mesmo assim, ela segurou a caneta com firmeza.

Ella não estava sozinha porque tinha as amigas. Yuki, Rory, Nani. E nem mesmo Ari estivera sozinha.

Agora, Ella libertaria todas elas.

Ela pegou a caneta e...

– Cale a boca – a garota disse para o narrador. – Agora sou eu que vou contar essa história.

Era uma vez uma menina que cometeu um erro terrível. Ela queria tanto ser amada que criou alguém para preencher uma parte de si que achava estar vazia. As três guardiãs da magia nunca a perdoaram por isso. Ela havia tentado manipular a vida e a morte, e nada poderia reparar o pecado que cometera.

Então, ela foi amaldiçoada a viver o resto de seus dias vendo a pessoa que amava morrer inúmeras vezes.

Ella respirou com dificuldade. O sangue de Yuki fazia as páginas do livro se iluminarem, borrando suas palavras, mas Ella não se importava que a letra estivesse feia e que não conseguisse ler. O livro era mágico e a entenderia. Ela estava despejando todos os seus sentimentos ali.

Era uma vez uma menina que nasceu da magia. Ela não fez nada de errado, mas, ainda assim, pagou pelos pecados da madrasta. Ela foi condenada a morrer pelas mãos da maldição, de novo e de novo. Com medo da morte, a garota aceitou suas partes que pensou que ninguém amaria para que, quando partisse, ninguém sentisse sua falta.

Ella não parou aí. Ia reescrever tudo – precisava fazer isso. Tinha que consertar tudo, e era a única que podia fazê-lo. Confiavam nela para essa tarefa. A garota que não podia lutar. A garota incapaz de se defender.

Era uma vez um reino de verdade, onde vivia uma jovem princesa que acreditava poder fazer tudo sozinha. Talvez ela pudesse, talvez não — e, por medo do fracasso e da fraqueza, às vezes ela sequer tentava. Ela se trancafiou no próprio corpo, enclausurando-se ao ponto de ninguém conseguir trazê-la de volta à vida.

Ela adormeceu e ninguém conseguia acordá-la.

Ella continuou escrevendo. As páginas brilhavam. A garota continuou mergulhando a caneta no sangue de Yuki para escrever, segurando o livro. A luz começou a irradiar das páginas, envolvendo o mundo ao redor delas.

Era uma vez um reino muito, muito distante onde vivia uma jovem que queria um lar e um lugar para ser ela mesma. Ela vagou e vagou, atravessou as fronteiras de todos os reinos, mas não conseguiu encontrar uma cabana, uma mansão ou um castelo que oferecesse o que ela queria. Ela atravessou oceanos e montanhas, mas ainda estava sozinha, porque construíra muros ao redor de si mesma, e ninguém mais os derrubaria por ela.

Precisava escrever a verdade e então libertá-la. A luz cobria os jardins, radiante.

Era uma vez em um reino não tão distante onde vivia uma jovem maltratada pela família. Ela acreditava ser culpada por não merecer liberdade, por ser tão insignificante que sua vida não importava. Então, ela não fez nada para mudar isso.

E era chegada a hora.

Era uma vez este reino, aqui e agora, onde viviam centenas de garotas que levavam vidas diferentes, e todas foram tragadas para uma maldição. Elas viviam alheias às suas mortes prometidas, às circunstâncias que as reuniram para viver seus destinos. Elas não podiam ser salvas porque nenhuma delas era importante — eram apenas um dano colateral. Elas não podiam ser salvas porque suas vidas eram insignificantes.

Contudo, isso não era verdade. Ella apertou a caneta com mais força, o mundo virando um borrão de luz ao seu redor.

Era uma vez quatro garotas que não tinham praticamente nada em comum, exceto o fato de terem sido amaldiçoadas sem saber. Elas eram todas diferentes, mas havia algo que as unia, algo mais forte do que magia ou maldições, algo maior do que qualquer outra força no mundo.

Era uma vez essas quatro garotas que acreditavam umas nas outras, mas não em si mesmas.

As lágrimas de Ella tinham parado de incomodá-la havia muito tempo, mas agora ela não estava chorando pela situação ou por sua tristeza inegável. Ela chorava pelo que sempre havia tido e sempre teria: o laço invisível entre elas – os risos nos dias ensolarados, o jeito que andavam de braços dados no corredor, a forma como escolhiam se importar.

Suas amigas.

Era uma vez garotas que acreditavam que poderiam destruir uma maldição. Uma maldição que não era delas e não estava sob os poderes delas destruir. Era uma vez um momento em que não havia equilíbrio entre luz e escuridão, vida e morte. Era uma vez um tempo em que quatro garotas confrontaram a maldição que não era delas e riram na cara do Destino.

Era uma vez o Destino, que observava enquanto quatro garotas riram na cara dele, e então deixou que saíssem livres, porque elas tinham um poder que se estendia para além de seu reino.

Era uma vez amigas que ficaram juntas e prometeram salvar umas às outras.

❧ 350 ❧

Ella quase conseguia ver o fim, os músculos começando a relaxar, porque agora a escuridão ficara no passado. Só conseguia ver a luz do livro que amaldiçoara suas vidas porque ela o estava mudando.

Ella estava fazendo magia.

Era uma vez uma garota de pele branca como a neve, lábios vermelhos como sangue, cabelo preto como ébano, que deu a vida para acabar com uma maldição em nome de suas amigas.

Era uma vez uma garota com cabelos cor de aurora e tão valente quanto um dos Cavaleiros de Arthur, e que em vez de esperar que o beijo de seu verdadeiro amor a despertasse, despertou a si mesma.

Era uma vez uma garota tão linda quanto as ondas do mar e com gosto por aventuras, que descobriu, depois de procurar tanto tempo, que não existia um lugar ao qual pertencesse. Ela não pertencia a ninguém além de si mesma, e seu lar era seu próprio coração.

Era uma vez uma garota com cinzas no rosto e sujeira nas roupas, inútil, triste, quebrada e sem conserto, que acreditava poder salvar todo mundo, mas achava não valer a pena salvar a si mesma. Até o dia em que prestou atenção e descobriu que nunca esteve quebrada.

Quanto mais o sangue de Yuki era despejado nas páginas, mais a força brilhante e branca emanava do livro. A luz começou a circular pelo jardim, fios iluminados tocando o chão, os espinhos, o castelo, espalhando-se pelo ar e resplandecendo na noite. Estava claro demais para Ella enxergar, mas a garota não se importou porque tinha uma tarefa a cumprir.

E até parece que ela não escreveria um final feliz.

Era uma vez pessoas que diziam para todas as garotas que elas não significavam nada e que a amizade não as salvaria, mas todas estavam erradas.

Era uma vez uma época em que não se acreditava em felizes para sempre.

351

Era uma vez uma garota que não se importava em viver feliz para sempre — ela só queria viver.

Era uma vez amigas que acreditavam.

E elas acreditavam que todo mundo, cada uma das garotas que já haviam sido amaldiçoada, poderia ser perdoada. Que poderiam se curar, e mais importante do que isso, que poderiam viver.

Elas viveriam, viveriam, viveriam...

O mundo brilhou com um forte clarão branco, que dominou tudo. Ella soltou a caneta e um vento soprou suas mãos. O livro se ergueu no ar e as páginas começaram a se despedaçar, uma tempestade de papel chovendo do céu. Estava acabado; ela tinha feito sua parte.

Só restava uma coisa a fazer.

Ella precisava acreditar.

E então, ela acreditou.

71
YUKI

Yuki podia sentir a mudança atravessando os jardins, uma luz que incendiava tudo em seu caminho, rasgando o próprio tecido do qual aquele mundo havia sido construído, despedaçando-o como o livro. Podia sentir em seus ossos – a mudança na magia era tão óbvia que o mundo precisaria estar morto para não sentir.

De repente, seu corpo convulsionou, sugando o resto da escuridão, e simples assim, seus pulmões se encheram de ar novamente, a magia que a cercava feita da mesma substância da qual ela era feita. Mesmo sendo de carne e osso, sem dúvida, uma parte dela ainda parecia se lembrar de que a magia vinha das palavras.

Yuki abriu os olhos.

A chuva caía do céu, e demorou um segundo para ela perceber que não era chuva; eram fragmentos de páginas, dos livros, caindo sem parar, soprados pela brisa. Yuki piscou, e a primeira pessoa que viu, ajoelhada ao seu lado, foi Ella, com as mãos pegajosas e cobertas de sangue.

Ella quebrara a maldição.

Yuki se apoiou nos cotovelos, tentando fazer o corpo voltar a funcionar. Ella virou-se para a amiga pálida como fantasma, com lágrimas e terra e sangue cobrindo seu rosto. Ela abriu a boca, mas não emitiu som algum, e Yuki sentiu um caroço na garganta.

– Você está viva – sussurrou Ella, como se estivesse com medo de desfazer o feitiço.

A garota se jogou sobre Yuki para abraçá-la, caindo no chão, com os braços apertados em volta da amiga. Yuki a abraçou de volta, os músculos doendo pela força do movimento. Estava com medo de soltar e fechou os olhos com força enquanto Ella ria e chorava em seu ombro.

Yuki não soube quem se afastou primeiro. Não importava.

– Você quebrou a maldição – disse Yuki.

Ella sorriu.

– Nós quebramos.

Ao redor delas, o mundo ruíra. Yuki notou os jardins pisoteados, o cheiro de queimado no ar. Quando virou a cabeça, viu Rory apontando uma espada para o pescoço da sra. Blumstein, as outras duas professoras caídas ao seu lado.

Yuki se recusou a sentir pena delas. As três tinham causado um sofrimento infinito por tantas gerações, provocado tantas mortes para proteger algo que não compreendiam.

Yuki se levantou, sentindo a magia ainda a percorrendo, ainda com ela, apesar de ser quem era. Tudo acabara. Caminhou com Ella e Nani ao seu lado, todas em silêncio ao atravessarem o jardim até onde Rory estava.

A sra. Blumstein encarava a espada. Rory estava machucada e suja, com marcas de queimado nas roupas, mas as mãos seguravam a arma com firmeza, os olhos azuis intensos. As outras professoras pareciam estar recobrando a consciência depois da magia tê-las atravessado. Yuki procurou Reyna ao redor, mas não a viu.

A sra. Blumstein ergueu o queixo quando Yuki se aproximou.

– É hora de implorar por misericórdia? – perguntou a mulher, a voz ainda áspera, a magia ainda tremulando em seus olhos.

– Misericórdia é com Ella, não comigo – resmungou Rory. – Me dá um motivo pra abaixar essa espada.

Ella não contrariou Rory. Pela primeira vez, Yuki viu as feições da melhor amiga endurecerem, como se tivesse se tornado outra pessoa. Ainda assim, havia doçura em seus olhos, que sempre fizera parte dela.

– Se pouparmos vocês, não ganharemos nada – disse Nani. – Não há garantia de que não vão repetir o que fizeram conosco.

– O equilíbrio do mundo... – a srta. Lenz começou a falar.

– Não existe equilíbrio – interrompeu Yuki, em alto e bom som. Era mais alta que as amigas, se destacava entre elas, e sentiu o peso da maldição quebrada em seus ombros. – Um erro não deveria ser pago com uma vida. Com a vida de ninguém.

Yuki gesticulou para o chão chamuscado, os jardins destruídos. Não via o objetivo de tudo aquilo.

– Eu dei minha vida pelo fim do ciclo, e você não fez nada. Você não mudou nada.

– Eu...

– Basta! – gritou Yuki, e aquele grito reverberou pelos pássaros, fazendo as árvores tremerem, e tudo ao redor cintilou, a magia viva. Estava viva porque Yuki se tornara uma só com aquela força. Yuki não a usava, somente; toda a magia fazia parte dela. – Pare de inventar desculpas. Todas nós cometemos erros. É hora de você se responsabilizar pelos seus.

Yuki queria que aquilo terminasse. Estava cansada de tudo, mas ainda assim continuou. Agora, conhecia a natureza da maldição, sabia o quanto a usariam para se protegerem, para perpetuar outro ciclo de punição por uma coisa que consideravam errado.

Só que Reyna não fizera nada de errado.

Reyna quisera alguém para entendê-la, para ficar com ela, porque não queria estar sozinha. Yuki entendia isso mais do que ninguém, já que ainda tinha medo de que sua rispidez afastasse as pessoas.

Contudo, isso não acontecera. Ella a salvara, Yuki salvara Ella, e esse ciclo seguia acontecendo porque era positivo. Não importava quantas vezes acontecesse, elas encontrariam uma forma de se salvar.

– Você não só amaldiçoou todas nós a viver assim – Yuki começou a dizer, e as professoras não ousaram falar uma palavra. Ela sentia sua magia crescendo e expandindo, esmagando as coisas em seu caminho. Não era um tipo opressivo de magia; era libertador. A liberdade de deixar tudo fluir, de aceitar as coisas pelo que eram. – Foi a insistência para que a maldição funcionasse, para que nenhuma garota escapasse. Uma única vida fora de seu controle seria demais. Era conveniente que Reyna acreditasse que ninguém poderia ter um final feliz, que nenhuma garota poderia escapar da maldição, para fazê-la pensar que era tudo culpa dela.

Yuki não sabia mais o que dizer. Sentiu a boca ficar seca ao pensar nas incontáveis garotas que vieram antes delas, envolvidas nas mesmas histórias e tendo que morrer sem a chance de encontrar uma saída. Até mesmo Penelope, que tentou conseguir seu final feliz da única forma que conhecia, tornou-se uma vítima mesmo depois que seu conto tinha acabado.

Porém, mesmo quando a maldição as condenou, também lhes deu uma saída. Em sua força estava sua fraqueza. A natureza infinitamente repetitiva da maldição sempre permitiu outra chance. Elas só precisavam fazer certo uma vez.

– Mas isso não foi culpa de Reyna – Yuki finalmente disse. – Não se pode culpar a vítima pela maldição. As mortes de todas essas garotas, a repetição de todos os ciclos, foi tudo culpa de vocês. Tudo.

Mesmo com a espada contra seu peito, a expressão da sra. Blumstein era destemida, e ela riu com desdém.

– O que vai fazer, criança? – perguntou a mulher. – Você é apenas um fragmento de uma história. Um receptáculo que usamos para a maldição. Quanto tempo acha que vai sobreviver agora que o livro e a magia da maldição foram destruídos?

Foi Ella quem respondeu:

– Ela vai sobreviver porque eu acredito nela.

O olhar mordaz da sra. Blumstein voltou-se para Ella, mas a garota não se encolheu. Parecia relaxada, calma depois do fim da tempestade. Yuki virou a cabeça só um pouco, e os olhos de Ella encontraram os dela. Sua melhor amiga estendeu a mão e Yuki a segurou, apertando com força.

– Você fez uma promessa – disse Yuki. – Eu acreditei na sua palavra e você não cumpriu. Você não tinha intenção alguma de quebrar a maldição mesmo depois de eu ter me sacrificado, porque ainda se achava correta em sua punição. Não vou ouvir suas desculpas porque não existe nenhuma.

❧ 356 ❧

Quando a sra. Blumstein começou a falar, Yuki sentiu a magia tentando recobrar o controle, mas ela não permitiria. Reuniu tudo ao seu redor, a força da maldição sendo quebrada, da luz dentro de si, de sua própria criação e existência, porque ela não tinha *aprendido* magia. Ela nasceu daquilo; vivia aquilo.

– Silêncio! – bradou Yuki, as palavras novamente ecoando ao redor enquanto o mundo mudava e a maldição se desfazia, enquanto tudo que era antigo começava a murchar, enquanto elas finalmente destruíam os resquícios da maldição e criavam um mundo novo, cheio de possibilidades.

Yuki encarou as três bruxas e não recuou.

– Quem é você? – perguntou a sra. Blumstein, o medo estampado no olhar ao perceber do que a garota era realmente capaz.

– Sou filha da minha mãe – respondeu Yuki, simplesmente, a única resposta que tinha para aquela pergunta. – E você vai pagar pelo que fez com ela.

Yuki respirou fundo e a magia se curvou à sua vontade.

– Eu as amaldiçoo – ela começou a dizer, estremecendo com as palavras enquanto mantinha o mundo inteiro ao seu redor. Porque o mundo era seu receptáculo, e a magia borbulhava na superfície de sua pele, dentro de seu sangue. – Eu as amaldiçoo a viverem sabendo que o que fizeram foi por escolha. Eu as amaldiçoo a viverem com as consequências de suas ações.

Um grito rompeu o silêncio quando a pele da sra. Blumstein começou a arder. A mulher mudou de forma de novo, indo até Yuki.

Rory se colocou diante dela antes que a bruxa a alcançasse. E então Ella. E também Nani.

Uma barreira humana que protegia Yuki.

Algo que Reyna nunca tivera. Algo que Yuki podia fazer diferente.

– Eu as amaldiçoo a pagarem na mesma moeda – ela disse, calmamente. – Não milhares de vezes e de milhares de formas, mas apenas uma vez. Vocês só precisam pagar uma vez.

Outro grito ecoou pelo jardim, o gorgolejo terrível e horripilante de uma alma queimando. As três mulheres cambalearam para trás, desaparecendo na floresta de espinhos, de volta às sombras de onde haviam saído, o grito agudo ainda perfurando o ar.

Yuki se sentiu fraca ao terminar.

Porém, não se sentiu culpada.

Permaneceu no silêncio que restou, a magia ainda queimando pelo chão de Grimrose. Yuki ardia junto, finalmente pondo um fim em todo o fingimento.

72

RORY

Elas tinham quebrado a maldição.

Rory não conseguia acreditar. Ela olhou em volta, para os jardins pisoteados, para os machucados que vinha colecionando desde o momento que acordara, e soube que estaria muito dolorida quando descansasse de novo. Não queria voltar a dormir, não depois de enfrentar o que tinha enfrentado.

Segurando uma espada, lutando contra um dragão.

– Sem querer ser dramática – disse Rory –, mas esse foi o melhor dia da minha vida.

Ella lançou um olhar mordaz para a amiga. Yuki suspirou, virando-se e perguntando:

– Onde está Reyna?

As garotas foram encontrá-la onde ela havia sido deixada, escorada na lateral do castelo, quase tão pálida quanto Yuki. Nani se ajoelhou ao seu lado e colocou a mão em seu pulso.

– Você deu uma pancada das boas nela – Nani falou para Ella, que ficou com o rosto vermelho.

– Eu não queria – respondeu a garota. – Foi a espada.

Rory também havia sentido isso, a arma tornando seus ataques mais poderosos, os golpes fortalecidos, como se fosse conduzida por uma força própria.

— Falando nisso... — disse Rory, devolvendo a espada para Ella e espantando-se quando o objeto voltou a ser uma simples agulha de tricô. — Tá de brincadeira? As bruxas fizeram sua agulha virar uma espada? — Rory se virou para Yuki: — Beleza, e quando *eu* vou ganhar uma espada?

— Você já tem armas o suficiente.

— Mas a da Ella é mais nova e mais legal.

— Mas eu não vou usar — argumentou Ella.

— Você sabe que o objetivo de uma espada é ser usada, né? — rebateu Rory.

— Ninguém mais vai ganhar espadas — disse Yuki, enfaticamente.

— Dá pra vocês calarem a boca? — disse Nani, colocando um fim na discussão, e Rory ficou contente por tudo estar voltando ao normal. Elas tinham ganhado a batalha. Tinham quebrado a maldição. E embora tudo estivesse diferente, tudo ainda era igual. — Ela está acordando.

Todas ficaram em silêncio quando as pálpebras de Reyna tremularam. Rory estreitou os olhos na direção da mulher, perguntando-se o que fariam quando ela acordasse.

— Yuki? — Foi a primeira coisa que Reyna disse ao abrir os olhos. — Você está viva!

Ela tentou se erguer, mas Nani não permitiu, mantendo-a sentada.

— Ella quebrou a maldição — disse Yuki, com uma expressão séria, e Rory percebeu que havia um turbilhão de pensamentos por trás dos olhos escuros da amiga. Conseguia sentir a magia que as cercava, as cinzas dos espinhos queimados em suas roupas, e Yuki era o centro de tudo aquilo. — As bruxas se foram.

Reyna piscou, como se estivesse enfim entendendo. Rory adoraria poder fazer o mesmo. Tudo parecia surreal demais, insano demais. Todas as anotações de Ari, todas as mortes, tudo tinha acabado, simples assim.

— Obrigada — disse Reyna, virando-se para Ella. — Quebrar a maldição... — A voz da diretora fraquejou, e Rory entendeu que ela estava sentindo o peso de tudo aquilo. Pela primeira vez, Reyna não parecia a mulher linda e impecável de sempre. Parecia tão jovem quanto elas, assustada e sozinha. — Nem sei como retribuir.

Ella corou e olhou para os próprios pés, um deles ainda descalço.

– Não foi nada, sério.

– Foi, sim – disse Reyna. – Tenho uma dívida com todas vocês. Vocês salvaram minha vida. E você... – Ela encarou Yuki. – Você salvou a coisa mais importante da minha vida.

Elas sentiram o eco do silêncio.

– Se tiver algo que eu possa fazer... – a diretora prosseguiu. – Qualquer coisa em meu poder.

As garotas se entreolharam. Não tinham feito aquilo por uma retribuição, não como os cavaleiros dos contos, que sempre buscam recompensas.

E Rory estava grata por isso.

Não queria ser recompensada por fazer a coisa certa. Quebrar a maldição e se libertar já era o bastante. Tinham feito aquilo juntas, cada uma delas desempenhando um papel diferente, de mãos dadas.

Rory olhou para o castelo e então se deu conta.

– Na verdade, tem uma coisa.

Reyna virou-se para Rory, analisando seu rosto. Pela primeira vez, a garota não teve vontade de desviar o olhar, de esconder sua expressão, de omitir quem era.

– Acho que ninguém precisa se lembrar – continuou Rory, gesticulando para o castelo e pensando em Ari, Penelope e todas as pessoas que estiveram sob influência da maldição. – Sabe, eles definitivamente ouviram alguma coisa a essa altura. Tinha um dragão no jardim e tal. Não é como se a gente pudesse esconder. Mas não é justo com eles. Vão pensar que foram manipulados a vida inteira e... – Ela sentiu as palavras presas em sua garganta. Não conseguia se lembrar da última vez que falara tanto, ou se alguém já a ouvira com tanta atenção. – Saber da maldição foi um fardo que a gente carregou o ano inteiro. Mas eles merecem mais que isso.

Rory respirou fundo e, quando encontrou os olhos de Ella, a amiga sorriu com doçura.

– Eles vão esquecer – prometeu Reyna. – Pela manhã, tudo terá voltado ao normal.

Rory inclinou a cabeça, com os lábios espremidos, e pensou em todos que estavam no castelo.

— Preciso ir.

— Eu vou com você – disse Nani, prontamente. – Preciso ver como Svenja está.

— Acho que Pippa precisa de uma explicação do motivo de eu ter fugido feito uma lunática – suspirou Rory.

— Ela ainda não se acostumou com isso? – perguntou Ella, levantando as sobrancelhas, e Rory apenas a encarou em resposta.

— Eu vou ficar – disse Yuki. – Vou levar Reyna para dentro. Vocês podem ir.

Todas se entreolharam, e quando Rory encarou Yuki, percebeu que a amiga não parecia agitada. Estava tranquila, ainda que um pouco distante da madrasta.

Um dia, Rory teria todas as respostas, encaixaria todas as peças. Naquele momento, contudo, sentiu-se contente por todas estarem inteiras, por terem sobrevivido e por serem mais fortes juntas.

Rory se afastou primeiro, seguida de Nani, depois de Ella, e assim, uma a uma, todas foram em direção a partes diferentes do castelo.

✿ ✿ ✿

Rory encontrou Pippa exatamente onde achou que a encontraria.

Ela não estava na enfermaria ou no quarto, e Rory não ia perder tempo no caos do salão de baile. Em vez disso, foi para outro lugar, como se estivesse sendo guiada por seus instintos. O luar brilhava através das janelas apaineladas da sala de treinamento, o preto e o branco do chão quase líquidos sob a luz filtrada pelo vidro.

— Oi – Rory falou no que acreditava ser um tom charmoso, mas Pippa se virou tão abruptamente que ela hesitou.

A garota piscou como se não acreditasse que Rory estivesse mesmo parada ali. Ficaram em silêncio por um longo tempo, e Rory não queria se mexer, com medo de que ela corresse para longe.

— Você está mesmo acordada – disse Pippa, baixinho. – Pensei que tivesse sonhado.

– Parece que você sonha bastante comigo – falou Rory, andando na direção dela, atravessando a sala de treinamento como já tinha feito tantas vezes.

O lugar pertencia a Grimrose, mas pertencia muito mais a elas. Ali era o reino das duas. Naquele local, tinham compartilhado tudo.

Naquela pista, Rory pensou ser fraca por negar seus sentimentos, por tentar fazer tudo sozinha, por tentar se provar quando não era isso o que realmente queria. Não era isso o que precisava.

Pippa não riu da piada, e foi só quando Rory parou diante dela que finalmente se mexeu, os dedos se esticando com delicadeza para acariciar a bochecha de Rory, para afastar do rosto seu cabelo curto, que continuava desobediente.

– Ainda não parece real – disse ela. – Achei que tinha visto um dragão lá fora.

Rory pensou em fazer uma piada para esquecerem de tudo, mas não queria invalidar as preocupações de Pippa, não queria que parecessem menos reais. Porque tudo havia sido real, mesmo que ela não fosse se lembrar na manhã seguinte.

Rory queria dar uma escolha a ela.

Desde o momento em que conheceu Pippa, Rory quis que a garota a escolhesse. Não se importava com destinos de contos de fadas, com o que estava escrito ou com quem era quem. Queria Pippa por ela ser quem era, e não porque estava escrito em um livro idiota ou porque deveria ser assim. Era mais do que destino.

Era uma escolha.

– Não precisa mais se preocupar – disse Rory, segurando a mão de Pippa, mantendo os dedos dela em seu rosto. – Quer pegar uma espada e me dar uma surra? Isso vai ajudar a deixar as coisas normais pra você?

Pippa riu, e então, segurando o rosto de Rory, ela a beijou. O beijo ainda fazia Rory sentir que suas entranhas estavam pegando fogo, os dedos da garota afundando em sua pele, os lábios e a língua pressionados contra os dela até que ela não conseguia mais sentir seu corpo. Era um amontoado de pensamentos e mãos e boca e toque, e

363

Rory pensou que estava ficando fraca com aquilo quando, na verdade, estava apenas se tornando mais forte.

– Às vezes – Pippa começou a dizer, e Rory podia sentir o sorriso nos lábios dela contra sua boca, sentindo que estava prestes a derreter –, você é muito tonta.

Rory riu, uma alegria borbulhante que nascia no peito e parecia preencher seu corpo inteiro, dos dedos dos pés até as pontinhas do cabelo. Ela encarou Pippa enquanto pensava no quanto era sortuda. Não precisava aguentar sozinha; nunca precisou.

Tinha a própria força – não do corpo, mas da alma, e sabia que precisaria disso no futuro; sua luta estava apenas começando.

– Está pronta pro que vai acontecer agora? – perguntou Pippa, como se lesse sua mente, centenas de perguntas diferentes pairando entre elas.

Rory não sabia o que o futuro lhe reservava, mas queria se tornar ela mesma. A melhor versão que podia ser. A versão que não recuaria por medo, a versão que não se esconderia mais. A versão que sabia como pedir ajudar quando fosse preciso, sem se sentir fraca por isso.

A versão que sabia como ser ela mesma. Com mais tatuagens, talvez, e um corte de cabelo mais descolado. A versão que seguraria a mão de Pippa. E assim, Rory sussurrou para o amor da sua vida:

– Gata, eu nasci pronta.

73

ELLA

Ella atravessou os jardins de volta para o castelo. Ficava olhando para trás, observando enquanto Yuki ajudava Reyna a entrar. Nani e Rory tinham ido antes para ajudar com as coisas e avaliar os estragos. Tudo parecia ter sido invocado de um sonho.

Contudo, suas mãos ainda estavam manchadas de sangue, o rosto ainda estava machucado, e tudo era real. Estavam livres.

Ella encontrou Frederick sentado nos degraus do pátio principal, o cabelo ruivo contrastando com o mármore branco. O luar e as luzes do castelo faziam tudo brilhar, e a garota se aproximou com cuidado, revelando-se.

Freddie ergueu a cabeça. Nas mãos, ainda segurava o sapato dela.

– Você deixou isso – disse ele.

Ella sorriu e Freddie também, mas o sorriso dele não alcançou os olhos. A garota sentiu um nó no estômago enquanto se aproximava, parando no pé da escada.

– Acho que eu devia ter entendido desde o começo. – Ele balançou a cabeça, pensativo. – Vai me contar o que tudo isso significa?

Se ele se esqueceria pela manhã, faria alguma diferença?

– É óbvio, não é? – perguntou Ella, apontando para o sapato. – O que você diria se eu te contasse que todos no castelo estavam, de alguma forma, presos em seu próprio conto de fadas?

Os olhos castanhos de Freddie encontraram os dela.

– Que essa não é a coisa mais esquisita que alguém já me disse.

Pela manhã, ele se esqueceria das coincidências. Pela manhã, se esqueceria do sapato e do que quer que tivesse ouvido ou visto. No entanto, ainda se lembraria de Ella parada à sua frente, dos dois conversando.

— Então era bom demais para ser verdade?

Ella balançou a cabeça.

— Foi de verdade. Conto de fadas ou não.

— E agora?

Ella deu de ombros. Freddie se levantou, ainda segurando o sapato. Ele desceu os degraus devagar, parando diante dela e abaixando a cabeça. Ella podia ver as sardas do rapaz, a luz refletindo em seus olhos castanhos, porém, ao mesmo tempo, sabia que era inevitável. Não por causa dele, mas porque Ella finalmente tinha entendido o que queria, o que tinha diante de si.

— Eu só queria agradecer – Ella sussurrou, encarando-o e tocando seu rosto. O sangue em suas mãos já tinha secado, e ele não comentou sobre os cortes ou o rosto sujo. — Por tudo. Você tornou esse ano possível. Você o tornou suportável. E o tornou incrível.

Ela não estava mentindo. Tinha sofrido com muitas perdas, mas descobrira tantas coisas no caminho. Muito mais do que havia sonhado.

— Mas agora acabou – Frederick disse baixinho, entendendo aonde ela queria chegar.

Existiam coisas que ela sabia e coisas que ela não sabia. Suas desculpas para não pensar no futuro, para não criar esperanças, tinham acabado. O futuro estava bem à sua frente, radiante e convidativo.

Ela ainda não sabia com o que estava sonhando, mas desejava que tudo se tornassem realidade.

— Percebi que não posso esperar que as pessoas me salvem, e não posso depender delas para sempre – disse a garota. — Achei que meu futuro seria com você porque era uma alternativa melhor do que Sharon. Mas eu não quero só uma alternativa. Não quero simplesmente seguir para o próximo passo mais seguro. Não quero desistir das escolhas que posso fazer. E não quero que você desista das suas.

Frederick assentiu, ainda em silêncio, os lábios pressionados. Ella roçou a bochecha dele com o dedo, e seu coração, embora pesaroso e triste, não estava partido. Algumas coisas terminam abruptamente, e outras estão destinadas a acabar desde o começo.

Talvez devesse ser assim com eles. Ela precisava descobrir onde a liberdade a levaria. Agora havia um novo caminho, um novo começo.

– Eu não estaria desistindo de nada – murmurou ele.

– Já eu, sim – disse Ella, com sinceridade. – Nunca pensei que esse dia chegaria. Sonhei com isso, mas agora é tudo tão real. É a primeira vez que me sinto *livre*. E eu não desistiria disso por nada no mundo.

Os olhos de Freddie estavam presos aos dela agora, e a garota soube que ele estava tão triste quanto ela. Os dois tinham compartilhado tanta coisa, e ela havia encontrado paz com ele. Ella queria que Freddie entendesse o quanto tudo aquilo tinha sido importante, o quanto havia significado. Ela o amava, mas não era aquela história de amor que ela queria. Tinha merecido o afeto dele, mas havia muito mais além disso. Muito mais, e ela estava apenas começando a sonhar.

– Eu entendo – ele disse baixinho. – Não quero tirar nada de você.

Ella piscou, surpresa, ao perceber que ainda conseguia chorar, mesmo depois da noite que havia tido. Freddie venceu a distância entre eles uma última vez, seus lábios macios contra os dela. Não foi um beijo apaixonado ou exigente, mas um beijo para ficar na lembrança. Um beijo de despedida.

Ele se afastou primeiro. Ella sorriu, sentindo-se jovem, livre, despreocupada.

– Quer que eu coloque isso em você? – Ele estendeu o sapato para a garota.

Ella encarou o objeto, uma simples sapatilha que representava tanta coisa.

Não era de cristal, não era de ouro, não era de prata. Era um sapato comum, mas ainda parecia brilhar sob o luar. Afinal de contas, talvez isso significasse alguma coisa.

– Não, obrigada. – Ela o pegou da mão de Freddie. – Eu posso fazer isso sozinha.

A garota deslizou a sapatilha no pé sujo, e coube perfeitamente, porque pertencia a ela. Velha, usada, confortável, mas ainda ali. Ainda resistindo.

Ainda preparado para o que o futuro reservava.

Pela primeira vez, Ella viu que tudo estava radiante.

74
NANI

Nani pensou que o castelo estaria um alvoroço, mas se enganou. Não parecia ter nada fora de ordem, como se ninguém tivesse se dado ao trabalho de olhar pela janela para assistir à batalha sendo travada do lado de fora. Houve fogo e um dragão e um mundo acabando, e nenhum aluno estivera lá para ver. Quando passou pelo salão de baile, ainda havia música alta e alunos suados, e uma parte de Nani ficou feliz em ver que o mundo seguia em frente apesar do caos. Que ainda havia pessoas focadas em celebrar e viver suas vidas.

Ela encontrou Svenja no quarto, com o peito envolvido por ataduras no local onde a faca a tinha perfurado. Não parecia mais pálida do que o normal, seus intensos olhos castanhos encarando a janela. Quando Nani chegou, ela se virou imediatamente, ainda com um olhar firme.

— Sem ofensas — disse Svenja —, mas parece que foi você quem levou uma facada.

Nani abriu um sorriso, indo depressa até a cama da garota.

— Como está se sentindo?

— Ótima — respondeu ela. — Eu recomendo muito a experiência de ser atacada por uma psicopata na noite de formatura. Vou fazer testes para todos os papéis de mocinha sobrevivente em filmes de terror.

– É um começo brilhante pra sua carreira – admitiu Nani. – Você não deveria estar na enfermaria?

– Nem – Svenja desdenhou. – Me deram uns pontos e está tudo bem. Além do mais, acho que Odilia está confinada lá. Os guardas acabaram levando-a para fora, mas ela bateu a cabeça com força.

Nani balançou a cabeça, sentindo o fim se aproximando. A libertação que vinha esperando.

Seus olhos encontraram os de Svenja mais uma vez, e embora elas já tivessem se beijado antes e Svenja tivesse todo o direito do mundo de estar com raiva, algo ainda parecia inacabado. Nani olhou para a mesinha de cabeceira da namorada e viu a rosa ali. Estava murcha, a maioria das pétalas tinha caído no chão, mas uma ainda resistia.

– Como está o seu pai? – perguntou Svenja, interrompendo seus pensamentos.

– Ele está… Bom, ele não está legal. Mas acho que está aguentando um pouco melhor com o tratamento.

Svenja assentiu, e então houve mais silêncio. Mais espaço para Nani dizer as coisas que queria dizer, mas não sabia como. Tinha passado por toda a sua história, e só naquele momento se deu conta de que entendera errado. Grimrose era a prisão no castelo, mas não eram os alunos, nem mesmo Svenja, que a mantinham ali.

Era ela mesma.

Nani sempre fora sua própria fera. Seus medos e sua relutância a mantiveram em cativeiro, afastando qualquer um que tentasse chegar perto demais. Recusava-se a se abrir, sempre acreditando que era melhor ficar na sua, dentro do mundo e dos muros que havia construído, nunca percebendo o que estava perdendo ao rechaçar o que o mundo oferecia.

– Me desculpa – disse Nani, erguendo a cabeça. – Sei que você estava tentando ajudar e eu fiquei te afastando. Eu não… não sou boa com esse tipo de coisa.

Svenja inclinou a cabeça e deslizou a mão na de Nani, entrelaçando seus dedos. Mesmo naquele instante, a primeira reação de Nani foi de construir outro muro, afastar o gesto, mas ela não queria mais se ver presa naquele ciclo.

Tinha procurado em todo canto o lugar ao qual pertencia, tinha se recusado a se adequar a qualquer lugar que era oferecido. Contudo, agora ela sabia que só havia um lugar onde sempre seria bem-recebida, onde encontraria as coisas certas: seu próprio coração. E era nisso que precisava confiar.

– Você não precisa ser boa – disse Svenja –, só precisa continuar tentando. Não sou a melhor pra dar conselhos, mas talvez, se a gente conversasse, isso poderia ajudar, sabe?

– Dá pra parar de me zoar por cinco minutos? – exigiu Nani.

– Qual é a graça disso? – disse Svenja, ajeitando a postura e deslizando a mão esquerda pela nuca de Nani, puxando-a para um beijo.

Nani não protestou, e foi como da primeira vez. Os lábios de Svenja contra os seus, cheios de desejo, a boca explorando a doçura, o toque delicado da mão dela em seu pescoço, o jeito que seu corpo parecia estremecer, mesmo com o calor que subia de seus pés e ia se espalhando. Svenja se afastou, pairando a apenas alguns centímetros da garota.

– Eu entendo por que você não escolheu – disse ela. – E entendo se quiser deixar tudo isso de lado, porque é nosso último ano na escola e as coisas vão mudar. Mas quero que saiba que, se você quiser, a gente pode tentar.

Nani não precisou pensar por muito tempo.

– Acho que eu gostaria de tentar de novo.

– Ótimo. Eu odeio desperdiçar tempo conhecendo gente nova.

– Eu também.

– Não me diga! – Svenja falou, sarcástica, e Nani caiu na gargalhada.

Se o amor era assim – alguém segurando sua mão e apontando seus defeitos, mas te amando apesar disso –, então Nani queria dar uma chance ao sentimento.

Queria melhorar. Queria derrubar seus muros e ver o mundo não só através dos livros ou das palavras, mas com alguém ao seu lado, alguém que a ajudasse a se erguer quando estivesse caindo. Nani podia quebrar as próprias maldições, mas também queria dividir o fardo.

Queria as próximas aventuras.

Nani olhou de soslaio e viu que a última pétala estava começando a se destacar do caule. Ela a pegou antes que tocasse o chão, segurando entre os dedos. A maldição fora quebrada. Ela não estava mais presa no castelo, não estava esperando que outra pessoa acabasse com sua maldição, não estava esperando alguém vir encontrá-la. Ela havia se encontrado.

O mundo se abriu diante dela, e Nani, meio garota, meio fera, se sentiu à vontade para acolher tudo por inteiro em seu coração.

75

YUKI

Yuki levou Reyna para a torre, carregando a mãe com magia. Sentia pulsar em suas veias a sensação de ser parte do mundo. Deixara de ser fria, como se, ao quebrar a maldição, uma restauração tivesse acontecido, libertando no mundo uma magia que continuaria ali para quem procurasse com atenção.

Era reconfortante; o ritmo era o mesmo do seu coração.

Yuki colocou Reyna na cama depois de conferir sua cabeça de novo, mas não havia sangramento. A garota sentou-se na beirada do colchão, com o coração agitado.

Reyna esticou a mão, deixando-a pairar a alguns centímetros do rosto de Yuki.

— A maldição foi quebrada — sussurrou Yuki. — Acabou.

Reyna ainda hesitou um pouco, mas então venceu a distância, os dedos se acomodando no rosto de Yuki. A garota percebeu que era a primeira vez na vida que a mãe a tocava. Sentiu as lágrimas brotarem ao se inclinar em direção a ela, fechando os olhos. Reyna riu e começou a chorar, e então as duas se abraçaram tão forte que Yuki mal sentia o ar entrando em seus pulmões. Reyna a segurou como se nunca mais fosse soltá-la, e Yuki não se importou. Ela queria isso.

— Estou tão orgulhosa de você — sussurrou Reyna, passando as mãos pelo longo cabelo preto de Yuki. — Estou muito, muito orgulhosa de você.

Yuki sentiu o choro preso na garganta, mas não se permitiu libertá-lo; apenas manteve os olhos bem fechados, sentindo o toque que não sabia o quanto desejara.

– Sempre tive tanto medo de te perder – Reyna continuou, as palavras saindo apressadas. – Vi acontecer tantas vezes, e ainda assim, a única esperança que sempre tinha era de te encontrar de novo.

Ela se afastou, mas continuou segurando o rosto de Yuki entre as mãos.

– E por causa da maldição, eu sempre encontrava – ela disse. – E eu prometia para mim mesma que não ia me apegar, porque sabia que aquilo ia terminar e que você morreria, mas nunca consegui evitar. Eu me afastei, tentei me manter a salvo, mas não importava. Eu te encontrava e a promessa se quebrava na mesma hora.

Reyna fungou, e Yuki ainda tinha tantas perguntas sobre a maldição, sobre a magia, sobre como tudo tinha começado, e como o fim ainda parecia tão brutal, tão repentino.

– Como sabia onde me encontrar?

– Acho que era você que sempre me encontrava primeiro – respondeu Reyna, sorrindo. – Eu conhecia seu pai, ou sua mãe, dependendo de como a história queria acontecer. Então eles me falavam que tinham a garotinha mais linda do mundo inteiro. Era sempre assim, e eu não conseguia virar as costas, porque nunca conseguia negar alguns minutos com você. – Reyna beijou a testa dela. – Minha pequena garota da neve.

Yuki não conteve as lágrimas dessa vez.

– Você não se arrepende? – ela questionou, encontrando a voz para fazer a pergunta com a qual vivera todo aquele tempo.

Reyna a encarou com um olhar sombrio e implacável.

– Uma parte de mim se arrepende de ter desistido de encontrar outra saída – ela disse, devagar. – De não ter tentado com mais afinco manter as garotas a salvo. Mas se eu tivesse que condenar cem, mil garotas para poder amar minha filha, teria sido um preço justo.

Nos olhos de Reyna havia o mesmo furacão que nos de Yuki – o mesmo fogo que queimava forte, a mesma avidez. Yuki puxou a mãe para um abraço, tremendo ao ver suas almas semelhantes.

373

– Eu mesma podia ter quebrado a maldição, mas sempre fui muito egoísta – Reyna sussurrou no ouvido de Yuki. – Porque eu não queria aprender a lição. Eu te amo. Eu criei você, e você é uma coisa linda e terrível, Yuki. Você é igualzinha a mim. Nunca me arrependi de você existir.

Yuki sentiu a dor apertar seu coração, a mesma dor da solidão que sentira e torcera para não sentir de novo. Só que agora ela sabia que Reyna era igual. Que arriscara tudo por ela, que a criara, que não fora diferente de outras mães que gestaram seus filhos. Reyna a fizera da única forma que sabia: através da magia, da sua solidão, e agora elas estavam ligadas, e Yuki estava ali.

Yuki estava ali, com a maldição quebrada, com sua mãe, com sua magia, e ela nunca estaria sozinha outra vez.

❀ ❀ ❀

Quando Reyna adormeceu, Yuki sentiu o peso do mundo finalmente sumir de seus ombros. Já não sentia a pressão da maldição, e sua magia reduzira-se a uma escuridão. Ela olhou pela janela, para a luz que entrava tão cedo, porque o verão estava começando, e viu uma figura solitária na beira do lago.

Yuki desceu as escadas depressa. Encontrou Ella no jardim, perto do lago, sentada na grama e encarando a água.

Sentou-se ao lado da melhor amiga, de costas para o castelo, a brisa um toque gentil no rosto das duas.

– O que está fazendo aqui? – perguntou Yuki, rompendo o silêncio.

Ella não desviou o olhar da água.

– Não sabia aonde mais podia ir.

Yuki observou as feições da amiga e de repente se lembrou que era aniversário de Ella. Ainda era o dia de sua libertação, e Yuki não podia imaginar quantos planos ela ainda tinha ou deixara de ter.

– Por que você mordeu a maçã? – perguntou Ella.

Yuki olhou para os próprios sapatos, ainda com medo de falar sobre coisas que não entendia completamente. Ainda sentia, bem lá no fundo, uma escuridão que nunca iria embora de verdade. A dúvida, a avidez, a vontade, a solidão, todas as coisas que eram terríveis, mas ainda faziam parte dela. Yuki não as afastara porque se aceitar significava lidar com tudo isso.

— Pensei que estivesse salvando você – respondeu Yuki. – Depois de tudo que eu fiz, queria compensar.

— E *morrer* fazendo isso? – disse Ella, incrédula. – Essa é a ideia mais estapafúrdia e idiota que já ouvi.

Yuki riu baixinho, e Ella balançou a cabeça.

— Achei que consertaria as coisas – disse Yuki, passando os dedos pela grama. – Se eu morresse por vontade própria, não existiria mais maldição. Se eu morresse, todas vocês poderiam sobreviver. Você merecia seu final feliz.

— Não mais do que você.

— Mas eu fiz algo terrível. – Yuki olhou para o lago, vendo o corpo de Penelope cair na água como se o assassinato tivesse acabado de acontecer. – Ella, preciso que você entenda, que entenda de verdade. Aquilo não era nada além de mim. Eu não estava possuída pela magia, encurralada ou qualquer outra coisa. Foi tudo eu. Eu queria que Penelope morresse, então a matei.

Houve uma pausa, e Yuki hesitou, se perguntando se o pior ainda estava por vir. Se havia se salvado da maldição apenas para ter seu coração partido em pedacinhos.

— Ella, diz alguma coisa.

A garota suspirou.

— Eu não sei viver em um mundo onde eu não te amo. E acho que nem quero.

Yuki olhou para Ella, que sorriu. Seu coração palpitava. Se Ella entendia e não iria embora, então ainda existia esperança.

— Eu não sei o que fazer – disse Yuki, com sinceridade, ainda pensando em Penelope, ainda pensando em toda a dor que causara aos outros e a si mesma, em como superara aquilo tão rápido.

Em como podia contar com suas partes afiadas e quebradas para lembrá-la de que aquilo era parte de quem ela era, que não precisava ser completa.

Ela não devia integridade para ninguém. Não devia perfeição para ninguém. Podia ser amada, mesmo quando errasse. Mesmo quando achasse que se redimir não estava mais ao seu alcance.

Nunca estava. Sempre havia tempo.

– Não tenho uma resposta pronta pra te dar, nenhuma saída fácil – disse Ella. – Você provavelmente vai pensar nisso pelo resto da vida. Eu só sei de uma coisa: eu te amo. Não vou deixar de te amar porque você cometeu um erro, porque está lutando para ser quem é. Eu te amo, sempre vou amar.

– E se eu não puder me redimir pelo que fiz?

– O importante é que você vai tentar. – Ella apertou a mão da amiga. – E, sinceramente, é só isso que podemos fazer.

Yuki encostou a cabeça no ombro de Ella, que por sua vez, se apoiou em Yuki.

– Eu também te amo – disse Yuki, baixinho, enquanto elas davam as mãos, apertando com força.

Yuki foi perdoada, e o mais importante: ela se perdoou.

76
ELLA

Ella e Yuki ficaram sentadas na margem do lago por um longo tempo.

Ella pensou em Ari e Penelope, em Molly e Ian e Micaeli e Ivy e Annmarie. Pensou em todas as outras garotas que tinham perdido suas vidas para a maldição de Grimrose, e em todas aquelas que viveram tempo suficiente para sobreviver.

O castelo estava silencioso, a festa tinha terminado, o jardim estava pisoteado. Não passava das primeiras horas do dia, talvez cinco ou seis da manhã, então não havia vivalma acordada para vê-las. Pela manhã, todos os vestígios sumiriam; o que restaria seriam apenas lembranças.

Estava amanhecendo quando Nani e Rory apareceram. Sentaram-se em lados diferentes, Rory ao lado de Ella e Nani perto de Yuki, observando o lago e as montanhas.

— Então — disse Rory —, agora acabou.

— Sim — respondeu Ella, sua voz saindo um pouco rouca.

— Sendo bem sincera, eu só entendi, tipo, um terço do que rolou.

Todas explodiram em gargalhadas. Foi nesse momento, quando do Rory as fez rir, que Ella de alguma forma soube que, mesmo com o futuro incerto, independentemente do que acontecesse, ela sempre teria as amigas. Aquela era uma história de amor, afinal. A sua história de amor.

— E qual vai ser o próximo passo? A coroação de Rory? — perguntou Nani.

— Retire o que disse! — disparou Rory. — Que pesadelo do caralho. Prefiro lutar contra outro dragão.

Ella sorriu para a amiga e a puxou para mais perto. Estavam a salvo agora, todas sob a sombra protetora do castelo que, ao mesmo tempo que as manteve em uma maldição, também lhes deu os meios para que a quebrassem.

Ella sabia que não teria conseguido aquilo sozinha. Contanto que ficassem juntas, haveria esperança.

Nani se reclinou, apoiando-se nos cotovelos, mas não se afastou das meninas.

— E o que fazemos agora?

Era uma pergunta sincera, e Ella não tinha uma resposta para isso, exceto o que vinha pensando desde que o relógio badalara meia-noite: ela estava livre.

— Qualquer coisa que quisermos — respondeu a garota.

O futuro era incerto e não estava escrito, mas Ella sabia de algumas coisas.

Sabia que poderiam existir cem mundos e cem vidas, que poderiam tentar de novo, mas tudo que importava era aquela vida na qual estavam e a forma como a viveriam.

Que gentileza sempre reverberaria adiante.

Que amor e perdão sempre seriam a chave, não importava o que acontecesse.

Que amar alguém e ser gentil e ousada e corajosa o bastante para reivindicar a si mesma era a única saída.

Que tentar era a única escolha que tinham, de novo e de novo e de novo, porque um dia elas acertariam.

Que consertar o mundo sozinha era impossível, mas ela não estava sozinha.

Que não existia um felizes para sempre, mas existia um para sempre.

– Feliz aniversário, Ella – disse Yuki enquanto as quatro observavam o sol nascer atrás das montanhas, iluminando-as, assim como as torres do castelo de Grimrose.

Não havia mais um conto a ser repetido.

Agora, elas criariam as próprias histórias.

AGRADECIMENTOS

Este livro não teria um final feliz sem as seguintes pessoas:

Minha família. Obrigada por me apoiarem desde o começo.

Minha agente, Kari Sutherland. Obrigada por lutar por essas garotas em cada pedacinho da caminhada.

A equipe editorial da Sourcebooks. Muito obrigada por todo o trabalho que fizeram por essa série, tem sido uma jornada incrível. Wendy, obrigada por ter cuidado do segundo livro com todo o seu coração. Madison, obrigada por toda a criatividade e todo o esforço que fez ao promover essa história.

Meus amigos. Vocês sabem quem são. Somos mais do que amigos, somos *friends*. Um agradecimento especial mais uma vez para Solaine, por ler este livro pela zilhonésima vez e ainda amar as garotas de Grimrose como se fosse a primeira vez. Franklin, pelos apontamentos que me encorajaram a ver que não era tão ruim quanto achei inicialmente. Eu devo muito a vocês dois.

Sofia, por existir nas minhas redondezas, no geral.

Bibliotecários, livreiros e blogueiros que leram e recomendaram o primeiro livro, que ficaram tão animados com ele quanto eu. Um alô especial para a equipe da B&N, por promover o livro para além dos confins da minha imaginação.

E por fim, aos leitores, onde e quando estiverem. Existe magia em contar uma história, mas só vale a pena quando tem alguém do outro lado para ouvi-la. Vejo vocês no próximo livro.

Este livro foi composto com tipografia Adobe Garamond Pro e impresso em papel Off-White 70 g/m² na Formato Artes Gráficas.